克里斯托弗和他的同类

Christopher and His Kind

Christopher Isherwood

克里斯托弗·伊舍伍德

陶凌寅 译

上海译文出版社

献给

唐·巴查迪

致谢

感谢我的弟弟理查德，感谢唐·巴查迪，感谢他们在我写作本书时给予的帮助；

感谢约翰·莱曼、斯蒂芬·斯彭德和爱德华·阿普沃德同意我引用他们给我的书信；

感谢威·休·奥登的遗嘱执行人爱德华·曼德尔森教授，感谢他同意我引用奥登未发表的作品；

感谢剑桥大学国王学院的教务长和学者同意我引用爱·摩·福斯特给我的书信；

感谢福斯特的传记作者福班克回答我关于福斯特的问题；

感谢鲁道夫·阿曼特回答我关于前希特勒时代柏林的问题；

感谢维尔纳和苏珊娜·罗森斯托克向我提供关于威尔弗里德·伊瑟列生平的信息；

感谢芭贝特·多伊奇同意我引用她翻译的伊利亚·爱伦堡的诗

歌《我们儿子的儿子》，这首诗收录在阿夫拉姆·亚尔莫林斯基主编的《俄诗金库》中。

克里斯托弗·伊舍伍德，一九七六年七月

前言 *

一九五四年，我曾与克里斯托弗·伊舍伍德在米高梅电影公司一起吃午饭。他告诉我，他刚给女演员拉娜·特纳写了一部电影剧本。主题是什么？黛安·德·波迪耶[①]。我大笑起来，他摇了摇头。“拉娜能行的。”他淡淡地说道。后来我们在片场里溜达，我告诉他我想在电影公司找一份编剧工作，因为我没法再靠写小说的版税过活了（而且也不想去教书），克里斯托弗用那双明亮的、甚至有些严厉的蓝眼睛向我投来忧郁的目光。“别，”他非常激动地说道，倚在一辆火车旁，葛丽泰·嘉宝饰演的安娜·卡列尼娜最后一跃就死在这辆火车的轮下，“别像我一样当个粗制滥造的职业写手。”但我俩都知道他只是假装谦虚。克里斯托弗总是能按照要求给电影写剧本，同时用自己的方式继续自己的创作。那些被好莱坞毁掉的人从来不值得拯救。伊舍伍德不仅成功地为摄影机写了剧本，而且众所周知，在他真正的文学作品中，他本人就是一部照相机。

“我是一部相机。”小说《别了，柏林》（一九三九）就以这几个字开篇，克里斯托弗·伊舍伍德也因此出名。正因为这几个字，他被视为一位自然主义作家（有时被一笔带过），一个只记录表象的人，一位不成功的电影导演。虽然在某种程度上，伊舍伍德在记录光影和进入他视野范围内的狮子时往往表现得太过公正无私，但他也总会带来惊喜；在看似平淡无奇的叙事中，作者会突然为正在阅读的读者拍摄一张宝丽来照片，他通过巧妙地使用第二人称代词达到这种惊人的效果。相对于伊舍伍德的作品，你永远不知道自己处在什么位置。

在半个世纪的时间里，克里斯托弗·伊舍伍德多少处在英美文学界的中心，他受到了朋友、熟人和读书会承办者的密切关注。随着二十、三十、四十年代回忆录的不断积累，伊舍伍德始终作为主要人物出现，如果说某些对他的描述与他本人不相称，那是因为他并不是一个容易描绘的角色。同时，他还优美地把自己投射在了《柏林故事》《狮子和影子》《南下访问》和《克里斯托弗和他的同类》中，任何一位想再次勾勒这头狮子之影的人都难以无视这些作品。毕竟，再没有比镜子更难以描绘的东西了。

对伊舍伍德的最佳刻画出现在斯蒂芬·斯彭德的自传《世界中的世界》（一九五一）里。和伊舍伍德一样，斯彭德也是第一次世

* 本文最初刊于1976年《纽约书评》，略有改动。

① Diane de Poitiers（1499—1566），法国国王亨利二世的情妇。

界大战后刚成年的中上层阶级的一员。对于少数能进入合适的中小学和大学的幸运儿来说，战后的英国仍然是一个自足的小社会，每个人都认识其他人。事实上，英国社会只是学校的一种延伸。但就在伊舍伍德和斯彭德这代人登上舞台之前，校园世界里发生了一件不愉快的事。上一代毕业生中较优秀的那一批在第一次世界大战中丧生，而伊舍伍德的父亲就是其中之一。长长的阴影笼罩在新一代年轻人身上，那是他们死去的父亲和兄长，也是死去的或者垂死的态度观念。空气中弥漫着反叛的气氛。新的事物即将出现。

每个时代都有一些人物，他们在小时候就已经显露出未来的模样，他们就是萌芽中的明星。人们想要结识他们、模仿他们、摧毁他们。伊舍伍德正是这样一位人物，而斯蒂芬·斯彭德在结识他之前就已对他着迷。

十九岁的斯彭德是牛津的本科生；另一位本科生是二十一岁的威·休·奥登。而伊舍伍德本人（比奥登大三届）已经离开学校进入社会了；他故意考砸了一次笔试，使自己被剑桥开除。他有意识地从安全舒适的大学世界中挣脱出来，聪明谨慎的奥登十分尊敬他。斯彭德写道："在奥登看来，[伊舍伍德] 对任何事情都没有任何意见。他只是对人感兴趣。他既不喜欢他们，也不讨厌他们，对他们也没有赞成与否的判断。他只是把他们视为自己的写作素材。同时，他也是奥登绝对信任的批评家。如果伊舍伍德不喜欢一首诗，奥登会毫无异议地把诗毁了。"

奥登也会折磨年轻的斯彭德，"奥登不给我结识伊舍伍德的机会。”尽管写于二十年后，斯彭德仍忍不住补充道，“当时伊舍伍德并不出名。他出版了一部小说《全是密谋家》，从出版商手中挣到了三十英镑的预付款，书并没有得到很好的评价。”但正如斯彭德所承认的那样，伊舍伍德已经是一位传奇人物了，世俗的成功与否和传奇无关。最终，奥登把他们介绍给了彼此。斯彭德并不失望：

> 仅仅通过描述自己的生活和他对这些事情的态度，他就简化了所有困扰我的问题……伊舍伍德有一种特别的性格，他既迷人又惹人讨厌，既亲切又刻薄……他的信念里有积极的一面，也有消极的一面。他谈到自己被治愈、被拯救的时候，语气之激烈不亚于任何一位救世军成员。

在伊舍伍德最早的回忆录《狮子和影子》（一九三八）中，我们看到了伊舍伍德对斯彭德的第一印象，那是一种反打镜头（斯彭德写《世界中的世界》时已经知道这些了）：“[斯彭德] 朝我们冲了进来，脸涨得通红，大声傻笑着，结果被地毯边缘绊了一跤——一个身材极高、步履拖沓的十九岁男孩，一张罂粟深红色的大脸，一头乱蓬蓬的鬈发，一双风信子般的蓝眼睛。”摄影机转动，捕捉整个场景。“刹那间，无须介绍，我们就放声大笑，高谈阔论起来……他生活在一个自创的、引人入胜的戏剧世界里，每个新认识的人都立即被征召去扮演一个角色。[斯彭德] 照亮了你，”

（第二人称现在开始占上风了，电影的画外音开始从听觉上引诱观众）“就像一位表现主义的制片人，使用最粗糙和最古怪的聚光灯：你变了形，变得浮夸、阴险、荒唐得如此精彩或是美得令人难以置信，这取决于他对你的角色武断的预先安排。”你，聚光灯，制片人……

在《回音廊》一书中，出版人、评论家约翰·莱曼描述了自己一九三〇年第一次与斯彭德见面的场景，说他“谈了很多关于奥登的事情，奥登和他持有许多相同的观点（实际上是奥登启发了他）。还谈到了一位年轻的小说家克里斯托弗·伊舍伍德，他告诉我此人定居在柏林，生活于赤贫之中，是一位反抗我们所在的英国的叛逆者，比他更厉害”……莱曼后来去了霍加斯出版社，为伦纳德和弗吉尼亚·伍尔夫工作，他促使伍尔夫夫妇出版了伊舍伍德的第二部小说《纪念碑》。

莱曼注意到新一代小说家伊舍伍德：

> 比我个子矮很多，然而他拥有支配性的力量，智力或想象力出众的小个子往往都有这种力量。我个人一直很喜欢这样一种幻想：构成我们文明存在基石的最残酷的战争……是高个子与矮个子之间的战争。

即便如此，“不被他吸引是不可能的……然而，在我们第一次见面后的几个月里……我们的关系仍然相当正式：也许是因为当他的笑容消失时，空气中似乎弥漫着一种惊恐的气氛。他仿佛流露出疑虑，怀疑自己最终还是与‘敌人’同流合污了。‘敌人’这个词语中透出一股纯粹的仇恨，它涵盖了使他主动隔绝于英国生活的一切原因”。

《克里斯托弗和他的同类》讲述了伊舍伍德从一九二九年到一九三九年的生活。其叙述（基于日记，整体上以第三人称写成）衔接了《狮子和影子》的结尾“一九二九年三月十四日，二十四岁的克里斯托弗离开英国，生平第一次去柏林”。故事结束于十年之后，伊舍伍德移民至美国。伊舍伍德说《狮子和影子》里写了他“十七到二十四岁的生活。不过那书并不真是自传性质的。作者隐瞒了关于自己的重要事实……给角色起了虚构的名字”。但是“现在我要写的这本书，将会尽量写得坦率、真实，尤其是关于我个人的内容”。伊舍伍德的意思是他会在性生活方面坦诚；而且他确实做到了。他也是最稀有的那种人——客观的自恋者；他把自己看得清清楚楚，并毫不犹豫地为我们记录下镜子里那张脸所积累的线条以及给人格增添瑕疵的古怪影子。

我接连读了这两本回忆录，发现在半个世纪的跨度里伊舍伍德几乎没什么变化，这多么奇怪。他的行文风格从头至尾都是一致的。从第一人称到第三人称的转变并没有影响他看待事情的方式，当然，正是这种感知具体世界的方式，才使伊舍伍德与众不同。他特别擅长通过精心的措辞来描述外表，以暗示出人物的心理特质。《狮子和影子》里有这样一段：

> ［查莫斯］蓄了小胡子，看上去和我心目中蒙马特的年轻诗人一模一样，比法国人还要法国人。现在他看见了我们，朝我微微挥手打招呼，这是他的典型动作，犹豫、羞怯、半讽刺的样子，像是在戏仿自己。查莫斯习惯性地用零零碎碎的手势、做了一半又放弃的动作和说出口的半句话来表达自己……

然后这双锐利的眼睛转向了叙事者自己：

> 走下通往餐厅的楼梯，我不再是克里斯托弗·伊舍伍德，而是一个撒旦般高傲、冷酷、不可理喻的恶魔；一位知晓一切、宽恕一切的人类救世主；一位茶几上的福音传道—殉难者，即使面对客厅里最残酷的折磨，也只会礼貌地递上抹了黄油的司康饼。

这位电影导演在拍摄场景时，总会在布景的某处放上一面镜子，这样镜子就会记录下他在拍摄过程中的表现。

一九三八年《狮子和影子》出版时，伊舍伍德三十四岁。此时他已经出版了三部小说：《全是密谋家》《纪念碑》和《诺里斯先生换火车》。他还与奥登合写了戏剧《狗皮人》和《攀登 F6 峰》。最重要的是，他笔下最优秀的人物终于在《诺里斯先生换火车》中初次登场；伊舍伍德毫不费力地塑造了“伊舍伍德”这个人物。柏林故事中的“伊舍伍德”是一位多少有些乏味却又颇为神秘的叙事者。他仔细地观察生活，可是对任何事情都不太投入。这原本可能是叙事者的局限性，作者却神奇地将之变成了一种美德。

斯彭德在描述柏林时期的伊舍伍德时，说他偶尔“抑郁、沉默或暴躁。有时，他会和萨莉·鲍尔斯或诺里斯先生同坐在一个房间里，一言不发，仿佛拒绝令他笔下的人物活过来”。但他们正是属于伊舍伍德的角色。他的生活中“环绕着笔下人物的原型，就像一个糟糕画家给某位作家画的肖像，画面中作家坐在椅子里沉思，而他小说中的人物围绕着他，顶着一团用清漆绘制的脏兮兮的发光云朵”……伊舍伍德不仅拒绝了熟悉而舒适的剑桥，拒绝了伦敦的文学生活，他还拒绝了自觉的唯美主义。他选择在柏林过无产阶级的生活。斯彭德告诉我们：“他相当贫穷，几乎不被认可。他的小说《全是密谋家》被削价出售。”斯彭德再次提到了这一点。即便如此，斯彭德意识到伊舍伍德——

> 不仅仅是一个经历了反抗父母、反抗传统道德、反抗正统宗教等阶段的年轻叛逆者……他站在创造艺术作品的力量这一边，甚至超过了他对艺术本身的兴趣……他憎恶教育机构，甚至憎恶过去某些艺术作品的声誉，其实是憎恶它们阻

挡在人与人之间，使人们无法直接而公正地对待彼此。

在《狮子和影子》中，伊舍伍德写到了学校、友情，写到了他想成为……成为“伊舍伍德”，一个尚未完全成形的角色。奥登很晚才在书中登场，尽管他很早就出现在了伊舍伍德的生活中：他俩读预科学校时就在一起了。奥登比伊舍伍德年轻，他想“成为一名采矿工程师……我对他的主要印象是顽皮、傲慢，他会因为知道一些肮脏刺激的秘密而得意地笑，惹人干着急”。奥登已经知道了性的奥秘，而其他人还不了解。

七年之后，奥登和伊舍伍德才再次相逢。“一九二五年的圣诞节前夕，一位共同的熟人带他来喝茶。我发现他几乎没什么变化。”奥登“告诉我他如今在写诗：他在宣布这个消息时故意显得十分随便。我非常惊讶，甚至有些不安”。但随后不可避免地，这个时代的诗人与小说家结成了同盟。诗人给小说家带来了更深的惊喜。奥登“对性的态度简单明了，毫不压抑，令我十分震惊。他并不是什么唐璜，不会四处寻欢作乐。但对于能得到的一切，他都坦然接受，而且兴致高昂，就如同他坐下用餐时展现出的好胃口一样”。

艺术与性，这两个主题在伊舍伍德的回忆录中互相交织，但在《狮子和影子》里，我们并不知道他所谓的性到底是什么样的，沉默的三十年代禁止人们坦率地谈论它。在《克里斯托弗和他的同类》里，伊舍伍德填补了这一空白；他把性和爱都讲得相当清楚。这两位引领时代的诗人和小说家对男孩们怀有的不只是欲望，还有一些证据说明他们的行为呼应了马洛[1]那句伟大的台词：我发现不喜欢烟草和男孩的人都是傻瓜。

“现在我要写的这本书，将会尽量写得坦率、真实，尤其是关于我个人的内容。”然后作者切换到第三人称：“中学时，克里斯托弗曾爱上许多男孩，对他们充满浪漫的渴望。上大学时，他终于成功和一个男孩上了床。这完全要归功于对方的主动。当克里斯托弗感到害怕，想就此打住时，那个男孩锁上了门，坚定地坐到克里斯托弗的大腿上。”对于一个比克里斯托弗小二十二岁的美国人来说，那个时代英国人的发育滞后简直叫人震惊。在华盛顿特区，青春期开始于十岁、十一岁、十二岁，两个孩子如果都同意，他们之间可以有喧闹放纵、别出心裁的性关系。伊舍伍德告诉我们，他“之后还有其他经验，都很愉悦，但没有一次令人完全满意。因为克里斯托弗感到拘束，当时这在上层社会的同性恋者中并不罕见；和来自同一阶层、同一国家的人相处，他无法在性方面放松。他需要一个工人阶级的外国人”。答案就是德国。“对克里斯托弗而言，柏林意味着男孩子。”奥登立刻介绍他去了“惬意角落”，一个供无产阶级年轻人厮混的地方，克里斯托弗在那里结识了一位金发男孩布比。“在克里斯托弗的爱情神话中，布

① Christopher Marlowe（1564—1593），英国剧作家、诗人。

比是第一位像样的主角候选人。”

约翰·莱曼的小说《在纯粹的异教意义上》与伊舍伍德的回忆录不仅在时间和地点上有重合，还有一种相似的对性的关注。莱曼的叙事者写道：“我痴迷于这样一种欲望：想要与来自完全不同阶级和背景的男孩做爱……”这种对身份差异的渴望并不罕见：不管是异性恋、同性恋还是双性恋，这场游戏里总是会有“门不当户不对”的情况。而我怀疑，中上层阶级男性对下层阶级青年的渴望，主要出于对自己阶级的恐惧。有些男性不像伊舍伍德、奥登这样意志坚定，性方面的承诺可能导致其中一方心理崩溃。

伊舍伍德描述了他与异性的实验：“她比他大五六岁，随和、时髦、幽默……他觉得吃惊又有趣，原来自己这么容易就能把平常的姿势和动作用到这位不平常的伴侣身上。他感受到好奇和玩一种新游戏的兴奋。他也感受到了情欲，但那主要是自恋……”然后：“他问自己：我想跟更多的女人或女孩上床吗？当然不想，只要我能拥有男孩。为什么我更喜欢男孩？因为他们的形体，他们的声音，他们的气味和他们行走的姿态。而且男孩可以很浪漫。我可以把他们放进我的神话里，可以与他们相爱。女孩可以是极其美丽的，但从不浪漫。其实，我觉得缺乏浪漫正是她们最可爱的地方。”这一切都透着一种清醒（即便谈不上精准）的常态。

然后，伊舍伍德从个人转向整个群体，他注意到社会对每个人施加的疯狂压力，即要求人人都是异性恋者，并不惜一切代价否认相反的天性。由于事实证明异性恋关系对伊舍伍德来说也很容易，他本可以加入大多数人的行列。但是叛逆的自我阻止他这样做，他带着马丁·路德般的愤怒宣布："即便我的本性和他们的一样，我也应该以这种或那种方式反抗他们。假如男孩们不存在，我也必须把他们创造出来。"伊舍伍德对他所谓的"异性恋独裁"发起了不懈的、令人钦佩的战争，如今同性恋者在美国和英国"享受"到自由，在一定程度上也是他勇敢做出榜样、大声疾呼的结果。

在柏林，伊舍伍德和一个叫海因茨的工人阶级男孩发展出了稳定的关系，《克里斯托弗和他的同类》中的大部分内容都是关于他们的共同生活的，当时希特勒开始上台执政，曾经吸引了伊舍伍德的自由而舒适的柏林变得丑陋起来。因为海因茨的身份文件有问题，伊舍伍德和他一直不停地在欧洲更换居住地：哥本哈根、阿姆斯特丹、加那利群岛、布鲁塞尔。最终海因茨还是被困在了德国，被迫服兵役，踏上第二次世界大战的战场。但是他奇迹般存活了下来。战争结束后，伊舍伍德见到了海因茨和他的妻子——对于我们这个新瓦格纳时代的任何一首田园牧歌来说，这都是最令人满意的结局。

与此同时，身为作家的伊舍伍德也在不断成长。关于柏林的故事就是在这一时期写成的；《狮子和影子》也是同样，另外还有与奥登合作的最后几部诗体戏剧。最终，他不可避免地坠入了电影界……这是注定要发生的事情。在《狮子和影子》里，伊舍伍德写道："我一直对电影很着迷……我是个天生的影迷……我认为这与'艺术'毫无关系；我过去就对人的外表有着无尽的兴趣，现在依然如此——他们的面部表情，他们的手势，他们走路的姿态，他们紧张时的动作……电影把人放在显微镜下：你可以盯着他们看，你可以像观察昆虫一样观察他们。"

伊舍伍德受邀为导演贝托特·菲尔特尔写电影剧本。"贝托特·菲尔特尔以弗里德里希·伯格曼的形象出现于中篇小说《普拉特的紫罗兰》中，这篇小说是十二年后发表的。"伊舍伍德和有趣的菲尔特尔一拍即合，他们一起创作了电影《小朋友》。从那时起，最好的英语散文作家就靠写电影剧本养活自己。事实上，我接触到的第一部伊舍伍德作品不是小说，而是他写的电影《天堂怒火》，十六岁时的我觉得这部电影精彩极了。"月亮！"疯疯癫癫的罗伯特·蒙哥马利吟诵道，"它盯着我，像一只巨大的眼睛。"英格丽·褒曼哆嗦了一下。我也是。

如今对文学感兴趣的年轻人（他们只是极少数，相比之下更多年轻人喜欢那种最平淡、最容易、最慵懒的艺术形式——电影）很难意识到，西利尔·康诺利曾将伊舍伍德视为"英国小说的希望"，而我们这些在二战中长大的人则将之奉为大师。我觉得人们对伊舍伍德作品的相对忽视，在一定程度上是由于他放弃了英国籍。在战争爆发前，他与奥登一起移居到了美国，这在当时引起了不少人的仇视（令人不齿的伊夫林·沃在《多升几面旗》中就粗陋地讽刺了他们）。最终，奥登的声誉几乎没有受到影响。因为当时人们觉得诗人是可以又疯又坏、不宜阅读的，但人们期待散文作家即便谈不上有责任感，也应该行事不出人意料才对。

在美国，伊舍伍德首先受到了贵格会[①]的吸引，接着转向吠檀多派[②]。后来，他成了同性恋解放运动的激进代言人。如果说他对克里斯托弗的同类的辩护有时尖锐刺耳……好吧，在一个对同性恋深恶痛绝、盲目恐惧的社会里，有很多东西需要我们大声宣传。无论如何，伊舍伍德对道德的任何一种关注都不可能使他受到文学界的青睐，因为这个文学界正是由老学究、犹太教徒、基督教徒、中产阶级和异性恋者构成的。然而他最好的一些作品正是在美国写成的，包括读者手中的这本回忆录，以及小说《单身男子》与《河畔相会》。最重要的是，他总能歪着脑袋看待世界，即便他居住在圣莫尼卡——这是一个阴郁的地方，就连同性恋家庭也像《美好家园》杂志拍摄的那些异性恋夫妇一样，在淡褐色的太平洋天空下享用精致的早午餐。

在伊舍伍德的文学生涯中，最打动我的并不是他坚持做自己的坚韧意志，而是他始终清晰晓畅、从不拖沓懈怠的散文风格。

---

① Quakers，兴起于17世纪中期英国及其美洲殖民地的一个宗教教派，具有神秘主义色彩。

② Vedanta，印度传统六派哲学中的一派。

伊舍伍德的句子里没有多余之处。动词有力，名词精准，形容词很少。第三人称叙事出乎意料、引人入胜，而第一人称则是一位很好的向导，从不忸怩作态。

伊舍伍德的文风是不是太简单了？西利尔·康诺利曾在《承诺之敌》（一九三八）中表示担忧："[伊舍伍德] 很有说服力，因为他是如此谄媚般地温和而低调，没有什么能唤醒他，没有什么能让他震惊。在暗地里看不起我们的同时，他又宽容得不能再宽容了……不过他必须为此付出代价。伊塞伍先生——"（康诺利在探讨伊舍伍德的柏林故事）"可不是一头大傻牛，因为他并不是一定要与笔下人物及其背景站在同一条战线上的，而海明威出于其艺术理念则必须这么做。但是，伊舍伍德本可以更加细腻、聪慧、精于表达。"伊舍伍德回复康诺利："在谈话中，伊舍伍德……表达了他对建构的信念，认为这是走出困境的方法。作家必须书写能被最大多数人理解的语言，大众的语言，而他作为小说家的才华应当体现在观察的准确性、情景的合理性以及对整本书的建构中。"

在漫长的创作生涯中，伊舍伍德一直保持着这种审美观。当放弃康诺利所说的"官话式写作"时，他表现出了相当大的勇气。但后来的伊舍伍德甚至比早期的"照相机"更出色，因为他不再是一个匿名、中立的叙述者。他也会感到震惊，他也会生气。

在《克里斯托弗和他的同类》中，伊舍伍德思考该以何种态度对待即将到来的对德战争。"克里斯托弗对自己说，假如我掌握了一支纳粹军队的生杀大权，只要按下一个按钮就能把他们炸飞；那支军队里的人因折磨杀害平民而臭名昭著，只有海因茨一人例外，那么我会按下按钮吗？我不会——等一下，假如我知道海因茨本人因为怯懦或道德上受到感染，已变得跟其他人一样坏，并且参与了他们的所有罪行呢？那我会按下按钮吗？克里斯托弗毫不犹豫地给出答案：当然不会。”这就是艰难时刻一位人道主义者发出的呼声。我们唯有希望，在克里斯托弗的生活和作品的引导下，他真正的同类会越来越多，即便他们（我们）如此明智地拒绝繁衍。

戈尔·维达尔，一九七六

克里斯托弗和他的同类

一

有部名为“狮子和影子”的作品，于一九三八年出版，书中描述了克里斯托弗·伊舍伍德十七至二十四岁的生活经历。不过这部作品并不完全是自传性的：作者隐瞒了关于自己的重要事实。他对许多情节做了过度的戏剧化处理，给角色起了虚构的名字。因此，作者在前言中建议《狮子和影子》一书应该被当成小说来读。

而现在我要写的这本书，将会尽量写得坦率、真实，尤其是关于我个人的内容。因此它跟《狮子和影子》不是同一种书，严格来说也不是它的续集。但我还是要从上一本书结尾的地方开始说起：一九二九年三月十四日，二十四岁的克里斯托弗离开了英国，生平第一次前往柏林。

克里斯托弗前往柏林，是受了朋友兼校友威斯坦·休·奥登的怂恿——《狮子和影子》里那位叫“休·威斯顿”的就是他。威斯坦当时二十二岁，在牛津获得学位之后就一直在德国，一边学习一边休假。

在柏林，威斯坦结识了人类学家约翰·莱亚德，他便是《狮子和影子》中巴纳德的原型。莱亚德曾是美国心理学家霍默·莱恩的病人兼学生。他曾把莱恩的革命性学说介绍给了威斯坦，威斯坦从中受到启发，将之作为诗歌创作的理念。于是威斯坦当时的诗句像一个欲图控制全人类的精神病独裁者在喊口号："公布每一个治疗者……消灭错误现在正当其时……严格禁止事先排练好的回答……掠夺死者之屋……你和其他人的阴谋已经完蛋了……爱……需要死亡……年老者的死亡……建筑新风格，改变心意。"

照莱恩—莱亚德理论：

> 世间只有一种原罪，那就是不遵循自己本性中的内在法则。这要怪罪一直如此教导我们的人们。我们从儿时起便被要求去控制上帝（我们的欲望），而不是给予他成长的空间。可问题的关键在于找出何为上帝，何为魔鬼。唯一明确的判断依据便是，上帝似乎总是不明事理，而魔鬼似乎总是高尚正直。上帝不明事理的原因，在于他一直身陷囹圄而发疯致魔，愤怒不堪。魔鬼是意识的主动控制，所以看似理智且清醒。

撼动人生的箴言！听到这番话时，克里斯托弗比当初的威斯坦还要激动，因为他一直想改变自己的生活却缺乏勇气，而这些话语恰好证明了改变的正当性。现在他心急如焚，只想将这一切付诸实践，他要松开欲望的锁链，把理性和神智关入牢笼。

《狮子和影子》里暗示，克里斯托弗去柏林主要是为了见上莱亚德一面，可这并非完全属实。他确实期待结识莱亚德，但这不是他急着远行的原因。他渴望见识的是柏林本身；威斯坦曾对他许诺过的柏林。对克里斯托弗而言，柏林意味着男孩子。

中学时，克里斯托弗曾爱上许多男孩，对他们充满浪漫的渴望。上大学时，他终于成功和一个男孩上了床。这完全要归功于对方的主动。当克里斯托弗感到害怕，想就此打住时，那个男孩锁上了门，坚定地坐到克里斯托弗的大腿上。我现在仍很感激他。若他还在世，我希望他能碰巧读到这些文字。

之后还有其他经验，都很愉悦，但没有一次令人彻底满意。因为克里斯托弗感到拘束，当时这在上层社会的同性恋者中并不罕见；和来自同一阶层、同一国家的人相处，他无法在性方面放松。他需要一个工人阶级的外国人。他清楚地意识到这一点是在一九二八年五月，当时他去德国不来梅，住在一位担任英国领事的表兄家里。那段时间他并没有经历什么爱的冒险，但他观察周围，看到了自己缺少的东西。《狮子和影子》里甚至没提到不来梅之行，因为当时的克里斯托弗不想谈论这次旅行的性意义。多年之后的长篇小说《南下访问》里写了这件事，但虚构太多，事实太少。

克里斯托弗的第一次柏林之行很短——一周或十天，但已经足够了；现在我认识到这是我人生中的决定性事件之一。当威斯坦推开“惬意角落”同志酒吧的厚重皮革门帘，领他进去时，克里斯托弗感受到了初次尝试的恐惧所带来的美妙恶心感。那滋味我现在依旧能隐约感受到。一九二八年秋天，克里斯托弗体验过另一种恶心的兴奋，同样强烈而难忘。当时作为一名医学生，他走进圣托马斯医院的手术室，第一次观摩外科手术。但手术室的门与“惬意角落”的门不同，没能领他进入任何新天地。不到六个月，他就彻底放弃了医学。

在“惬意角落”，克里斯托弗遇到了一个小伙子，我且管他叫布比（德语里的“小宝贝”）。这是他在朋友间的昵称，因为他长着漂亮面孔、吸引人的蓝眼睛、一头金发，还有光滑的、几乎没有毛发的身体，不过肌肉硬实。一看到布比，克里斯托弗立刻被迷住了。这不奇怪；他来柏林就是为了寻找迷恋。在克里斯托弗的爱情神话中，布比是第一位像样的主角候选人。

这是个什么样的角色？最重要的，布比必须是德国男孩，代表了他的种族。（其实布比是捷克人，但这可以忽视，因为他只会说德语。）通过拥抱布比，克里斯托弗拥抱了整道谜题——魔法般的异国味道，德国味道。通过布比，他可以爱上并占有这整个国家。

布比满头金发，这也很重要——不仅因为金发是德国男孩的典型特征。从克里斯托弗儿时起，金发男孩——不管是哪国的——就对他有神奇的吸引力，而且这种情况会持续很多年。但我很难解释其中的原因……约翰·莱亚德大概会鼓励我编造一套说辞，不管听起来多么荒唐。他会说，一个人关于自己的任何理论都是他个人神话的一部分，因此是合理的。以下就是我想到的第一套说法：克里斯托弗选择与黑头发的英国祖先站在一边，并将金发者视为来自另一块土地的侵略者，他们要征服他，侵犯他。因此金发成了男性化的异国之“阳”，要与克里斯托弗的本土之“阴”相交合……这里头有一股荣格调调——但即便穷尽想象，我也无法以此来描述布比和克里斯托弗的关系。除了别的身份，布比曾经是一位拳击手，所以他一定可以有侵略性，但与克里斯托弗在一起时，他温柔体贴，甚至太过礼貌了。

除了扮演德国男孩和金发男孩，布比还为自己创造了另一重角色；他是流浪者，迷失的孩子，他无家可归、身无分文、梦幻般地消极，同时又顽强、不惧危险、无视困难、浪迹天涯。这就是布比眼中的自己，他也让克里斯托弗和其他许多人这样看待他。布比的脆弱与粗粝的独立融合在一起，具有强大的吸引力，同时又带着戏谑。你渴望保护他，但他不需要你。或者他其实需要？你很想帮助他，但他不肯接受帮助。还是说他愿意接受？布比扮演的流浪者丝毫不能打动威斯坦。但是，主要为了取悦克里斯托弗，他还是写了一首关于布比的美妙诗歌《这挚爱的一个》。

克里斯托弗在柏林期间，布比每天花几个小时陪他。对克里斯托弗而言，这段时光混杂着狂喜、感伤、担忧、希望，他不停地看表，每一个瞬间在本质上都是痛苦的。克里斯托弗想永远把布比留在身边，想完全占有他，而他知道这不可能，而且很荒谬。如果他是个野蛮人，他的解决之道可能是吃掉布比——出于法术原因，而不是为了美食。至于布比本人，他是一个格外体贴的伙伴，但不管是床上还是床下，他都无法再给予克里斯托弗更多安全感了。

他们一起逛街，给布比买小礼物，大多是衬衫、袜子和领带。布比不愿让克里斯托弗挥霍。他们在饭馆里吃维也纳炸肉排和生奶油甜点。他们去动物园，去月亮公园坐过山车，去 Wellenbad[①] 游泳——那是一间巨大的室内泳池，有人工造浪。在电影院，他们看了普多夫金的《亚洲风暴》和帕布斯特根据韦德金德作品改编的《潘多拉的魔盒》。

威斯坦不客气地指出，后者对克里斯托弗是寓教于乐，因为影片展示了试图独占一个天生滥交的人会有什么可怕后果。因为布比取消了一次约会，克里斯托弗确实开始大闹起来。在威斯坦的指导下，他费劲地背下一小段话，开头是“Ich bin eifersuechtig”（我妒火中烧）。布比耐心地听着。也许他甚至同情克里斯托弗的感受，因为他自己——这是威斯坦后来发现的——对妓女有一种癖好，他会不顾一切地追求她们，把所有的钱都给她们。然后布比回应了许多话，他把手放在克里斯托弗的胳膊上，用抚慰的语

---

① 德语，波浪泳池。

气诉说。但克里斯托弗的德语还是很差，不管布比对他说了什么谎言，他都没听懂。

当然，两人很快重归于好。克里斯托弗要回伦敦时，布比从口袋里掏出一根廉价的镀金手链——大概是哪个追求者送的，他不想要了——系在克里斯托弗的手腕上。这礼物令克里斯托弗很高兴，它不仅是爱情的信物，也是他获得解放的象征；他仍然认为男人戴首饰是大胆的行为，而这手链将不断提醒他，他现在自由了。到家后，他挑衅般地展示手链。但母亲凯瑟琳并不震惊，她只是隐约有些困惑，儿子怎么会喜欢戴如此俗气的东西。

尽管克里斯托弗一心扑在布比身上，他还是抽时间在柏林见了约翰·莱亚德。莱亚德有着X光般的眼睛、嘲弄的兴味、惊人的坦率，他还会谈起霍默·莱恩。换在任何其他时候，克里斯托弗都会被这些迷住。但在当时看来，与在布比那儿的亲身实践相比，莱亚德这儿的理论似乎学术气太重。

不过第二年，克里斯托弗在回英国期间再次遇到了莱亚德。他们成了朋友，莱亚德教给他很多东西。他甚至治愈了克里斯托弗——或者说，他令克里斯托弗自己治愈了自己——摆脱了对自己身体的隐秘羞耻感。克里斯托弗的左侧肩胛骨上有块很久之前的粉刺印迹，上面长出了一丛体毛，他一直觉得难为情。莱亚德解释说，这是本能（多毛的左肩）与有意识的控制（光滑的右肩）之间的冲突。上帝和魔鬼于此处再度出现。“你看，你的本能正试着把动物性从监狱里释放出来，它强迫你认清这一点，所以长出了皮毛！我喜欢它，这很美！”而且莱亚德真的吻了他毛乎乎的肩膀，以表明自己是认真的。克里斯托弗尴尬地咯咯笑起来。但从那天起，他渐渐就不再在意那丛体毛了，即便是在公共场合脱下衬衫的时候。

从柏林回英国后不久，克里斯托弗的扁桃体发炎格外严重。那些日子里他天天嗓子疼。威斯坦称之为“谎话精的扁桃体脓肿”，并提醒他莱恩说过，这是人在生活中不诚实导致的症状。克里斯托弗很愿意承认自己在英国的生活基本上是假模假式的，表面上符合体面的标准，但内心十分排斥和鄙视。不过莱恩还说过“每种疾病都是一剂良药，只要我们知道该如何服用”。而克里斯托弗现在确信自己知道如何让生活再次回归真实。他努力学习德语——使用雨果书系的《德语三个月无师自通》。他用德语给布比写信，布比在回信中圆滑地向他要钱。随后，克里斯托弗一攒够旅费就回德国了。那是七月初。

威斯坦此时住在霍特胡特，哈茨山脉里一处被森林环绕的村庄。这里的空气弥漫着松香味，牛铃声浪漫地回荡。傍晚，母牛们从高处的牧场回到村子里，它们会主动离开牛群，沿路回各自的农场。你很容易把它们想象成被施了魔法的人类，因为这整个地方就像格林童话中的场景，除了那座火车站。

威斯坦住在旅店里，他还从柏林带了一个乐呵呵、好脾气的年轻人。他已经完全过得无拘无束了。屋子里就和他住过的每间房一样，乱七八糟，到处是书和稿子，他读书、写作，一如既往充满躁动的能量。他欢迎克里斯托弗就像欢迎客人来自己家一样，那神气仿佛他拥有这座村庄和村民。自然，他成了当地人的主要谈资。在火车站的茶点室里，他砰砰地重击钢琴，演奏德国流行歌曲和英国赞美诗的曲调，逗村民们开心。在附近的一片草地上，他和那位朋友赤膊摔跤，引得众人围观。

抵达德国的第二天，克里斯托弗请威斯坦打电话去柏林，叫布比也过来加入他们。但两天过去了，布比并没出现。克里斯托弗变得狂躁起来，决定去柏林找布比。为了帮着找人，威斯坦把他在柏林认识的一个英国人的地址给了克里斯托弗，那人叫弗朗西斯。弗朗西斯确实很尽心，他陪克里斯托弗去了“惬意角落”和其他酒吧，克里斯托弗询问那些认识布比的男孩时，他充当翻译。就这样，克里斯托弗了解到布比正被警察通缉，已经失踪了。

于是克里斯托弗悲伤地回到霍特胡特。第二天警察就来了。一定是柏林哪家酒吧里有人跟他们通风报信，说克里斯托弗在这个山野藏身处等着跟布比会合。警察盘问他和威斯坦时，旅店老板塞给克里斯托弗一封信。信上有荷兰的邮戳，是布比寄来的。克里斯托弗就在警察眼皮底下偷偷读了。布比说他在阿姆斯特丹，要当甲板水手坐船去南美，问克里斯托弗能不能尽快给他寄点儿钱，寄到邮件代存处。布比补充说，他没给出自己的住址，因为他非法居留在荷兰，而这封信可能会落入他人之手。至于钱，布比发誓说他以后不会再索要了，因为克里斯托弗已经够慷慨了。

但他现在只身一人流落异乡，满世界的人，他谁都不能信任，除了克里斯托弗，他最后一位真正的朋友……这封信让克里斯托弗激动得说不出话来。他一边读，一边觉得自己已然成为罪犯阶层的一名荣誉成员。现在他一定不能愧对这个机会。他必须不顾一切地回应。他必须马上动身去阿姆斯特丹，在布比出海前见他一面。

与此同时，不愿空手而归的警察开始盘查威斯坦的朋友。他们管他要身份证件——但是，哎，他的证件不对劲。（男孩们会用同样哀伤的语气说“我的证件不对劲”或“我的胃不对劲”，好像两者都犯了什么毛病似的。）警察很快就使他坦白，他是从一家少年管教所里逃出来的。他们把他带走了。

警察一走，克里斯托弗就把信给威斯坦看了，威斯坦同意跟他一起去阿姆斯特丹，尽管他对布比没有好感，因为布比间接导致了他的朋友被捕。他们离开霍特胡特时，旅店老板依旧很友好，虽然他们在他的地盘上闹得把警察都招来了。老板带着宽容的笑容对威斯坦说：“我猜柏林发生了很多我们理解不了的事情吧。”

他们一到阿姆斯特丹就撞见了布比，他正要去邮局看看克里斯托弗给没给他回信。布比的惊讶和喜悦正是克里斯托弗希望看到的。更令他欣慰的是，在他们第一个愉快的拥抱之后，布比突然悲伤起来：“我们能在一起的时间不多了。”布比是一个真正的德国人，懂得享受感伤的离别。他把与克里斯托弗的短暂重逢变成了一场连绵不断的告别；他们出去散告别步，吃告别饭，喝告别酒，做告别爱。然后布比启航的日子到了。他的眼里噙着对自己这个孤独流浪者发自内心的同情之泪，紧握着克里斯托弗和威斯坦的手说：“谁知道我们还能不能再见面了！”

（他们后来确实再见面了，见了许多次，在许多不同的地点。而下一次重逢是在柏林，大约三年之后。那时克里斯托弗会觉得奇怪，自己能用德语同布比喋喋不休——奇怪，还有一点儿悲伤，因为他们之间语言障碍的坍塌埋葬了那个充满魔力的德国男孩形象。布比似乎成了一个完全不同的人，一点儿也不脆弱，反而狡猾得可笑。克里斯托弗惊讶地发现和他在一起非常自在，自己完全不迷恋他。）

克里斯托弗回英国之前，和威斯坦在阿姆斯特丹多待了一天。他们都兴致高涨。能两人独处真是一种解脱，一种幸福。他们乘坐一艘观光船在运河和港口之间穿梭，沉浸于交流私人行话和笑话，几乎没意识到周围环境。离船登陆时，所有乘客都要在一本留言簿上签名。除了两人的名字，威斯坦还抄了两句伊利亚·爱伦堡关于俄国革命的诗：

阅读关于我们的故事，惊奇吧！
你没能生活在我们的时代——遗憾吧！

八月，克里斯托弗离开伦敦，去往一个偏僻的海边小村。他受雇给一个小男孩当私人教师，或者至少让他在暑假有点儿事干。在此期间，克里斯托弗第一次——也是最后一次——和一个女人有了完整的性体验。这个小地方天黑之后没有什么社交活动，除了打牌、喝酒和做爱。两个人都喝醉了。她比他大五六岁，随和、时髦、幽默，结过婚。她喜欢做爱，但丝毫谈不上渴望。他开始吻她，懒得考虑之后会发生什么。当她有了回应，他觉得吃惊又有趣，原来自己这么容易就能把平常的姿势和动作用在这位不平常的伴侣身上。他感到好奇，还有玩一种新游戏的乐趣。他也感受到了情欲，但那主要是自恋；她曾说他是多么有魅力，现在他为自己与她做爱而兴奋。但很多异性恋者也会承认自己偶尔有这种感觉。重要的是，他的性欲真的被唤醒了。高潮过后，他催促她去他的房间，在那里他们可以脱光衣服，然后无休止地继续下去。可她不同意，因为她的酒劲儿现在渐渐过去了，她开始担心被人撞见。第二天，她说："看得出来，你有过很多女人。"

这一切证明了什么？证明他获得了极大的自信。证明性，性本身，对他来说变得越来越自然——就像你会游泳且在需要游泳的情况下，你就自然地游了起来。这要归功于布比。

他问自己：我想跟更多的女人或女孩上床吗？当然不想，只要我能拥有男孩。为什么我更喜欢男孩？因为他们的形体，他们的声音，他们的气味和他们行走的姿态。而且男孩可以很浪漫。我可以把他们放进我的神话里，可以与他们相爱。女孩可以是极其美丽的，但从不浪漫。其实，我觉得缺乏浪漫正是她们最可爱的地方。她们如此理智。

难道女孩的形体就无法让你兴奋起来吗——如果你努力试着兴奋呢？或许可以吧。难道你就不能再创造一个神话，把女孩放进去吗？可我他妈为什么要这么做？话说回来，如果你这么做了，你的生活会方便很多。那样你就不会遇到这一切问题了。社会愿意接纳你。你会和几乎所有人都步调一致。

克里斯托弗自省到这里，突然狂怒起来。去他的“几乎所有人”。国家和教会和法律和医疗行业都认可女孩，他们要求我渴望女孩。我母亲也认可女孩。她默默地、残忍地希望我结婚，给她生孙子。她的意愿就是几乎所有人的意愿，而他们的意愿就是我的死亡。我的意愿是按照自己的本性生活，找一个地方可以让我做我自己……但我要承认一点——即便我的本性和他们的一样，我也应该以这种或那种方式反抗他们。假如男孩们不存在，我也必须把他们创造出来。

心理学家可能会认为克里斯托弗的坦白对他的诉求有损害，而且他的激烈情绪很可疑。他们可能会指责他压抑异性性欲。威斯坦有时会半开玩笑地这么做，说克里斯托弗只是“一个有品位的直男”，并担心他迟早要变节。自那时起，将近五十年过去了；时间证明了威斯坦的担忧是毫无根据的。

威斯坦现在回英国了，很快就要开始一份当教师的差事。布比在南美的什么地方，从来不写信。莱亚德离开了柏林。十一月二十九号，克里斯托弗又去了德国，是这一年里的第三次。只是，这次他没给自己的居留时间设限。这次甚至会变成移民。当德国护照检查官问他此行的目的时，他假想自己坦诚地回答："我正在寻找自己的祖国，来看看这里是不是。"

到达柏林的第二天上午，他去拜访弗朗西斯，这是他现在唯一认识的说英语的人。弗朗西斯住在一条叫篷内路的街道上，可以看见蒂尔加滕公园的景致。巨大的房门在身后轰隆一声关上，克里斯托弗带着他特有的紧张匆忙跑上二楼或是三楼——我现在忘了是哪一层了——按响了门铃。

公寓门猛地打开，弗朗西斯出现了，他头发蓬乱，怒气冲冲，一只手抓着深红色丝绸长袍的交叠处。他立刻开始用德语咆哮。克里斯托弗现在能更好地理解这门语言了；他知道弗朗西斯叫他滚开并且再也别回来，否则他就报警。一通咆哮结束后，大门又砰地在他面前合上。他站在原地，盯着门，震惊得挪不动腿。然后他大喊："弗朗西斯——是我，克里斯托弗！"

门再次打开，弗朗西斯再次出现。"哎呀，我这是怎么了！真的很抱歉！我以为你一定是昨晚跟我回家的那个男孩。只因为我醉了，他就打算把这地方偷个一干二净；被我抓个正着，然后扔出去了……而你甚至跟他长得并不像……咦，我认识你，不是吗？"

"今年夏天我来过这里，请你帮忙找人。你太好了，带着我把那些酒吧都走遍了。其实，我刚从英国回来——”

“你怎么不进来呢？不过我这地方乱得一团糟。他们做卫生的钟点太可怕了，我始终起不来床。这是你第一次来柏林吗？”

“呃，不是——我说了，夏天我来过这里——”

“你一定要原谅我，亲爱的——不吃午饭我的脑子里就是一片空白。我猜，你不介意在这里吃午饭吧？还是你受不了这地方？”

克里斯托弗受邀面对的折磨是与马格努斯·赫希菲尔德博士的性学研究所的员工和一些病人共进午餐。研究所与公寓毗邻，赫希菲尔德博士的姐姐住在这栋公寓里，她把两间房租给了弗朗西斯。碰巧她还有第三个房间空着，因为又小又暗，所以租金便宜一些。午饭吃完，克里斯托弗决定搬进来。

二

赫希菲尔德研究所所在的这栋建筑，在世纪之交曾是著名小提琴家约瑟夫·约阿希姆的房产。楼里的公用房间仍旧弥漫着那种气氛，总让克里斯托弗想起约阿希姆崇拜的勃拉姆斯。这里的家具样式古典，以柱子和花环为装饰；大理石十分厚重；窗帘上有肃穆的纹饰；雕刻艺术品都很庄严。用午餐的人彬彬有礼、笑容亲切，一位满头银发、温柔高贵的女士负责主持：她就是活生生的保证，保证在这间避难所里，“性”会受到严肃对待。怎么可能不严肃呢？研究所的入口处有一行拉丁语铭文，意思是：奉献给爱与悲伤。

赫希菲尔德博士很少和他们一起吃饭。他派他的秘书、长年的爱人卡尔·吉泽作为代表。到场的还有研究所的医生，以及病人或客人，随你怎么称呼。根据性格的不同，他们选择用沉默或礼貌的餐桌闲聊把自己的问题隐藏起来。有个看来显然是女性的客人其实是男的，我还记得克里斯托弗第一次意识到此事时的震惊。他之前总把异装癖者想象成一群吵闹尖叫、矫揉造作的人。而这位看起来就像小动物一般安静自然，其他每个人都觉得他的装扮是理所当然的。克里斯托弗一直告诉自己，他已经拒绝了体面的生活，现在他蔑视体面，觉得它很可笑。但赫希菲尔德研究所的这种体面扰乱了他内心潜藏的清教徒主义。最初那段时间里，他感到研究所的午餐有些不可思议。

克里斯托弗在卡尔·吉泽和弗朗西斯带领下参观研究所博物馆的时候，不安地咯咯笑。这里有鞭子、锁链和刑具，专为性虐恋从业者设计；有恋物癖者使用的装饰繁复的高跟靴子；有蕾丝女性内衣，曾被阳刚威猛的普鲁士军官穿在制服下面。这里还有配松紧带的下半截裤腿，能固定在膝盖到脚踝之间。只套上这对裤腿，再披上大衣，穿上鞋，此外什么都不穿，你走在街上，看起来衣冠整齐；但只要合适的观看者一出现，你就可以瞬间把自己暴露给对方看，像按下照相机快门那么快。

这里有表达幻想的绘画，都出自赫希菲尔德的病人之手。有一些宫廷画，一位崇拜阴茎的国王瘫倒在王座上，以自己的阳具为权杖，观看他的朝臣们以怪异丑陋的姿态交合。还有一些诡异而悲伤的卧室场景，交媾者的脸上只有沮丧和痛苦。这里还有一道摄影展长廊，照片主题多样，有准雌雄同体者的性器官，也有著名的同性恋伴侣——王尔德与阿尔弗雷德·道格拉斯，惠特曼与彼得·道尔，巴伐利亚的路德维希二世和凯因茨，爱德华·卡彭特和乔治·梅里尔[1]。

克里斯托弗咯咯笑，因为他觉得尴尬。他觉得尴尬，因为他终于不得不直面他的同类。在此之前，他都表现得好像这个群体并不存在，而同性恋只是他和几个朋友发掘出来的一种私人生活方式。当然，他一直都知道这不是真的。但现在，他不得不承认自己与这些古怪的同类及其令人不悦的习惯有着亲密的联系。而他不喜欢这样。他的第一个反应是责怪研究所。他对自己说：他们怎么可以把这种事情搞得如此严肃呢？

然后，有天下午安德烈·纪德来拜访他们。赫希菲尔德亲自带他参观研究所，还做了活体展示，附有“过渡阶段。第三组”之类的解说。其中有个小伙子解开了衬衫，面带谦逊的微笑，展示一对完美成形的女性乳房。纪德在一旁看着，给出尽可能少的几句礼貌评论，审慎地摸着下巴。他穿戴整齐，还披着斗篷，一副“伟大法国小说家”的模样。毫无疑问，他认为赫希菲尔德的展示粗俗得无可救药，而且一点儿也不法国。克里斯托弗的恐法症一下子发作了。一脸轻蔑、文化自负的青蛙！他突然开始喜爱赫希菲尔德了——片刻之前他还是克里斯托弗的嘲讽对象，这个又傻又严肃的老教授，留着小狗似的胡子，戴着厚厚的眼镜，穿着一双德国犹太人爱穿的笨重靴子……尽管如此，他们三人是站在同

① 爱德华·卡彭特（Edward Carpenter, 1844—1929）是英国著名诗人，乔治·梅里尔（George Merrill, 1866—1928）是他的终身伴侣。两人同为早期同性恋权益活动家。

一边的，不管克里斯托弗喜不喜欢。后来他学会了尊敬他们二人，把他们视为自己族类的英雄领袖。

一九一九年创办研究所时，赫希菲尔德才五十出头，是整个西欧臭名昭著的同性恋研究专家。成千上万他所谓的“第三性”者把赫希菲尔德视为他们的捍卫者，因为他一辈子都在呼吁修改德国刑事法第一百七十五条。这一条规定了对男性的同性恋行为的惩罚。（但女性的同性恋行为不算在内，这表现出对女性的基本蔑视，许多其他国家的立法者们都是这样。）

年轻时，赫希菲尔德是一个走中间道路的社会主义者，而他现在被共产主义者的联盟吸引了。这是因为苏联政府在一九一七年掌权时曾宣布，两个自愿的个体之间一切形式的性交都是私事，不在法律管辖范围之内。德国共产党当然也持同样的立场。另一方面，新兴的纳粹宣布要杜绝同性恋，因为“如果我们要为生存而战，德国必须有男子气概”。希特勒谴责同性恋、左派和犹太人是叛徒，他们破坏了德国的抵抗意志，导致了一九一八年的军事失败。

赫希菲尔德同时代表了这三个群体。一九二〇年，他在慕尼黑演讲，有受到纳粹鼓动的听众把他暴打了一顿。他性格倔强，第二年又去了慕尼黑，结果又被打了一顿；这次他的颅骨碎裂，被扔在地上等死。但一九二二年赫希菲尔德还没被清算，他仍在战斗。在面向国会的一次演讲中，他甚至被允许表达第三性人群的不满。他有时受到官方的尊重，有时收到死亡威胁；一会儿被媒体赞扬，一会儿又被讽刺；他得到一些人的帮助，后来又被这些失去勇气的人背叛——这就是他的地位，崇高又岌岌可危。

研究所当然不只关注同性恋。这里还接待即将结婚的夫妇，研究双方的遗传背景，给他们提供建议。这里为阳痿和其他心理问题提供精神治疗。研究所里还有一间诊所，治疗包括性病在内的各种各样的病例。这里还研究以各种形式呈现的性。

不过，研究所的存在确实让赫希菲尔德能够继续反对第一百七十五条，效果比之前好得多。他在科学上受人尊敬，这是有目共睹的保证，打消了胆小和保守之人的疑虑。研究所是一处对公众、立法者和警察的教育场所。赫希菲尔德可以邀请他们参观性学博物馆，引导他们逐渐改变自己的反应——从难以置信的厌恶到理解刑罚改革的必要性。同时，研究所的法务部门给被控性犯罪的人提供援助，并代表他们出庭。赫希菲尔德赢得了在案件审理之前给予他们庇护的权利。克里斯托弗在午餐时遇到的一些人就属于这一类。

（我还记得克里斯托弗曾从研究所的一个房间向外俯瞰，见到两个显然是便衣侦探的人潜伏在公园边的树下。他们希望某位被通缉的受害者会冒险走出赫希菲尔德的庇护所，呼吸一下新鲜空气。然后，根据警察的游戏规则，此人可以被抓起来，扔进监狱。）

克里斯托弗来到研究所的这一年，赫希菲尔德和他的盟友似乎即将赢得胜利。一九二九年早些时候，国会委员会完成了一项刑事改革法案的起草。根据这项法案，成年男性之间自愿的性行为将不再是犯罪。投票结果中支持与反对的票数非常接近，后来在一些人的支持下最终胜出。法案已提交给国会，似乎有望通过，成为法律。接着，在十月，美国股市崩盘，欧洲爆发了一段时间的恐慌和迟疑，对任何一种改革都很不利。国会无限期推迟了对法案的讨论。

克里斯托弗的房间和弗朗西斯租下的两个房间一样，都靠着公寓楼的大门。你和访客在任何时间都可以随意进出，永远不会撞见房东太太；显然，她机敏地从一扇后门出入。她住在公寓的最深处，那是一片黑森林般的家具围出的空地。如果与性相关的声音时不时地传入她耳中，她也从不抱怨。也许原则上她甚至是赞成的。毕竟她是赫希菲尔德的姐姐。

弗朗西斯的房间可以看见公园的景色。克里斯托弗的窗下则是一片内院，所以这间屋子又暗又便宜。在院子的一堵墙上，赫希菲尔德让人用哥特字体抄了一段歌德的诗：

人的灵魂，
你多么像水！
人的命运，
你多么像风！[①]

---

① 引自《水上的精灵之歌》，钱春绮译，《歌德诗集》，上海译文出版社1999年版。

此前克里斯托弗从未住过能看见诗的房间。以目前的心境，他喜欢自己窗外的风景胜过弗朗西斯窗外蒂尔加滕公园的树。就像明暗变化会让树木看起来不一样，克里斯托弗多变的情绪也会赋予诗句不同的语气：快乐，愤世，或者凄惨。但无论他的心情如何，那两行诗总是在提醒他：你身在德国。院子里毫无特色的墙壁，地面上不喜不悲的雨水坑，头顶那片无所谓国界的天空——在那几句德语的映衬下，全都显出十足的德国味道。

几个月后，他开始讲授英语课的时候，会试着向德国学生传达一些自己对德语的神秘领悟。“不能说‘一张桌子’的意思是ein Tisch[①]——当你学习一个新词时，千万不要对自己说它的意思是什么。这完全是错误的做法。你必须告诉自己：在英国那边，他们有种东西叫桌子。我们可以去英国看看那东西，然后说：‘那就是我们的Tisch。’但它并不是。相似性只是表象。这两样东西在本质上是不同的，因为有着不同文化的两个国家对它们持有不同的看法。如果你领悟到，英国的那个东西不仅仅叫作一张桌子，它就是一张桌子，那你就能开始理解英国人是什么样的了。他们被自己的天性驱使，把那个东西视为一张桌子；既然他们就是这样的人，那么他们不可能管那个东西叫别的什么……当然了，如果你在英国买了一张桌子，并把它带回这里，那么这张桌子就会

① 德语，一张桌子。

变成 ein Tisch。但这变化不是立即发生的。首先需要有德国人长时间视之为 ein Tisch，并称之为 ein Tisch。”

当克里斯托弗这样说话时，大多数学生都会微笑，觉得他很迷人、很异想天开，而且英国味儿十足。只有少数人认为他是在谈论形而上学，因此尊重地倾听。听完之后，他们就会向他提问，然后争论，从绝对的字面意义上理解他的表述，直到他累得张口结舌。

他怎么可能向这些学生解释自己呢？他们学习英语是为了炫耀自己的社会地位，或是为了阅读阿道司·赫胥黎的原著。而他学德语只是为了能够和性伴侣交谈。对他来说，德语这一整门语言——从公园里的“勿踩草坪”标志到墙上的歌德诗句——都辐射出性的意味。对他来说，一张桌子和 ein Tisch 的区别在于，一张桌子就是他母亲宅子里的那张餐桌，而 ein Tisch 则是“惬意角落”的 ein Tisch。

克里斯托弗下定决心，一旦在柏林安顿下来，就开始修改他的长篇小说《纪念碑》。大约六个月前，他已完成了第一稿。之后他几乎没再看过一眼。

所以现在，他每天早晨腋下夹着稿子，沿着篷内路走到其中一家咖啡馆。如果天气寒冷或潮湿，他就坐在室内；如果天气温和，就穿着大衣坐外面。他来这儿不仅仅是因为公寓的房间很暗。在这种公共场合工作似乎更契合他的新生活方式。他想整天与德国人、德语保持不间断的联系，而不是一个人闷在屋里。

他面前放着稿子，右边是一大杯啤酒，左边的烟灰缸里有一支点着的烟。他啜口啤酒，写几行，抽口香烟，再写两句。啤酒当然是德国牌子的：舒特海斯-帕岑霍费尔。香烟则是一个土耳其产的、在柏林特别流行的牌子：敬道色兰。两者都是布比介绍给他的，所以烟酒的味道都神奇地充满了感情。坐在这里是多么奇怪而愉快啊，土耳其烟熏得他鼻孔痒痒，德国啤酒在舌头上微微发苦，而他在用英语写一个关于英国乡村宅子里的英国家庭故事！周围的任何人都不太可能理解他在写什么。这给了他一种舒心的隐私感，人们谈话的噪声对这种感觉没什么严重干扰；德语在另一个波长。有他们在身边，他比独处时更容易集中注意力。他独自一人，但并不孤单。他可以随意进出他们的世界。他开始意识到身为外国人，他可以过得多么自在。

小口饮下的啤酒使克里斯托弗逐渐进入一种放松状态，他发现这种安全状态可以持续约两个半小时。在这段时间里，铅笔在稿纸上的移动越来越不受抑制，停顿越来越少。但是接着，在第四杯喝到一半的时候，他的注意力已抓不住主题了。笔下的字句令他自己发笑。当他这么做的时候，他知道，自己以后重读这些文字时，它们就不会显得这么精妙了——也许一点儿都不妙。他有点儿犯傻了。他必须停下。他收起稿子，把钱留给侍者，然后慢慢走回家，心想：这就是自由。这就是我一直该有的生活。

现在他必须叫醒弗朗西斯，让他穿好衣服去吃午饭。其实弗朗西斯很少需要别人叫醒。通常，克里斯托弗会发现他躺在床的外侧，靠在枕头上看书、抽烟。而在床的里侧，靠着墙壁的地方，可以看见一个男孩的后脑勺。有时另一个男孩会睡在沙发上，压在一堆外套和毛毯下面。

当克里斯托弗走进卧室时，弗朗西斯会给他一个略尴尬的微笑，像是半心半意地为房间和自己生活的凌乱道歉。克里斯托弗不想让弗朗西斯感到抱歉。但他不得不承认，这种日常接触确实令他沾沾自喜。他整个上午都在工作，而弗朗西斯没有。

在《南下访问》中，弗朗西斯以一个叫做安布罗斯的角色出现，对他的描述如下：

> 他身材修长挺拔，动作敏捷，带点儿孩子气。但他黝黑的面孔上却骇人地刻着皱纹，仿佛受到了生活利爪的伤害。他卷曲的黑发生动地披在脸上，发丝里已经嵌了灰色。他深棕色的眼睛里流露出温柔的惊讶神色。他可以在一刹那间变得极度紧张——我能看出来；那敏感的鼻翼和精致的颧骨使他看上去像一匹会毫无预兆飞奔而去的马。然而他内心深处有一种沉思的安宁。这使他美得令人感动。他可以摆姿势为圣徒肖像做模特。

这多多少少算是生活的真实写照，除了最后三句话。那三句只与安布罗斯的虚构部分相关。从弗朗西斯当时的照片来看，他确实很英俊，但他的面孔像一位自我放纵的贵族，而不是冥想中的苦行僧。我看不到他内心的宁静。不过他出奇地有耐心；他毫不介意被晾在一边等待，只要有酒相伴。他似乎察觉不到不适之处。如果有人抱怨，弗朗西斯会温和地责备对方“难伺候”。时不时地，他得在床上躺一整天；他是个病人，虽然身体十分强壮。他可能是受到了治疗副作用的折磨，因为他正在研究所接受梅毒治疗。这是一个漫长的过程。弗朗西斯感到厌倦，尤其是现在他知道自己已不再有传染性了。医生告诫他不要过早放弃治疗，可一旦离开德国去医疗条件较差的国家旅行，他很可能就放弃了。

没过多久，克里斯托弗就意识到弗朗西斯对从未得过梅毒的人怀有一种攻击性——通常隐藏得很好，但有时很明显。他似乎觉得是这些人的自以为是和怯懦妨碍了他们患病，因此为了灵魂着想，他们就该染上梅毒。也许在幻想中，他甚至想象自己去诱骗这些人与已感染的伴侣上床。

理论上，克里斯托弗很同情这种态度。他将弗朗西斯视为一位无意中传播霍默·莱恩福音的传教士，试图告诉世人预防疾病是魔鬼的手段。然而，尽管克里斯托弗知道自己有些一本正经和神经过敏，他还是希望梅毒能放过自己。他确实想反抗魔鬼，但如果可以的话，他不想通过感染梅毒来反抗。弗朗西斯愉快地容忍了克里斯托弗的神经质。毫无疑问，他相信梅毒迟早会找上克里斯托弗的，因为他性关系混乱。

他们相处得很好。弗朗西斯很少有机会能与在许多方面都志趣相投的同胞交谈。克里斯托弗急切地希望弗朗西斯能告诉他关于柏林的一切，包括柏林俚语中的古怪谚语。然而弗朗西斯对德国并不感兴趣。他说只有地中海东部的国家能让他真正感到自在。只有在那里，他才能振作起来认真工作。克里斯托弗只见过弗朗西斯生活在混乱和自我放纵的气氛中，他惊讶地发现原来弗朗西斯有正经工作——尽管他只是断断续续地从事这项职业。弗朗西斯是一位训练有素的考古学家。他指导过巴勒斯坦和其他地方的考古发掘工作，并在诸多科学期刊上发表文章，介绍自己的发现。弗朗西斯对史前希腊非常了解。他经常带着一种平静而朴素的激情谈起此事，令克里斯托弗觉得新奇而感动。似乎他的一部分心思始终停留在那个世界里。

冬日的下午十分短暂，天色开始变暗的时候，他们会去拜访卡尔·吉泽，一起喝咖啡，聊天。卡尔的客厅一点儿也没有研究所里那样庄严肃穆的气氛；这是一个舒适的小巢，摆满了照片和纪念品。

沉默时，卡尔英俊的长脸显得忧郁。但他很快就会咯咯笑起来，眼睛乱转。他用指尖摸着后脑勺，好像在轻拍剪短的鬈发，摆出一副魅力女郎的姿势。在这样的时刻，这位诚恳而聪慧、致力于争取性自由的活动家展现出一种非同寻常的纯真。克里斯托弗在他身上看到了一位有着少女心的健壮乡村青年。卡尔很久以前就爱上了赫希菲尔德，他的父亲意象，他仍然称赫希菲尔德为“老爸”。

他告诉克里斯托弗，所有工人阶级的同性恋男孩都有一种天然冲动，想接受教育；因此，他们必须爬升到中产阶级。卡尔正是这样做的。克里斯托弗对他的说法感到震惊，可他不愿意承认这是真的。为什么一个工人阶级的男孩想受教育，就非得染上布尔乔亚的做派呢？如果天性要求他成为一个“皇后”[①]，他为什么不能当一个工人阶级“皇后”呢？事实是，上流社会的男孩克里斯托弗现在正努力与自己的阶级划清界限。因为他讨厌中产阶级，鄙视中产阶级的附庸跟风。这使他唯有工人阶级可以钦慕；于是他认定工人阶级是坦率的，不摆臭架子，完全走在通往真理的道路上。而卡尔没有这样的错觉。

卡尔的朋友里有一个人是克里斯托弗最喜欢的，他不仅是同性恋者，受过良好的教育，而且是个问心无愧的无产者。这人叫欧文·汉森，一个肌肉发达的大块头，金发剪得很短，军人似的。他在部队里当过体育教练，如今在研究所干各种各样的活儿，身材逐渐发福。欧文一副好脾气，举止粗鲁莽撞，一双蓝眼睛游移不定。他之前常常对克里斯托弗性感地咧嘴笑，有时还捏他的屁股。欧文思想比较激进，所以他的行为没有布尔乔亚气息可能不完全是自发的，而是他政治人格的一部分。

① 原文为queen，俚语中指有脂粉气的男同性恋者。

下午来拜访卡尔的朋友几乎都是中产阶级“皇后”。他们有自己的世界，包括跳舞和饮酒的俱乐部。这些俱乐部遵循中产阶级异性恋者的礼仪规范。如果两个男孩坐在一起，你想和其中的一个跳舞，你要先向他们二人鞠躬，然后问：“可以赏脸跟我跳舞吗？”接着，如果那个男孩答应了，你还要向另一个男孩鞠躬，就好像他是某个女孩的男伴，刚刚允许你和她跳舞。

克里斯托弗到来不久，卡尔就给了他一张自己的照片，上面写着：“一个想和你做朋友的人敬赠。”这行字是一种恳求。卡尔想在一切还来得及之前，把克里斯托弗从弗朗西斯身边夺走，从弗朗西斯所代表的下层生活、酗酒和丑闻中拯救出来。他对弗朗西斯怀有一种悲哀的爱意，认为他无可救药。卡尔希望克里斯托弗有所改变，过上更配得上第三性者的生活，他给克里斯托弗介绍了一个习性稳定的好男孩，指甲干净，穿衬衫打领带。卡尔对克里斯托弗的关心使他深受感动。他真的很喜欢卡尔，尊重卡尔的一切，除了他的讲究体面。

就和那个长了女性乳房的小伙子以及其他所有进入研究所的人一样，克里斯托弗自然也成了博物馆标本，要接受赫希菲尔德的诊断和分类。卡尔找了恰当的时机告诉他，赫希菲尔德把他归为“儿童”。克里斯托弗并不反对这个称呼；他将之理解为“孩子气”。克里斯托弗算不上漂亮男孩——他的脑袋和鼻子太大了——但他看起来确实比实际年龄小，鲜亮的粉色皮肤遗传自凯瑟琳，眼睛明亮，光滑的深棕色头发垂到右脸颊上。他还有孩子气的笑容，一笑就露出满嘴洁白的牙。他想，孩子气远比女人气强。他永远也无法加入卡尔朋友们的行列，玩漂亮的第三性主义，因为他完全拒绝把自己视为“皇后”。在这方面，威斯坦比克里斯托弗成熟得多。标签吓不着他。

夜幕降临时，克里斯托弗跟弗朗西斯去酒吧。当然，弗朗西斯在这里是个知名人物。男孩们对他的称呼是弗兰尼。在德语中，你可以把定冠词放在朋友名字前面——这样便把昵称变得像一位传奇英雄的称号，他们也经常称弗朗西斯为 Der Franni，“这位弗兰尼”。在克里斯托弗和威斯坦的通信中，他们把“弗兰尼”英国化为“弗洛尼”。这个名字出现在威斯坦的好几首诗中，弗洛尼也作为一个角色出现在已出版的《死亡之舞》剧本中，虽然没提名字。他是被舞者模仿的角色之一，某个同志酒吧的老主顾，瘫痪了，被人推到舞台上。他立下遗嘱，请所有人喝酒，然后死去。

在酒吧里，克里斯托弗常常把弗朗西斯和自己想象成进入了丛林的贸易商。丛林的原住民把他们团团围住——天真、好奇，同时多疑、狡猾，很容易对你产生友谊或敌意，到底是哪种却不可预知。两个贸易商有原住民想要的东西，钱。他们能得到多少钱，以及要做什么才能得到，这就是双方讨价还价的主题。原住民们很享受讨价还价这一过程本身；弗朗西斯对此有深刻的理解。他从来不着急，甚至比他们还要有耐心。弗朗西斯给他们买酒，但什么也不承诺，然后夜色渐深。“我从来得不到真正有魅力的那几个，”他常说，“最后和我在一起的是那些没有其他地方睡觉的人。”其实弗朗西斯并不在乎自己最后和谁在一起；他对做爱不太感兴趣。真正使他着迷的——也是通过弗朗西斯的眼睛看到后，克里斯托弗开始越来越着迷的——是男孩们的世界，他们的俚语，他们的争吵，他们的笑话，他们离谱的儿戏般的要求，他们的女孩，他们犯下的窃案，以及他们遭遇警察的经历。

喝得醺醉，自顾自地笑，用颤抖的双手一根接一根地点烟，以模糊不清的德语顽固地和男孩们争论无关紧要的事情，这位弗兰尼漫步于一家家酒吧，等着准备回家睡觉的那一刻降临。而克里斯托弗的典型做法是，每晚陪弗朗西斯踏上去往“夜之尽头”的旅程，但总在三分之一处抛下他，不管有没有床伴都十点钟回家，头脑十分清醒，以便次日早晨精神抖擞地醒来，继续写他的小说。很少有人如此谨慎地放荡行乐。

对克里斯托弗来说，“惬意角落”已不再是他邂逅布比的神秘启蒙殿堂；柏林也不再是承载他们恋情的梦幻城市。他们的风流韵事本质上是一场私人表演，只有在威斯坦出席观看时，这场表演才能继续下去。现在演出结束了。柏林变成了一座真实的城市，“惬意角落”变成了一家真实的酒吧。但他一点儿也不遗憾。因为如今他在这里的冒险也是真实的；少了几分魔力，但要有趣得多。

“惬意角落”（佐塞纳大街七号），还有弗朗西斯和克里斯托弗经常光顾的大多数其他酒吧，都在哈勒舍斯门，一块工人阶级的活动区域。这些酒吧主要靠熟客捧场。它们场地小，不好找，也做不起宣传，所以偶然逛进来的客人很少。此外，很多同性恋者觉得这些地方太粗野，西区的高档酒吧更有安全感，那里只允许衣着整洁的男孩们进入。

西区也有一些迎合异性恋游客的伪色情窝点。那里的男孩们扮上女装，戴着单片眼镜，惊声尖叫；女孩们留着伊顿式短发，穿着男式晚宴礼服，表演所多玛和蛾摩拉的狂欢。这一切震惊了观众，并向他们保证柏林仍是欧洲最堕落的城市。柏林著名的“堕落”，难道不是柏林人在与巴黎的竞争中本能地发展出来的一条商业“路线”吗？巴黎早已垄断了直女市场，所以除了一场性欲倒错的化装舞会，柏林还有什么能提供给游客呢？

柏林警察“容忍”了这些酒吧。没有哪个顾客仅因为出现在这里就会被捕。如果酒吧遭到突击搜查——这种情况并不常见，只有男孩们会被查证件。当警察进来的时候，那些没有证件或因犯罪而被通缉的男孩会从后门或窗户逃出去。

“惬意角落”看起来一点儿不颓废堕落。这里朴素、平常，毫不矫饰。唯一的装饰是几张拳击手和自行车运动员的照片，钉在吧台上方。一个老式大铁炉给室内供暖。男孩们会脱下毛衣或皮夹克，坐下来，把衬衫纽扣一直解到肚脐眼，袖子卷到胳肢窝。因为炉火太热了，也因为他们知道这能让客人（die Stubben①）兴奋。

① 德语，字面意思为“树桩子”。

他们都属于工人阶级，几乎都没有工作。如果你非要说他们是男妓（Pupen-jungen[1]），必须补充一句：与西区那些更专业的男孩相比，他们大多是业余选手。他们贪婪，但并不精于算计，天生不知道为明天着想。他们偷东西的时候行事愚蠢，会被抓住。他们不做任何鼓励客人爱上自己的事情，尽管这符合他们的利益。如果你迷恋地盯着他们，他们就会觉得无聊，很快就开始回避你。除了仔仔细细地梳头之外，他们几乎没有任何虚荣的表现。他们似乎无法把自己想象成倾泻欲望的玩物。他们的态度几乎是冷漠的“爱要不要”。他们来酒吧的主要目的当然是赚钱，但也因为这是一个俱乐部，他们可以和其他男孩闲聊、打牌。如果你想让其中之一去你那桌坐坐，通常他会让你等他打完这一局。

很快，克里斯托弗和许多男孩的关系变得轻松而亲密。也许他们感觉到了他的孩子气，被他吸引了。在他们的陪伴下，他感到无比自由。说英语的时候他结结巴巴，小心翼翼，而现在可以直接用德语说明自己想要什么。他对这门语言所知有限，不得不直言不讳。用外语说出与性相关的词语时，他并不觉得尴尬，因为这与他在英国的生活无关。

他想要的是什么呢？赫希菲尔德称他是“儿童”，这没说错。他想回到从前，重新体验青春期的性欲世界，摆脱当时毁了他愉悦的那份压抑。在学校时，克里斯托弗渴望的男孩都和他一样，

---

① 德语，字面意思为“玩偶男孩”。

惧于承认自己的欲望。当年纯真的情欲激发了更衣室里的种种行为，捏屁股，拧胳膊，半裸身体扭打摔跤。如今这些完全可以坦然公开，没有羞耻，心满意足。最令克里斯托弗兴奋的是一场扭打逐渐变成性行为。对这些德国男孩而言，这似乎是完全自然的。确实，他们对此也很兴奋。或许是因为你不能跟一个女孩这么玩儿，总之在体格平等上是做不到的；或许其中展现出的两名男性之间的攻击性与吸引力，正是他们觉得有趣的地方。这种温和的施虐游戏可能也是德国式感官之欲的一个特征；他们中的许多人喜欢被人用皮带不太使劲地抽打。当然，谁也不会想到去担心自己的品味有什么心理学意义。

这种粗糙的、体育运动般的性爱是很好的静力训练。这比多年来学校里毫无乐趣的强制游戏更能锻炼克里斯托弗的肌肉。他感激伴侣们给了他新的力量。他与他们强壮身躯的接触中充满了爱；这种爱别无所求，除了片刻的欢娱。

克里斯托弗对自己的生活方式很满意，对自己能过上这样的生活感到高兴——高兴得有些忘乎所以，他甚至写信给在英国认识的一个女人，告诉她："我正在做亨利·詹姆斯没勇气做的事。"这个女人愚蠢地把这番话转述给了克里斯托弗从前的文学导师——一位爱尔兰女作家，曾是他父亲弗兰克的朋友，弗兰克昵称她维纳斯（参见《凯瑟琳与弗兰克》）。维纳斯是一位虔诚的詹姆斯拥护者，并不觉得克里斯托弗的那句话有趣。她高傲地回应："克里斯托弗变成了一头小蠢驴，要么就是一条小脏狗，我对这两种动物都不感兴趣。”

克里斯托弗并不生维纳斯的气——她很快就原谅了他，而且他对她的斥责也丝毫不感到羞愧。但不久之后，他开始觉得自己对重新发现的青春期已经探索够了。他现在想要的是一种更严肃的关系，要用一种不同的做爱方式来表达。

既然不再需要之前的性伴侣了，他就能客观地看待他们，从道德角度认识他们。雇另一个人和你发生性关系，这从根本上不就是错误的吗？你不是在剥削他们，侮辱他们吗？克里斯托弗发现观看弗朗西斯和丛林原住民讨价还价很有意思。弗朗西斯本人并没有剥削者的丑陋面目，因为他自己的堕落状态跟那些原住民在一个水平，这使他产生了一种惹人怜悯的画面感。但不论如何，这依旧是殖民时代的情形。“惬意角落”许多客人的行为之所以丑陋，是因为其中掺杂了感情。他们不满足于雇佣男孩的身体——这好歹是一项直截了当的商业交易，还满心期待交易中附赠感激之情，甚至爱。要是什么都得不到，他们就会变得龌龊，管男孩们叫婊子，后悔在他们身上花钱。有个最不伤感的客人讲过一个他自己的伤感故事：在和一个男孩吵架时，他听见自己大喊：“我才不在乎钱——我要的是你！”他不自觉说出的这句话，正是他一直希望那个男孩能对他说的。

只有一样东西是男孩们执意提供的，但很少有客人想要：他们的友谊。大多数男孩都梦想能有一个朋友——那个神圣的德国概念。当然，这位朋友要在金钱上援助他们，但此外，他还要对他们表示出严肃的兴趣，提供建议和鼓励——这对他们来说远比金钱重要。有时，当客人表现出意料之外的善意时，男孩就会把这个概念用尴尬的语言表达出来。客人可能会在这番友情谈话中纵容他，但就像纵容身患绝症的病人一样。在大多数客人看来，这些男孩是没有未来的；因此没人会去关心他们以后过得如何。

圣诞节期间，篷内路上的一家舞厅会举办盛大的化装舞会，专为男士组织的。很多人穿上了女性服饰。有一位著名人物，他继承了整整一柜子已有七八十年历史的漂亮的家族舞会礼服。这些衣服他一年穿坏一身。每次舞会上，他都鼓励朋友们伸手把礼服从他身上撕下来，直到除了几块破布外一丝不挂才回家。

克里斯托弗和弗朗西斯一起去了舞会。他穿的衣服是“惬意角落”的一个男孩借给他的——一件有领子的大毛衣和一条水手穿的喇叭裤。装扮成自己的性伴侣给了他一种情色的兴奋感。弗朗西斯给他化了一点儿妆，使他看起来起码小了五岁。化妆的效果非常可信，卡尔·吉泽有一个朋友不认识克里斯托弗，他后来向卡尔抗议说，弗朗西斯真的太过分了——竟然把一个普通的街头骗子带到体面的社交聚会上来。

这场舞会的体面性很值得怀疑，但确实有一位闪亮的嘉宾出席：康拉德·韦特。这位电影巨星坐在自己的桌旁，一身晚礼服无可挑剔。他一边透过单片眼镜和蔼地观看舞蹈，一边啜饮香槟，拿着长长的烟嘴抽烟。他像是一位超自然的人物，这些欢庆活动的守护神，风度翩翩地向信徒们展示自己。几个受他垂青的人上前跟他交谈，但都没有觍着脸坐下来。

韦特曾出演过两部关于同性恋问题的电影；因此，他出席这场舞会并不奇怪。第一部电影是《与众不同》，一九一九年出品，放映时经常被纳粹打断。在维也纳上映时，一名纳粹分子持左轮手枪向观众席射击，伤了好几个人。第二部电影《爱的法律》一九二七年出品，从许多方面看都是对《与众不同》的重制。

克里斯托弗在研究所看过其中一部，或者两部都看过，我不敢肯定。我还记得三个场景。其中一个是舞会，所有的舞者都是男性，穿戴整齐，好像要站成一个雏菊编成的圆环。正是在这里，韦特扮演的角色遇到了勒索者，勒索者引诱了他，后来又毁了他。第二个场景是韦特（在监狱里？）的幻象，他看到一长队恐同症受害者，有国王、诗人、科学家、哲学家和其他名人，正悲伤地低着头缓慢前行。当他们经过一条写着“第一百七十五条”的横幅时，每个人都畏缩了。第三个场景，赫希菲尔德博士出现了。我记得韦特自杀后的尸体就在他身后。赫希菲尔德发表了一场演说——也就是说，一长串字幕——呼吁公平对待第三性者。这就像狄更斯出现在《荒凉山庄》中，站在乔的尸体旁，开始精彩地抨击：“死了，陛下……”

一九三〇年初，弗朗西斯离开柏林，去了更温暖的南方。所以现在克里斯托弗只好孤零零地和德国人相处。

三

一九三〇年二月六日，克里斯托弗给斯蒂芬·斯彭德写信：

> 我在这里很无聊。一切都是那么愉快，我已经完全失去了身在国外的陌生感。我甚至不太在乎什么时候回英国。我在日记里读到从前国内的生活时，觉得那些人远得好像在月亮上。

两周后他回到了伦敦。导致克里斯托弗意外回国的原因是他的伯父亨利·伊舍伍德。亨利是家族中唯一称得上有钱的人；克里斯托弗的祖父在一九二四年去世，亨利继承了伊舍伍德家的房产和金钱。此后不久，克里斯托弗就决定要当亨利伯父最宠爱的侄子；通过向亨利说明他们叔侄俩有相同的性取向，他立刻就达成了目标。亨利的兄弟姐妹一直都知道他是同性恋，并背着他开一些不友善的玩笑，亨利对此一清二楚。所以他非常高兴发现自己的血亲中有人能与他趣味相投——用他那辈人的俗话，他说自己有点儿“音乐剧兮兮的”。

一旦他们达成了这种共识，克里斯托弗就不难向亨利的头脑中引入一个仁慈的想法。既然亨利在经历了一段没有孩子的婚姻后与妻子分居了；既然他是个虔诚的天主教徒，不能再婚；既然以他的天性，他也不想结婚；既然房产需要有人来继承，而克里斯托弗是假定的继承人——那么在克里斯托弗确实需要钱的时候，给他一点儿补贴又有何不可呢？

克里斯托弗对自己实现目标所采取的外交手段颇感自豪。他向朋友们吹嘘此事。他们嫉妒他，但一点也不吃惊；他们说，如果换作自己，他们也会这么做。我怀疑亨利从一开始就看穿了克里斯托弗业余级的小花招，并被他逗乐了。年轻的时候，亨利自己也抓住每个机会从他父亲那里榨钱。

没有亨利的补贴，克里斯托弗负担不起柏林的生活。亨利答应每三个月给一笔钱。作为回报，克里斯托弗应该定期给他写信，而且当两人都在伦敦时要陪他一起吃饭。写这些信是一项令人厌倦的差事，因为他不得不一遍又一遍地感谢亨利的慷慨，并夸赞他是模范伯父。陪亨利用餐更有趣一些，因为你可以喝个酩酊大醉。亨利要求克里斯托弗讲述自己性生活的每一个细节；克里斯托弗满足了这个要求，夸夸其谈，说得天花乱坠。然后亨利聊起了他的卫兵和其他最爱的性伴。“哦，他就是我所说的撕扯狂——总是撕来扯去的，你知道吧？”有一次，他付钱给一个小伙子，要他一个月不洗澡。“到了月底，他来见我，闻起来就跟狐狸一样！美味！”亨利挥了挥戴着戒指的手，发出鹦鹉般的刺耳笑声。克里斯托弗觉得他的粗鲁气质爽朗又亲切。但亨利同时也是一个势利小人、一个法西斯主义者。他崇拜罗马上流社会的贵妇，大半个冬天都混在她们中间。他还赞扬墨索里尼，说他让自己这样的外国访客在意大利过得更加舒适了。克里斯托弗不得不把嘴闭得紧紧的，表现出极大的兴趣，并对这位上了年纪的美人谄媚地微笑——仿佛他是女王伊丽莎白一世的朝臣。然而，尽管克里斯托弗尽了全力，亨利还是反复无常，时不时地不给钱。这一次就是这样。

因此，克里斯托弗意识到自己的灵魂并不如他想的那么自由，而是像一个被拴住的气球。随着一记屈辱的撞击，他落回了地面，心情极坏，喉咙疼痛。他发现自己陷入了一场家庭战争。他的弟弟理查德现在已经十八岁了，一直试着坚持自己的主见，并向他们的母亲凯瑟琳证明，她不能再把他当学童看待了。理查德的做法十分笨拙——他不想被送回家庭教师那里，为了上牛津大学而填鸭般地学习，于是他假装自己找到了一份工作。当凯瑟琳发现儿子在撒谎时，她的反应更加笨拙。“要是你父亲还活着，”她对理查德说，“你哪敢这个样子！”两人都是一出经典场景的受害者，被迫违背自己的意愿而成为敌人。克里斯托弗当然明白这一点，他知道自己有责任扮演一个温情脉脉的和事佬，帮助两人寻找新的相处之道。但是相反，他和理查德站在一起反对凯瑟琳。

因此有段时间他们过得非常痛苦。在别人手下遭受的种种羞辱，他都报复在了这个泪流满面的疲倦妇人身上。他指责她之前试图毁了他的人生，现在又决心毁了理查德的人生。他说，她要把克里斯托弗培养成剑桥的教员，以满足自己自私的白日梦，让他成为她想要的那种儿子。而他故意让剑桥把自己轰出来了。既然在克里斯托弗身上没能得逞，她现在又违背理查德的意愿，想把他变成牛津的教员。

克里斯托弗冷冷地、咄咄逼人地把自己在柏林的生活讲给她听。他把自己的同性恋行为说得像一种直接针对凯瑟琳的反抗。我认为凯萨琳当时并不震惊。对她来说，儿子描述的事情完全不真实。没有女人参与怎能有真正的性呢？她意识到的只有他声音里的恨意。于是她哭着在日记中写道，这是“美好和平时代”的终结。她固执、任性、愚蠢，而且可悲得令人恼火。然而，她从未在痛苦中做出丝毫让步。这甚至不是因为她认为自己占了理。克里斯托弗叫来了约翰·莱亚德，莱亚德以惯常的直率与她交谈，她谦恭地承认自己犯了许多错误。莱亚德给她留下了很好的印象。她在日记中称他“引人注目，与众不同”。但她不打算改变自己的态度——克里斯托弗现在开始意识到，她是不可能改变了。

终于，亨利·伊舍伍德来了一封信，他正在国外。凯瑟琳这样描述那封信：“亨利这个伯父当得有点派头。”我猜这话的意思是，他建议克里斯托弗不要继续在柏林浪费时间了，应该在伦敦安定下来，找份工作。亨利始终没给那个季度的补贴。三周后，他把在蒙特卡洛赢来的十五英镑寄给了克里斯托弗，明确表示这是下个季度的预支。这一出是亨利的王侯式傲慢的典型表现。克里斯托弗一如既往地原谅了他。他没太把亨利当回事，不至于生他的气。

克里斯托弗回伦敦几天后，威斯坦要接受直肠裂手术。他在一张明信片上宣布了这一消息，措辞还是一贯地简洁，以引用托·斯·艾略特结尾："为鲍丁祈祷。"[①] 离开英国之前，克里斯托弗两次去伯明翰陪他。

这次手术的后遗症威斯坦一直忍受了好几年。这给他灵感写下了《给伤口的信》，这首诗收录在《演说家》中。

五月八日，克里斯托弗动身回柏林，他告诉凯瑟琳自己在她的房子里再也住不下去了。她在日记中写道："他恳求我不要再接纳他，即使他暗示想回来。"克里斯托弗后来确实回来了，但那是在十个月后。此外，在接下来的三年半时间里，他只会在英国待五个月。

这趟不愉快的探亲只带来一个好处：克里斯托弗和理查德变得亲密了。此前他们几乎彼此陌生，因为两人很少见面，而且年

① 引自艾略特诗歌《一颗小小的灵魂》，裘小龙译，见《荒原》，上海译文出版社2012年版。

龄相差七岁。理查德之前一直害怕克里斯托弗从柏林回来，因为他确信兄长会同意凯瑟琳的意见，叫他回到讨厌的家庭教师那里去。所以，当克里斯托弗表示反对母亲、同情弟弟时，理查德也相应地心存感激。探亲结束之前，他们成了朋友。与外界打交道时理查德往往鲁莽幼稚，但他观察世界的眼睛是敏锐而成熟的，他的评论和莱亚德一样坦率。克里斯托弗惊喜地意识到，任何有关自己的事情他都可以毫无顾忌地告诉这个弟弟。

在德国的那些年里，克里斯托弗坚持写日记。他意识到有一天自己会写一些故事，讲讲在那里认识的人，于是日记的篇幅变得越来越长。后来在《诺里斯先生换火车》和《别了，柏林》中，用以营造时代氛围的大部分材料都是这些日记提供的。

这两本书写完后，克里斯托弗把日记烧了。他这样做有个隐秘的理由，因为日记里写满了他的性生活细节，他担心日记本落入警察或其他敌人手里。

克里斯托弗公开宣称的烧毁柏林日记的理由并没什么说服力。他以前常常对朋友说，他焚毁自己真实的过去，是因为他已经创造了一段虚构的过去来代替，他更喜欢这个简化的、值得称道的、激动人心的虚构版本。他说，这段虚构的过去是他想要“记住”的过去。可如今我正在书写克里斯托弗真实的过去，却无法借助已不复存在的日记，多么悲哀。我对这番附庸风雅的说辞也失去了耐心。柏林相关小说遗漏了很多我现在想要记住的东西；我还为了戏剧效果歪曲事件、更改日期。当时克里斯托弗与朋友们的通信幸存下来几封，但是这些信件通常都不署日期。我的印象是，写信之人认为署日期有损他们作为艺术家的尊严，显得如银行职员般一本正经、气量小。具有讽刺意味的是，我最可靠的信息来源竟然是凯瑟琳的日记，而当时克里斯托弗千方百计要把凯瑟琳从自己的柏林生活中完全排除。凯瑟琳只听到了一些零星的消息，有些来自拜访过克里斯托弗的朋友，有些来自他偶尔的、不情愿的书信。我要感谢她把这些记录了下来。

大概是在一九三〇年五月，从伦敦回德国后不久，克里斯托弗认识了一个年轻人，在《别了，柏林》里叫奥托·诺瓦克。当时他十六七岁。

奥托的脸粉红色，像非常成熟的蜜桃，一头浓密的金发从前额低处长出，小眼睛很水灵，满是调皮劲。他天真得叫你难以相信，冲你咧开大嘴一笑，你就得投降。他只要一笑，桃红的腮帮上就露出两个大酒窝……奥托的动作流畅，轻松，带一种高贵凶残的野兽那样野蛮的、无意识的优雅……奥托自满得叫人生气……以他这样年龄的小青年而言，他的肩膀和胸膛确实算得上健壮漂亮。但是他这身材多少有点好笑。胸膛上那美丽成熟的线条到腰部突然过分一收，通向小得滑稽的臀部和稚嫩纤细的腿。这种扩胸器的锻炼使他一天比一天更显得头重脚轻了。[①]

小说的叙述者“克里斯托弗·伊舍伍德”就是这样描述奥托的。虚构的伊舍伍德采取了一种有趣的、略带轻蔑的旁观者视角。当他说到“胸膛上那美丽成熟的线条”时，几乎把自己暴露了。于是，为了避免读者怀疑他认为奥托的外表有吸引力，他又补充说奥托的腿“纤细”。生活中奥托原型的双腿足够健壮，尽管没有上半身那么漂亮。

奥托——这本书里他也叫奥托——是一个来自边境地区的孩子。他家原本住在当时被称为“波兰走廊”的地方，在第一次世界大战结束后，根据《凡尔赛条约》的约定，这一片狭长的德国领土被割让给了波兰。和该地区的许多家庭一样，诺瓦克一家向西迁移，定居到了柏林，因为他们不愿失去德国国籍。不过从外表和气质上看，奥托似乎是斯拉夫人，而不是德国人。他性感的鼻孔和嘴唇让克里斯托弗想起曾看过的一张俄罗斯舞者的照片。

奥托心情好的时候渴望尽情享受，克里斯托弗被这一点迷住了。看电影、用餐和做爱令奥托觉得快乐。和克里斯托弗一样，他也是个“戏精”。他们做爱时，他会用一种令人痴迷的声音大喊：“我想这样死去——就在这么干的时候！”有一次，他们看了一部关于变态杀手的电影，他转向克里斯托弗，严肃地说：“感谢

① 引自《别了，柏林》，孙法理译，上海译文出版社2016年版。本书中引自《别了，柏林》一书的内容皆参考此译本，后文不再重复作注。

上帝，克里斯托弗，我们都精神正常！”奥托还会以极大的悲剧感讲故事。比如说，他曾被一只巨大的幽灵般的黑手缠住。那手他已经见过两次了，一次是在童年，另一次是在十来岁的时候。“要不了多久，我又会看到那只手——然后我就完了。”奥托会含着泪说出这句话。而克里斯托弗的眼里也含着泪，不过是笑出来的。

在他们交往的最初几个月里，对克里斯托弗而言，奥托的存在似乎是夏季本身的一部分。奥托给这个单调、寒冷的城市带来了温暖和色彩，他让椴树长出了绿叶，让穿着大衣的市民们汗流浃背，让乐队的演奏改到了户外。克里斯托弗和他一起乘公共汽车去万湖的大湖，他们一起在浅水中嬉戏，混杂于假日的人群中。然后他们漫步到周围的树林里，寻找可以独处的地方。奥托是人群中兴奋的笑声，树林中诱人的荫翳。但人群和树林也对克里斯托弗充满了威胁；那里潜伏着一些人，可能会引诱奥托离开他。

比起男人来，奥托更喜欢女人，但他首先是一个自恋狂。因此，他情欲的强烈程度主要取决于他的伴侣有多么渴求他。克里斯托弗可以赢过大多数女人，他能比她们更无耻地表现出更多的欲望。（成熟女性比年轻姑娘更具威胁。）“我喜欢你为我欲火焚身的样子，”奥托常常对他说，“你的眼睛那么明亮。”奥托总是在欣赏自己的身体，并呼唤克里斯托弗注意他光滑的、泛着金光的肌肉——“你摸摸，克里斯托弗，滑得像绸缎一样！”冬回大地时，奥托一层一层地脱下厚厚的衣服，一点一点地露出自己，这裸体越发激起两人的欲望。他的身体成了一座热带岛屿，在大雪覆盖的柏林城中，他们被困在这座孤岛上，紧紧依偎在一起。

尽管奥托是否具有吸引力取决于你的品味——他当然不是传统意义上的英俊少年，但能与他在公共场合出双入对，克里斯托弗总是觉得骄傲。他们一起去看最喜欢的卡巴莱[1]歌舞表演，那里也是一家餐厅，克里斯托弗往往会把目光从舞台上移开，去看其他桌的客人是否仰慕奥托。而且他喜欢看映射在奥托眼中的表演。

克里斯托弗在奥托身上花的钱已经超出了他的负担能力，但奥托很小心，不提过分的要求，或者更确切地说，不过分哄骗他。当奥托央求克里斯托弗给他买一套新衣服时，尽管克里斯托弗有些顾虑，但还是很享受这场游戏。这是一种诱惑，总是以做爱和花钱作结。

当然，奥托是自私的。但克里斯托弗也同样自私，正如《别了，柏林》里写的那样。（为了不让这本书的读者犯糊涂，我把小说里的一个人名和一些代词作了调整。）

> 克里斯托弗的自私要虚伪得多，多一些文明和扭曲。你对他提出要求，只要方式对了，他可以作出任何牺牲，无论那要求多么不合理或不必要。但在奥托似乎把坐更好的椅子看作他的权利时，克里斯托弗立即感到一种他不敢不接受的挑战。……为了让奥托投降，克里斯托弗不能不战斗。而他如

① Cabaret，一种歌厅式音乐剧。根据伊舍伍德作品《别了，柏林》改编的音乐剧《歌厅》（*Cabaret*）即以此为名。

果终于停止战斗，那就只意味着对奥托完全失去了兴趣。

这段话试着描绘克里斯托弗和奥托的关系在第三方眼中是什么样子。这个第三方就是斯蒂芬·斯彭德。斯蒂芬当时住在汉堡，那年夏天他们两人去拜访他，在那里住了几天。（我记得斯蒂芬与克里斯托弗打招呼时爆发出的笑声——那是一个小男孩做了禁止做的事情时发出的笑："我刚写了一首精彩绝伦的诗！"停顿。然后突然焦虑起来："至少，我希望如此。"）

在斯蒂芬面前——实际上是在任何一位英国朋友面前——克里斯托弗对奥托的态度变成了歉意和尴尬的混杂。他感到自己被朝两个相反的方向拉扯。他为奥托的存在向斯蒂芬道歉，其方式是扮演一位殉道者，一个被无望的激情折磨的受虐者，就像毛姆在《人性的枷锁》中描写的菲利普·凯利。菲利普成了米尔德里德——一个不忠、贪婪的茶馆女侍者——的奴隶。那是一出故意上演的闹剧。即使克里斯托弗真的为奥托吃醋，真的对奥托感到愤怒，他还是会继续演给斯蒂芬看。奥托是一个天生的演员，他本能地知道这一点，于是自然地参加了演出。他并不反对扮演这个没有同情心的角色。下面是《别了，柏林》中的另一个场景，和前一段引文一样，人名和代词都有变动：

突然，克里斯托弗左右开弓狠狠地扇了奥托两个耳光。两人随即扑到一起，满屋子扭打起来，撞翻了几把椅子。斯蒂芬观望着，尽量躲开。这事很不愉快，也很好笑，因为暴怒把两人的脸都变陌生了，很丑陋。奥托很快就把克里斯托弗按到了地上，开始扭他的胳臂："你尝够了吧？"他不断地问。他咧开嘴笑了，那时他那样子确实狰狞——恶意使他严重地变了形。斯蒂芬知道奥托很高兴他在场，因为那对克里斯托弗是更大的羞辱。

尽管如此，奥托还是希望克里斯托弗的朋友们喜欢他。他试着用他所知的唯一方法接近他们：调情。这通常不会使他们不高兴，但确实令他们觉得奥托只是他那种人中相当普通的一个，不值得他们进一步感到好奇。于是他们又转身和克里斯托弗说英语。奥托不懂他们的语言，只能像动物一样去读他们的表情、手势和语调——结果，奥托对他们的了解要比他们对奥托的了解多得多。

时不时地，克里斯托弗会因为自己面对奥托的尴尬而突然愤怒起来。然后他会因此责怪他的朋友，并惩罚他们，更加无情地令他们暴露在烦人的奥托面前。有些人也会以同样争强好斗的方式利用他们的宠物，动不动就威胁说"爱我，就要爱我的狗"。

在维护奥托时，我必须注意不要让克里斯托弗显得太邪恶。他很清楚自己的受虐倾向和专横的意志；这是身为写作者的生存技巧的一部分。他需要让自己受苦；否则他就会陷入冷漠，永远不会注意或关心任何人、任何事。而且他需要坚定的意志；如果没有意志，他就会停止工作，很可能变成一个酒鬼。他的意志是一种心理上的肌肉，在与懒惰作斗争的过程中，这块肌肉锻炼得过于发达。但是有太多肌肉总比没有强。

六月底，威斯坦来到柏林短暂停留。他带来了他第一本诗集的校样，诗稿将于当年九月出版。这些诗是公开献给克里斯托弗的，威斯坦还用充满私人笑话的德语写了一篇给他的个人献词。克里斯托弗后来把校样借给了斯蒂芬，斯蒂芬不小心把薄薄的纸质书衣弄皱了。还回校样前，斯蒂芬亲自题词："由威斯坦创作，献给克里斯托弗，被斯蒂芬·斯彭德损坏。"

威斯坦对奥托不太感兴趣，但他至少对奥托表示了恭维，把他用作一个形而上学的概念。在他为克里斯托弗一九三一年生日写的一首诗中，奥托是克里斯托弗对抗地狱力量的奖品。也许是出于礼貌，而不是真正的乐观，威斯坦这样写道：

工厂运行了整整一轮
自从你的战役首度打响，
尽管和平地图尚未绘成
但记录显示
奥托的大部分
已成为你的战利品。

一九三〇年将近八月底，爱德华·阿普沃德（在《狮子和影子》里叫艾仑·查莫斯）也在柏林拜访了克里斯托弗。爱德华是克里斯托弗最亲近的直男朋友——他们在公立学校相识，在剑桥读书时成了好朋友。这份友谊产生于对彼此作家身份的钦慕。由于他们本质上都是小说家，所以比起克里斯托弗和威斯坦，这两人之间能更全面地分享写作经验。在克里斯托弗看来，威斯坦的诗歌就像从帽子里变出的兔子；在兔子出现之前，你是不能谈论它们的。

由于他们的性品味不同，爱德华和克里斯托弗往往把性生活置于谈话的背景中，只带着歉意提及。当然，他们会谈论同性恋的问题；但是克里斯托弗意识到爱德华措辞很小心。当用到“鸡奸”和“鸡奸者”这两个词时——这是克里斯托弗当时爱用的说法，他的语气不偏不倚完全准确。

在柏林，爱德华觉得自己踏上了鸡奸者的领土，不得不比以往任何时候都更加小心翼翼。他尽最大努力尊重赫希菲尔德研究所和奥托。卡尔·吉泽和他的朋友们看到爱德华长得如此英俊，于是狡猾地断定他和克里斯托弗一定曾是恋人，尽管克里斯托弗否认了这一点。至于奥托，他会跟爱德华调情，因为爱德华是克里斯托弗的朋友。克里斯托弗不安地意识到奥托的存在破坏了他们两人的团聚。然而他对奥托的痴迷是如此之深，他甚至不愿叫奥托在爱德华拜访结束之前消失一阵子。他担心奥托会从此彻底消失。

克里斯托弗一直把爱德华看作文学导师；现在看来，他也可能成为克里斯托弗的政治导师。因为爱德华现在是马克思主义的皈依者，尽管他还没有加入共产党。克里斯托弗很容易对共产主义产生浪漫的共鸣，他赞同人类四海之内皆兄弟的理念。但他很清楚爱德华的参与并不浪漫，他完全是理智而严肃的；这是他整个生活方式的改变。这种变化意味着艰苦朴素的生活，这既吸引克里斯托弗又让他害怕。他开始用另一种眼光看待爱德华，就像一位虔诚度一般的天主教徒看待一位决心当神父的朋友。

爱德华月底回到了英国。九月二日，他应邀探访凯瑟琳。以前，她不赞成爱德华在大学里对克里斯托弗产生颠覆性的影响(她总是用“影响”来思考问题)。但现在她本能地求助于爱德华，毫无疑问，她觉得爱德华作为一个异性恋者，不可能产生柏林对克里斯托弗那样的影响。(“那可恶的柏林，”她在日记中感叹，“以及它所包含的一切！”)

爱德华在给克里斯托弗的信中谈到了这次会面：

> 我把什么都说出来了，但是非常婉转。我唯一的大错是让她知道你付钱给奥托。我完全中了她的套。而且我觉得我没能成功说服她，令她相信鸡奸是自然的。但是，我坚持说你比在英国的任何时候都显得精神。

爱德华来访后，克里斯托弗越发意识到自己生活在一个什么样的世界里。这是酝酿中的、沸腾的历史——它将检验所有政治理论的真实性，就像实际烹饪能检验菜谱一样。柏林沸腾着失业、营养不良、股市恐慌、对《凡尔赛条约》的仇恨以及另一些强劲的原料。九月二十日，一味新料又加了进来：在国会选举中，纳粹赢得了一百零七个议席，首次成为一个主要派别，而他们此前仅有十二个议席。

十月初，克里斯托弗搬离了篷内路的房间，住到奥托家里。诺瓦克一家住在贫民窟的一套公寓里，位于哈勒舍斯门地区的西米恩大街四号。(在《别了，柏林》中，奥托家住在水门大街，因为克里斯托弗觉得这个名字听起来更浪漫。水门大街其实是西米恩大街的延伸。)

诺瓦克家的公寓里有一间小厨房、一间客厅和一间小卧室。客厅里放了两张大双人床、一张餐桌、六把椅子，还有一个餐具柜。这些家具一定是从更繁荣时期的更大住所里搬出来的；家具周围几乎没有活动空间。小卧室里有两张单人床。

因为克里斯托弗的到来，诺瓦克一家要重新安排睡眠空间，这给家里每个人都带来了不便，但奥托除外。奥托的哥哥洛萨不得不把卧室里的床让给克里斯托弗，自己睡到客厅，和十二岁的妹妹葛蕾特挤一张双人床。原本和葛蕾特一起睡的诺瓦克太太不得不和丈夫睡在另一张双人床上。诺瓦克太太也许并不介意——尽管她抱怨诺瓦克先生打鼾，因为克里斯托弗作为一个房客，给家里带来了额外的食宿费用。诺瓦克先生当然不介意；他每天晚上都喝足够的啤酒，不管身边躺的是谁，他都睡得跟猪一样香。葛蕾特也不会介意；这个年龄的孩子正觉得这样的变化很有趣。但洛萨很可能介意。他是一个二十岁的严肃、勤奋的男孩，已经皈依了国家社会主义；因此，他一定不喜欢克里斯托弗，这个堕落的外国人把他从床上赶下来，以便和他弟弟搞变态的性交。

这是一套阁楼公寓，至少能俯视各处的屋顶，采光也很充足。低楼层的住户只能隔着院子里的深坑互相凝视，屋子里永远阴沉沉的。诺瓦克家这套房的主要缺点是屋顶漏水，雨水会渗进他们的天花板。每四套公寓合用一间厕所，诺瓦克一家必须走下一段楼梯才能到他们的厕所，除非他们更愿意用厨房里的便桶。要好好洗澡——也就是说，不是在厨房的水槽里凑合——他们必须去最近的公共浴室。

厨房的炉灶点燃时，公寓里变得又臭又闷；如果火熄了，你就会冻得哆嗦。而且，不管温度是多少，水槽里都有一股味儿。由于屋顶漏水和过度拥挤，住房管理部门告诉诺瓦克一家，他们不能继续住在这里了。这个地区的其他几十户也被告知了同样的话；但他们无处可搬。

在《别了，柏林》里，“伊舍伍德”搬去与诺瓦克一家同住是在一九三一年的秋天，而不是一九三〇年。这一改动出于两点原因。首先，从结构上考虑，似乎应当先介绍一些更重要的角色——萨莉·鲍尔斯、施罗德小姐和她的房客们，再介绍诺瓦克一家。第二，由于“伊舍伍德”并不是公开的同性恋者，他必须有另一个认识奥托的理由以及另一个与他们一家人同住的动机。在小说中，“伊舍伍德”通过一个名叫彼得·威尔金森的英国人认识了奥托，彼得和奥托是一对情人；“伊舍伍德”认识奥托仅仅是因为他们碰巧住在同一间公寓里，位于波罗的海吕根岛上一个海边村庄（塞林）。彼得和奥托分手后回了英国，奥托和“伊舍伍德”回到了柏林，但不是一起回去的。

一九三一年九月，英国政府被迫放弃金本位制，从而降低了英镑相对于外币的价值，使在海外依赖英国货币生活的英国国民陷入贫困。在小说中，这给了“伊舍伍德”一个和诺瓦克一家同住的合理动机；他成为他们的房客是因为他穷，而不是因为他想和奥托睡一间卧室。

篷内路上那间屋子的房租确实略超出了克里斯托弗的负担能力。但他搬出去并不是因为他突然变穷了；他搬去诺瓦克家的公寓是由于奥托的哄骗。奥托觉得如果他们住在一起会很有趣，克里斯托弗表示同意；那样的贫民窟生活像一场刺激的冒险。等一年后英镑贬值时，克里斯托弗教英语赚的德国马克差不多能弥补他的损失。他始终住得起比西米恩大街稍好一点儿的房子。

新鲜劲儿过去之后，克里斯托弗还是很享受和诺瓦克一家共同生活。他很快就喜欢上了诺瓦克太太。她的两颊红得可爱，两个大黑眼圈露出病态，但也令她显得出奇年轻；她患有结核病。她有一种令人感动的少女气质，欢快，甚至顽皮——她很清楚他和奥托之间的关系，虽然从不提起，但克里斯托弗确信她并不感到震惊。她喜欢有他做客时的那种兴奋气氛。克里斯托弗和诺瓦克先生也相处得很好。诺瓦克先生是一个结实的小个子家具搬运工，喜欢管他叫“克里斯多福”，还老拍他的后背。至于葛蕾特，他觉得她很烦人，但又傻得可爱。克里斯托弗尽力和洛萨交朋友，有好几次还试着用熟人间的“你”来称呼他。在工人阶级男性之间，即使是陌生人也会互相称呼“你”。诺瓦克先生从一开始就对克里斯托弗称“你”，尽管诺瓦克夫人告诉他不能这样和一位绅士交谈。但洛萨不动声色地冷落他，答话时尊称他“您”。这套公寓当然住得不舒服；这里挤得什么东西都放不下。但是，对克里斯托弗来说，这种不适是很容易忍受的，就像露营旅行一样，只要他愿意，随时可以结束。

我怀疑克里斯托弗在诺瓦克家生活时写作上毫无进展。没错，《别了，柏林》里就有这么一段：

> 诺瓦克家的星期天很漫长。天气太恶劣，没有地方可去，我们全都留在家里。……我坐在桌子对面，对着稿纸皱眉头。我已在稿纸上写好：“但是，爱德华，你还不明白么？”我在努力继续写小说。那是关于住在一座乡间大院里的一家人的。这家人赖以生存的钱不是自己挣的，因此很不幸福。他们花时间彼此解释他们的生活为什么不幸福。其中有些道理极具独创性——虽然都是我的意思。不幸的是，我发现我对自己

这不快活的家庭也越来越不感兴趣了：诺瓦克一家的气氛不太令人振奋。

但此处“伊舍伍德”在讨好读者。他正在写的小说似乎是《纪念碑》，但这段话里故意描述得不准确——其中没有哪个角色因为“独创性”的原因而感到不幸福；他们失去了亲人，感到孤独，需要爱，就和任何社会阶层的人一样。“伊舍伍德”仅仅因为搬到了西米恩大街，就觉得自己与布尔乔亚文学的过去决裂了。他暗示，任何关于上流阶层的文学都不值得一读。富人应该是幸福的——他们必须是幸福的——因为他们靠从穷人那里偷来的钱生活；如果连他们都很痛苦，那就太讨厌了。无论如何，他们的生活永远不会有意义，永远不会像诺瓦克一家的生活那样——以及像“伊舍伍德”的生活一样，既然他和他们生活在一起。

这就是克里斯托弗政治觉醒的副作用。但这不能怪爱德华·阿普沃德。他完全做不出这种傻事。克里斯托弗自己也认识得很清楚，尽管他偶尔会犯错。事实上我还记得，在三十年代后期，克里斯托弗告诉人们，他写诺瓦克一家的故事是为了揭穿那股崇拜工人的狂热，因为许多想成为革命作家的人都有这种狂热。

结果克里斯托弗在西米恩大街只住了一个多月。他离开的直接原因是诺瓦克夫人进了疗养院；但不管怎样他都打算不久就离开。贫民窟对他来说已经失去了新鲜感，而且他和奥托的关系变差了。下一步，他想在十一月的某个时候搬到海军上将大街三十八号去住。那地方在邻近的科特布斯门地区，也是一个贫民窟。但克里斯托弗现在有了一个单独的房间，而且相对舒适。他去警察局登记时——你只要一改换地址就得去登记，他们告诉他，他是那个地区唯一的英国人。克里斯托弗的虚荣心得到了满足。他喜欢把自己想象成那种神秘的流浪者，潜入异国他乡深处，用当地人的服装和习俗伪装自己，然后死在无名的坟墓里，被待在国内的同胞嫉妒；就像勃朗宁诗中的瓦林，或是永远消失在墨西哥的比尔斯①。

> 在我们友谊的最初阶段，我被他生活中的冒险精神所吸引。他放弃了英国，他的贫穷、友谊、独立还有他的作品，这些都令我觉得他如英雄一般。一九三〇年冬天的那几个月，我回到英国后与他通信，仿佛在给一位极地探险家写信。

斯蒂芬·斯彭德在他的自传《世界中的世界》里这样半严肃半开玩笑地写道。斯蒂芬还在牛津时就视威斯坦和克里斯托弗为导师。克里斯托弗热切地欢迎斯蒂芬做他的学生；他喜欢向他宣讲莱恩和莱亚德那一套，并迅速开始指导斯蒂芬的写作问题：“不要被任何一位教授所说的‘形式’吓倒。C（指一位国际著名学者、

① 指美国作家安布罗斯·比尔斯（Ambrose Bierce,1842—1914）。

评论家）懂什么‘形式’？我告诉你，这篇作品的结构很好。这对你来说还不够吗？”

岂止是“够”呢。作为学生的斯蒂芬满腔热忱地回复道：

> 还要过多少年，我才能从你成功的地方浮出水面。好像我不得不游过那条腐烂的水渠。我一直想在它下面另挖一条隧道。现在我放弃了。我知道自己必须游过去。

从一九三〇年夏天他们在汉堡见面之后，斯蒂芬开始去柏林看望克里斯托弗。克里斯托弗让他感受了一下西米恩大街的严冬，这给他留下了相当深刻的印象。（四十多年后斯蒂芬给我写信，讽刺地评价道：“那是你最英勇的贫困时期，你还牺牲一切给奥托买新衣服。”）斯蒂芬生性慷慨，而且知道与克里斯托弗相比，他手头要宽裕得多。克里斯托弗并不反对他的看法。他接受斯蒂芬给的钱，偶尔也接受爱德华给的。这些钱他有时还，有时不还。斯蒂芬还送了他很多书和其他礼物。

作为学生，斯蒂芬不得不忍受克里斯托弗的情绪，他的疑病症、愠怒和家庭危机；但只要能欣赏克里斯托弗的表演和独断言论，他似乎就能高高兴兴地忍受下去。我只能认为克里斯托弗的表演值得他人忍受那些麻烦。克里斯托弗似乎有一种非凡的力量，在任何特定的时刻，他都能戏剧化地展示自己的困境，使你感同身受，就像在看一场电影，而你自己也有一个角色。斯蒂芬也拥有这种能力，不久他就开始超越他的导师。这导致了后来的困难。

导师和学生走在柏林的街道上、公园里，一定是引人注目的一对。

二十一岁的斯蒂芬仍然很符合他在《狮子和影子》中的形象，那是十九岁时的斯蒂芬·萨维齐：

> 他朝我们冲了进来，脸涨得通红，大声傻笑着，结果被地毯边缘绊了一跤——一个身材极高、步履拖沓的男孩，一张罂粟深红色的大脸，一头乱蓬蓬的鬈发，一双风信子般的蓝眼睛。他的嗓音洪亮动人……能把他私生活中最隐秘的细节送到最大餐厅的最远角落里。

而根据《世界中的世界》，克里斯托弗：

> 常常摊开双手，和身体稍微分开，这样尤其显得他的袖口很整洁。

（我自己认为，克里斯托弗是无意识地模仿了西部片中牛仔正要拔枪的姿势。）

> 他的头发像小男孩一样轻轻拂过前额，下面是那双闪亮的圆眼睛，目光坚定，似乎是努力的结果……这双眼睛属于

这样一种人：当他乘坐飞机时，会认为飞机能停留在空中是由他的意志控制的……嘴角上有着深深的竖线，活像悲喜剧中的基督。

导师轻快活泼，大脑袋小个子，大步走在他身旁时，学生总是要把自己漂亮的绯红脸庞往下凑，生怕漏掉一个字，同时满怀期待地笑着。他们的年龄相差四岁半，身高相差至少七英寸。学生已经驼背了，所有渴望听到别人在说什么的高个子都驼背。而那位导师，那个喜欢折磨人的小个子，有时还会故意低声说话，好让学生把腰弯得更低。

四

一九三〇年十二月，克里斯托弗再次搬家——向西，从工人阶级的柏林搬到了中产阶级的柏林。他的新房间位于诺伦道夫大街十七号的一套公寓里。诺伦道夫大街就在诺伦道夫广场的南边，广场周围有一些咖啡馆和一所大电影院。从广场沿着克莱斯特大街走，你就进入了这座城市的西区，那里有昂贵的商店，有动物园，还有威廉皇帝纪念教堂。（这座教堂注定要有双重纪念意义。柏林在二战结束后重建时，它的残骸被原样保留下来，以提醒人们当年的轰炸。）

诺伦道夫大街既不高雅，也没有很好地修缮，但这是中产阶级的破败，不是贫民窟的破败。《别了，柏林》中这样描述它：

从我的窗户看出去，是一条庄严而幽深的大街，几家地窖商店灯光日夜长明。带阳台的建筑物有点头重脚轻，在它们门面的阴影下，有卷轴与纹章图案雕刻在肮脏的石膏门面之上。整个地区都是这样，一条街接一条街，每栋房屋都像个破败的有重大意义的保险箱，塞满了失去光辉的贵重物品，和从破产后的中产阶级家里弄来的二手家具。

“伊舍伍德”坐着望向窗外。根据那部小说中的时间线，他刚刚抵达柏林。他是一位超然的外国观察者，正在获取第一印象。“我是一部照相机，”他对自己说，“不假思索地消极地拍摄着。”

一九五一年，约翰·范·德鲁登把这部小说改编成了戏剧，“我是一部照相机”这句话被用作剧作的标题。人们断章取义，给克里斯托弗本人贴上了一个永恒局外人的标签，认为他冷淡地看着生命的巡游从眼前经过，恋恋不舍又无能为力。从那时起，只要他一有新书出版，就总有评论家引用这句话，赞扬伊舍伍德先生锐利的照相机般的眼睛，但也责怪他没勇气走出焦点深度，与他的模特们产生人性意义上的交流。

在小说的下一段里，“伊舍伍德”聆听下面街上小伙子们的口哨声。那已是晚上八点之后，根据规定，各家的房门都已锁上，小伙子们只能不断吹口哨，直到女孩们扔下房门钥匙，好让他们开门上楼。

因为这口哨声，我很不乐意在这里过夜，因为它让我想起自己远离故土，只身住在异国。

“伊舍伍德”又在讨好读者了。他孤独寂寞，没人为他吹口哨，这激起了慈母或慈父般读者的同情。而在真实生活中，克里斯托弗只会在某些场合担心口哨声：有男孩吹口哨找他。因为奥托有钥匙，他怕奥托突然出现，抓到他和其他人在一起，从而大闹一场。

克里斯托弗在诺伦道夫大街的房东是梅塔·图豪小姐。她在《诺里斯先生换火车》和《别了，柏林》里都叫莉娜·施罗德小姐。在这两本书的所有主要角色中，这是对现实原型扭曲最少的一个。

> 她整天在这套昏暗的大房子里悄悄地转悠。她无影无踪，但是警惕地在一间间房里蹒跚着，趿拉着毡拖鞋，穿着有花的晨袍——那袍子用别针很巧妙地别着，不露丝毫内裙或胸衣。她挥动着掸子东瞧瞧，西瞅瞅，把她那短而尖的鼻子伸进柜橱和房客的行李里。她有一双总在探索的明亮的黑眼睛，还有一头她引以为傲的漂亮的棕色鬈发。她一定是五十五岁左右了吧。

许多年后，当图豪小姐读到这段描写的德语译文时，她什么也不反对，只是不同意“蹒跚”这个说法。和通货膨胀成千上万的中产阶级受害者一样，图豪小姐也曾有过富裕的日子，但当她发现自己被迫从事卑微的、毫不淑女的工作时，仍然感到一种酸楚的乐趣。（“如果你是你这个阶层的德国妇女，”有一次克里斯托弗跟凯瑟琳生气时严厉地对她说，“你此时此刻大概在开妓院！”）可怜的图豪小姐，她要是开妓院肯定比现在过得好。现在她得伺候一栋公寓的差劲房客——调酒师波比、站街女柯丝特小姐，还有美尔小姐——一个满脑子纳粹思想的失业约德尔调歌手。三个人都喜欢拖欠房租。

打从一开始，图豪小姐和克里斯托弗就很投缘。从她这边来说，这是因为她认定克里斯托弗正是她所谓的真正绅士，不会破坏家具，不会吐在地毯上，而且按时交房租。她羞怯又彬彬有礼地称呼他为“伊塞伍先生”。克里斯托弗则觉得图豪小姐很有同情心，甚至很可爱，但他无法向她解释其中的原因：她非常像他童年神话里的一个角色——碧雅翠丝·波特笔下的迪基-温克尔太太，那个刺猬太太，总为它的其他动物邻居们洗衣服。

在一天中的任何时候，图豪小姐都可能泡上几杯咖啡或茶，和他聊天。她喜欢大声批判柏林道德生活的堕落，但实际上她几乎不会因任何事情感到震惊。她对奥托的评价很低，认为奥托是依靠克里斯托弗为生的寄生虫；但她从不反对他们一起在她公寓里做的事。她睡在中央客厅的沙发上，所以相邻卧室里发生的一切她差不多都能听到。当克里斯托弗比平时玩得更带劲、更吵闹之后，探头向她道早安时，她会眼珠一转，狡黠地说：“爱是多么甜蜜啊！”

至于柯丝特小姐，图豪小姐只有在因其他事情对她生气的时候，才会不赞成她的职业。在像图豪公寓这样的地方，你可以用任何你喜欢的方式做爱，柏林人有句俗话，说这儿“sturmfrei”[①]。

《别了，柏林》里萨莉·鲍尔斯的现实原型叫珍·罗斯，我希望自己还记得第一次见面时她给克里斯托弗留下的印象。但我忘记了。艺术美化了生活，他人的艺术又美化了克里斯托弗的艺术。早年间她留给我的印象几乎完全是萨莉。萨莉身边站着珍，像一位面带责备的姐姐，我后来才认识她。而萨莉和珍总是都被推挤到我记忆的一隅，为在舞台和银幕上扮演萨莉的女演员让路。不管她们演得如何，对我而言，都比珍或萨莉更生动；她们大胆的妆容和被照得闪亮的面孔要大于生活。

（萨莉·鲍尔斯的姓是克里斯托弗特意挑选的，因为他喜欢这个姓的发音，也喜欢姓氏主人的长相——一个二十岁的美国小伙子，他一九三一年在柏林认识的。这个美国人认为克里斯托弗对他“好脾气地纡尊降贵”；而克里斯托弗则认为这美国人很冷淡。克里斯托弗当时并不知道，这个年轻人正在成长为一位作曲家、小说家，他并不需要靠任何人的小说人物来为他的姓氏扬名。他的名字叫保罗。）

研究珍早年的照片——雪白瘦长的英气面孔、贵族气派的

① 德语，可以自由地接待任何人。

鼻子、乌黑油亮的头发，还有一双棕色的大眼睛——我可以看出她乐趣十足，而且深知自己是个喜剧角色。几年后在伦敦，有一次她告诉克里斯托弗她要去奥斯坦德度周末。他问：“为什么是——？”她带着灿烂的笑容回答：“这样等我回来时，就是来自奥斯坦德的女人了。”我不想冒险让萨莉说那句话。如果允许小说中的人物如此自觉地表演，那么面具就有可能粘在角色脸上。人物可能会完全失去自己的身份特性。

珍在本质上比萨莉更像英国人；她发起牢骚就像一个真正的英国女人，带着逆来顺受的笑容。而且她更坚强。克里斯托弗从不觉得她多愁善感或有一丝一毫的自怜自艾。和萨莉一样，她不断地吹嘘自己的诸多情人。当时克里斯托弗确信她是夸大其词。现在我不那么肯定了。但是后来排演美国版的《我是一部照相机》，当朱莉·哈里斯为萨莉一角排练时，约翰·范·德鲁登和克里斯托弗跟她讨论了一种可能性：萨莉的几乎全部性生活都是想象出来的；他们一致认为应该演得让观众猜不透真假。朱莉通过几句台词精妙地表现出了那种模棱两可：

> 我曾有一个美妙又撩人的小房间——里面没有椅子。我就用这办法引诱男人。

你永远都无法准确知道她所谓的“引诱”是什么意思。

约翰·范·德鲁登的萨莉不完全是克里斯托弗的萨莉；约翰使

她的性情更可爱、更顽皮。而朱莉把自己的许多特点带到了这个角色里。她看似孱弱，但（超过某个临界点后）又不可触碰，像孩子一样会迅速变得高兴或沮丧，固执地听从自己幻想的声音；一个波希米亚版的圣女贞德，努力保护自己不受布尔乔亚生活方式的影响。在倒数第二幕中，这一仗似乎打输了；在专横跋扈的母亲的监护下，朱莉即将回到英国，她反抗过但失败了。作为耻辱的标记，她穿了一件母亲逼她穿上的过时而昂贵的英式外套。她看起来悲惨极了，就和圣女贞德被迫停止穿男装时一样痛苦。接着，在最后一幕中，朱莉又穿回了几乎整出戏一直穿着的那套服装——黑色丝质紧身衣、黑色苏格兰式贝雷帽，还有火红的围巾，这是她反抗的制服。看见这身打扮，她还没开口观众就知道她母亲已经在战场上溃败了。这产生了英勇非凡的效果。波希米亚大获全胜。第一晚观众高兴地欢呼起来。朱莉成了一位明星。由于她的表演，这出戏也变得热门。

这出戏剧的男主人公叫“克里斯托弗·伊舍伍德”。在处理他的性生活时，或者更确切地说，在处理他的性生活缺失时，约翰使用了小说中的一个场景。萨莉问克里斯托弗是否爱上了她。他回答说：“没有。”萨莉回答说她很高兴：“我俩第一次见面我就希望你喜欢我。但是我很高兴你没有爱上我，因为，由于某种原因，我不可能爱上你。”可以认为这里的“由于某种原因”暗示萨莉本能地知道克里斯托弗是同性恋者——也可以不这样认为。至于克里斯托弗，他曾经含糊地说，他浪费了很多时间“猎艳”，但没说猎的是哪一种。

在电影版的《我是一部照相机》中，克里斯托弗喝醉了，想要强奸萨莉。她反抗了他。在此之后，他们仅是好朋友而已。在音乐剧《歌厅》中，男主角叫克里夫·布莱德肖。他是一个彻头彻尾的异性恋美国人，跟萨莉有一段感情，并让她怀了孩子。而在电影版的《歌厅》中，男主角叫布莱恩·罗伯茨。他是一个双性恋的英国人；他先是跟萨莉发生了关系，后来又跟萨莉的情人之一（一个德国大亨）有染。在影片末尾，布莱恩热切地想跟萨莉结婚，但萨莉提醒布莱恩他曾经犯过错，并暗示未来可能还会有其他人。布莱恩的同性恋倾向被处理成一种不雅但滑稽的弱点，可供嘲笑，就像尿床一样。

在现实生活中，珍和克里斯托弗的关系并不涉及性，却比小说、戏剧和电影中萨莉和她各种伴侣之间的关系更亲密。一九三一年初，珍结识克里斯托弗之后搬进了诺伦道夫大街的公寓。很快他们就好得像兄妹一样。他们互相逗乐，享受彼此的陪伴，但两个人都很自私，经常吵架。不过珍从来没有引诱过他。我记得有一个下雨的、阴郁的下午，她说："多可惜啊，我们不能做爱，没什么其他事情可做。"他表示同意，确实可惜，也确实无事可做。不过至少有一次，由于经济或住房方面的紧急情况，他们睡在了同一张床上，但丝毫不尴尬。珍认识奥托和克里斯托弗的其他性伴侣，但她并没有表现出分享他们的兴趣，尽管克里斯托弗不会真的介意。

我记得珍在这套公寓里只住了几个月。图豪小姐非常着迷于珍的外貌、举止、妆容、穿衣风格，尤其是她对自己风流韵事的讲述。但图豪小姐并不太喜欢珍。因为珍邋里邋遢的，也不体贴人；她给女房东添了很多额外的麻烦。她期待有客房服务，有时还对周围的人颐指气使，带有英国上流社会的粗鲁。总之，图豪小姐更喜欢男性房客。

与小说里的“伊舍伍德”和萨莉不同，当珍离开柏林时，克里斯托弗和她并没有永远分别。种种世事使他们隔很久才能相逢，但在珍的余生里，他们仍然像密友一样见面。她于一九七三年去世。

通过斯蒂芬·斯彭德，克里斯托弗结识了另一位即将成为他小说主要角色的人物：姬莎·索罗魏奇克。她是一个年轻的犹太女孩，和富有的父母生活在一起。斯蒂芬几年前在瑞士第一次见到她。

在《别了，柏林》里，姬莎名为纳塔丽亚·兰道尔：

> 纳塔丽亚长了一头毛茸茸的深色头发，有点太多，使她那有一双明亮眼睛的面孔显得狭长，令我联想到小狐狸。她和我握手时手臂从肩膀起伸直，跟时髦的学生一样。“进来，请。”她的口气简慢而干脆。

纳塔丽亚被塑造成了一个专横跋扈的女学究，对文化极度热情，对于性则冷淡而拘谨。她立刻开始指导“伊舍伍德”，决定他必须读哪些书，参加哪些音乐会，参观哪些画廊。面对纳塔丽亚对自己生活的掌控，起初“伊舍伍德”仍是嘲讽地被动应对；后来他开始反击，把萨莉·鲍尔斯介绍给纳塔丽亚认识。他这么做是为了考验纳塔丽亚，而不是萨莉；因为他事先就知道萨莉会怎么表现。萨莉和往常一样吹嘘她的情人；纳塔丽亚则一本正经地感到震惊。她没能通过克里斯托弗的考验。之后，他和纳塔丽亚暂时疏远了。

在现实生活中，珍和姬莎从没见过面，所以也就不存在什么考验。但我相信姬莎一定能通过考验；她甚至可能和珍交上朋友。确实，纳塔丽亚这个角色只是对姬莎讽刺漫画般的写照，正如斯蒂芬·斯彭德在一封责备克里斯托弗的信中所指出的：

> 在我看来，姬莎的性格非常热情，有点儿孩子气。比起犹太人，她更像俄罗斯人，为人慷慨，对他人有深切的兴趣。至于你和姬莎的关系，我认为最基本的事实是，你一直在对她谈论奥托。当你这样做的时候，姬莎的眼中开始盈出同情的泪水。当然，你们从未讨论过这段关系的实质，但姬莎肯定理解并深深地同情。

由于小说中的“伊舍伍德”从未与奥托或其他任何人有过情感上的牵扯，他不可能向纳塔丽亚揭露这种感情，也就没能给她一个表达自己温情和同情的机会。克里斯托弗自己也意识到，他没能赋予纳塔丽亚这个角色足够的暖意。在故事的最后，他试图弥补这一点，他让纳塔丽亚谈上了恋爱，并似乎有了改变。

在同一封信中，斯蒂芬责备克里斯托弗嘲笑纳塔丽亚的文化崇拜："毕竟，纳粹对待音乐会、文化和犹太人的态度在某些方面与你相似。"

的确，克里斯托弗这时仍对文化崇拜抱有强烈的偏见。这种偏见早在来德国之前就形成了，他曾是小提琴家安德烈·芒若（在《狮子和影子》中叫舍雷）的秘书，生活在伦敦录音室、沙龙和音乐厅的世界里。在那些地方，他逐渐开始憎恶观众滔滔不绝的赞美和音乐会的神圣气氛。

但克里斯托弗和纳粹的看法并不一致。纳粹痛恨文化本身，因为它本质上是国际性的，因此是对民族主义的颠覆。他们所谓的纳粹文化是一种地方性的、变态的、民族主义的邪教，少数几位主要的艺术家和许多小艺术家获得了荣誉，因为他们的德国性而不是因为他们的才华。其余的人则被谴责为异族和颓废者，代表了犹太人的文化。克里斯托弗本人崇拜文化，但他的崇拜是一种非常封闭的宗教，只能与艺术家同行们分享。他说，没人有资格称赞一件艺术作品，除非他自己也是一位有实践经验的艺术家。因此，克里斯托弗谴责绝大多数文化崇拜者无知、傲慢，而且可能不真诚——他们是不是犹太人都无关紧要。

随着克里斯托弗继续出版书籍，并开始收获热情的读者，他逐渐克服了这种偏见。谴责你自己的崇拜者并不是人类的本性，即便他们不是艺术家。

在《别了，柏林》里，纳塔丽亚·兰道尔有一位堂兄伯恩哈德·兰道尔。伯恩哈德帮着经营一家百货公司，公司所有者是纳塔丽亚的父亲。伯恩哈德·兰道尔的原型是威尔弗里德·伊瑟列。威尔弗里德·伊瑟列和姬莎·索罗魏奇克没有血缘关系，他们两家也没有生意往来。不过，威尔弗里德确实经营着一家由他自己家族创办的百货公司。那是柏林最大的百货商店之一。

威尔弗里德高大苍白，深色眼睛，说话轻声细语，措辞严谨，面带微笑但很少大笑。他看上去比实际年龄年轻。一九三一年克里斯托弗认识他时，他三十二岁。

在小说中，伯恩哈德的侧脸被描述为“过分文明的、线条精美的鸟喙状”：

> 他笑了，他的脸为一种筋疲力尽的表情所遮蔽，我心里闪过一个念头：说不定他受着一种致命疾病的折磨。

一次又一次，伯恩哈德被描述成一个疲惫的、无动于衷的人。显然，他完全有能力履行他重要的经理职责，但他以厌倦的讽刺态度看待工作。他甚至向“伊舍伍德”坦言，对他来说，百货商店本身有时似乎是不真实的，或许是他正在遭受的幻觉的一部分。这可能不是字面上的意思，但伯恩哈德肯定是在表达他对自己商业生涯和商人身份产生的虚无感。然后他谈得更深了。当“伊舍伍德”问他是否认为会出现政变或革命时，他回答说，这个问题在他看来“有点琐屑无聊”。他拿出一封狂热的反犹分子写来的信，信中威胁要杀死他，他说自己每周会收到三四封这样的信。“伊舍伍德”惊呼：“你肯定会报警，是么？”伯恩哈德又一次疲惫地笑了：

> 我这条命对自己对别人都不那么重要，不需要法律保护……

这个回答展示出更多的冷漠，而非勇气。

我敢肯定，伯恩哈德性格的这些方面并不是虚构的，而是建立在克里斯托弗在现实生活中对威尔弗里德的观察之上。但一个截然不同的威尔弗里德出现在《世界中的世界》里。斯蒂芬讲述了一九三二年暑假，当他们两人一起在吕根岛散步时，威尔弗里德如何震惊了他：

> 他列出了一份希特勒掌控德国后犹太人的行动计划——他似乎预料到此事肯定会发生。他说，犹太人应该停掉他们的生意，走到街上去，留在那里抗议，即使冲锋队向他们开

火，他们也要拒绝回家。只有在绝望的情况下采取这样一种联合行动，才能唤起全世界的良知。

这不仅仅是理论上的空谈。不到一年后，希特勒掌权了，威尔弗里德开始显示出他巨大的勇气和坚决的意志。威尔弗里德的母亲是英国人，他本人也出生在英国。他是英国国民，因此可以随时离开德国回英国定居。相反，他选择留在柏林，再待七年。事态越来越明显，犹太人或任何其他团体都不可能对纳粹采取协调一致的行动，威尔弗里德把精力集中在更有限的目标上，包括保护百货商店本身，能扛多久就扛多久。

像所有其他犹太商店一样，这家百货公司也不时遭到抵制。威尔弗里德本人也受到威胁、被捕、被盘问，（我听说）还被短暂监禁。然而，尽管一再被要求解雇犹太员工，他还是拒绝这样做。他甚至拒绝在商店上空悬挂纳粹党旗，即便那只是安抚当局的象征性姿态。同时，他努力安排尽可能多的犹太人移居国外。集中营里的犹太人如果立即移民，往往是可以获释的，但必须由其他人为此事筹集资金，因为他自己的财产已经被没收了。最终，在一九三九年，伊瑟列的公司被非犹太人接管；这是同类公司里最后易手的一家。威尔弗里德由此失去了大部分帮助他人的能力。就在战争爆发之前，朋友劝服他去了英国。

我能理解为什么威尔弗里德会选择和斯蒂芬讨论他的犹太身

份问题，而不是和克里斯托弗讨论。斯蒂芬的父母一方是犹太人，另一方是英德混血；威尔弗里德可能觉得跟他更亲近。但斯蒂芬定然把他们的谈话告诉了克里斯托弗。克里斯托弗在写威尔弗里德的故事之前，一定听说过他反抗纳粹的事情。

那么威尔弗里德的这一面为什么没有出现在《别了，柏林》对伯恩哈德的塑造中呢？尽管小说不得不以一九三三年“伊舍伍德”离开柏林作结，但可以在他与伯恩哈德的最后一幕中预示出他未来对纳粹的态度；在这一幕里，也许“伊舍伍德”能意识到自己从一开始就误解并低估了伯恩哈德，并感到内疚。相反，小说中“伊舍伍德”与伯恩哈德的最后一幕——设定在一九三二年春天——以一种逃避现实的调子结束。伯恩哈德一直在谈论中国，说在北平，他有生以来第一次感受到回家的感觉。“伊舍伍德”建议他回去。这个建议听起来有点轻蔑；似乎把北平等同于“伊舍伍德”所鄙视的文化崇拜。因为伯恩哈德和纳塔丽亚一样，也是一位文化信徒，不过他比纳塔丽亚高级得多。伯恩哈德平静地表示同意，他会去北平，但条件是“伊舍伍德”作为他的客人和他一起去，而且他们当晚就出发。“伊舍伍德”找借口推脱。总之，他把伯恩哈德的邀约当成了笑话。直到很久以后，伯恩哈德已然去世，“伊舍伍德”才终于相信那个邀请是认真的。“现在我才明白，那是伯恩哈德对我俩最大胆、最愤世嫉俗，也是最后的实验。”换句话说，伯恩哈德玩的是一种反转的俄罗斯轮盘赌，其中五发是死亡，只有第六发是逃离死亡，进入一个遥远的国度——

一个他不用质疑自己存在的国度。

克里斯托弗习惯说，他从不写他不喜欢的人，因为当他不喜欢某人时，他根本就不觉得此人有趣。这是一句炫耀的话，是克里斯托弗处于傲慢情绪中的典型表现。克里斯托弗确实觉得威尔弗里德非常有趣，尽管他们之间存在着很大的敌意。而这份敌意很可能令他无法把威尔弗里德视为英雄加以描述。

> 他能同情人，也有魅力，但是他所有的行为，无论是给我送杯酒或是递支烟，都裹着一层傲慢的外衣——东方式的色倨而内恭。

“伊舍伍德”强调了伯恩哈德的“东方”的一面。此处，这个词语似乎指的是中国人。但在那一时期，克里斯托弗对另一个东方种族有偏见——印度人。印度人的谦逊、被动和他们隐藏起来的傲慢令他觉得反感——也就是说，让他个人感到不安。原则上说，他站在印度人这边反对英国的统治，并同意他们有充分的权利以傲慢的态度对待英国征服者。不过他依旧本能地认同英国人。因此，当他面对一个谦逊又傲慢的印度人（或者说威尔弗里德）时，他深感不安——这是一个“懂得”人生的人，他的知识可能比克里斯托弗自己更丰富。“他并不告诉我他的想法和感受，他瞧不起我，因为我理解不了。”我现在意识到，克里斯托弗的这种偏见源于恐惧——害怕那些他不知道但印度人知道的东西，害怕某一天他可能不得不接受那东西并让它改变自己的生活。作为一个伪印度人，威尔弗里德激起了这种偏见。

在两人关系的早期，“伊舍伍德”和伯恩哈德之间曾有过一场短暂的、不了了之的对决。“伊舍伍德”指责他采用这种装模作样的谦卑态度来表现敌意。“事实上你是我所遇见的人里最不谦恭的人。”伯恩哈德用“东方化”的隐晦回答说：

> “我不知道你是否是对的……我觉得并不完全对，但也部分地……是的，你身上有一种特质吸引了我。我对它还非常妒忌，但你这特质也引起了我的对抗。”

伯恩哈德总结时又加了一句：“我担心自己是一种机械，一种复杂得没有必要的机械。”这可能意味着，他认为“伊舍伍德”相当粗鲁，粗鲁得没有必要。

在克里斯托弗一九三二年十一月写给斯蒂芬·斯彭德的信中，有一句令人费解的话。克里斯托弗告诉斯蒂芬，他最近见过威尔弗里德，但仅此一次。克里斯托弗补充说：“他很友好，但他在心里谴责我。”克里斯托弗为什么觉得威尔弗里德要谴责他？我相信克里斯托弗怀疑威尔弗里德严重压抑了自己的同性恋倾向，因此他谴责克里斯托弗对自己性生活的咄咄逼人的坦率。如果克里斯托弗真的怀疑这一点，那么以他的性格，他对威尔弗里德就会格外坦率，好以此震动他，叫他对自己也坦率起来。

小说似乎暗示，伯恩哈德想隐藏的是对“伊舍伍德”的爱恋。伯恩哈德提议的两人中国行听起来像是私奔。威尔弗里德是不是同性恋者并不重要。有一件事我可以肯定，他并没有爱上克里斯托弗。因此，我发现小说中蕴含的暗示虽然模糊，但很冒犯人。知道威尔弗里德读了那篇小说，我觉得很尴尬。

伯恩哈德·兰道尔的故事以主人公的死讯作结。一九三三年春天，就在“伊舍伍德”永远离开德国后，他在布拉格的一家餐馆里无意中听到两个人在谈论这件事。其中一人在报纸上读到伯恩哈德死于心力衰竭的消息，两人都理所当然地认为他其实是被纳粹杀害的。

杀死伯恩哈德只是一种戏剧性的需要。在这样一部以政治迫害爆发而告终的小说中，至少一人死亡是必须的。《别了，柏林》中没有其他主角被杀害，而伯恩哈德作为一位杰出的犹太人，是最合适的受害者。伯恩哈德死于迫害的早期，这个时间点无法令人信服——除非他是被误杀的。纳粹肯定会等上足够长的时间，以准备一些虚假指控来对付他。对如此重要的商界人物进行清算，会在国外引起许多负面的舆论。尽管威尔弗里德本人一直在反抗，他还是幸存了好几年。纳粹最终还是杀了他——但几乎可以说，那是一场意外。

在英国定居后，威尔弗里德致力于帮助他的难民同胞。法国战败后，许多犹太人被暂时拘留。当威尔弗里德探访拘留营时，他常说："这也是我应该待的地方。"但作为大英的国民，他是自由的。他应征加入了民防组织。

到一九四三年，许多犹太人从德国和奥地利逃到了西班牙和葡萄牙。这一年三月，威尔弗里德飞往葡萄牙，安排一些年轻的难民移居巴勒斯坦。不到两个月他就完成了任务。六月一日，他登上了回伦敦的飞机。乘客中还有著名演员莱斯利·霍华德。

在比斯开湾上空，离菲尼斯特雷角三百英里的地方，他们的航班遇到了八架纳粹战斗机。几乎可以肯定的是，这些战斗机是之前被派去寻找两艘纳粹自己的U型潜水艇的，但没有成功，然后在返航途中偶然发现了他们的航班。在里斯本和伦敦之间往返的非武装飞机很少遭到袭击，尽管经常有要人乘坐。但这一次，纳粹有理由怀疑丘吉尔本人可能就在这架航班上；他们知道丘吉尔去阿尔及尔参加会议，大约那个时间飞回伦敦。机上无人生还。

克里斯托弗第一次见到杰拉德·汉密尔顿是在一九三〇年和一九三一年之交的冬天。在那个时期，杰拉德的社会地位是相当体面的；他是伦敦《泰晤士报》驻德国的销售代表，在柏林有自己的办公室。

杰拉德写了好几本自传，有一本是《诺里斯先生与我》，他在其中描述了自己是如何得到这个职位的：

> 这表明，如今任何人都能轻而易举地得到一个要职，无

论他过去的生活可能是怎样的。我提供了普普通通的推荐信，一个谎都不需要撒，就被突然推上了这个备受尊敬、责任重大的岗位。搞定这件事的简单程度又一次生动说明了这世道是多么虚伪，而我们文明的标准正依赖这种虚伪。

好一个杰拉德啊！叫人忍不住佩服他的手段。他向《泰晤士报》申请一份工作，《泰晤士报》给了他职位，又立即被他谴责虚伪。如果他们雇用杰拉德这种亵渎善恶标准的人，怎么还敢装作一副是非分明的样子？他们怎么敢假装不知道以下两个事实呢？

其一，在第一次世界大战期间，由于“公开表达亲德反英情绪”和“通敌”，杰拉德曾坐过牢，后来在英国被拘留。（此事引得霍雷肖·博顿利[①]写了一篇题为“吊死汉密尔顿！”的文章。）

其二，一九二四年至一九二五年间，杰拉德曾在法国和意大利的多个监狱里待过好几个月，他被控骗走了一位米兰珠宝商的珍珠项链。

但现在，杰拉德背叛了自己，承认自己有双重标准。他一边谴责《泰晤士报》雇用臭名昭著的叛徒、窃贼，一边坚称自己实际上既不是前者也不是后者。杰拉德不是叛徒，因为他不是不列颠人——好吧，生理上他也许是，但在精神上他是彻彻底底的爱

① Horatio Bottomley（1860—1933），英国记者、编辑、报纸经营者和国会议员。

尔兰人。如果你愿意的话，可以称他为爱尔兰叛党、爱尔兰解放事业的潜在殉道者。为证明自己对爱尔兰的忠诚，杰拉德曾与罗杰·凯斯门特[①]通信。当时凯斯门特正在柏林，试图寻求德国的帮助以组织反抗英国的起义。（杰拉德表达自己意见时一定非常谨慎，因为从来没有出现过他参与此事的不利证据。）

至于那条珍珠项链——这项指控其实只是另一个技术问题。杰拉德没想到珠宝商那么早就把账单寄来了，而他自己处理这件事情拖了太长时间（“我向来习惯采取听之任之的策略”），否则那个不愉快的结果是可以避免的。这最多不过是俗话说的“拆东墙补西墙”罢了——而且，不管怎么说，要不是杰拉德想帮助一位经济困难的朋友，他是绝不会卷入这件事的……杰拉德就有这样的说话艺术，既不展示真正的愤慨，也不为自己辩解。他很清楚自己的双重标准，虽然故作严肃真诚，但话说到一半就会忍不住咯咯笑起来。笑过之后，他会跳跃到更愉快的话题上：他所认识的许多有王室头衔的女士和先生；他曾经做客的宫殿、城堡和别墅；他吃过的异国风味的饭菜，喝过的现已绝迹的葡萄酒。

在我看来，克里斯托弗第一眼看见杰拉德·汉密尔顿时，就“认出”他是自己未来小说中的角色诺里斯先生。当威廉·布雷德肖（小说中的第一人称叙事者）在火车上遇到诺里斯先生时，他

① Roger Casement（1864—1916），英裔爱尔兰人，支持爱尔兰独立运动，是1916年爱尔兰复活节起义的领导人之一，同年被以叛国罪判处死刑。他记录自己同性恋情事的日记在处刑前被英国政府曝光。

们的相遇似乎是一段回忆，而不是想象，尽管故事背景是虚构的。在开篇的几句话中，汉密尔顿和诺里斯一模一样：

> 那陌生人给我的第一印象是他有一双不同寻常的淡蓝眼睛……惊诧，带了几分天真的调皮，那是在做坏事时被意外撞见的学生的目光……那笑很迷人。他的手小巧而白皙，指甲修剪得很美。他的鼻子扁平，大而多肉；下巴似乎向两侧分开，有如一架破裂的六角手风琴。他面颊红润，额头如大理石雕塑般白皙。深灰色的头发从额头上横过，剪了个奇怪的发式，像刘海，紧贴着头颅，又粗又厚。我观察了好一会儿，看出来了，不禁哑然失笑，原来他戴了顶假发。[①]

在克里斯托弗看来，杰拉德具有迷人的"时代感"。他把威斯坦、斯蒂芬和其他朋友介绍给他，不久，他们都把他当成一件被后人重新发现的、荒诞而怀旧的艺术品来对待。杰拉德非常喜欢自己的这一新面貌，并开始加以利用。毫无疑问，他意识到这些对他的假发、彬彬有礼的造作举止和违警记录感到惊奇的天真年轻人已不知不觉地成了他的同谋。他们把杰拉德拉进了他以前从未进入过的圈子，也就是现代波希米亚圈。他受到了他们的欢迎，正是因为他过去名声不好，而不是因为他们不在乎。放荡不羁者

---

① 引自《诺里斯先生换火车》，孙法理译，上海译文出版社2016年版。

并不都是穷人。杰拉德期待建立有利可图的新人脉。

（这让我想起了一位迷人的小伙子，他也曾短暂地受到同一个圈子的欢迎，因为他坦率地承认自己是一个飞贼，而根据莱恩—莱亚德理论，这说明他“心地纯洁”。后来他的一些仰慕者家中被盗了，但没有任何证据证明他有罪。）

因此，杰拉德并不介意新朋友们称他为“一个令人难以置信的老骗子”，尽管他总是抗议，但不过是装装样子。有一次，一位汉密尔顿鉴赏家对克里斯托弗评论说：“杰拉德似乎犯了一个道德上的错误。”对此，克里斯托弗回答：“说杰拉德犯了一个道德上的错误，就好比说有个人在科罗拉多大峡谷谷底从一张脚凳上摔了下来。”克里斯托弗对自己的这句妙语很满意，还把它复述给杰拉德本人听。他听了咯咯地笑，扭动身子大声赞道：“可不是嘛！”

杰拉德生性挥霍无度，这使得他债台高筑，而且知道自己绝对还不上。除此之外，他的不道德行为几乎全部与他中间人的角色有关。如果你想把一幅偷来的画作卖给一位不介意私下欣赏的收藏家，想把军火走私到外国，想从对手公司里偷一份合同，想戴一枚你完全配不上的荣誉勋章，或是想把你的犯罪记录从档案里抽出来，那么杰拉德非常乐意帮助你，而且他往往能成功。所有这些交易都以这样那样的形式涉及贿赂。然后还有杰拉德的操作费。会有一些意料之外的障碍——可能就是杰拉德搞出来的——需要克服，代价相当大。总而言之，大笔的钱不断转手。

杰拉德的手就处在中间环节，而且它们很黏……当然，在所谓的合法事务中，有一个说法用来描述杰拉德的行为并为之辩护；这叫做抽取佣金。而为了从事这个行当，杰拉德可能不得不与各种人过从甚密，比如可收买的警察局长、残忍嗜血的主教、秘密线人、双面间谍、勒索犯、职业打手、政客的秘书和情人、比她们的丈夫更无情的百万富婆——好吧，这就叫做通晓世故。

和所有极度不诚实的人一样，他令相对诚实者显得伪善而懦弱。唯有圣人能与他保持联系而不受污染。此外，由于你同他交往，你就要为他的许多同伙确实犯下的卑鄙行径承担一定的责任，哪怕只有百分之一的十分之一。我记得一个男人，是克里斯托弗通过杰拉德认识的，那人与法国反间谍活动有联系；他有一张我这辈子见过的最邪恶的脸。

杰拉德看上去并不邪恶，但在亲切的外表下，他是个冷酷的恨世者。他觉得只要有胆量，每个人都会去偷抢拐骗。这使他对那些正在被他欺侮利用的人怀有惊人的敌意；在无须防备的时候，他会带着残忍的轻蔑说起他们。在克里斯托弗看来，杰拉德的冷嘲热讽是有道理的。要不是他生性谨慎，他一定会被杰拉德引诱去干严重违法的勾当。

回顾杰拉德的职业生涯，我发现他的恶行与其说是有趣，不如说令人厌烦。他的欺诈行为令人厌烦，因为他是如此执著不懈；他就像一只贪婪的动物，你不能把它单独留在厨房里，哪怕片刻都不行。可这一切阴谋诡计给他带来了什么好处呢？他常常腼腆地吹嘘自己的成就，暗示自己捞到了“足足一千”或者“一笔相当可观的财富”，但当你追问细节，他又闪烁其词。也许他为自己不管攫取了多少钱都挥霍一空的放纵感到羞耻。他一生都受到债主的纠缠。奇怪的事实是，他只是业余级的，无可救药地不专业，浪漫而不切实际，手段一点儿也不现代。照他的做法，犯罪并没带来财富，而是像搞巫术一样，要求苛刻却无甚回报。

尽管杰拉德的生活充满焦虑，他还是能真正地享受自我。他和朋友们分享他的快乐。当天气阴沉、生活阴郁的时候，他的荒诞魅力能让你振作起来。他会精心打扮去参加一些单调的聚会，好像那是一场精彩的社交盛事，也因此几乎成功将之变成了一场盛事。他能让你觉得自己在参加宴会，而实际上你吃的是炒鸡蛋，喝的是廉价葡萄酒。他因你的笑话捧腹大笑，他乐于奉承你，你高兴的时候他也由衷地高兴。所以他受到许多人的喜爱，虽然这些人完全不认同他的品行。而其他人都毫无保留地崇拜他，包括图豪小姐在内。他则称她为“图豪女神”。

杰拉德有一种爱尔兰人的天才，他满怀激情地投身于各种事业，在争论中怒气冲冲地支持其中一方。这种激情和愤怒往往是暂时的，他后来改变立场时毫不尴尬。他曾是和平主义者、爱尔兰独立的斗士（不管其他人可能会为此付出多少血的代价）、近乎共产主义者、右翼极端分子、梵蒂冈外交政策批评家以及虔诚的天主教徒。自然有人要怀疑他别有用心；毫无疑问，通常他确实别有用心。但在第一次世界大战结束后，他为抗击饥荒委员会和拯救儿童基金会做了很多工作，你很难从中找到任何邪恶之处。他还经常给报社写信，支持堕胎合法化、监狱改革、废除死刑，措辞直言不讳、清晰明了，颇令人钦佩。

《诺里斯先生与我》没能揭示杰拉德和克里斯托弗之间最持久的感情纽带——他们都是同性恋者。有些法律专为反对他们这类人的存在而被制定；当要违反这些律令时，克里斯托弗非常乐意给杰拉德当犯罪同伙。

五

新年前后，爱德华和威斯坦读了《纪念碑》的原稿。两人都用自己独特的语言赞扬了这本书——克里斯托弗已经习惯了这种语言，所以他从来没想过这些话放在书衣上有多么奇怪：

> **阿普沃德**：号角齐鸣，一个灰耳朵的男人泪水如硫黄的激流，为查尔斯沃思、莉莉和试图自杀的爱德华·布莱克哭泣。**奥登**：只有你有勇气和试剂，能让那地毯上的图案显形。请让我也为伊舍伍德的天气说几句赞美的话。

克里斯托弗并不怀疑他们的热情是真诚的。尽管如此，他还是很担心。这两人是他最亲密的朋友，和他可说是心灵相通。他们会不会是靠心灵感应理解了他在书中想表达的东西，而忽略了事实上他并没有成功表达出来？如果真是这样，那么在并不与他心灵相通的出版人乔纳森·凯普眼中，这本书又是什么样的呢？

一九二八年，凯普出版了克里斯托弗的第一部小说《全是密谋家》。而现在，一九三一年三月，凯普正在考虑要不要出版这本《纪念碑》。克里斯托弗于三月十日启程前往伦敦，想在最短的时间内赶到现场，等凯普做出决定。

在与凯瑟琳分开的这段时间里，克里斯托弗默认与她和解了。她是一座消极的堡垒，而他已经停止了攻击。有什么用呢？不管怎样，她都是坚不可摧的。他们通了几封信，从不提及两人之间的分歧。

克里斯托弗到伦敦的第二天，凯瑟琳在她的日记中写道："我们坐在我房间里聊到将近凌晨一点。几乎和很久以前一样。"但是一两天后，她焦虑起来：

> 恐怕现在的情况比以往任何时候都糟，他看起来很不好。从某种程度上说，他很高兴能回来，但他焦躁不安，也不快乐。他只想着奥托，这个奥托是他痛苦的根源，而不是幸福的根源。

现在，让我觉得不寻常的是，克里斯托弗竟会将自己暴露到如此程度，让她看出奥托是他"痛苦的根源"——从而承认了他同性恋生活的失败，并证实了她对同性恋的偏见。即便在二十八九岁时，他仍然有一种孩子气的、想要向她倾诉的冲动，而这似乎是他自己无法控制的。

三月十四日，乔纳森·凯普坚决而礼貌地拒绝了《纪念碑》：“我意识到让你离开是有风险的，因为你可能会在其他地方建立起持久的联系。这本书当然应该被出版。”

无论你的第一部小说被拒绝多少次，都不如第二部小说被拒绝——一种很常见的情况——更痛苦；至少克里斯托弗是这么认为的。只要没有任何出版人接受他的书，他就可以把所有出版人都视为他者，他们不过是一群商人，其文学判断除了金钱之外没有任何价值。但他不能这样摈弃乔纳森·凯普。在两个出版人拒绝了《全是密谋家》之后，凯普接受了这本书，这说明他是一个品味独特的人，不是商人，也不是他者。克里斯托弗的自信心动摇了。

斯蒂芬·斯彭德曾建议，万一凯普拒绝了，克里斯托弗可以把小说交给柯蒂斯·布朗著作代理公司，让他们试试在别处出版。现在他与柯蒂斯·布朗的一位代表见了面，并且受邀享用一顿昂贵的午餐。当他从餐桌旁站起身时，心中也升腾起不切实际的希望。

同时，斯蒂芬在柏林忠诚地等着他。克里斯托弗在信中让斯蒂芬“再坚守一会儿堡垒”。坚守堡垒显然包括解决奥托给自己惹来的某种麻烦。凯瑟琳记录下了斯蒂芬的电报回复“奥托一切都好”。三月二十一日，克里斯托弗返回德国。

在六月或七月初，克里斯托弗、斯蒂芬和奥托一起去吕根岛的塞林度暑假。威斯坦不情愿地在那儿加入了他们。克里斯托弗要直到被太阳晒得黝黑才会觉得自己不体面，威斯坦不一样，他不喜欢沙滩和大海。他身上皮肤白皙，暴露在外时就变成痛苦的粉红色。他更喜欢阴雨天气。在白天的大部分时间里，威斯坦把自己关在卧室里，拉下窗帘，无视夏天，只是写作。我想他是在写《演说家》。

斯蒂芬也在写作，尽管他把大部分时间都花在户外，陪伴克里斯托弗和奥托。他用照相机记录他们的假期。相机有自动快门，所以斯蒂芬并不一定在照片之外。在最近写给我的信中，他回忆道：

> 用一部为自恋者设计的自慰照相机，我拍下了——或者说它拍下了——世界历史上最著名的照片，**我们三个**。

斯蒂芬站在中间，胳膊搂着威斯坦和克里斯托弗，脸上的表情像是下了班的耶稣在和“这些孩子们”休闲放松。克里斯托弗的个头和另外两人相比实在太矮小了，看起来像站在一个地洞里。

斯蒂芬也给奥托拍了照片——有的荒诞，有的如动物般美丽：奥托只穿了裹腰布，弹着吉他，假装是夏威夷男孩；奥托无意中摆出米开朗琪罗画在西斯廷教堂天花板上的裸体姿势。奥托要是知道，其中几张照片将于一九七四年出现在某电视纪录片中，在大约五百万英国观众面前播出，他该多么高兴啊！斯蒂芬、威斯坦和克里斯托弗当时要是知道此事，他们会多么高兴地——也是多么错误地——据此推断一九七〇年代的英国是一个充满爱和自由的人间天堂。

总而言之，这次吕根岛之行并不成功。威斯坦很快就回了英国。克里斯托弗和奥托吵了起来，因为奥托晚上总是和海滩女孩在当地的赌场跳舞，凌晨才回家。最后一天，克里斯托弗在海边蹚水时，被一块锋利的锡片割破了脚趾。伤口恶化，他返回柏林后好几个星期都是一瘸一拐。

与此同时，斯蒂芬去了萨尔茨堡。他写信说想和克里斯托弗重聚，并问是否有空房间能给他住。克里斯托弗回信说：

> 我想我可以在附近给你找更便宜的住处。我觉得我们最好不要在同一个屋檐下生活，你说呢？我相信吕根岛上的麻烦有一部分就是这个原因引起的。总之，我决定不再和奥托长时间住在一起了。因为最近几天，当他花很短的时间来看我时，我们相处得棒极了……

这是斯蒂芬令克里斯托弗不悦的第一个迹象。克里斯托弗提到奥托只是因为他不好意思说自己不想跟斯蒂芬住在同一间公寓里。斯蒂芬领会了他的暗示。他没去柏林，而是回了伦敦。

柯蒂斯·布朗一直没能给《纪念碑》找到出版商；另外三家，戴维斯、塞克和达克沃思也拒绝了。斯蒂芬现在亲手把原稿交给了约翰·莱曼，莱曼在为伦纳德和弗吉尼亚·伍尔夫夫妇管理霍加斯出版社。斯蒂芬已向莱曼称赞《纪念碑》是他们这一代的杰作之一。他的过分热情有时会威胁到目标的实现，但莱曼并没有被吓到。他读了原稿，觉得非常喜欢，并承诺斯蒂芬他会尽一切努力说服伍尔夫夫妇出版书稿。听到这个消息后，克里斯托弗为自己疏远斯蒂芬感到羞愧，他热情地给斯蒂芬写了一封信，感谢他为《纪念碑》做出的一切努力："如果霍加斯出版社真的接受了，那完全归功于你。"

不久之后，克里斯托弗向斯蒂芬汇报情况：

> 我收到了柯蒂斯·布朗的一封信，说霍加斯出版社想先读一下《全是密谋家》，然后再决定要不要出版《纪念碑》。恐怕这是致命的一击，但我会写信给我母亲，让她转寄一本过去。如果你要写信给莱曼，一定恳求他不要因《全是密谋家》而对我失去兴趣。告诉他，他们想让我把下一本书写成什么风格都行——哪怕写成《帽商的城堡》那样。

（那是阿·约·克罗宁的第一部长篇小说。当时克里斯托弗还没读过；他仅仅因为这是本畅销书就鄙视它。当他后来读了《帽商的城堡》，惊讶地发现自己被打动了。）

> 只要霍加斯（或是布莱克威尔，或是环球出版社，哪怕是基督教知识促进会）肯接受我的小说，今年冬天不管出什么

事情我都愿意忍受……纳粹总是有可能下周日就推翻普鲁士政府，把所有外国人都驱逐出境。

（克里斯托弗喜欢对国内的平民散布一些危言耸听的前线消息；他很容易忘记斯蒂芬也曾在前线待过。这里他指的是即将在八月二日举行的全民公投，它决定着布鲁宁政府的命运。这一次政府得救了；但无论怎样，那一年都没有纳粹接管的危险。）

珍说她冬天要去美国。汉密尔顿公开宣布支持俄国。奥托成了一名冠军运动员。

（珍始终也没去成美国。她会有这个想法可能是因为她和克里斯托弗最近认识了一个美国人，也就是《别了，柏林》中克莱夫的原型。和克莱夫一样，这个美国人邀请他们和他一起去美国，这让他们兴奋不已，然后此君突然离开了柏林，连句再见都没说，把他们的希望砸得粉碎。

杰拉德·汉密尔顿在《诺里斯先生与我》中写道："我与德国共产党领导人保持着联系；作为一个政治党派，他们完全代表了我对社会问题的看法。"那年夏天，他一直在共产党赞助的会议上发表演讲，谈论他最喜欢的改革项目。《泰晤士报》听闻此事后要求他辞职。因此杰拉德决定向左翼看齐，寻找一位新的金主。他通过媒体发表某种声明"宣布支持俄国"。

我忘了奥托成了哪种“冠军运动员”。他大概是参加了本地的一家体育俱乐部，赢了几场短跑比赛。他的爆发力总是不持久。）

八月，克里斯托弗结识了克劳斯·曼——托马斯·曼的长子；那是他第一次接触这个家族的成员。克劳斯和克里斯托弗从一开始就很投缘。他们将成为亲密的朋友，但两人很少见面，因为克劳斯总是四处奔波。

和大多数认识克劳斯的人一样，克里斯托弗也认为克劳斯身为托马斯·曼的儿子，写作生涯一定很不容易。但克劳斯显然能够接受父亲得诺贝尔奖之类的事情；他并没有浪费生命，在父亲的庞大阴影下嫉妒地颤抖。他也没有装出一副许多欧洲文坛人士都有的那种宏伟而疏离的阴郁。他的举止从容、活泼、诙谐，又能深切地关心朋友和他所信仰的事业，并为之而战。克里斯托弗觉得这样的性格组成很可爱。与此同时，在克劳斯活泼、勇敢、毫不自怜的表象之下，有一股顽固的自我毁灭的冲动。直到一九四九年克劳斯自杀前不久，克里斯托弗才完全意识到这一点。

九月二日，仍在伦敦的斯蒂芬打电话给凯瑟琳，告诉她霍加斯出版社已经接受了《纪念碑》。斯蒂芬一定是想把拍电报给克里斯托弗报喜的这份愉悦留给她，他想得真周到。克里斯托弗当然很高兴。但他很快就找到了重新焦虑的理由——英镑贬值。九月底，他写信给斯蒂芬：

我再没收到关于《纪念碑》的任何消息。他们是因为这场危机而放弃了我的书吗？什么都有可能发生。英镑曾跌到十五，但今天好些了。我主要靠早上和一个德裔美国男孩散步挣来的钱生活，他会用英语说“是的”和“不，先生”。

几天之后，克里斯托弗又在信中说，那个德裔美国男孩在玩游戏的时候

把一根尖头的小棍儿扎进了我的眼皮里，离眼球大概只有一毫米。我现在正在清洗伤口，吃图豪小姐给的葡萄。她真是世界上最好的房东。

一个标准场景——之前已上演过许多次，之后也会经常重演：克里斯托弗在感官上享受着扮演饱受苦难的伤病员角色。

德国现在挺可怕的。革命将至的气氛已经不再是玩笑，而且不知何故，那种其实什么都不会发生的感觉只让情况变得更糟。我觉得每个地方的每个人都在被一台庞大的机器慢慢摧毁。我觉得自己越来越渺小……姬莎今晚动身去巴黎。她希望你能给她写信，她会把她的地址告诉我或者我俩。多

么奇怪啊，那户人家就这样走到了尽头。

因此，姬莎·索罗魏奇克和纳塔丽亚·兰道尔一样，在希特勒上台之前幸运地离开了柏林。她和父母在法国定居，她嫁给了一个法国人。战争结束后，姬莎和丈夫仍在法国生活。斯蒂芬和她保持着联系，但克里斯托弗没做到。

这份差事能做到十月底或者十一月。然后呢？唔，汉密尔顿新张罗的“英美新闻通讯社”或许有一个空缺，那里像是布尔什维克骗子们聚集的好巢穴……你是不是说过，你有米尔斯基那本关于列宁的书？如果什么时候能寄给我，我会非常感激。

我很沮丧，但不算严重。我听汉密尔顿讲述他与法警的经典斗争，笑了大半天。

法警来访是由于杰拉德丢掉了《泰晤士报》的工作。这自然使他的信用破产了。债主们现在要收回他尚未支付费用的家具和其他贵重物品——也就是说，他公寓里几乎所有的东西。我不记得“英美新闻通讯社”有没有真的办起来。杰拉德显然必须拥有某种形式的共产主义前线组织，或者至少要有一个这样的计划，然后才能向德国共产党寻求资金援助。

但是德国共产党主要依赖俄国资金，在这个环节上，杰拉德发现自己面对的是讲求实际的专业人士，而不是他所习惯的那种贪婪好骗的业余爱好者。俄国人要看成果，而且即便得到了成果，他们付钱也是慢吞吞的。听杰拉德说，德国共产党的官员常常要等上几个月才能拿到工资。随着对德共的财政状况越来越失望，杰拉德对它的批评也越来越多。通过他的眼睛，克里斯托弗开始看到这个组织丑陋的一面——内部斗争，效率低下，莫斯科不断变化的策略指示令他们不知所措。

克里斯托弗理所当然地认为德国共产党人看透了杰拉德；他们只把他看作一个风度翩翩的中间人，他的外表和良好举止有助于他们同敌对的绅士们打交道。尽管如此，克里斯托弗仍不禁觉得伤感和震惊，工人阶级的组织竟然会忘记无产阶级的道德准则，堕落到使用这种行为不检的人员。

虽然有这些怀疑，克里斯托弗仍满怀敬意和热情地阅读关于列宁的书。因此，他能在同一封信里既向斯蒂芬要那本米尔斯基，又提及“布尔什维克骗子”，还用锤子和镰刀装饰他的签名。他就是那个时代党派论辩家们常说的“不确定分子”。

那年秋天，珍接到了一份演戏的工作——她的戏份极少，但整出戏是大制作：马克斯·莱因哈特制作的歌剧《霍夫曼的故事》，十一月二十八日首演。这是希特勒上台前柏林戏剧界最后的宏大演出之一，从某种意义上说，也是莱因哈特的告别之作。战争期间，他和家人逃亡到加利福尼亚，克里斯托弗将在那里与他们相遇。

在这出歌剧所有的精彩舞台画面里，我印象中最生动的一幅是威尼斯的大运河，河上有一艘贡多拉顺流而下。为了让贡多拉看起来像在移动，莱因哈特移动了布景本身。当贡多拉绕过运河的弯道时，巨大的宫殿正面慢慢地旋转起来。宫殿的移动引发了一阵低沉的机械轰鸣声，有时甚至盖过了音乐声。即便如此，也像是有意制造出的效果。那声音宏伟而可怕，像末日的脚步。

有一个场景是威尼斯宫殿中交际花古丽叶塔的舞会，其间几对爱侣被抬上舞台，每一对都倚在轿子上，抱在一起。这几对情人只是跑龙套，上台之后很少有观众注意到他们在拥抱，因为这时舞台中央正上演令人目眩的芭蕾舞。但克里斯托弗透过望远镜，目不转睛地注视着其中一对，直到这一幕结束。即便如此，他也不能确定珍告诉他的是否属实——她说在每一场演出中，她都当着观众的面和搭档发生性关系。

一九三二年二月十七日，《纪念碑》出版，收到了一些表示赞赏的反馈。其中最棒的是《格兰塔》杂志。我记得有一位评论者说，他一开始觉得这部小说里的同性恋角色多得不成比例，但进一步反思后，他意识到现在同性恋者的数量确实多了很多。

那年春天，弗朗西斯回到了德国。他们重聚后不久，他告诉克里斯托弗，他不想被禁锢在柏林。他计划在乡下买一栋房子，少喝酒，多花时间在户外，早早睡觉，保持健康。他怂恿克里斯托弗和他一起做这个实验。克里斯托弗承诺会好好考虑。出于几个原因，他想答应下来：再次见面后，他重新对弗朗西斯产生了一种喜爱之情；现在他和奥托的关系终于冷淡下来了，在柏林已没有什么特别留恋的人；和弗朗西斯住在一起要比自己住在诺伦道夫大街便宜得多，因为他只需要付饭钱；此外，他已经开始写一本自传性质的书（未来有一天会成为《狮子和影子》），他知道沉闷的乡村能让他更专注。

弗朗西斯已经聘请了卡尔·吉泽在研究所的朋友欧文·汉森做厨师和管家，并让他找人帮忙做家务。于是欧文雇了一个叫海因茨的男孩。三月十三日，就在弗朗西斯、欧文和海因茨准备动身去乡下之前，克里斯托弗见到了海因茨。因为结识了海因茨，克里斯托弗终于下决心跟他们一起去。

一定是欧文安排他们住在莫林的。也许他在那里有朋友。也许弗朗西斯要租的房子就是他朋友的。只有这样的私人动机才能解释他为何从那么多几乎一模一样的村庄中选择了这一个。莫林位于柏林东北方向，靠近当时的波兰边境。（现在已位于波兰境内，地名念成“莫伦”。）

克里斯托弗很年轻时就读过屠格涅夫和契诃夫，对大草原充满了浪漫的向往。那片辽阔的陆上海洋向东蔓延，无边无际，一直延伸到乌拉尔山脉，然后无穷无尽地席卷西伯利亚。在莫林，他真真切切地站在了这片海洋的边缘。但这片海似乎不像十年前他在伦敦畅想的那么令人振奋。天哪，它真平。

这些村庄的每一座房子都有双层窗户，以抵御漫长而可怕的寒冬。现在春天到了——在大雪的麻木和酷暑的恍惚之间，这是一段短暂而令人心酸的觉醒插曲。在春天，你可能会清醒几个星期，环顾四周，决定永远离开这个村庄——或者爱上一个你已认识了一辈子的人，和他一起留在这里，直到死去。杨树长出了新叶，丁香花开了。莫林纳湖上的冰层裂开，这是当地一片沉闷的小湖；冰块会被储存在地窖里，在未来的炎热月份里用于冷藏食物。阵雨一场接一场地下。雪融化成泥。你可以在家工作，接着去湖边散步，然后在酒馆喝几杯，最后回家。你也可以不去湖边，或者不去酒馆；或者先喝酒再散步。这就是你的选择范围。第一个星期过后，无论何时，只要走出家门，你肯定不会遇到任何你不认识的人。这个地方，用图豪小姐最喜欢的说法来形容，“连狐狸都会互道晚安”。

弗朗西斯发现克里斯托弗和海因茨要睡在一起时，立刻宣布克里斯托弗必须支付海因茨一半的工资。克里斯托弗同意了，与其说气愤，不如说觉得好笑；弗朗西斯就是这样。他什么也没对海因茨说。但是欧文认为弗朗西斯这么做很小气，加上他有点儿喜欢搬弄是非，就把事情的经过告诉了海因茨。海因茨走到屋外大哭起来。这是他爱的宣言。

克里斯托弗毫不迟疑地爱上了海因茨。他觉得他俩走到一起是很自然的事。海因茨找到了一个大哥哥；克里斯托弗则找到了一个感情纯真、完完全全地脆弱而盲目的人，自己可以保护他、珍惜他，仿佛他是完全属于自己的。克里斯托弗深受触动，而且对此事毫无顾虑。他还没意识到，自己陷入的这段感情将比他生命中有过的任何一段感情都严肃得多。

海因茨是个苗条的男孩，大概十七岁，有着棕色的大眼睛。他还是孩子时，有个同龄的伙伴挥砖把他的鼻子打坏了；鼻子中间留了个奇怪但很吸引人的小坑。这使海因茨呼吸有些不通畅。这个鼻子，加上他凸出的厚嘴唇、圆圆的脑袋和短短的鬈发，使他有点儿黑人的模样。克里斯托弗叫他“小黑孩”时，他很开心，而且常常自己念叨这个绰号，咯咯地笑。高兴的时候，他的脸显得年轻而和善，咧出大大的笑容。当他不高兴的时候，面孔像是变老了，你能看到乡下农民的阴沉。他一点儿没有城里人的气质。只有穿着工作服，他才显得自在。那是一件厚厚的洋红色毛衣，还有一顶帽舌闪亮的帽子，斜戴在脑袋一边。而当他穿上自己最好的衣服时，就像是经过了伪装，显得很难为情。

海因茨的父亲还在世，但他们很少见面。海因茨没有兄弟姐妹，没有女朋友，也没有特定的男朋友。他和祖母生活在一起，老太太的模样就像是海因茨七十岁时会有的样子。祖母有一间地下室公寓，里面总是很热，人一进去就开始冒汗。要是有谁建议开窗户，她就会咆哮道：“我又不是给街道供暖的。”

弗朗西斯很快就厌倦了莫林，开始去柏林度周末，把欧文也带走了。就这样，克里斯托弗和海因茨留下看家。这是一种他从未体验过的幸福；他现在意识到自己一直渴望这种日子。海因茨不像奥托，也不像克里斯托弗在酒吧里认识的其他男孩，他确实享受为工作而工作。没有哪个恋人能分享克里斯托弗的工作，不管他多么懂得文学。但海因茨的做法近乎完美；克里斯托弗写作时，海因茨通过扫地、收拾花园、做饭，间接与他合作。此前每当克里斯托弗工作时，只要奥托在身边，他就会意识到奥托的烦躁和无聊，并觉得自己应当为此负责。继续写作是他的意志与奥托意志的对抗，尽管奥托可能不知道自己在干涉克里斯托弗的工作；他只是想吸引关注。至于海因茨，他当然完全不知道自己帮了克里斯托弗多大的忙。这对奇怪的恋人享受着这短短几天的隐私和忙碌，享受着吃饭和做爱时的短暂休息，荒谬的是，他们就像最普通的、婚姻幸福的异性恋夫妻一样。

然后弗朗西斯和欧文回来了，还从柏林的酒吧带回一个或更多男孩。到此时，弗朗西斯和海因茨已经对彼此产生了根深蒂固的反感。弗朗西斯一有机会就对海因茨吹毛求疵；他一出现，海因茨就变得闷闷不乐。作为报复，克里斯托弗对弗朗西斯带回的男孩们很不友好。但这并没有在弗朗西斯和克里斯托弗之间造成任何严重的敌意；双方都非常了解彼此的动机。弗朗西斯邀请克里斯托弗来莫林，因为他希望这种生活是两个亲密朋友之间的对话，欧文和其他雇员只是背景，处于较低的层次。而克里斯托弗却把海因茨当成了密友，这违反了弗朗西斯心照不宣的协议。弗朗西斯觉得自己遭到了背叛，而克里斯托弗并不怪他。

随着时间一周周过去，弗朗西斯这家人不过是照自己的意愿生活，就在村里引起了许多流言。有人向警察告发了他们。外交能手欧文让他们免遭官方质询，但显然他们不久就都得离开了。

在此期间，斯蒂芬·斯彭德到了柏林，并出城短暂拜访他们。克里斯托弗竭力劝阻，但斯蒂芬似乎没有意识到克里斯托弗的态度。克里斯托弗讨厌斯蒂芬和斯蒂芬的相机闯入他与海因茨的爱情。斯蒂芬按下相机快门，似乎在嘲笑你、暴露你，即便他是在用敏锐的好奇心奉承你。克里斯托弗有些嫉妒，甚至有些迷信，他担心斯蒂芬会以某种方式改变他在海因茨眼中的形象，导致海因茨无法继续爱他。（在那些日子里，斯蒂芬才应该说“我是一部照相机”，而不是克里斯托弗。而现在，我们这些幸存者只会感谢他当年不知疲倦地按快门。他为我们保存了许多青春的点滴。）

不过斯蒂芬很快就离开了莫林，没有公开争吵。斯蒂芬走后，克里斯托弗立刻从自己的恐惧和厌恶中得到了解脱。他甚至为失去斯蒂芬活泼的陪伴而感到遗憾，他用正常的友谊口吻写信给他，描述了乡村生活的幽默和糟糕。鉴于克里斯托弗矛盾的态度，这些信件现在读来虚假得令人震惊。

七月初，他们又回到了吕根岛的塞林重聚，同行的还有海因茨和斯蒂芬的弟弟汉弗莱。度假期间，两人的关系没那么紧张了——很大程度上是因为汉弗莱的出现。汉弗莱是个迷人、随和、友好的年轻人。和斯蒂芬一样，他也是一名摄影师——很快会成为专业摄影师——但他绝对不是一部照相机。克里斯托弗从不觉得他威胁到了自己和海因茨的关系。汉弗莱绝不会侵犯任何人的隐私。

不过有一次他确实问了克里斯托弗一个不寻常的私人问题；那是他俩单独出去散步的时候。汉弗莱突然说："你德语讲得这么好——告诉我，你为什么从不使用虚拟语气？"克里斯托弗不得不承认他不知道怎么用。他之前学习德语时很匆忙，就把虚拟语气留到最后，因为虚拟语气不是绝对必要的。到此时，他已可以在没有虚拟语气帮助的情况下在德语里纵横跳跃，就像一个敏捷的独腿人。而如今，克里斯托弗开始学习掌握虚拟语气。他很快就做到了。他为自己的成就感到自豪，一张口就开始炫耀："如果不是因为他，我就不会问自己，假设他们如何如何的话，我该怎么办……"诸如此类。汉弗莱被他逗得乐不可支。

六

一九三二年八月四日，克里斯托弗再次回到英国。这段日子令他难忘，因为他见到了一些老朋友，也结识了一些新朋友。最初几天主要见了珍·罗斯——她已经永远离开德国，还有赫克托·温特尔——在莱普顿上学时他们就是朋友，后来还当过一阵子医学院同学。（赫克托在《全是密谋家》里叫菲利普·林赛，在《狮子和影子》里叫菲利普·林斯莱；做出这一微小的改动是因为某个有忧患意识的律师担心，重复原来的姓氏可能会惹恼小说家菲利普·林赛[①]。据我所知，林赛先生既不读克里斯托弗的书，也不在乎他写些什么。）

克里斯托弗已经习惯把赫克托看作自己最不幸的朋友之一。多年来，赫克托被迫研读课本，勉强通过考试，在圣托马斯医院病人们的呻吟和脏乱中辛苦工作。自从早期风湿热发作之后，他的心脏一直很虚弱，而且被告知手指上的刺痛是风湿性关节炎逐渐恶化的症状，很可能令他残废。赫克托并不是守口如瓶的殉道者。他不断地、极风趣地抱怨自己身体不好、缺钱、讨厌学医。他是那种罕见的人物——你在同情他的时候还能尽情享受他的不幸。克里斯托弗能听他讲好几个小时，然后自己感觉好多了。赫克托的困境使他感激亨利伯父的资助和自己不负责任的生活。赫克托的毅力鼓舞人心。他把所有的业余时间都用来写小说或追求女孩子。到目前为止，这些小说一直被拒稿，赫克托本人却很少被女孩拒绝。他的小说写得不错，但有点儿令人望而却步；而他自己则平易近人、魅力十足，充满文雅而丰满的性吸引力。

现在赫克托终于完成了圣托马斯的学业，即将作为一名随船医生开始他的处女航。那艘船——名叫赫克托号，真是一个吉兆——要开往中国和日本。在他们长久的友谊中，这是克里斯托弗第一次嫉妒他。再过几周，赫克托号就会驶入香港港口，这简直令人难以置信！赫克托将亲眼见到这座神奇的岛屿——自从《面纱》中的人物在此登场之后，它就被并入了萨默塞特·毛姆的文学帝国。赫克托本人呢，穿着白色制服，懒洋洋地靠在栏杆上，故意装出一副老练的样子，轻蔑地望着那些舢板和小船。那一刻他会成为毛姆的荣誉角色，《雨》中麦克费尔医生的一位年轻同事……赫克托被克里斯托弗的幻想逗乐了，但作为一个现实主义者，更令他兴奋的是，有希望与船上的女乘客风流一场。

① 指旅居英国的澳大利亚籍历史小说家菲利普·林赛(Philip Lindsay, 1906—1958)。

八月十二日，克里斯托弗去霍加斯出版社，第一次与约翰·莱曼会面。（即便伦纳德和弗吉尼亚·伍尔夫在附近，克里斯托弗也没能见到他们，这让他很失望。）约翰·莱曼在自传《回音廊》中亲切地描述了自己对克里斯托弗的反应：“你无法不被他吸引。”他也幽默地记录了克里斯托弗对他可能的反应：

> 当他的笑容消失时，空气中似乎弥漫着一种惊恐的气氛。他仿佛流露出疑虑，怀疑自己最终还是与“敌人”同流合污了……

约翰的直觉是正确的。克里斯托弗确实对这个高大英俊的年轻人产生了怀疑，并有所警惕。他的眼睛狭长暗淡，带着问讯的目光；嗓音慎重，像个外交部专家；还有一头过早变白但极好看的灰发——一种遗传特征。坐在办公桌后，约翰像是权威的化身——即便亲切仁慈，依然是权威。而直到两人更加了解彼此之后，克里斯托弗才意识到此人心中住着两个有根本利益冲突的角色：一位编辑和一位诗人。编辑约翰也与霍加斯出版社的政策有冲突。他注定要成为自己时代伟大的文学助产士，把三十年代的作品介绍给世界。而伍尔夫一家则属于上一代人，他们的出版社尽管外表时髦现代，但倾向于代表二几年和一几年的写作，甚至零几年的……另一方面，诗人约翰只想写他的诗，过一种可以自由写作的生活，他对同时代人的作品只是怀着一种同行的友好兴趣。他讨厌浪费宝贵的时间从事书籍出版——即便是他最欣赏的人写的书——而且他对运用权威也没有兴趣，不管是多么仁慈的权威。诗人约翰最大的敌人是他的朋友们，因为他们自私地叫嚣着要让约翰当自己作品的出版人。

通过约翰，克里斯托弗结识了他的三个姐姐，罗莎蒙德、比阿特丽斯和海伦（不太熟）。罗莎蒙德和约翰一样头发过早变得花白；这给了她一种扑发粉的十八世纪淑女的魅力。凯瑟琳后来在日记中形容罗莎蒙德"美得令人不安"。我觉得这种形容很奇怪。在克里斯托弗看来，罗莎蒙德的美是谦逊而幽默的，仿佛对自己过度打扮感到尴尬。她的小说《尘封的答案》在一九二七年出版后获得了巨大的成功，她对此事的态度同样谦逊而幽默。一位著名法国作家曾对她说："谢谢你，夫人，谢谢你的存在。"罗莎蒙德笑着引用了这句话，并带着歉意补充说，法语版比她的英文原版好得多。克里斯托弗倒是不太喜欢《尘封的答案》，但他愿为罗莎蒙德那年新出的《邀舞华尔兹》认真地说一句："谢谢你，夫人。"赞扬某人最新的小说总是最讨人喜欢的，所以他们的友谊有了一个良好的开端。不过罗莎蒙德始终留在婚姻和田园的世界里。而和克里斯托弗关系更密切的莱曼姐妹是比阿特丽斯，那年秋天她进入了克里斯托弗的柏林世界。

八月中，爱德华·阿普沃德来凯瑟琳的宅子跟克里斯托弗共度周末。克里斯托弗四月初在柏林见过他，当时他刚从苏联回来。

旅行归来的爱德华并没有变成一个不加批判、夸夸其谈的亲俄派；他的英国气质太重了，成不了那样。但克里斯托弗知道，他已经被深深打动了。他在俄罗斯所看到的东西，要比列宁墓、红场、游行等视觉印象深刻得多。他看到了一种可能性，即革命可以在世界其他地方实现，包括英国。爱德华并没有沉浸在一九一七年的重大胜利事件中，相反，革命有微小而隐蔽的开端，这样的戏剧性场景激发了他的想象力。这正是他在非凡的短篇小说《星期日》中所表达的。

《星期日》是一个受压迫的办公室职员的独白——这个角色实际上就是在斯卡伯勒当学校教员时的爱德华。他向自己倾诉对雇主及其代表的体制的恐惧，然后逐渐鼓起勇气，进入一种积极进取的新情绪：

> 满足于憎恨一切外在危险，甘愿做一只鸵鸟，甘愿接受任何将物质得失的重要性降至最低的解释，甚至不去寻找真正的解决办法，这些都是疯狂的……不要自欺欺人，以为历史会跟你一起死去或进入冬眠；历史将一如既往充满活力，但它将存在于别处……有些人不满足于把痛苦压抑于心，他们要摧毁造成世间痛苦的更明显的物质原因，历史将与他们在一起……

克里斯托弗为《星期日》感到如此兴奋是由于爱德华的宣言：

"历史"——革命性变革的力量——其作用无处不在，哪怕是在最沉闷、最死板、最反动的环境中，比如这个海滨度假胜地。爱德华要传递的信息是"政治始于身边"。你不必紧张地徘徊在一些广受宣传的异国战场的外围，比如柏林。只要问一下镇上某家咖啡馆怎么走就行了。在咖啡馆后面，你会发现一个小俱乐部，会议就在那里举行。走进去。如果那位受压迫的职员，那位心存不满的学校教员想与历史共存，这就是他必须迈出的第一步：

> 起初他可能会被怀疑，甚至被当作警察密探，这也很自然。他必须证明自己，证明自己不只是一个神经质的人、一个不值得信任的怪客。这需要时间。但这是唯一的希望。他至少有了一个开始。

克里斯托弗为爱德华的严厉语气而震惊。他也觉得心灰意冷——冷得超出了自己愿意承认的程度。他是否已经知道，自己永远不会走上那条去往咖啡馆的路？

他只知道爱德华和他之间的关系像从前一样紧密。他只需要读《星期日》就能明白这一点。根据爱德华的信念逻辑，他必须谴责某些作家，虽然他曾经很欣赏他们的风格，但他们的思想来自一个腐朽的社会阶层。而努力寻找适合自己的风格，磨砺自己的语言工具——这是爱德华永远不会谴责的。那样做有违他的本性。在讨论风格问题时，没有谁能像克里斯托弗那样接近他；

因为，从本质上讲，原则性强的人必须把这种问题视为次要而不予理会，把此类研究视为——如果非说不可的话——终极的逃避现实。爱德华永远不会这样想。《星期日》的风格证明了这一点。《星期日》本质上和他写过的任何作品一样，是阿普沃德风格的。

克里斯托弗也知道——但我不确定那时他的意识有多清醒——他作为一个局外人而非参与者，这种模糊的立场对爱德华是有价值的；这是爱德华余生都要面对的问题。他可能会被迫谴责克里斯托弗，但他永远不能彻底与他断绝来往。他们的关系有时会让爱德华感到尴尬，却能帮助他从更真实的角度看待自己的信仰。

奥利芙·芒若（《狮子和影子》里的舍雷太太）成了一位共产主义者，主要就是受了爱德华的影响。她现在与丈夫安德烈分居，跟将近成年的大儿子弗克一起生活。她的小儿子西尔万则继续跟安德烈住在一起。奥利芙从一个不关心政治的波希米亚派变成了《工人日报》的销售员、一个参加各种左翼团体的活跃分子，但这种转变并没有使她的性格发生明显的变化。她依然是她自己，随和、放松、充满活力。据说，她将“不确定分子”从托洛茨基派中排除出去的方法确实令人宽慰。有时候奥利芙无法帮那些“小步跑之人”把混乱思绪理清楚，她就会用上她所谓的“妈妈无痛泻药”，结果是那些人发现自己被与组织隔离了，他们或许觉得困惑，但对她没有任何不满之情。

从那时起，只要克里斯托弗在英国，就会经常去见奥利芙。她为克里斯托弗和他的朋友们提供了一个俱乐部，克里斯托弗几乎把所有的新朋友都带到了那里。凯瑟琳完全有理由嫉妒奥利芙对克里斯托弗的影响，但她并不真正了解这种影响的本质。从某种意义上说，奥利芙扮演了克里斯托弗生活中的母亲形象，因此也是凯瑟琳的对手。但奥利芙毫不苛求他，也完全没有占有欲，她从来不企图在任何方面影响他。他们爱着彼此，相处得非常自在。克里斯托弗知道，无论自己做了什么，奥利芙永远不会与他断绝关系。他把奥利芙分成两个角色写进了《纪念碑》中，分别是玛格丽特·兰温（奥利芙当时的样子）和玛丽·斯克里文（奥利芙后来可能的样子）。

九月，威斯坦来伦敦待了几天。一定就是在这次探访期间，威斯坦介绍克里斯托弗认识了吉拉尔德·赫德和他的朋友克里斯·伍德。

吉拉尔德·赫德当时是英国知识界的一位杰出人物。他认识大多数顶尖科学家和哲学家，还在英国广播公司电台访谈上用通俗的语言解释最新的科学发现。吉拉尔德是个不可知论者，对心灵研究学会的调查很感兴趣，但他不打算言之凿凿地说他们已经发现了人死后仍有后世生活的确切证据。他写过几本关于演化和史前史的书，其中一本叫做《那喀索斯：关于服装的解剖学》。吉拉尔德显然也很在意自己的穿着，有时会打扮得带有一种俏皮的异国情调。他四十岁出头，身材苗条，胡子刮得干干净净，说话时带着悦耳的、淡淡的爱尔兰口音。克里斯托弗从未遇到过像他这样的人。他机智、顽皮、讨喜，健谈得像只喜鹊，博学得像本百科全书，同时又对生活感到厌倦、耽于默想、思绪深沉、诚挚认真。本能立即提醒克里斯托弗，谈论共产主义打动不了吉拉尔德；对他来说，政治制度和理论是毫不相干、无足轻重的。

克里斯·伍德比吉拉尔德小十岁左右；相貌英俊，害羞但友好，很有钱。他衣着简单，虽然衣料的质地很好，但常常破旧不堪。尽管交通日益拥挤，他还是坚持骑自行车在伦敦转悠。他有时任性挥霍，购买设计精美的音乐盒和手表，然后又厌倦了那些玩物，再转赠给他的朋友们。克里斯最近买了一台望远镜——无疑是因为吉拉尔德对天文学谈得太多了——却只是偶尔用来窥视别人家的窗户，看看放在桌子上的信。他钢琴弹得很好，但仍固执地决定只当个业余爱好者。他也写短篇小说，相当有才华，不过当克里斯托弗劝他拿出去发表时，他只是坚定地摇头。他有飞行员执照，最远曾飞到柏林。吉拉尔德经常和他一起飞行。克里斯称赞吉拉尔德在种种场合都表现得英勇无畏。他讲述了吉拉尔德怎样爬到一座正在建造中的高楼顶上，当时那楼还只是主梁搭起的骨架，而吉拉尔德要采访尖塔上的高空作业工人，了解他们的职业危险。

克里斯和吉拉尔德在牛津街附近一个新的豪华街区有一套公寓。(理查德记得克里斯托弗曾以嫉妒的讽刺口吻向他描述，那里

“极不符合现代品味——他们养了一只猫，毛色与家具的色调非常协调”。）公寓的优雅似乎引发了两人的某种内疚感。克里斯表现得好像他住在一间酒店套房里，他对这里不必负责，一两天内可能就会离开。吉拉尔德则以一种微妙的方式否认自己的责任，让你觉得他并不是和克里斯一起住在这儿，只是作为克里斯的客人来小住一段时间。当你去拜访克里斯时，吉拉尔德并不以主人的身份欢迎你；他仍待在你视线之外的某处。过一会儿，他可能会突然在门边把头探进客厅，眼里闪着愉快的光芒，低声说几句客气话，然后又消失了。

由于威斯坦主要是吉拉尔德的朋友，他俩会去吉拉尔德的房间里进行深奥的科学谈话，留下克里斯和克里斯托弗单独在一起。因此他们很快变得亲密起来。甚至可能在他们第一次见面的时候，克里斯就腼腆地问克里斯托弗，某年某月某日他是否在赫希菲尔德研究所。克里斯托弗不敢肯定，但他觉得这是有可能的。然后克里斯告诉他，那天他去研究所参观，上楼梯时匆匆一瞥，见到了他一生中见过的最有魅力的年轻人。克里斯暗示这个年轻人可能就是克里斯托弗。他还暗示，眼前的克里斯托弗令人遗憾地不如那一瞥所见之人有魅力。因此，那个迷人的年轻人要么是一个克里斯永远不可能再见的神秘陌生人；要么他就是克里斯托弗，那样的话他已不复存在……克里斯很珍惜这种挫折感。他会洋洋得意地谈起他六岁时早餐吃的那种美味果酱如今再也找不到了。在之后的许多年里，那个楼梯上的年轻人将始终是克里斯和克里斯托弗之间的私人笑话。

当你看到吉拉尔德和克里斯在一起时，会深刻地感受到一种家人的相似性。这种相似更多是心理而非外貌上的，它通过特定的手势和语调表现出来——小心翼翼地不加强调，一丝不苟地平淡朴素。他们肩并肩站着，看着你，就像一对微笑的阴谋家。威廉·普洛默捕捉到了他们产生的影响——至少是对克里斯托弗产生的影响——他说："我喜欢他们干涩的眼睛和声音。"

克里斯托弗是通过斯蒂芬·斯彭德认识威廉·普洛默的，斯蒂芬向他介绍过普洛默的一些诗歌和关于南非和日本的短篇小说。克里斯托弗很欣赏那些作品，不久他就开始更加仰慕普洛默本人了。普洛默个子高大，戴着一副又大又圆的眼镜，看上去像一只亲切而强壮的猫头鹰。他对人物的描写诙谐而准确；他曾称某人为"艺术粗人"。他似乎对一切都不太在意。然而，在他的刻薄和欢乐背后，你会意识到一种非凡的力量——一种能感染他人的力量；当他在场时，你很难感到沮丧或自怜。你也会意识到，他的欢乐属于那种能够承受强烈内心痛苦的人。因此，不管在何种情况下，那欢乐都不是无关紧要的。如果失事船只的幸存者能和他一起坐在救生艇上，那就再好不过了。十年后，我们可以说他是空袭时的理想伙伴。

九月十四日，克里斯托弗给斯蒂芬写了一张明信片——他一定是出了城一两天：

昨天晚上，普洛默和我去逛了一家鸦片烟馆。今天他要带我去见爱·摩·福斯特。我要花整个上午梳妆打扮。

我对那家所谓的鸦片烟馆几乎完全不记得了。我想那应该是码头附近的一家酒吧，经常有当地的中国人和上岸的亚洲海员光顾。普洛默喜欢把他生活的边缘隐藏在神秘而诱人的迷雾中；偶尔，他会以一种常客般漫不经心的态度，带你穿过迷雾，来到他常去的地方之一。毫无疑问，那里能买到鸦片，但我敢肯定他和克里斯托弗一点儿也没沾……至于“梳妆打扮”，我觉得克里斯托弗只是想说，他会拼尽全力，以自己的最佳外表和状态去迎接这场了不起的会面。

对克里斯托弗而言，这次会面确实很了不起。福斯特是唯一被他奉为大师的在世作家。在其他人的书中，他能发现自己想要模仿和学习的风格范例。但在福斯特的书中，他找到了开启整个写作艺术之门的钥匙。弓道禅宗大师们——当时的克里斯托弗从没听说过他们——传授的第一课是一种心态，即你必须拾起弓。而福斯特的小说教给克里斯托弗的心态是，他必须拿起笔。

普洛默能够安排这次会面，是因为福斯特读了《纪念碑》——很可能是听了他的建议，而且挺喜欢，至少喜欢到对其作者产生了好奇。(从那以后，克里斯托弗就爱说：“我的文学事业结束了，我才不在乎诺贝尔奖或功绩勋章呢，我已经被福斯特夸过了！”而后来的几件事也并未让克里斯托弗对自己的才华丧失信心：福斯特完全不喜欢他的另一本书，还称赞了一些克里斯托弗认为一文不值的作家的书。）

福斯特一定对克里斯托弗颇有好感，否则他不会愿意继续和克里斯托弗见面。克里斯托弗是一位好门徒；和大多数傲慢的人一样，他喜欢时不时地无条件卑躬屈膝。无疑，他曾目不转睛地注视着福斯特，竭力用柏林和同性恋世界的故事来逗他开心。他明智地在故事中表达了社会关怀，因为他一定从一开始就意识到，自己将要同一个道德家打交道。

福斯特的外表一直没多大变化，直到八十多岁时才变得佝偻无力。当时他五十三，但看上去总是比实际年龄小。他始终像个小宝宝。镜片后面那双淡蓝色的眼睛就像一个记得前世的婴儿，当发现自己在新环境中重生时，他更觉得有趣而非沮丧。他有着婴儿的脆弱，这同时也是一种强大，因为无人胆敢伤害他。与其说他穿着不合身的衣服，不如说衣服像襁褓包裹婴儿一般包裹着他。一个有胡子的婴儿？嗯，如果婴儿真的能长出胡子，一定就和他的胡子一样，纤细柔软……然而，在那充满魅力、叫人放心的外表之后，藏着一位道德家；那双婴儿般的眼睛能看到你内心深处。当它们不赞成你时，会变得十分严厉。这双眼睛让克里斯托弗感到自己虚伪、狡猾而尴尬。他应对自己窘态的办法是竭力逗福斯特开心。三十八年后，他们最后一次见面时，另一位朋友也在场。这位友人评论说：“福斯特先生嘲笑你时，好像在嘲笑一个村野傻瓜。”

我记得他们第一次见面是在福斯特的公寓里，客厅墙上挂着埃里克·肯宁顿的一幅淡彩肖像，画的是托·爱·劳伦斯的保镖，好斗的小个子玛玛斯，眼神凶狠、匕首出鞘。这幅画是私人印刷版《智慧七柱》中插画的原稿之一。劳伦斯把书赠给他的朋友们，其中就包括福斯特。福斯特把这本神奇的书借给了克里斯托弗，他离开公寓时将它紧紧攥在手里。

克里斯托弗的伦敦之行快结束时，他与斯蒂芬·斯彭德长期悬而未决的紧张关系终于走到了摊牌这一步。斯蒂芬在《世界中的世界》中描述了此事。他写道，当他们一起参加一个聚会时，克里斯托弗对他是如此恼怒，以至于第二天他就去拜访克里斯托弗，建议他们回到柏林后不要再见面，或尽量少见面。而克里斯托弗用“端正得体的讽刺语气”回答说，他没觉得他们之间有什么紧张关系。关于这一点，我有我自己的记忆。斯蒂芬被克里斯托弗的闪烁其词惹恼了，他大声说：“如果我们要断交，至少得像男子汉一样。”对此，克里斯托弗带着恶毒的微笑回答：“但是，斯蒂芬，我们可不是男子汉。”我只能猜想斯蒂芬的挑战令他措手不及，他是在拖延时间准备自我辩护。当天晚些时候，他给斯蒂芬写了一封信，斯蒂芬将其复述如下：

> 如果我回柏林他就不回去了，我的生活对他来说有毒，我以博关注为生，我轻率得令人无法容忍，等等。

斯蒂芬认为克里斯托弗之所以生气，是因为他比克里斯托弗先到伦敦，把克里斯托弗最喜欢的故事都告诉了他们共同的朋友，其中有几个故事是克里斯托弗不想随意广播的。毫无疑问，这是事实。但克里斯托弗和斯蒂芬争吵的深层动机是要把他从柏林赶出去。我认为他当时并没有意识到这一点。而现在我觉得显然是这样。克里斯托弗把柏林视为自己的领土。其实他越来越担心斯蒂芬会抢先写他自己的柏林故事，然后赶着付梓！

在克里斯托弗回柏林之前，斯蒂芬就又和他见面并且和好了。克里斯托弗知道斯蒂芬不会再回柏林，于是他迫切想要休战。他十分需要斯蒂芬的友谊，就像斯蒂芬需要他的友谊一样。克里斯托弗一般喜欢与比他道德高尚的人交朋友。他只和斯蒂芬有一些共同的缺点——在两人没有竞争关系的时候，这令他觉得放松，并创造出一种特殊的亲密感。

克里斯托弗从八月中旬起着手写他关于柏林的小说的初稿。那是一则短篇小说，或是长篇小说的大纲；主题是珍·罗斯的冒险和克里斯托弗与诺瓦克一家的相遇。这篇作品和他的其他初稿一样粗糙，但它完成了一项壮举：使这团没有形状的潜在材料“从各处诞出，呈现于此处”。

他口述初稿，由理查德听写。这是一种极亲密的行为。对一位作家来说，当着另一个人的面粗制滥造，其难堪程度难以计量地远胜于把最可耻的私人秘密告诉此人。他完全可以在身边没有相识之人的时候独自完成这件事。我认为理查德本人也很重视这种亲密关系。他耐心地把整份稿子用普通拼写法写了下来，只后悔自己不会打字，因为手写使听写速度变慢了。他们主要在上午工作，花了大约四周完成。

他们的合作给这个家庭带来了一种压抑的兴奋感。楼上有事情正在发生——不管那到底是什么事，就在克里斯托弗紧闭的房门后。厨娘伊丽莎白意识到了这一点。当客厅女侍的奶妈也参与其中。她曾经先后带大兄弟俩，现在因为能再次参加他们的游戏而十分喜悦。她给他们端茶，替他们接电话，告知对方他们不能被打扰。对于凯瑟琳来说，重要的是克里斯托弗正在她的屋檐下写作；这是一个确实而可敬的事实，她可以告诉她的朋友们。凯瑟琳觉得有必要通过外界的眼睛观察克里斯托弗，这样她才能安心，尽管她永远不会承认这一点。在这方面，对《纪念碑》的少数好评就像推荐信，而克里斯托弗新近结识的文学同事就像他写作能力的担保人。多亏了他们，凯瑟琳现在开始觉得作家克里斯托弗是真实的了；在此之前，他从未真正存在过。（在凯瑟琳看来，威斯坦、爱德华和斯蒂芬从来不是，也永远不会是克里斯托弗的同事；他们只是学校里的朋友罢了。）

克里斯托弗觉得凯萨琳的态度很可笑，但他自己很享受地位的提升。这很有趣，他既是自我放逐的神秘“柏林来客”，又是深受社会欢迎的小说家，布鲁姆斯伯里文化圈[①]对他的下一本书即便谈不上翘首以盼，也是“颇有期待”。不过，“柏林来客”应当被人谈论而不是被人看见——过度曝光会消解其神秘性。而下一本书颇受期待时作者最好不在场。九月三十日，克里斯托弗再次离开了伦敦。

① 活跃在伦敦布鲁姆斯伯里地区的一个知识分子小团体，成员主要包括伍尔夫夫妇和爱·摩·福斯特等。

七

一九三二年十月十二日，福斯特来信：

亲爱的伊舍伍德——我们可以把“先生”免去了，不是吗？非常高兴收到《全是密谋家》。相比之下我更喜欢《纪念碑》，不过这不是重点，书里确实有些地方是我非常喜欢的……我希望你朋友的情况比新闻中所说的要好。在一年的这个时候生病，真是十分令人担心。我非常遗憾你遇到了这样的事情，并且对生活感到恼火，因为它往往就是这么不公。这辆神奇的战车似乎一次又一次地准备开动……

福斯特认可的是那些能够对朋友忠心耿耿，在朋友生病或遇到麻烦时能忍受痛苦的人。福斯特理所当然地认为克里斯托弗就是这样的人。克里斯托弗努力使自己不辜负这个形象。但福斯特对他的信任常常使他因自己的冷酷无情产生罪恶感。

爱德华·阿普沃德汇报：

今天与理查德及令堂共进午餐回来。我注意到她还没听说海因茨的事，于是我什么也没有说，免得启发了她。但即便我说了，我也不认为她会反对——你成功地教育了那位女士，真令人吃惊。我预见到终有一天，你不管做什么都不算犯错，就像一个因盗窃被发配澳大利亚的儿子。

奥托能让克里斯托弗嫉妒焦虑。海因茨还没有这种本事。克里斯托弗在伦敦期间，从不担心海因茨会离开他。所以他从来不觉得有必要跟凯瑟琳谈论海因茨。他与海因茨的亲密程度已经超过了奥托，但他们的关系并不痛苦。他正在学着感恩这一点，正如他对斯蒂芬·斯彭德所说的：

以前我痴迷于那种“高度紧张！极其危险！”的感情关系，能擦出十英尺高的火花，让周围的每个人都触电。现在我明白了，礼貌体面、相互体贴、亲切愉快也是很有好处的。多亏了海因茨。

具有讽刺意味的是，克里斯托弗的语气充满歉意。他知道自己的爱情生活已经不再值得嚼闲话了。克里斯托弗本人非常喜欢给他的朋友们牵红线；但如果那一对儿相处得和谐愉快，他很快就会失去兴趣。

十一月三日，克里斯托弗给身处西班牙的斯蒂芬写信：

> 我们这里又湿又冷。今天早上，柏林醒来后发现自己陷入了一场电车、公共汽车、地铁大罢工。似乎没有人知道会持续多久。我想，大概要到星期天选举结束之后吧。

纳粹不得已加入了这个不稳定的临时联盟，因为大选在即，支持交通工人罢工的功劳不能让德国共产党独占。罢工导致了广泛的公共暴力，不仅针对破坏罢工者，也针对其他人。克里斯托弗本人也瞥见了其中一幕，他在《别了，柏林》中有所描述：一名年轻男子被一群刚结束政治集会的纳粹分子当街袭击。纳粹们手里拿着卷起的旗帜，一端有尖刺。他们刺伤了年轻人的脸，他的一只眼睛可能失明。好几个警察就站在几码之外，当作没看见。

克里斯托弗接着告诉斯蒂芬，杰拉德·汉密尔顿已前往科堡出席瑞典王储和科堡施比拉公主的婚礼。在婚礼布道中，牧师说道："一个民族若剥夺了其由上帝任命的统治者的执政机会，那么他们不用怀疑上天的神力是否也会责罚其工人阶级失业。"这句话优雅地提及了出席婚礼的各位被废黜的王室成员，其中之一就是流亡在外的保加利亚沙皇斐迪南，杰拉德和他住在一起。沙皇很喜欢杰拉德，时不时赏赐他各种装饰品，后来他都卖了……杰拉德似乎毫不费力就能改变世界，他从高高在上的贵族世界又回到了柏林，回到了他的无产阶级男友身边。那位男友是个演员，刚参演了高尔基的戏剧《底层》。克里斯托弗形容他“比列宁更革命”。他常常责备杰拉德的放纵与自我放纵。

克里斯托弗的信结尾如下：

> 海因茨满脸痘痘，胡子也很浓密。为了惹我生气，他拒绝刮胡子。我们每周见面三次，总是很愉快。我的小说还在慢慢地写下去。奥托又要当爸爸了。还有英镑的事儿。还有这场罢工。还有雨。而且没有火取暖。没关系，今天下午我要去看电影。

在十一月六日的选举中，纳粹失去了两百万张选票和三十四个国会席位，而共产党获得七十五万张选票和十一个席位。许多左派人士，包括一些政治观察家在内，都认为希特勒永远无法从这次挫折中恢复过来，他将不再是威胁。克里斯托弗欣喜若狂，写信给朋友们说柏林一片红。共产党在柏林有十万人，占了多数，从这个意义上说，柏林确实很红。但实际上，纳粹仍然是这个国家最大的势力。

在这期间，斯蒂芬一定已经写信告诉克里斯托弗，他不打算把克里斯托弗的名字写在诗集的献辞里了，而他原本是想这样做的。那封信被弄丢了，但我记得斯蒂芬解释说，考虑到他们的争吵并未完美地弥合，那样的献辞是不真诚的。十一月十四日，克里斯托弗回信：

当然，关于献辞的事情我非常理解。其实我自己也想过写信建议你不要那样做。

这是一个悲伤的、阳光明媚的秋日下午。在这样的下午，我们会选择去格鲁内瓦尔德森林散步；在这样的下午，弗吉尼亚·伍尔夫望向窗外，会突然决定要写一部小说，关于一条京巴狗对一株十分美丽的铁线蕨的无望爱情。

（尽管克里斯托弗欣赏《雅各布的房间》《达洛卫夫人》和《到灯塔去》——相当欣赏，但欣赏程度仍远不如今日之我——然而他有时会把弗吉尼亚视为一个象牙塔知识分子的敌人形象。比如说，一九三一年他曾和斯蒂芬一起去看帕布斯特导演的一部关于煤矿工人的电影《同志之谊》。看完之后，克里斯托弗对斯蒂芬说，当隧道塌陷、矿工被困时，他在想："这会让弗吉尼亚·伍尔夫显得很幼稚。"斯蒂芬回答说，他也有过类似的想法，但并不是专门针对弗吉尼亚的。）

海因茨和我满怀希望地在地图上找马拉加，并决定"有朝一日"我们要去旅行——是的，真的——甚至可能远至慕尼黑。

（这段和下一段的内容略有些刻薄。斯蒂芬正准备去马拉加——在温暖的世外之地游荡，而克里斯托弗仍然在柏林战场的岗位上瑟瑟发抖，身无分文。）

今天我要搬到宽敞的前屋去。冬月里那儿更明亮，而且不知何故，也更容易取暖。图豪小姐对我很是责备，因为我坚持要把她的盆栽植物都挪出去。炉子点燃的时候它们潮气刺鼻，这可能是我最接近热带雨林的体验了。我真羡慕你有个阳光灿烂的冬天。我想象你绽放出健康的花朵，而我在柏林，每天都变得更丑陋，更枯萎。我满头皮屑并且脱发，我的牙齿很糟，口气难闻。即便如此，我确实认为目前留在这里是绝对必要的。我小说的最后一部分需要更多的研究才能写下来。

请你理解，斯蒂芬，对于我们在柏林的时光，你没什么好道歉的。我是一个完全叫人难以忍受的角色；善变、脾气差、小气又自私。这话我说得直截了当。我不以我的缺点为耻。但我无法想象自己能与一个地位平等的人长期亲密地生活。

克里斯托弗可能进一步解释了自己；这封信的下一页不见了。最后一页提到了几条新闻。诺瓦克太太再次被送回疗养院。克里斯托弗几乎再没见到奥托，因为他已经完全不给奥托钱了——这可能意味着他拒绝帮奥托把私生子打掉。不过他已经请求威尔弗里德·伊瑟列帮忙，可能会为奥托找一份给出版社跑腿的差事。克里斯托弗一直在翻译一份关于 I.A.H 工作的报告，那是杰拉德·汉密尔顿参与的一个共产主义组织。克里斯托弗告诉斯蒂芬，他认为自己会成为其中一员——“这是仅次于入党的事情。”克里斯托弗从未加入 I.A.H，更不用说共产党了。这是他人生中唯一一次几乎要加入党派的经历。

现在约翰·莱曼的姐姐比阿特丽斯在柏林，她经常和克里斯托弗见面。他们的性情相像，一个是天生的姐姐，一个是天生的兄长。无论对错，他们都认为自己是强者，厌倦了保护弱者。两人都是逗乐好手，都能让对方笑个不停：比阿特丽斯有黑色幽默，克里斯托弗则如夸张的小丑。在那一时期，两人在政治上看法一致。两人都由衷地赞赏对方的作品。克里斯托弗被比阿特丽斯的作家天赋震撼了，他也爱看她演戏。（她是一位性格演员，容貌足以担纲浪漫戏的主演；不管是朱丽叶还是朱丽叶的奶妈，她都一样能演；不过，你偶尔能从一个角色身上诡异地瞥见另一个角色。）比阿特丽斯和克里斯托弗都身心失调，容易突然生病。但两人有一处不同：克里斯托弗会躺在床上养病，比阿特丽斯则会走上舞台，因高烧红光满面，或因喉炎几近失声，然后高飞昂扬，冲向她的最高境界。

我对比阿特丽斯在柏林的最后记忆是，她和克里斯托弗在一家法国餐厅过新年前夜，吃传统菜肴西尔维斯特鲤鱼[①]。他们聚精

① 为纪念教宗西尔维斯特一世，德国、奥地利等德语地区有庆祝圣西尔维斯特节的传统，日期正好与新年前夜重合，习俗之一即吃鲤鱼。

会神地谈话，根本没意识到一九三三年悄然降临的那一刻。有人说这会给他们新的一年带来坏运气。

一月中旬，斯蒂芬已经从西班牙回到英国，克里斯托弗给他写信：

我没及时给你回信，因为我看到了关于巴塞罗那革命的可怕报道。其中的许多情况你都经历了吗？我听说邮政和其他一切通讯途径都暂停了，没有电，街道上到处都是机关枪。所以写信似乎没什么用。

（这里指的是无政府主义者和工团主义者的兴起，一月初始于巴塞罗那，后来发展到其他城市。运动被政府军镇压了。斯蒂芬在上一封信中没有提到此事，因为他正忙于应付个人问题。他被夹在几个极度神经质的人之间，其中之一是个酒鬼，他一直在努力维持和平。后来，他从这些人身上提炼出一个十分滑稽的故事《燃烧的仙人掌》，令他们之间的争执与痛苦有了价值。）

比阿特丽斯·莱曼星期一回英国，途经汉堡，她约定要和一些英国演员共同出演《康蒂妲》，她扮演康蒂妲一角。至于海因茨，我们确实相处得很好。此刻，我们刚刚彻底分开，但这并不要紧。

图豪小姐有了一位新房客，一个挪威电影演员，长着一头漂亮得难以置信的金发。他和图豪小姐以及那两个娼妇一起打牌，玩的是“黑彼得”。输家要用眉笔在脸上画一些不雅的图案——女阴、阴茎或是乳房。等到晚上，他们都成了大黑脸。

这里的政治形势似乎很沉闷。我猜想幕后有很多事情正在发生，但人们没意识到。巴本[①]拜会兴登堡[②]；希特勒拜会巴本；希特勒和巴本一起拜会施莱谢尔[③]；胡根贝格[④]拜会兴登堡，却发现他不在。诸如此类。乞丐和电车售票员的手势中不再有一丝一毫令人振奋的危机感。

以上这些写完后不久，克里斯托弗就收到了斯蒂芬的诗集。这本书没有献给任何人，但斯蒂芬在上面题写：“怀着爱意敬赠克里斯托弗，作者于一九三三年一月十日。”（一九三四年第二版发行时，有给克里斯托弗的献辞。）

克里斯托弗写信感谢斯蒂芬：

---

① Franz von Papen（1879—1969），1932年6月被任命为德国总理。
② Paul von Hindenburg（1847—1934），1925年至1934年任魏玛共和国总统。
③ Kurt von Schleicher（1882—1934），1932年11月巴本辞职后接任总理。
④ Alfred Hugenberg（1865—1951），德国工商界知名人士和政治家。

我觉得印刷和装订简直完美。我对这本书十分满意，满意得几乎就像是我自己写的一样——我总是把它从书架上抽出来翻看。推荐语就是一堆装腔作势的废话。哪个白痴写的？

（斯蒂芬在之前的信中已经就推荐语的事道过歉："那些话似乎完全是出于恶意写就的，我担心会惹恼威斯坦。"以下是一些摘录：

如果奥登是这场诗歌复兴的讽刺作家，斯彭德就是其中的抒情诗人。在他的诗作中，过去二十年的实验主义开始得到回报……从技术上说，这些诗在现代英语诗歌中迈出了明确的一步。它们的热情和显而易见的真诚中体现出的传统可以追溯到早期希腊抒情诗人。）

克里斯托弗继续写道：

我最喜欢的还是这几首:《港口》。粗野的孩子。哦，年轻人。他们厌倦之后。还有最最喜欢的，《电缆塔》。我觉得《电缆塔》是这本书里最棒的一首。[①]

---

① 斯彭德的这几首诗除了《港口》（*The Port*）和《电缆塔》（*The Pylons*）之外都没有标题，克里斯托弗摘取了第一行中的部分词句指代。"粗野的孩子"指"My parents kept me from children who were rough"。"哦，年轻人"指"oh young men oh young comrades"。"他们厌倦之后"指"After they have tired of the brilliance of cities"。

（现在的我不同意克里斯托弗的大部分选择。当时他被斯蒂芬的左翼浪漫主义吸引，这种思想强调的是同志。我更喜欢"马斯顿"诗[①]中爆炸性的、自我中心的天真烂漫；读这首诗时，我能听到年轻的斯蒂芬的声音脱口而出。这本书中还收录了那首"我不断地想起那些真正伟大的人……"[②]，以斯彭德最常被人引用的诗句之一结尾："留下了鲜活的空气，以他们的荣耀签署。"我发现我仍然想吹嘘，当斯蒂芬把这首诗的初稿给克里斯托弗看时，结尾那句是"留下了空气，以他们鲜活的荣耀签署"；是克里斯托弗竭力主张调整"鲜活"一词的位置。）

这里很冷，在下雪。我写信时膝盖上盖着一张毯子。伯父把补贴寄来了。所以至少未来三个月别想在伦敦看到我。海因茨昨晚上在这儿做了一道炸肉排。天知道他动了什么手脚，肉排闻起来像一条万能狭。

一月底，约翰·莱曼来柏林看望克里斯托弗。这是他第二次来访。第一次在一九三二年十月，只是短暂逗留。现在经过一番自我反省，莱曼离开了霍加斯出版社，去维也纳生活，以便诗人约翰能在没有职责和约束的情况下生活。与克里斯托弗成为朋友的正是诗人约翰。当他们在一起时，克里斯托弗受到启发，即兴创

---

① 该诗第一句原文为"Marston, dropping it in the grate, broke his pipe"。

② 原文为"I think continually of those who were truly great"。

作了无限长的性幻想——一章接一章，《天方夜谭》风格，有时一段长达数小时。克里斯托弗对诗人约翰的友情是如此坚定，甚至后来编辑约翰再次出现时，克里斯托弗能够为之工作，欣赏他的能力，对他的活力感到敬畏，同时仍然认为他的性格有趣。诗人约翰始终存在于背景中，分享着克里斯托弗的乐趣。

一月三十日，兴登堡总统任命希特勒为德国新一任总理。纳粹分子举行了一场盛大的游行，举着火炬唱着歌，庆祝这场幕后阴谋的胜利和对老糊涂总统的成功操纵。克里斯托弗给斯蒂芬写信：

> 你将会看到，我们有了新一届政府，查理·卓别林和圣诞老人都在其中。无言以对。

克里斯托弗所说的“圣诞老人”，可能指的是兴登堡本人，也可能指希特勒的临时盟友、国家人民党主席阿尔弗雷德·胡根贝格。当时胡根贝格年近七十，符合这一角色……与其他持乐观态度的幸灾乐祸者一样，克里斯托弗反复说这一任命是塞翁失马焉知非福；希特勒现在不得不应对一团糟的经济形势，他将暴露真面目——一个无能的空谈家，他会被迫辞职，纳粹将永远名誉扫地。

我不责怪业余观察员克里斯托弗缺乏远见。但我确实责怪小说家克里斯托弗，他早就该对纳粹高层产生心理学上的兴趣。即便到了一九三二年，他还是有可能亲自接触这些人的。戈培尔作为纳粹宣传头子，不得不同外国媒体接触。安排对戈林甚至希特勒的采访也并不算难。克里斯托弗不是犹太人，他出身自纳粹最喜欢的外国种族，他能说一口流利的德语，他是作家，很容易被视为自由撰稿人，纳粹或许希望能改变他，令他信奉他们的哲学……是什么阻止了克里斯托弗？他的原则？他的惰性？两者都不是借口。这本可以是柏林生活中最难忘的经历之一，而他错过了。

二月二十七日，纳粹在国会大厦纵火。然后，他们指责共产党以纵火作为起义信号，宣布国家进入紧急状态，并开始大规模逮捕共产党人。“查理·卓别林”不再好笑了。

三月一日，斯蒂芬写道：

> 德国传来的消息糟透了。[一大段被删除]不，也许我最好不要写任何可能给你带来麻烦的话。还是说，这是一种可笑的恐惧？

斯蒂芬已经回伦敦了，但他在西班牙感染了绦虫，仍在遭罪。驱除绦虫时，关键问题是要排出它的头部，因为绦虫头部吸附在消化道内壁上，即使后面的整段虫体都排出了，头部仍然能牢牢附着在人体内。有时候粪便里找不到绦虫的头，医生也不确定是已经排出了还是依然在患者身体里。克里斯托弗买了一张特别恶心的印有戈培尔头像的明信片寄给斯蒂芬，在上面写道："会不会是这个？！！！"

> 我已经在床上躺了四天，吃了一种最厉害的泻药，而且几乎快饿死了。所以请原谅我的字迹，因为我很虚弱，收到你的信高兴得发抖。

（克里斯托弗这封鼓舞人心的信一定是对斯蒂芬另一封信的回复，而那封信已经遗失了。斯蒂芬之前清楚地表达了自己的担忧：曾同他一起待在西班牙的"燃烧的仙人掌"团体中的一员现在去了柏林，他担心此人会捣鬼，重新挑起他和克里斯托弗之间的争吵。饱受绦虫摧残、极易情绪激动的斯蒂芬此时高兴得颤抖，因为克里斯托弗的来信说明他担心的情况并未发生。）

> 过去几天我一直担心我们会再次疏远。刚到巴塞罗那的时候，我对我们的争吵感到非常烦躁，我无法忘记你在伦敦给我写的那封信……我并没有怨恨之类的情绪，只是一阵阵地觉得不安。后来在另一些时刻我仍会有一阵阵同样的感

受，就会趁那些时刻给你写信。

就你我的友谊而言，我并不特别想经常和你待在一起或经常见到你。当然，不管发生什么事，我都会以同样的方式继续生活，继续我的工作。但是，如果我觉得你已经不再以恼人的、持续不断的努力来爱我、原谅我，我会非常失望，实际上远远甚于失望。你和F是我最喜欢的人。关于F，一切都很简单，没有矛盾。你则不同，但无论如何你始终在战斗，你在我眼中的形象非常清晰。

请向海因茨致以爱意，我很高兴你一直和他在一起。我正在创作三篇小说和许多诗歌。我二十四岁了！

在三月五日的选举中，尽管纳粹进行了宣传和恐吓，仍未赢得绝对多数。可他们的失败没有任何实际意义。因为在三月二十三日，德国国会迫于压力通过了所谓的《授权法》，让希特勒成了德国的主人。以这种疯狂而毫无意义的方式，他完全合法地一步步迈向绝对权力。

选举结束后，天气突然变得柔和温暖；诺伦道夫大街十七号守门人的老婆称之为“希特勒的天气”。同其他街道一样，这条街上也挂满了黑白红三色的纳粹党旗；不挂是不明智的。身穿制服的纳粹大步走在人行道上，脸上是一本正经的严厉表情；为他们让路是明智的。他们还走进咖啡馆和餐馆，哗啦啦地摇晃着筹款的募捐箱；你必须给他们一些财物。在诺伦道夫广场以及其他广场和公共场所，都有喇叭高声播放戈林和戈培尔的演讲。“德国醒了”，他们说。人们坐在咖啡馆前听广播——母牛一般，隐约有些好奇，安然自得，他们接受了发生的一切，但不承担责任。他们中的许多人甚至没投票——他们怎么能对此负责呢？政治犯被关进了冲锋队的营房，关于里面发生了什么，城市里充斥着谣言。据说有些犯人被逼着朝列宁的画像吐口水，吞蓖麻油，吃旧袜子；有些受了严刑拷打；很多人已经死了。政府愤怒地否认了这一切。仅仅复述此类谣言也是叛国行为。报纸上不断宣布各种叛国新方式。

一些外国记者——那些公开批评纳粹政府的记者——晚上往往都在一家意式小餐馆聚餐。其中就有伦敦《泰晤士报》的诺曼·艾巴特。餐馆里的其他所有人，包括至少一名警察的密探，都看着他们，试图偷听他们在说什么。如果一个德国人走到他们的桌前和他们说话，事后肯定会被警察盘问。

一天，有个年轻人来诺伦道夫大街找克里斯托弗。他认识一个脱逃的目击者，那位目击者能描述营房里的情况，给出囚犯的名字；他希望这条消息能在国外见报。正好克里斯托弗认识艾巴特，于是他把信息提供给了艾巴特。艾巴特披露的内容已经使他不受当局欢迎了；甚至他自己的编辑也担心他过于坦率。纳粹最终将他驱逐出境。

克里斯托弗的大多数犹太朋友已经离开德国或者准备离开。赫希菲尔德博士从一九三〇年起就一直在巡游世界。旅程结束于法国，他留在了那里，知道倘若自己回德国会有性命之虞。卡尔·吉泽已去那儿与他会合。克里斯托弗一定费了些工夫才联系上威尔弗里德·伊瑟列——当然，他没尽全力。他也许感到怯懦，除此之外，他也意识到自己可能会使威尔弗里德的处境变得更糟——如果那处境还没糟到极点的话；“外国人”已然成了一个肮脏的词语，而克里斯托弗这个外国人肯定已被列入警察档案，他既是赫希菲尔德同性恋者的一员，又是汉密尔顿红色人士的一员。(杰拉德·汉密尔顿本人已经受到了警察的严密盘问，然后匆匆离开了这个国家。)

四月一日，纳粹首次联合抵制犹太商户，克里斯托弗去了伊瑟列的百货公司，想看看发生了什么。看起来没什么大事。每个入口都部署了两三个身穿制服的冲锋队员。他们的态度一点儿也不凶狠，只是提醒每一个潜在的购物者，这是一家犹太商店。(在那些人人相识的外省小镇上，私人仇恨激烈，窗户被砸得粉碎，购物顾客的额头和脸颊被强行戳上了橡胶章油墨印记，颜面尽失。) 克里斯托弗在那儿的时候，不少人进了伊瑟列的百货公司，包括克里斯托弗本人。他象征性地买了一些东西，出来时认出了把守门口的一个男孩。他们是在“惬意角落”认识的。在过去一年里，酒吧男孩们在政治上的分歧越来越大。他们加入了这个或那个街头帮派，这些帮派尽管并不总能获得官方承认，但得到了纳粹或民族主义者的鼓励。现在非纳粹系的帮派岌岌可危，但许多成员改换立场也被新阵营接纳了。如果你真的被揍了一顿，很可能是因为你有私敌；这是一个算旧账的好机会。

现在各种各样的同志酒吧都会遭到突击搜查，许多都被封禁了。克里斯托弗与卡尔·吉泽的朋友们失去了联系。毫无疑问，精明的男孩都知道害怕，行事低调，而没头脑的那些则在城里招摇，大喊穿制服的冲锋队员是多么性感。他只认识一对骄傲宣称自己是纳粹的同性恋者。对新斯巴达的情色幻想误导了两人，他们天真地以为德国正在进入一个军队男性之爱的时代，所有女人都被排除在外。两人当然知道克里斯托弗认为他们疯了，但他们只是对他耸耸肩便置之不理。他怎么能理解呢？这儿又不是他的祖国……不是，确实不是。克里斯托弗意识到这一点已经有段时间了。但这对可悲的自欺欺人的家伙并没有意识到——直到为时已晚他们才会意识到——这儿也不是他们的祖国。

四月五日，克里斯托弗回伦敦，带上了他的书籍、文稿和其他物品。在永远离开德国之前，他想把这些东西存放在凯瑟琳的宅子里。

弗朗西斯写信邀请克里斯托弗和海因茨到希腊与他会合，他正准备在那里为自己建一座房子。他还邀请了欧文·汉森，欧文已经同意了。克里斯托弗还在犹豫，部分原因是他还记得与弗朗西斯在莫林的共同生活，但更重要的是，他不愿意选择某个特定的地方。在人生的这个阶段，单是旅行这一念头就能使他兴奋不已，他喜欢抽象地享受旅行，甚至因可能性太多而无从选择。这种乐趣不再仅仅是白日梦了；克里斯托弗刚从他的教母阿姬·特雷弗

（参见《凯瑟琳与弗兰克》）那里继承了一小笔遗产。现在他有钱在欧洲任何地方过一个夏天，或者去更远的地方短途旅行。根据福斯特的一封信中所述，克里斯托弗甚至考虑过去巴西。

在伦敦期间，克里斯托弗又让理查德听写。这一定是另一份手稿修订后的较长版本。根据凯瑟琳日记中的记录，他在离开的几天前完成了第一部分，并拿给爱德华·阿普沃德看。她还提到了来家中拜访的几位客人，布比（当时他在一艘荷兰货船上工作，货船将犹太难民偷运到英国，每趟运一位）、杰拉德·汉密尔顿（“他戴着一顶假发，过着极具冒险性的生活！”）以及福斯特（福斯特的名字下面画了着重号，显然标志着她特别的敬意。）

就在那段时间，福斯特给克里斯托弗看了《莫瑞斯》的打字稿。能获准读这部书稿，克里斯托弗当然觉得荣幸至极。稿子里到处是老式的措辞，令他感到烦扰。当阿列克把他与莫瑞斯的性爱称为“分享”时，他一脸痛苦，尴尬得脚趾乱扭。然而，这部小说的奇妙之处在于，当它被写下时，既已被写就；奇妙之处在于福斯特本人，即使禁锢于战前偏见的丛林中，仍能把世人难以接受的这些想法用语言表达出来。为了给予自己勇气，他也许不时聆听远处先锋英雄的劈砍声。那是爱德华·卡彭特和乔治·梅里尔在大胆地扩展他们丛林中的空地。卡彭特和梅里尔是《莫瑞斯》的两位教父。福斯特后来透露，梅里尔曾轻柔地触碰他的臀部上方，以精神物理学的方式启发了他写这本书。（福斯特评论说：“我相信他摸过大多数人的。”——多么典型的福斯特思维！）

克里斯托弗认为《莫瑞斯》和福斯特的其他长篇小说一样好吗？当时的他会说——我现在依旧同意——它稍逊于其他作品，同时也比其他作品更优秀：它作为艺术作品稍逊一筹，但胜在有更纯粹的激情，更坦率地宣告了作者的信仰。初次阅读时，这一点就深刻地撼动了克里斯托弗。

一九三二年他们见面时，大师称赞了学生。这一次，大师相当谦逊地问学生，在三十年代写作者的一员看来，《莫瑞斯》怎么样。“它跟得上时代吗？”福斯特这样问。我可以骄傲地说，克里斯托弗是这样回答的：“它怎么就跟不上时代了？”这个答案机智、真实，也很鼓舞人，福斯特听了十分高兴。他在随后的一封信中这样告诉克里斯托弗。

我在记忆中看见他们坐在一起，面对面。克里斯托弗凝视着他们这门艺术的大师，他们这个族类的伟大先知，他宣称两个男人之间可以存在真正的爱，没有极限和借口的爱。他就在眼前，因他的伟大而显得谦卑，不敢相信自己的天赋。克里斯托弗磕磕巴巴地说出几句赞美与热爱的话语，眼里噙满了泪。而福斯特——既感动又觉得好笑，但更多的是感动——倾身向前，亲吻他的脸颊。（即便如此，他还是在之后的两年里继续称克里斯托弗为“伊舍伍德”。）

此后，他们几乎每次见面时都会讨论一个问题：《莫瑞斯》该如何结尾？故事会以幸福的结局收场，这是理所当然的；福斯特写这本小说就是为了确认这样的结局对于同性恋者是可能的。但最终场景该如何选择依然没有确定。是否应当展现莫瑞斯和阿列克在世俗束缚之外享受着自由的生活？还是应该写莫瑞斯心平气和地与那不忠的旧情人克莱夫做了了断："你别再给弄得毛骨悚然了，还是专心致力于自己的幸福如何？"克里斯托弗对这两个结尾都不满意。（最终采用了第二种。）他给出了自己的建议——福斯特另外几个朋友也给了建议。他喜欢这场持续不断的讨论，只当作一种游戏。

克里斯托弗四月三十日抵达柏林时，只想再次离开德国，越快越好。弗朗西斯已经为欧文安排好了去希腊的行程，克里斯托弗认为这是最不费事的办法，于是决定也去那里——至少一开始先去那里。还在伦敦时，他就听说柏林警察逮捕了三个英国人，都是英语教师。（凯瑟琳的日记里没写罪名是什么；我怀疑是同性恋。）此外，图豪小姐也写信说警察打电话询问他的情况，警察说只是例行检查。根据直觉判断，克里斯托弗确信自己没必要害怕。即使最坏的情况发生，他也不会落入纳粹冲锋队的手里；外国人是交由警察处理的，他们尊重你的公民权利。他们顶多只会告诉他，他是一个不受欢迎的外国人，然后把他驱逐出这个他本就迫不及待要离开的国家。

即便如此，柏林的空气里依然弥漫着恐惧——对许多人来说，感到恐惧是有道理的——而克里斯托弗发现自己也被感染了。也许他只是被自己的幻想吓到了。他总是在英国朋友面前略略装出一副反抗纳粹、四面楚歌的斗士形象，其中一些朋友也半开玩笑地鼓励他这么做。“在我去你那儿之前别让人弄死了，”爱德华·阿普沃德曾写信说，“我得见到你，除非你被希特勒枪杀。”现在克里斯托弗开始产生轻微的幻觉。大半夜里，他似乎听到有几辆重型车在房子前停下。他突然在墙纸里发现了纳粹符号。他让自己相信，房间里所有的东西无论表面颜色如何，本质上都是棕色的。纳粹棕。

克里斯托弗有更多的理由为他的两个旅伴担心。德国公民现在必须获得个人许可才能出境。海因茨可能会遇到困难，尽管可能性不大。但欧文·汉森很可能会被禁止离境甚至被捕，因为他是一名共产党员，还是赫希菲尔德研究所的雇员。欧文对克里斯托弗的担忧报以微笑，他说纳粹忙着呢，顾不上他这样的小人物。(这是一种危险的乐观看法，因为恐怖活动还没有很好地组织起来，你无法预测他们如何选择受害者。）与此同时，在能动身前往希腊之前，欧文坚持要继续住在研究所里，给研究所看门。

五月六日，研究所遭到大约一百名学生的突袭。他们一大早开卡车来到这里，还有乐队演奏着铜管乐。听到奏乐声，欧文看向窗外。他希望能尽量减少迫在眉睫的损失，于是礼貌地请他们等一会儿，他下楼去开门。但学生们更喜欢像勇士一样进入；他们把门砸开，冲进楼里。他们花了一上午的时间在地毯和手稿上泼墨水，把研究所图书馆的书籍装上卡车，其中包括许多与性无关的书籍：历史著作、艺术期刊等。下午来了一队冲锋队员，进行了更仔细的搜查，显然很清楚应该找什么。（此后就有人传说，纳粹的某些著名成员以前曾是赫希菲尔德的病人，担心记录他们同性恋史的病例可能被用来对付他们。但是，如果此说法属实，他们肯定会更仔细地检查研究所的档案。后来有人告诉克里斯托弗，所有真正重要的文件和书籍都被赫希菲尔德的朋友拿走了，在此之前就已被送到了国外。）突击检查结束几天之后，就在歌剧院前的广场上，遭查禁的书籍、文件，连同一尊赫希菲尔德的半身像，被当众焚毁。克里斯托弗当时也在人群中，他说了一句“不知廉耻！”，但声音不大。

随后，政府正式剥夺了赫希菲尔德的德国籍。他当时住在尼斯，计划在那里重新建立研究所。他于一九三五年五月十五日去世，始终未能完成心愿。赫希菲尔德死后，卡尔·吉泽离开法国去了捷克斯洛伐克。他在一九三六年结束了自己的生命。

“我真不知道您为什么要这么突然地离开柏林。”图豪小姐伤心地对克里斯托弗说，话语里满是真诚。一九三二年十一月大选时，她还把票投给了共产党——在克里斯托弗的强烈要求下。而现在，跟守门人的太太说话时，她已经称希特勒为“元首”了。毕竟，和数百万其他人一样，她必须继续在德国生活并且尽量过好每一天，不管掌权的人是谁。她的本质不会改变，她不过是掌权者治下一个可爱而糊涂的受害者——她唯一的罪过就是与他们联系在了一起。她过去并不是真正的共产主义者，如今同样也不是真正的纳粹。

约翰·范·德鲁登写《我是一部照相机》时，认为非常有必要让一直富有同情心的女房东在最后一幕中公开反对犹太人。他想展示女房东逐渐受到了纳粹宣传的影响。他还想给克里斯托弗这个角色一个严厉斥责她的机会，从而证明他的良心已经觉醒。克里斯托弗赞同这种逻辑，同时认为克里斯托弗一角的良心有些令人作呕；它如此满足于自己的真诚，如此爱说教。当克里斯托弗一角与纳粹搏斗，展示出其高贵时，台下的他感到局促不安。但若提出抗议就有些忘恩负义了，他是心甘情愿把自己交到范·德鲁登的手里的。他自己永远不可能用这种素材创作出一部令人满意的百老汇戏剧。

即便如此，他仍然觉得愧对图豪小姐。也许哪天她真的会看到《我是一部照相机》。（这出戏剧确实翻译成德语并在德国上演了。）她可能会认为克里斯托弗是借范·德鲁登之口指责她反犹，并深深受到伤害。即便她确实攻击了犹太人——小说里从没安排她这么干——让克里斯托弗来控诉她也完全是不得体的。于是他请求范·德鲁登把戏里女房东的姓氏从施罗德（小说里叫施罗德）改成施耐德。当时克里斯托弗试图说服自己，这一微小的调整能令图豪小姐安心，戏剧中的女房东不是小说里的施罗德小姐，并不是在描绘她本人……现在，我痛苦而清晰地意识到，这是私人愧疚对票房做出的妥协之一。

一九五二年二月，克里斯托弗重返柏林做短暂访问，那是战争结束后的第一次。在海因茨夫妇的陪同下，他去探望了图豪小姐。她依旧住在诺伦道夫大街上，不过换了一套小得多的公寓。熟悉的街道上到处都是被炸毁的建筑，大部分房屋的正面都被弹片弄得坑坑洼洼，破败不堪。克里斯托弗没有提前告知他要来，现在他突然害怕自己的出现会惊扰她。他请海因茨两口子先上楼去。他站在楼梯的阴影里，聆听海因茨跟图豪小姐问好，然后开始切入正题……我们听说克里斯托弗回英国了……听说他可能会来这里……很快就来……谁知道呢，说不定他已经来了？……这一刻，图豪小姐已经猜到了。当克里斯托弗出现时，她发出一声惊人的尖叫，这声尖叫配得上《特里斯坦与伊索尔德》[①]，无论是表达死亡还是极乐都恰如其分。整栋楼肯定都听见了。

不出所料，她现在是满腔热情的亲美派；诺伦道夫大街是美国的占领区。她对俄国人的感情比较复杂。谈起他们的政治，她持传统的不赞同态度；而说起他们的性欲，她却不得不佩服。战争一结束，她就遇到了许多苏联士兵。“每次我一上街，他们就追着我，”她颇为得意地告诉克里斯托弗，“所以我总是眯起眼睛——像这样，弓着背，一瘸一拐的。您真该看看我当时的样子，伊塞伍先生。然后那些俄国人也不想要我了。我看起来像个

① *Tristan and Isolde*，德国作曲家瓦格纳创作的经典歌剧，于1865年首演。

普通的老巫婆！”现在她七十多岁了，看起来比五十多岁时气色更好——尽管她经历了许多事情。克里斯托弗问她轰炸的情况。“噢，去年真是可怕！我们几乎一直待在地窖里。我们曾伸手抱在一起，说至少可以一起死去。我告诉您，伊塞伍先生，我们祷告了那么多次，都变得非常虔诚了！”

告别时，图豪小姐送给他一个海豚造型的黄铜钟架，海豚尾巴上托着个时钟。《别了，柏林》里描述过这件东西，“伊舍伍德”还问自己：“这些东西以后会怎么变？它们怎样才会毁坏？”这是一句预言般的评论，因为炸弹落下时把它崩飞到房间的另一头，却只轻微刮花了它的绿色大理石基座。当我写下这些词句时，它仍像新的一样，在我的书桌上滴答着。

八

克里斯托弗在一封信中告诉斯蒂芬：

如果我们真的去希腊，我要尽可能写一本像《印度假日》那样的书。未来十年的一切花销就有着落了。

乔·阿克利的《印度假日》于一九三二年出版。阿克利是福斯特和普洛默的密友，但我记得当时克里斯托弗还没见过他。克里斯托弗很喜欢《印度假日》，他对斯蒂芬说的那句话并不是嘲笑那本书。他的意思只是想写一本轻松、幽默又畅销的游记。

现在到了该出发的时候，克里斯托弗开始写日记，希望为计划中的书积攒素材。

一九三三年五月十三日。现在是半夜十二点一刻，我刚收拾完行李。八个小时后我就要离开柏林，可能是永远离开。报纸上说希腊遭遇了一场地震。我并不是很累，只是觉得自己好像刚从一场重病中康复。这些天我一直在担心，担心海因茨能不能拿到护照，担心欧文会不会被捕，担心等到了贝尔格莱德的酒店，他们会不会忘记打电话提醒我们赶去往雅典的火车。我已经在脑中把这趟旅行完成了好几遍，给所有朋友都写了有趣的明信片。现在，离开德国的这一天终于来了，这简直太好，又太坏，令人难以置信，而对于未来，我只知道无论我的想象有多么频繁、多么丰富，现实只会非常非常不同。

最后一个冗长、自负且虚假的句子只是克里斯托弗一厢情愿的产物，他觉得自己应该说一些配得上形势重要性的话。这句话是虚伪的，因为它不符合人物的性格。我认为他从来没有想象过离开德国的那一天；那种想象需要冷静的远见，而他并不具备。他时常忧心忡忡，但不是一位预言家。他无法用意识控制的那部分意志——他称之为“时运”——盲目地将他推向未来，这常令他兴奋，甚至惊叹不已。

爱德华·阿普沃德听说了克里斯托弗的目的地之后，给他写信：

告诉我细节，告诉我是否真能漫无目的地在一座岛上永远住下去。如果真可以，我也要过去。

但就在我这么说的时候，我命中注定的职责像铁质灭火器从天花板上坠落一般压在我身上。我必须留在这里。否则就无人再次打响第一枪，这个学期还一枪都没响过。我已经在脑子里把《边界线》写了不少，但纸上一个字也没有。

我每周有三个晚上定期去参加党的工作——对党毫无价值，但总有一天会对我的写作很有价值。平均每周有一个下午也去党支部。对我来说，很容易就没有任何空闲时间了。

（爱德华当时在伦敦南部的杜尔维治教书，同时参加共产党的聚会。正在创作的《边界线》将会成为他的第一部长篇小说。这本书于一九三八年出版，书名改为《边界之旅》。）

这听来像下水道里传出的声音吗？每一天我都在向自己的反面发展。假期能逆转这个过程，因此每个学期开学时我都要经历可怕的分娩阵痛。

我突然明白了，为什么你原先对于我们两人职责所作的评论，会让我隐隐觉得十分精彩：你去希腊，因为这恰与你的性子相反；我留在这里，因为这有悖于我的天性。假若我们从未在剑桥相识，那么我们的角色就会颠倒过来，我们都会过得很不快乐。

爱德华的意思是，他天生就是一个浪漫的自由旅行者，而克里斯托弗则是一个单调无聊的家里蹲，专注于日常职责。他们的相遇改变了彼此的生活角色，并帮助对方找到了身为作家的合适主题。我想这或多或少是真的。

早上六点，海因茨过来接克里斯托弗。海因茨整宿都没躺下，因为他害怕自己睡过头。他们在安海尔达火车站的月台上与欧文会合。欧文喝了一瓶半的干邑白兰地，双眼通红、步履蹒跚地朝两人走来，不顾旁观者的蔑视，用象征共产主义的紧握的拳头向他们打招呼。

火车搭载着他们向南开，去往捷克斯洛伐克边境。途中经过易北河谷时，他们看见正对河的悬崖上用红色油漆刷上了锤子和镰刀的图案；纳粹还有很多这类景观清理工作要做。在边境上，克里斯托弗紧张地看着德国官员检查欧文和海因茨的护照，最后终于确认没问题。而他自己的英国护照，他们仅仅瞥了一眼就还给他了。

之前填护照申请表的时候，海因茨问他职业一栏该怎么写。克里斯托弗让他写“家政服务员”。我想克里斯托弗是觉得海因茨应该宣称自己是一个坦坦荡荡的无产阶级，而不是躲在诸如“学生”或“经济自给者”等资产阶级标签后面。谁知后来的事实证明这是一个极其愚蠢的建议。

当天下午他们抵达布拉格。宾馆里住满了德国难民。警察禁止任何人佩戴纳粹徽章。与柏林相比，这座城市看上去很古老，凌乱生动，电车的咔嗒声和出租车的嘟嘟声让人觉得很有法国味儿。我永远忘不了那座十四世纪的犹太教会堂，里面弥漫着蜡烛的烟雾，你觉得自己能闻到中世纪的气息。

次日他们搭火车去维也纳。欧文在那儿有一些朋友，他们是性改革联盟的成员，这个组织是受赫希菲尔德启发而创建的。毫无疑问，他们想了解关于研究所关闭的所有消息。欧文神情自若地把自己塑造成了这出戏里的关键殉道者。这惹恼了克里斯托弗：

> 欧文开始扮演流亡英雄，我很烦他。我们都知道纳粹的行径跟猪猡一样，但他何必如此夸大其词。小题大做是流亡分子爱干的事情，不应是共产主义者的风格。

克里斯托弗被维也纳迷住了——维也纳人的轻声软语，那么多的喷泉，还有普拉特游乐园的摩天轮。他觉得自己愿意住在那儿。十六日，他们见到了约翰·莱曼，约翰鼓励他留在维也纳。十七日，他们到了布达佩斯。在一家能远眺多瑙河的饭馆里，他们吃匈牙利炖牛肉，喝托凯葡萄酒，有人演奏吉卜赛风格的小提琴曲，近在耳畔。之后，他们登上了一艘开往贝尔格莱德的内河汽轮。

他们沿着宽阔的棕色河道航行，克里斯托弗反复对自己说，他们正在进入巴尔干半岛——一片充满家族世仇的浪漫而危险的土地，（他听说）神职人员也会为两位男性主持婚礼。他们次日深夜抵达贝尔格莱德，找了一间咖啡馆，那里——

有一个蓄着小胡子的黑皮肤姑娘，在小手鼓的伴奏下，不断发出刺耳的、极具戏剧性的喊叫。我们喝酒、喝咖啡的杯子小得像是娃娃用的。

五月十九日清晨，他们赶上了去雅典的火车：

这个国家就像英国，有很漂亮的树木。我原以为会有棕榈树。过了斯科普里就看到褐色的群山，草帽，目如黑玉的孩童用绯红的破布缠着头。沿路的士兵手持带刺刀的长枪。下着大雨，很冷。天色渐暗，用孤独武装起来的男人守卫着铁路，空荡荡的火车在荒芜的乡村间疾驰，驶向边境。

五月二十日。我们中午到站。弗朗西斯在站台上接我们，还带着一个叫塔索的男孩。“哈罗，亲爱的，”他说，“从没想到你会来。”他的梅毒又发作了。我们在一家咖啡馆里坐了好几个小时，雨水沿着街道汩汩流淌。我们喝不惯松脂酒，也没法像吃肥皂似的吃土豆，不过那里有草莓。每人都有一串黄色的珠子把玩。塔索只有左手小指上留着指甲，留得长极了。弗朗西斯说这是很时髦的。塔索的同性恋气质很明显，他还折了一些小纸船。随后海因茨和我回了宾馆。明天去岛上。

弗朗西斯决定在上面盖房子的那座岛叫圣尼古拉斯[①]。它位于埃维亚岛和希腊大陆海岸之间的海峡中，靠近海滩，就在哈尔基斯市北部。这座岛大约有一千米长。

弗朗西斯从离岛最近的大陆村庄居民那里租下了圣尼古拉斯，他们是这座岛的共有人。弗朗西斯以每年三英镑的价格租了十年。后来他希望说服村民把岛卖给他。弗朗西斯之所以决定住在圣尼古拉斯，是因为小岛对面的海滩后有一处古墓，据说里面有一个甚至多个史前村庄的遗迹。古墓表面散落着陶器碎片。弗朗西斯已经在争取雅典的英国学校的授权，以便挖掘古墓。（据我所知，他始终没有得到这份授权。他的名声在官僚界越来越臭。）

《南下访问》中对圣尼古拉斯岛上生活的描述直接取自克里斯托弗的日记。但那位名叫杰弗里的英国人在很大程度上是虚构的，玛丽亚·康斯坦丁涅斯库的来访从未发生过。和“伊舍伍德”一起从德国来到这里的男孩瓦尔德马尔与海因茨毫无相像之处；他只是奥托·诺瓦克这一角色的第二个版本。“伊舍伍德”对待瓦尔德马尔就像他在《别了，柏林》中对待奥托一样，带着居高临下的

① 如今这座岛的正式名称是科蒂博尼希（Ktiponisi）。正因英国人弗朗西斯·特维尔-彼得曾租下整座岛屿，当地人也称之为“英格莱索尼希”（Englesonisi），意为“英国岛”。

消遣态度，没有任何迹象表明他们对这段感情是认真的。

起初，克里斯托弗并没有完全意识到他负担着多么大的精神压力，他是多么努力地忍受着这个地方。圣尼古拉斯岛上的生活是前所未有的体验。他习惯于说自己喜欢阳光，他确实喜欢，但他喜欢的是北方度假胜地的阳光，那里有舒适的住宿条件，等他晒够了太阳就可以回屋去。而现在，他从施罗德小姐的阴暗公寓移居到烈日炫目、酷热当头的户外帐篷里——这里有群山、大海环绕，如此美好；又有炎热、肮脏、糟糕的食物、更糟的水、恼人的苍蝇和大喊大叫的希腊人，如此不宜居住。他怎么会觉得自己可以在这里写小说呢？

另一方面，弗朗西斯似乎比在德国时更自在。他仍然喝很多酒，但他起得很早，整天都很忙。他从不觉得无聊。弗朗西斯经常大发脾气——对欧文、对他的男孩雇员，或对盖房子的工人——但这并不会消耗他的精力，他很快就抛诸脑后了。有一次，弗朗西斯当着克里斯托弗的面对着一个人大吼大叫，克里斯托弗突然被这一幕的歇斯底里气氛迷了心智。当时他嘴里叼着一根香烟，不由自主地把烟吸进了肺里。他已有十年烟龄，却是第一次这么干——他不知道自己还会往里吸。陶醉的感觉使他觉得自己好像在飘浮，有那么一瞬间几乎失去了知觉。此后，他开始不时地把烟吸入肺里，于是在之后的三十年间都尼古丁成瘾。

在他们逗留期间，克里斯托弗的小说几乎没什么进展。他写的主要是日记，描述自己如何无法创作，却很享受这种沮丧。如果阳光灿烂，他就太慵懒。如果阴雨连绵，他就太抑郁。此外他还被男孩们、家畜和留声机发出的噪声干扰。要不然就是患痢疾，或者因直肠出血而忧心。

> 除了盯着鞋子发呆，我完全没有其他事情可做。吃个橙子？我吃的已经超出了配给量。来块土耳其软糖？这儿根本没有。喝瓶装水？呵，我也只有瓶装水了。可我打不开瓶子。男孩们开始玩儿留声机了。我看完了我的唯一一本侦探小说：《希腊棺材之谜》。那些精力充沛的美国人啊。他们是我的榜样。我必须振作起来。我必须写作。如果不写作，我就会迷失。

克里斯托弗努力尝试写作，主要结果是他对所有非写作者都产生了敌意——也就是岛上的所有其他人。仅仅因为他们的存在，他的工作就变得越发困难——除了海因茨。

海因茨已经习惯了在圣尼古拉斯的生活。过了最初的几天，他就不再抱怨食物。克里斯托弗尖酸地注意到，海因茨能与男孩、工人们和睦相处“真是不可思议”。他们通过袖珍字典进行“没完没了”的对话，很快就开始交换希腊语和德语单词。海因茨和他们每个人都有私密玩笑。他本能地知道该在什么时候捏他们的脸颊。他们对着彼此的面孔摇晃手指，大笑着喊“啊呐呐，啊呐呐！”，一遍又一遍。他们还会时不时地欢呼。

即便如此，海因茨还是和克里斯托弗同住一顶帐篷；他们的日常生活至少有一部分是与其他人分开的。当克里斯托弗心情不错、安于他们的处境时，他就会详细谈起这一点：

> 第一次早早洗澡。一个完美的深蓝色早晨。我们的帐篷很不错，有一面镜子，手提箱架在木箱上面，桌上放着我的打字机，还有海因茨用电线做的装文件的小玩意。我们有自己的橙子和果酱。我想永远和海因茨住在这顶帐篷里。
>
> 海因茨是我唯一的精神支柱。他令一切变得可以忍受。游泳时他发出“扎克！扎克！”的声音，就像彼得·潘故事里的鳄鱼。

他们偶尔会单独待上一整天，划船、驾帆船，或者爬最近的沿海山脉。克里斯托弗曾三次离岛度假，和海因茨坐火车去雅典。他们在那儿参观景点，包括海因茨坚持称之为“微城[①]”的那一处。他们在法国餐馆享用美食，在舒适的宾馆住宿。做爱时不被打扰是一大享受，在圣尼古拉斯他们常常受到干扰，男孩或建筑工人随时可能把脑袋伸进他们的帐篷里。

> 七月八日。我受够了。

---

① 指雅典的Acropolis（卫城），海因茨坚持称之为Micropolis（微城）。

我已经厌倦了写这本措辞谨慎的文学小日志，一只眼睛盯着风景，另一只眼睛盯着霍加斯出版社。让我们坦率一点儿吧。

（一个写长篇或短篇小说的点子：一本日记，开头很有文学性，各种闲聊，十分有趣。到中间，日记作者承认了某件事情，这改变了他所描述之事的全部意义。）

我可能会嫉妒岛上的每一个人——任何一个与海因茨合得来的人，哪怕只是有一丁点儿合得来。

克里斯托弗承认，他一直嫉妒欧文（在克里斯托弗认识海因茨之前，欧文很可能已经在柏林跟海因茨上过床了）、塔索（他可以和任何人上床，也可以和各种动物上床），还有米特索，他被堂而皇之地称为弗朗西斯的司机。米特索是一个帅气的年轻人。他在附近大陆的村子里有老婆孩子，但他有时在岛上过夜，和最有吸引力的建筑工人搞在一起——所以他很可能也喜欢海因茨。有一次，克里斯托弗为了发泄对米特索的嫉妒，装模作样地和他大闹了一场，缘由是米特索抓住了一只兔子，还把它关进一个木质包装箱里。（男孩们经常对动物非常残忍，但这只兔子大嚼草叶，似乎很快乐。）

我砸开箱子，把兔子放了出来，用德语大喊（为了说给欧文听）："下次你再虐待动物，别让我看到！"然后我把包装箱扔向米特索。这在建筑工人中引起了极大的轰动。他们无法理解。

克里斯托弗继续描述七月八日的情况：

今天海因茨说他打算和米特索一起去猎兔子。吃晚饭时，他意识到他提议的狩猎探险让我很不高兴，于是显得尴尬，有点儿生闷气。有几次他抢了我的勺子，因为他想自己用。

“你好像有点儿匆匆忙忙的，今晚上。”我说。“我一点儿也不匆匆忙忙，”海因茨说道，然后以残忍的洞察力补充了一句，“我压根没想着打猎的事。是你老想着，希望我不要去。”

现在他一心向着米特索了。而且我知道，要么是今晚他回来的时候，要么是明天上午，我就得收起自尊，在地上匍匐爬行，不去计较他愚蠢的、小丑般的粗鲁，因为我根本不敢把事情闹大。被发现我因他吃醋就等于把我的软肋交到了他手中。我担心他已经不喜欢我了，觉得我霸占他的时间令他既无聊又厌烦。如果我在岛上都醋意大发，那在大城市里又该如何呢？大城市里会有男男女女真的想把他从我身边夺走。

对我而言只有一种保护措施。唯一的幸福，或者说真正的理智，在于内心的超然。可我已被嫉妒淹没，被无聊吞噬。我徒劳地等待，听海因茨吹口哨的声音越来越近，或是听他从被打扁的鼻子里擤出鼻涕。

这听起来像是一场危机的序曲。但是——这就是惰性的力量——克里斯托弗和海因茨又在圣尼古拉斯多住了近两个月。

在此期间，有一个男孩偷了钱逃往雅典；另一个男孩强奸了一只鸭子。岛上有人住的地方到处都是老鼠，他们设法清除鼠患；老鼠吃光了所有的毒药，但还是不够。一天晚上，一船渔民不请自来，上岛开始烹饪他们的鱼。渔夫们大喊要葡萄酒。他们无事可做，唯有奉上美酒，加入这场派对，一直闹到天明。大部分晚上，弗朗西斯和欧文都在室外的一张小餐桌旁喝酒。他们会坐在那里，任凭暴雨倾泻而下，用手捂着酒杯，却并不在意自己已经湿透了。

与此同时，虽然工期一再延误——因为过圣节、狂欢，而且建筑工爆破石头时不慎用了太多炸药而造成破坏——房子还是盖好了，可以粉刷、铺地板了。前门上方的墙上，有一块来自卢克索法老塞提一世墓的碑文碎片。那是弗朗西斯当年在那里捡的，然后偷偷带出了埃及。现在他说，他可以向访客宣称他家有三千年的历史。

克里斯托弗很少能单独和弗朗西斯说话。他要么和欧文或男孩们在一起，要么在和建筑工人争论房子的事。如果他确实单独待着，往往是喝得酩酊大醉，神志不清。他对克里斯托弗的态度总是彬彬有礼，即便是在为家务事争吵的时候。有一次克里斯托弗提出抗议，因为那个负责饭后洗餐具的男孩手上长了疮，很可能是梅毒引起的。弗朗西斯以幽默的态度对待这番“吹毛求疵”。

克里斯托弗说，他和海因茨可以自己洗碗，但如果他们自己洗，住宿费应该少交些。弗朗西斯通过欧文给出答复：克里斯托弗可以作为他的客人继续住在这里，一分钱都不用交；但是原则上说，若要交钱，绝不允许少交。海因茨并不在做客邀请之列；弗朗西斯仍然对他怀有敌意，认为他只是一个仆人，却以虚假的借口和上层人士住在一起。

八月十四日。跟海因茨闹得很僵。好几天了，他一直在生闷气，或是随时准备生闷气。哪怕是最轻微的字眼也会惹他发火。他对待工人们还是一如既往的友好。我很有耐心，但耐心是错误的，甚至是懦弱的。我可能已经变成了他排解坏心情的出气包。我们都有这么一个出气包，但我不想当。我必须认真考虑是不是要跟他分手了。

八月十六日。我们从早上开始谈话，这是致命的一招。海因茨变得闷闷不乐，我谈起性格问题时他总是那样。最后他说不如分手，他回柏林去。我叫他考虑考虑，午饭后再说。饭后我又找他谈，还流泪了，最后他说：好吧，我会和你在一起，但我们要立刻去巴黎。之后我们还没说过话。我和他的情绪都很混乱，还是不说话为好。他的脑子因怨恨而混乱，糊涂的程度叫我吃惊。我想我们必须分手了，但要到我想分手的时候才分。应当是我主动离开他，就像我离开奥托那样，而且时间由我决定。

当有人说克里斯托弗是个魔鬼时——这时常发生——他会抗议，但暗自得意。这词儿听起来颇为浪漫。而在此处，面对克里斯托弗犯下魔鬼般行径的事实——他的泪水之后是冰冷的算计——我觉得震惊，这伤害了我的自尊，即便是在这么多年之后！当时确实应该记录下来。

从八月二十四日到八月二十八日，他们在雅典给克里斯托弗庆祝生日。他只有一句评论：这个周末“不错”，“我的生日过得很愉快，主要是在床上过的”。不过这仅仅是一次停战。

九月六日。大约午饭时，在我们的帐篷里，我故意翻起旧账，三天前我和海因茨讨论过船的事情。这是如此简单，就像下跳棋。我走一步，海因茨走一步。我再走一步。直到海因茨荒谬地要求我给他买条船。“不行，我当然不会给你买。”“你不买？”“不买。”“那我就回柏林。”我耸耸肩。

我们半秘密地离开了。我不想看到欧文试图和解，也不想看到工人们有所表示。太阳一下山就有人划船把我们接走了。我们在哈尔基斯的宾馆过夜。

我想克里斯托弗至少跟弗朗西斯道别了，弗朗西斯肯定不会试图和解，甚至不会礼貌性地劝他们留下来。他很孤独，身边净是雇员和奉迎之人。（斯蒂芬·斯彭德一九三六年曾去拜访他，他告诉斯蒂芬，他的男孩里没有一个人听说过荷马。）但自尊心使他不愿承认自己的孤独。他可能只是对克里斯托弗说："旅途愉快，亲爱的。"

如果克里斯托弗和海因茨这时没有跟欧文说再见，那他们注定永远无法跟他道别了。几年后，欧文回到了德国。有人告诉我他被纳粹逮捕，死在集中营里，但我无法证实这一点。我只知道他现在已经不在人世。

九月七日。我们坐早班火车到了雅典。我本指望跟弗朗西斯的一个朋友兑现一张支票，可他不在雅典，所以筹到的钱只够给海因茨一个人买票回柏林。他本该今晚就离开。但我们午饭时才到，太晚了，没法给他买卧铺票。午饭后，海因茨说："如果你给我六千德拉克马[①]，我就留下来陪你。"我说："当然不行，我才不会把你买下来。"于是我们又返回旅行社。所有的卧铺都订满了。"这是一个预兆。"我说。

于是海因茨说他和我一起乘轮船去马赛，九号从这里出发。他坐在那儿，摆着一张死脸，一言不发。我一到巴黎就必须摆脱他。

① drachma，希腊货币单位。

直到开航，海因茨都闷闷不乐，航行中也在生闷气。他们一路上经过了科林斯运河[1]，还从利帕里群岛和庞大的斯特龙博利火山[2]之间穿过。他们在黎明时分看到火山喷出滚滚浓烟。两人始终没有独处，因为他们和另外四人同住一间舱室。在甲板上，海因茨同一个瑞士人聊天，而克里斯托弗和一个叫乔治·汤姆森的英国人说话，他是翻译希腊文学经典的。

九月十三日他们抵达马赛。两人在旧港漫步，走下一道道阶梯。他们的帽子被妓女抢走了，她们想借此引诱他们进屋。他们向前追，姑娘们就后退；他们若是走开，姑娘们又追了过来。最终，克里斯托弗和海因茨放弃了，没要回帽子就走了。这场冒险使他们一起开怀大笑。两人立即宣布和解。他们次日非但没有在巴黎分手，反而一起在巴黎近郊的默东住了几个星期：

> 又一次，法国人准备宣称：Ils ne passeront pas。[3]空气里弥漫着战争的气氛。但我们有自己的小房间和双人床，有我们的乒乓和饭菜，我们很快活。

九月三十日，克里斯托弗带海因茨去了英国。他们住在凯瑟

---

① Corinth canal，横穿希腊科林斯地峡的一条运河，它将伯罗奔尼撒半岛与希腊大陆分隔开。

② 利帕里群岛和斯特龙博利火山都位于意大利西西里岛东北方向的第勒尼安海中。

③ 法语，决不让敌人通过。此句为第一次世界大战凡尔登战役期间法军的著名口号。

琳的宅子里。日记的叙述在此处结束："气氛冷淡但很有礼貌。"

冷淡很大程度上是克里斯托弗造成的。他告诉凯瑟琳，他和海因茨几天前才在法国相识。因为他不想让她知道海因茨和他一同待在希腊，以及他们在德国时已经在一起很长时间了。但是，在撒了这个愚蠢的谎之后，他又几次提到了海因茨在圣尼古拉斯岛上做过的事情。这种粗心大意也是他对凯瑟琳的攻击性态度的一部分。对此凯瑟琳没说什么，但克里斯托弗对她说谎让她很伤心。她立刻意识到海因茨是一个工人阶级的男孩，于是她以对待工人阶级的方式对待海因茨。尽管凯瑟琳对这个男孩的态度中有一丝施恩的意味，但海因茨并未意识到，反而认为她很善良，也喜欢自己。克里斯托弗觉察到了每一处细微的轻蔑之意，怒火中烧。

海因茨在英国的旅游签证过期了，他又回到了德国。我相信他是不情愿回去的。他和克里斯托弗的关系又恢复到了最好的状态，他在伦敦玩得很开心，而且很喜欢克里斯托弗的几个朋友，尤其是比阿特丽斯·莱曼和汉弗莱·斯彭德。我不太确定克里斯托弗作何感想。不得不在凯瑟琳的注视下和海因茨一起生活，这种压力使他失去了许多乐趣。他也想独处一段时间，摆脱这段感情中必要的摩擦，继续写作。他十分不愿意让海因茨回柏林。希特勒正在采取种种好战的行动；他刚刚退出了国联。但即便是悲观主义者也认为，他还没准备好冒着风险正式挑起战争。于是，克里斯托弗决定要弄到更多的钱，并想办法把海因茨带到英国住上更长时间，也许是一辈子。

九

十月中旬的一天上午，就在海因茨离开后不久，克里斯托弗接到了珍·罗斯打来的电话。我没有把她的话逐字记录下来。我顶多只能以萨莉·鲍尔斯的风格来复述这通电话。这么做有点儿时间上的偏差，因为珍当时已经开始摆脱她的萨莉·鲍尔斯形象了。她的表达方式已受到她在伦敦的新朋友们的影响——左翼人士，幽默而投入，在性方面宽容但在政治上教条。“克里斯亲爱的，我刚认识了这么一个绝对非凡的人物。他简直才华绝伦。我非常喜欢他……没有，你这猪猡——我们当然没有那个！他很老了——至少有六十岁了，要我看。我是说，我崇拜他的头脑……你看，他是奥地利人，不过他是个好莱坞的导演。他要来这里执导一部电影……而且，亲爱的，这正是了不起的地方——他想要你来写剧本！……唔，不，其实他不知道你是谁。但他得马上找个作家，我跟他说过你的事情，说你是一个绝对的天才，只是到目前为止还有点儿不受认可。他看起来真的很感兴趣。他想读读你写的东西……是的，我知道你写小说忙得不得了，不过毕竟小说可以等等再写，不是么……我是说，你可以赶紧把这个活儿干完，然后你就会富得要死……可是，克里斯，我已经跟他保证了你愿意！你看，你至少把你最新的小说——我老也记不住名字——送一本给他……是的，我当然有一本——我把它当宝贝的——只是我借给一个人看了，我忘记是谁了……你不肯？你这个老混蛋！好吧，我跟你这么说吧——咱们做个交易，好吗？如果我自己掏钱买一本，而且你得到了这个工作——你愿意把头一个礼拜的薪水给我一半么？”

“成交！”克里斯托弗大笑着回答她。他早就对珍的种种赚钱计划失去信心了。他把这次谈话抛诸脑后。

两天后，珍又上气不接下气地给他打电话：“亲爱的，我买了你的书，然后给他了，然后”——说到此处她因激动而放低了声音——“他觉得很好！”

实际发生的情况是，那位导演贝托特·菲尔特尔漫不经心地翻看《纪念碑》，直到读到了爱德华·布莱克自杀未遂的那个场景。（一位朋友曾向克里斯托弗描述过自己的自杀企图。这个场景正是基于此。）读过之后，菲尔特尔宣布：“我觉得此处显然很genial”——他用英语念这个词儿，[①] 但表达的是德语中 genial 的意思，“充满天赋”。就是这样。菲尔特尔没有再读下去。克里斯托

① 英语中genial指“友善的，和蔼的”。

弗受邀参加面试，但他的身份已经是尚未谋面的雇员了。

（珍做了这次重要的介绍，给克里斯托弗带来了短期和长期的影响，可之后她似乎暂时从克里斯托弗的生活中消失了。也许她去了国外什么地方。我不记得克里斯托弗是否兑现承诺，把第一周的一半薪水给了她。我很肯定她会坚持要他给钱的。我希望她这么做了。）

贝托特·菲尔特尔以弗里德里希·伯格曼的形象出现于中篇小说《普拉特的紫罗兰》中，这篇小说在十二年后发表：

> 灰发浓密的脑袋，壮观而厚重，像花岗岩雕刻而成……坚定的大下巴，紧闭的嘴呈现出冷酷的线条，专横的鼻子旁向下刻出严厉的纹路……罗马皇帝般的头颅……但深色的眼睛里满是嘲弄，那是皇帝的奴隶的眼睛。
>
> 握手时我忍不住笑了，因为我们之间的介绍似乎是多余的。有些相识仿佛重逢——这次便是如此。我们当然认识彼此。名字、声音、五官都无关紧要，我认识那张脸。那是一张标志着政治形势的面孔，一张代表了时代的面孔。那是一张中欧的面孔。

实际上这段文字只描述了克里斯托弗的认同感，而非菲尔特尔的。不过当时菲尔特尔的认同感一定比克里斯托弗的更强、更激动。克里斯托弗只在菲尔特尔身上认出了“中欧的面孔”，菲尔特尔在克里斯托弗身上认出的则是——我相信在刚见面的那一刻他就认出了——一个极其古怪的人，一个符合他性格要求的工作伙伴。

菲尔特尔同意执导的这部电影改编自奥地利作家恩斯特·洛塔尔的长篇小说《小朋友》。故事的主角是一个小女孩，因父母分居而闷闷不乐，甚至试图自杀。（这或许可以解释为什么《纪念碑》中的自杀场景引起了菲尔特尔的注意。）女孩的自杀企图没有成功，但这件事使父母、女孩和她的小狗重新团聚在一起。这个旧式的伤感主题已经被现代化了，但因为引入了弗洛伊德式的符号和梦境，其感伤一点儿也没有消散。（在《普拉特的紫罗兰》中，那部正在制作的电影是一出无耻、粗野的音乐喜剧，背景设置在一九一四年之前的维也纳。克里斯托弗说服了约翰·范·德鲁登为他编造电影的情节，德鲁登是一位玩拼凑和戏仿的大师。）

由于《小朋友》的主角是一位早熟的少女，制片厂（英国高蒙影业）指定由电影《长恨歌》的女编剧玛格丽特·肯尼迪再次担纲编剧。我的印象是，肯尼迪小姐自己写了整个剧本；在电影的演职人员名单中，她的名字出现在克里斯托弗的名字之上。克里斯托弗从未见过她。菲尔特尔倒是见过她，但两人的想法似乎并不合拍；他后来形容她是“一条鳄鱼，一辈子就流过一滴真正的眼泪”——也就是《长恨歌》。对两人而言都很幸运的是，肯尼迪小姐不得不立刻退出合作，因为她必须全身心投入到她自己的剧本《永不离开我》的制作中去。（那是一九三四年初的热门影片，[①]由伊丽莎白·伯格纳主演。）于是菲尔特尔得给自己再找一位作家。

不管是不是鳄鱼，一位成功自信的专业人士永远不适合给菲尔特尔当工作伙伴。他需要的是一位业余爱好者、一位纯真之人、一位信徒、一位受害者。他需要一个可以供他教导的人——“我是一个年老的犹太苏格拉底”。他可以与此人分享创造这部电影的罪恶感，对此人如实相告，正如他对克里斯托弗说：“在你面前我一点儿也不觉得羞耻；我们就像两个在妓院相遇的已婚男人。”

克里斯托弗就是一位业余爱好者，这个词语中的两重意思他都占了。他从小热爱电影，渴望学习电影写作的技巧，并准备从零开始。他为什么不扮演那个谦卑的新手呢？这样做又不会给他带来痛苦，因为他把自己身为小说家的傲慢保护性地包裹在他的自我意识之外。菲尔特尔足够敏锐，能理解这一点。他称这位小说家为“大师”，那是一种艺术家同行的幽默腔调，以尴尬嘲弄自己真挚的赞赏。与此同时，他怀着一种不耐烦的耐性训练这位电影编剧，仿佛一位工匠不得不将就着用一个迟钝的学徒。

菲尔特尔选择把克里斯托弗视为一个纯真之人，还喜欢管他叫阿辽沙·卡拉马佐夫。菲尔特尔把自己想象成一位睿智的老路西法，而这个角色要求其反面的映衬——那位仍对天堂抱有幻想的未堕落年轻天使。路西法仁慈地鄙视这位天使，但在感情上

---

① 根据影史资料，该片是1935年4月1日公映的。此处或系作者记忆有误。

却嫉妒他……克里斯托弗并不纯真，但他有些稚气，这是退而求其次。通过展现出孩子气的沮丧，他可以缓解他们电影工作中关键时刻的压力，菲尔特尔会取笑他，然后振作起来，想出一个新点子。

作为一位信徒，克里斯托弗密切注意菲尔特尔的说话方式，试着记住他的措词和举止。这是克里斯托弗的部分作家本能在作祟。他经常发现自己在研究某个人，却没意识到此人是未来小说人物的模型。毫无疑问，克里斯托弗的关注奉承了菲尔特尔，也欺骗了他；其实苏格拉底的观点对他的门徒来说无足轻重。克里斯托弗认为菲尔特尔是那种把自己的理智主义看得太重的知识分子，因而成了自己观点的俘虏。菲尔特尔可以机智得令人目眩，可以滑稽得怪诞离奇，但他从不犯傻，从不轻率。克里斯托弗把他和福斯特、奥登以及阿普沃德作了一番比较，意识到菲尔特尔和另外几位之间的巨大差异，克里斯托弗对自己说，只有那些能犯傻的人才可以被称为真正的聪明人。

说菲尔特尔需要一位受害者，我是指一位自愿的受害者，一位可以在受害中茁壮成长的受害者。我的理论是，菲尔特尔的理想受害者只能是一位男同性恋者——但并不是任何男同性恋都行，而是要像克里斯托弗一样，能享受性关系中的阴阳两种角色。然而，如果菲尔特尔和克里斯托弗之间是性关系，他们的合作就不会成功；性会使问题复杂化。如果受害者是一位女性，即使他们不是恋人，菲尔特尔也会在某种程度上用性的眼光看待她。如果受害者是一位异性恋男性，他可能不愿屈服于菲尔特尔的意志，认为这是对他男子气概的羞辱和威胁。但是在那些情形中，克里斯托弗并不认为自己屈服了；他只是在扮演阴性角色，而他能享受这一点，恰恰是因为他知道自己同样能扮演阳性角色。

因此，在制作《小朋友》的那几周里，克里斯托弗几乎没受到什么情绪上的折磨。我并不是说他始终保持着“阴阳平衡”的意识。我会描述他数次失控的情况，但他处理得很好。

从菲尔特尔的角度来看，克里斯托弗最大的优点之一是能足够流利地使用菲尔特尔的母语。菲尔特尔的英语也很流利，但他疲劳的时候需要释放自己，回到说德语的状态。他喜欢在公开场合对克里斯托弗说一些别人不太可能听懂的讽刺挖苦的话。最棒的是，克里斯托弗能读懂他的德语诗歌。他已经出版了两卷诗集和一部长篇小说。菲尔特尔认为自己的身份首先是个诗人，而他沮丧地发现自己在英国这个诗人的国度几乎一个知音也没有。有一次，一位朋友当着菲尔特尔的面告诉克里斯托弗，一位评论家把他誉为最杰出的英国年轻小说家之一。这时菲尔特尔像孩子似的向克里斯托弗嚷道：“现在快跟他说说我！”

菲尔特尔的公众形象是一位罗马皇帝；但是，在他们工作时的亲密接触中，克里斯托弗把他看成——

> 一个年老小丑，头发蓬乱，穿着俗丽的丝绸睡袍。他的滑稽中透着悲哀，就和所有演出完毕在后台休息的小丑

一样。

尽管他看上去比四十八岁的实际年龄要老得多——从照片上看，他年轻时就显老，但他精力充沛、斗志昂扬，如果有必要，可以工作一整天直到半夜。即便如此，他仍是一个患有糖尿病的半病废者。病症使他吃起东西来狼吞虎咽，如果久久不开饭，他会感受到剧烈而痛苦的饥饿感。出于同样的原因，他时常经受愤怒的风暴和绝望的黑霜，然而他能在几秒钟内就恢复过来。他似乎随身携带着自己的心理“气象”。有他陪在身边时，你能强烈地感受到这一点，甚至注意不到真正的天气是冷是暖，是晴是雨。

菲尔特尔习惯性地思念家人——他的妻子莎尔卡，还有他们的几个儿子，汉斯、彼得和托马斯。他不停地谈论他们，并向克里斯托弗展示他们最新的照片和信件。莎尔卡出生于波兰的一个犹太家庭，一九一四年至一九一八年战争期间以难民的身份来到维也纳。她在那儿遇到了菲尔特尔。在他们结婚的最初几年，她是演员，他是作家、舞台导演，两人的事业都很成功。一九二八年，他们从欧洲搬到了加利福尼亚。菲尔特尔说，他的儿子们已经美国化了，并开始将莎尔卡和他视为外国人。

菲尔特尔描述了他们家的房子，白墙绿顶，掩映在圣莫尼卡峡谷的亚热带植被间，步行三分钟就能到太平洋岸边。马伯里路一六五号——这个地址听起来很有英国味儿，但当克里斯托弗试图将之与他想象中的峡谷（一道巨大而浪漫的深谷）联系起来时，这地址变得极具异国情调。他开始渴望见到这个地方；菲尔特尔理所当然地认为克里斯托弗不久就会去那里拜访他们。（四十年后，我站在自家的阳台上，俯瞰那道熟悉的市郊小山谷，此刻脑中充满了属于我自己的回忆。那儿，就在我家下面的街道上，是菲尔特尔以前的家。真奇怪，我在峡谷里住的时间比他们长得多。）

到美国后，菲尔特尔导演了至少八部电影，和好几位著名演员有合作，包括保罗·穆尼、克劳黛·考尔白、查尔斯·博耶、塔卢拉赫·班克黑德。莎尔卡出演了三部美国电影的德语版本，其中之一是《安娜·克里斯蒂》，她扮演玛西一角。嘉宝在该片的美国版中担任主演，这是她作为有声电影女演员的成功的处女作。在德语版中，嘉宝再次扮演安娜。她和莎尔卡成了亲密的朋友。嘉宝很尊重经验丰富的莎尔卡，可能有新角色时还会征求她的意见。她还希望由莎尔卡来监督她的电影的剧本创作，并利用自己的影响力，让莎尔卡与她自己所属的米高梅公司签订了合同。

那年冬天，嘉宝主演的《瑞典女王》在伦敦上映，场内座无虚席。这部电影的剧本由莎尔卡和塞缪尔·N. 贝尔曼合作执笔。到了越洋寄送圣诞礼物的时候，克里斯托弗和菲尔特尔一起去逛查令十字街的一家艺术书店。店员把他们买的一本书包好，问要寄给谁。菲尔特尔慢慢地、吐字清晰地回答，仿佛那是一个没人听过、几乎发不出音的名字：“葛丽泰·嘉宝小姐。”那个年轻人大笑起来，心想菲尔特尔一定是在开玩笑。他无法想象有谁真的能和那位无限遥远的二维女神如此熟悉，好到寄送礼物的份儿上。

“等你到加州跟我们一起住，你天天都能看见她。”离开书店时，菲尔特尔对克里斯托弗说，“她过来游泳，和我家的男孩们一起骑马。”

那些日子过得极漫长，他们飞快地交谈，但工作进展慢如蜗牛。他们待在菲尔特尔位于骑士桥的闷热公寓里，那里烟雾缭绕、凌乱不堪，没有谁能把屋子弄得比这更乱了，除了奥登。菲尔特尔能说上好几个小时，什么都谈，就是不谈《小朋友》——比如当时正在审判中的国会纵火案（他模仿季米特洛夫驳斥戈林）；他二十年代在柏林为戏剧团体“Die Truppe”[①]制作的剧目（他背诵主要角色的大段台词）；荷尔德林的诗歌；这个世界即将面对的可怕未来；女人的本质。正是在这些时刻，那个笑容冷酷、眼神闪耀的小丑超越了他自己。我敢肯定，他年轻时在维也纳的咖啡馆里不可能表演得那么出色。那些善妒的同事们会打断他。克里斯托弗从来不打断他。他只会提示菲尔特尔继续。

最后，他们不情愿地重返工作。菲尔特尔对这部电影的态度在不断变化。有时他谴责这份工作是出卖灵魂，因为在将来的某一天，他们将不得不面对由索福克勒斯、莎士比亚、易卜生和契诃夫组成的最高法庭，并做出回答。有时他把克里斯托弗和自己

① 德语，剧团。

视为布尔乔亚文化的英勇反抗者："我们抛去头颅，为真理而战！"有时他在故事中发现了深意，甚至认为这或许是一部杰作。他将之哲学化，引用马克思、弗洛伊德、尼采的话，还有他自己选出的苏格拉底和卡尔·克劳斯[①]语录（克里斯托弗在结识菲尔特尔之前从未听说过卡尔·克劳斯）。但这种乐观情绪并不比阳光持续得更久。克里斯托弗一离开，菲尔特尔的脑子就被怀疑之云笼罩。然后，等第二天早上克里斯托弗回来，就会发现他们给某个场景写的最新版草稿已经被菲尔特尔在夜里拆解得支离破碎，如同佩涅罗珀织布。

时不时地，菲尔特尔会触及克里斯托弗的敏感话题。有一次他讲了个故事，某著名演员决定观看两个男孩做爱。菲尔特尔明确表示，这位演员本人并不是同性恋者，只是觉得无聊，想看点儿不一样的畸形秀。演员雇了两个年轻的男同性恋。但是，当他们开始表演时，其中一人无法勃起。这时，另一个男孩用有意让他人听见的耳语建议说："把我当成埃里希"……克里斯托弗能猜到，这个故事的笑点在于，这些荒谬的小变态们居然会喜欢某个性伴侣更胜于另一个；他们的行为居然和异性恋者一样。这之所以好笑，是因为众所周知，所有的男同性恋者都迫不及待地想和随便哪个男人上床。呵呵。"把我当成埃里希"，菲尔特尔用女性

① Karl Kraus（1874—1936），奥地利作家，是贝托特·菲尔特尔的好友，两人共同创办了柏林戏剧团体"剧团"。

化的声音模仿那个男孩说话，然后开怀大笑。克里斯托弗也笑了，并为自己这么做感到羞耻。假如克里斯托弗说了一个类似的关于犹太人的笑话，菲尔特尔笑得出来吗？他要么觉得这完全不可笑，要么就会勃然大怒，发怒才是正确的。

还有一次，菲尔特尔提到了希特勒的参谋长恩斯特·罗姆，以及他臭名昭著的同性恋倾向。菲尔特尔的评价是："我们永远不会屈服于这种猪猡！"他的语气和措辞都暗示罗姆之所以为猪猡，同性恋和纳粹这两个属性平分秋色。克里斯托弗本该就此反驳，但他没有。他保持沉默。更糟的是，他觉得自己脸红了，好像自己有罪似的。他确实有罪——懦弱也是一种罪。

菲尔特尔还对他说："我觉得你是典型的'妈妈的宝贝儿子'。你在性方面很压抑。但你不应该这样。一个合适的女人会改变这一切。"菲尔特尔常吹嘘自己的世故智慧，他会这么没有洞察力吗？不，那是不可能的。那他一定是故意激怒克里斯托弗，要他承认自己是什么人。对此，克里斯托弗以冷冷的怒意发誓，自己永远不会这么做。

《小朋友》的创作工作当然能令克里斯托弗不去过多思考个人问题；即便如此，他还是越发想念海因茨。现在已是十二月中旬，电影剧本即将完成，电影公司要求克里斯托弗在拍摄期间继续为公司工作。按照官方的说法，他将担任对白导演，这意味着他要在英语语调的细微差别方面向菲尔特尔提供建议，并在必要时临时重写对白。私下里，如果菲尔特尔和电影公司发生争执，他要扮演中间人的角色。双方都已经意识到这种情况是很有可能发生的。

克里斯托弗非常愿意接受。从他的角度来看，拍摄电影要比写剧本有趣十倍。但这份工作需要他在英国再多待两个半月到三个月。他不能和海因茨分开那么久；海因茨必须回英国来。这么长时间客居在凯瑟琳家，海因茨将如何行事？极其苛刻的菲尔特尔又要如何忍受海因茨占据克里斯托弗的时间？这些问题克里斯托弗选择暂不去想，等他们盯着自己逼问时再说。

于是他开始为海因茨的到来做准备。他给海因茨寄了旅费和另一些钱，用以向英国移民官员证明他在英国期间能够养活自己。克里斯托弗还寄了一封邀请函，由他口述，凯瑟琳手写，信中要求海因茨过来和她住一段时间，具体时间不确定，但没有提到克里斯托弗。

一九三四年一月五日，克里斯托弗去哈维奇港接坐船来的海因茨。在他的要求下，威斯坦也一起去了。幸运的是，海因茨到来的这个时候，威斯坦任教的学校还在放圣诞节假期。克里斯托弗不想要其他任何人陪他跑这一趟。一种奇怪的预感又使他不愿意独自面对。

轮船到港时，海因茨就在上面，这让克里斯托弗松了一口气。他一直担心最后关头会出什么差错。他和海因茨简短而正式地打了个招呼；克里斯托弗甚至不敢拥抱他，更不用说亲吻了，生怕有警察在监视他们。他对海因茨说“一切都会好起来的”，然后把他送到护照和海关检查处。

外国人必须去那间办公室出示护照，而克里斯托弗和威斯坦在外面等待。他其实并不着急，但出于迷信，他迫使自己略微担心；过度自信是不吉利的。同时，他想起去年九月他们一起回英国时，海因茨轻轻松松就入境了。这时，乐观的思考者威斯坦正在谈论他的工作和学生，仿佛护照检查只是例行公事，不值得评论。似乎确实如此，因为越来越多的外国人从办公室里走了出来——有几个人高兴地松了一口气，大多数人把这视为理所当然的事——然后走向海关。

可是海因茨还没出来。最后，克里斯托弗开始不耐烦地晃动身体，他和威斯坦的谈话也停止了，因为他无法集中注意力。这时，一个男人出现在办公室门口，叫克里斯托弗的名字。威斯坦也跟着他进去了。

一走进去，克里斯托弗就看出来有什么事情非常不对劲。海因茨坐在问讯官的对面，一副受尽屈辱、愤愤不平的样子。尽管穿着中产阶级的衣服，但他就是一个阴郁的农民男孩。

克里斯托弗决定扮演优越绅士的角色，一副“为什么要小题大做？”的神情。但他们揪住不放的正是他的绅士身份。他们桌上放着凯瑟琳的邀请信，旁边就是海因茨的护照，上面写着“家政服务员”那个该死的字眼。他们想知道，像伊舍伍德夫人这样的淑女，像他这样一位绅士的母亲，为什么要邀请一个年轻的工人阶级外国人到她家来？难道她是打算雇用海因茨——没有工作许可证，也许支付的工资还低于标准？

听到这些，克里斯托弗觉得放心了。他严厉地指出他的母亲没有剥削非法外籍劳工的习惯，这一指责丝毫没让他们感到羞愧。然后他又补充说，海因茨不需要就业；他自己有足够的钱。

他们就等着这句话呢。这些人立刻拿出了第二封信，像打出王牌一般："伊舍伍德先生，这是您写的吗？"克里斯托弗大吃一惊，他认出这是自己寄往柏林，指示海因茨应该怎么做的信。他忘了让海因茨把信毁掉，所以海因茨把信带在了身边。检查员原本就起了疑心，他要求海因茨出示证据，证明那些钱确实是他的，海因茨就把这封信给他们看了。这不仅仅是愚蠢，这可能是那些习惯了严格按照他人要求去做的人在下意识地犯贱。在军队里，有时犯这种贱会产生一些著名的英雄主义行为，同时导致百分之九十的伤亡率。海因茨也说不出他为什么要这么干。

（"如果他们问你钱是怎么来的，"信中写道，"你就说是你祖母给的。那样听起来更好。他们又没法证明她没给你。而且不管怎样，这就是你的钱。"）

"我想您应该知道，伊舍伍德先生，这可以被理解为企图欺骗国王陛下的移民局？"

说这句话的是问了大部分问题的那个人，小个子，眼睛很亮，带着笑容。

“钱是谁给的又有什么区别呢？我不明白。碰巧了，是我给的。”

“相当慷慨的馈赠啊，不是吗？会不会只是您借给他的呢？”

“我已经跟您说了——”

“还有您的这封信。有点儿奇怪，不是吗，信的语气？”

但克里斯托弗看出来了，这再明显不过了。他在信中说，他在数着日子盼海因茨到来，还说没有他，自己是如此孤独。没有其他更重的话了。但以目前的情形看，这几句已经太重了。

“您没看出来？”他的嗓音里有一种顽皮的、捉弄人的劲头，“要我说，这封信像是一个男人写给他相好的。”

克里斯托弗无助而惊诧地瞪着他。他竟敢这么说？而那人也直视克里斯托弗的眼睛，还带着笑。

几个检查员一起商量了片刻。茫然中，他听见他们说，海因茨未获准进入英国。他必须乘下一条船离开。克里斯托弗不敢相信。这怎么可能呢？他们并没有证实任何猜测。然后他意识到，他们并不需要证明任何事情。外国人是没有任何权利的，他无法强迫任何人接待海因茨。“我要去申诉。”克里斯托弗说道，然后被告知他当然有权利申诉；如果他愿意，可以给内政大臣写信。“不过我想您会发现，先生，他会赞成我们的决定。他赋予我们相当宽的权力。”

等他们痛苦地安排完一切，海因茨悲伤地离开之后，两人坐上了回伦敦的火车。威斯坦说：“我一看到那个眼神明亮的卑鄙小人，就知道咱们完蛋了。他只瞥一眼就明白了所有情况——因为他也是我们这种人。”

克里斯托弗不得不告诉其他人哈维奇港发生的事情，他非常讨厌说这些，即便讲述的是经过他严格删减的版本。理查德是一个例外，当然了——克里斯托弗什么都可以告诉他。但是理查德缺乏人生经验，他并不总能体会到克里斯托弗的感受。凯瑟琳顽固的、单方面的母爱什么都搞不明白，她只知道克里斯托弗不高兴。为此她既责怪移民官员，也责怪海因茨；但责怪海因茨更多，正因为他是讨厌的外国人、工人阶级，才搞出这么多麻烦事。

现在，克里斯托弗必须回到《小朋友》的工作中去。菲尔特尔从前的一位戏剧方面的同事——克里斯托弗在日记中只称她为G夫人——来拜访他，帮他修改剧本。她是一位活泼开朗的维也纳犹太女人，充满活力和思想。克里斯托弗一点儿也不讨厌这位上任的新官，即便她三把火烧掉了他最喜欢的一些场景。虽然那些文字是他写的，但毫不夸张地说，他一直认为菲尔特尔才是作者。

不过，在这个特殊时刻，G夫人非常不受他的欢迎。因为克里斯托弗之前不明智地宣布了海因茨要来，现在他必须当着G夫人的面向菲尔特尔解释，那位德国朋友后来怎么了。这使他异常难堪，甚至说到一半就跑进了隔壁房间，扑倒在沙发里，流下愤怒、羞愧而自怜的眼泪。G夫人毫不犹豫地跟在他后面，厚着脸皮，母亲似的竭力安慰他。对她来说，他变成了一个孩子，带着那种稚气、感人但又有趣的伤感。克里斯托弗因此有点儿记恨她，也记恨菲尔特尔。这些犹太人当然比他们周围那些麻木不仁的异邦人更了解苦难；但他们只因他们自己的烙印而遭罪，只为他们自己的奋斗而受苦。他们是文明的自由主义者，无疑会对他们残忍的《利未记》感到遗憾。这本经书在公元前五世纪为世界树立了榜样：要用死亡来惩罚同性之欲。而现在，他们可以嘲笑同性之欲，以一种世故的态度容忍它。他们用否认将同性之爱置于死地，和凯瑟琳一样，他们拒绝承认其存在。在接下来的几天里，克里斯托弗几乎无法忍受和他们在一起。那感觉就像缺氧。他的天性渴望与同类相处的气氛。他从未像现在这样意识到，他们都是他的兄弟——是的，即便是那些否认这种兄弟情谊并背叛他们的人，即便是哈维奇港的那个人。

（一九三五年回英国期间，克里斯托弗再一次见到了菲尔特尔，这是自《小朋友》拍摄完成后两人首次重逢。克里斯托弗意识到，也许是受到了比阿特丽斯·莱曼的影响，菲尔特尔的态度发生了很大的变化。没有必要忏悔。菲尔特尔的言行说明他很清楚克里斯托弗的性生活，并准备以尊重的态度对待。

于是他们开始成为真正的朋友，他们在这个问题上的紧张关系缓和了。等到一九三九年克里斯托弗在加利福尼亚定居时，嫌隙几乎已不复存在。他们一起在圣莫尼卡海滩上散步，有时会玩一个游戏：菲尔特尔会指出他觉得克里斯托弗可能会喜欢的男孩。

他喜欢这么玩儿，尽管他很少能猜对。）

一月二十日，剧本修改完成并交付制片厂后，克里斯托弗动身前往柏林。他决心尽快让海因茨离开德国。和往常一样，他的思虑中混杂着对凯瑟琳的敌意。他必须让凯瑟琳看到，海因茨的安全是他心中的第一要事。她的英国——几乎所有人的英国——拒绝了海因茨。不久之后，他也会拒绝她的英国。

他把海因茨从柏林带到阿姆斯特丹的住处，海因茨要一直在那里住到《小朋友》拍摄完毕。克里斯托弗在那儿和他待了十天，然后就到了该回伦敦的时刻。

尽管和海因茨分开了，克里斯托弗在之后的两个月里还是过得十分快乐，他全心全意地专注于《小朋友》的拍摄。他想念海因茨，但不用担心他仍被困在德国了。他每次思念海因茨不过片刻，就有很多其他事情令他分心。他不愿意向凯瑟琳承认自己过得有多开心，但她一定很清楚这一点，因为他们又和好了。每天早晨上班前，他总是会给她讲一些电影公司里最近发生的阴谋和危机来逗她开心。

电影一开拍，克里斯托弗作为菲尔特尔的受害者、被囚禁在他公寓里的生活就结束了。但工作地点转移到英国高蒙的制片厂之后，两人并没有分开。他们现在更加紧密地团结在一起，共同对抗其他人。在拍摄现场，他们的关系本质上是一种表演。当他们走到角落里用德语交谈时，演员和摄制组都好奇地看着他们，想知道他们可能会做出什么决定。他们是公众人物，导演与对白导演，皇帝与大臣。皇帝觉得自己被敌人包围了。有些敌人是真的，大部分是他假想出来的。克里斯托弗不得不站在皇帝一边，满腔热情地同时反对这两类敌人。他对皇帝有一种忠诚，那是他对小丑从未有过的。

英国高蒙影业的一位高管非常不喜欢菲尔特尔，因为他们脾气不相投。因此，克里斯托弗从中学到了种族观念的微妙之处。这位高管愤怒地对克里斯托弗说，菲尔特尔根本不是犹太人，而是一个混血的阿什肯纳兹人①，是波兰和天知道什么血统混出来的渣滓。真正唯一的犹太人是塞法迪人②，高管本人即出身自塞法迪家庭。他们都是贵族。在西班牙，他们家族有一栋带阳台的豪宅。当他们移民到英国时，犹太社区完全是塞法迪人的。阿什肯纳兹人后来强行加入，用他们非犹太的行为方式侮辱了犹太人。

高管们在肯辛顿宫大酒店吃午饭，一个庞大、无趣又昂贵的地方。身为皇帝的菲尔特尔坚持经常去那里，因为他说“动物必须见见它们的驯兽师”。当他和克里斯托弗走进餐厅时，菲尔特尔会敏锐地环顾四周，仿佛在寻找密谋颠覆他统治的人。两人分坐在一张桌子的两边。如果有人斗胆向菲尔特尔打招呼，他就阴沉

---

① Ashkenazim，中世纪德国莱茵兰一带犹太人的后裔，又称德系犹太人或东欧犹太人。很多阿什肯纳兹人自10世纪起向东欧迁移，其文化和宗教习俗受到周边其他国家的影响。目前约占全世界犹太人的80%。

② Sephardim，15世纪之前生活在伊比利亚半岛的犹太人的后裔，又称西班牙系犹太人。约占全世界犹太人的20%。

地点点头。

克里斯托弗更喜欢在制片厂附近一家叫“金鹰”的酒吧吃午饭。那里更便宜，食客也更友好、更有趣。罗伯特·弗拉哈迪[1]经常去那儿，他一头白发，红红的脸，一副大族长的派头。他最新的电影《亚兰岛人》就要上映了，他正忙着准备。菲尔特尔非常仰慕弗拉哈迪，有时称他为“海神尼普顿”（因为他导演的这部影片中出现了三百英尺高的大西洋海浪），有时又称他为“最后的浪漫主义者”（因为据菲尔特尔说，弗拉哈迪先是爱上某个偏远之地的原始文化，然后实地参观，继而感到失望，最后依照他所期望的样子制作一部影片）。弗拉哈迪告诉克里斯托弗：“电影是两点之间最长的距离”——如今我有时仍会琢磨这句话，从各种角度去理解它。

克里斯托弗热爱这个制作电影的世界，立即感觉找到了精神家园。从心理上看，这个行业的技术人员是老式的工匠，而不是现代的雇员。这些摄影师、电工和木匠沉醉于自己在取景角度、灯光和施工细节上的精确性。正是对精确的执着使他们的工作成了一场游戏，而不是一份生计。正因这种献身精神，他们比他们的雇主更高贵，雇主只是一群经营电影公司的商人罢了；他们深谙这一点。他们彼此不和，因加班和低薪而牢骚满腹，但他们的生活都是在孩子般玩耍的快乐时光中度过的。他们的笑话也是关

① Robert Flaherty（1884—1951），美国电影导演，被誉为“纪录片之父”。

于这场游戏的。

克里斯托弗也在无意间贡献了另一种笑话。在《小朋友》中，主角菲丽希蒂收到了一份礼物，一个神秘的盒子——后来发现里面装着一只小狗。打开之前，菲丽希蒂在猜里面是什么，她大声说："摇起来不会响，闻起来也没味儿——哦，妈咪，到底是什么呀？"没错，克里斯托弗真的写了这样一句台词！直到听见演员念出口，他才意识到这句话多么荒唐而下流，于是和演职人员一起哄堂大笑。一连好几个星期，他们都在引用这句话。

菲尔特尔在片场并没有真正的敌人，尽管他常常怒不可遏。"一群倔猴！"他大吼，"不对——不是猴！倔驴！"他忘了自己的自由主义，不管怎么说，这种自由主义不符合皇帝的形象。他津津乐道："要是在俄国，他们都该枪毙！"但工作人员并不因此怨恨。他是他们游戏中的一员，他们愿意接受他；他的行为只会让这场游戏更刺激。我觉得其中很多人都挺喜欢他的。

菲尔特尔说得好像整个制片厂就是一个陈旧的死亡陷阱。在他看来，每个镜头都是冒着引发灾难的风险拍摄的：灯具从T台上掉落，布景坍塌起火，粗心的人碰到电缆而触电。"今天上午，他们要尝试一种极端危险的技术手段：康尼·韦特[①]会步行穿过布景，摄影机在他身后紧跟着。肯定要死好几个人。"

① 对康拉德·韦特的昵称。

当时康拉德·韦特在参演《犹太人苏斯》[①]，该片改编自福伊希特万格的同名小说。克里斯托弗一有机会就去探班。有两段记忆我现在仍记得。其一是拍摄韦特读信的场景，要求他读到坏消息之后，某一刻突然哭起来。一共拍了三组连续的镜头，尽管拍摄间隙技术人员和化妆师都要一通忙碌，但每一次韦特都能在预定的时刻哭出来，大颗的泪珠顺着脸颊滚落，就像是从水龙头里流出来的……我的第二段记忆是拍摄苏斯受刑的那一场。场景一开始，韦特在赴死的途中，他坐在一辆马车上，双手被铐着——一个曾经有钱有势的男人就这样被毁了，形单影只。不过，即将开拍的时候，灯光出了点问题，要延误五分钟。韦特依旧坐在马车上，一位速记员走过去递给他一块糖，姿势有些轻佻，也许是故意的。一些明星可能会对此感到恼火，因为他们专注于自己的角色，保持“入戏”状态。他们会忽略速记员。另一些明星会和她聊天，开玩笑，对这个放松的时刻表示欢迎。韦特不属于这两类人。他仍然是苏斯，通过苏斯的眼睛，他从马车上俯视着这位可爱的基督徒姑娘，她是这座残酷的城市里唯一有勇气和胆量对被判死刑的犹太人表示善意的人。他的眼中盈满泪水。他用戴着镣铐的双手接过糖果，试着吃下去——为了表示对她的感激。但他咽不下。太迫近死亡，他已感受不到饥饿。而且他的情绪太激动

① 本片上映于1934年，改编自犹太裔德国作家利翁·福伊希特万格（Lion Feuchtwanger，1884—1958）的同名历史小说。而另一部更为知名的《犹太人苏斯》电影则上映于1940年，是纳粹德国一部臭名昭著的反犹主义影片。

了。他开始啜泣，转过脸去。

现在，克里斯托弗在朋友之中获得了新的身份。他是“电影圈”的人，因此既令人羡慕又略有些格格不入。他们大多数人甚至无法想象自己置身其中。克里斯托弗被他们的反应逗乐了，颇为得意。他们想当然地认为他赚了一大笔钱，他也并没有反驳他们。（我不记得他的薪水是多少了，肯定不算太多。）在柏林的那段时间里，他已经习惯向朋友们要钱，而且花销吝啬；而现在，他很享受付出租车钱，在餐馆里付账，一边说着“我特别有钱”。

克里斯托弗想让比阿特丽斯·莱曼在影片中扮演那位母亲。他先带菲尔特尔去看她在戏剧《都铎少女》中扮演年轻的伊丽莎白。她的表演给菲尔特尔留下了非常深刻的印象。然后他安排菲尔特尔与她见面。比阿特丽斯到场时穿了一身妖冶到难以置信的衣服，有大量绿色羽毛——在我记忆中是这样。她不可能真的认为那身衣服适合扮演母亲时穿，即便是演一个不称职的母亲。她更有可能是打扮成了一个古怪而有讽刺意味的形象——影坛交际花遇见好莱坞导演。不过，她的直觉是正确的，菲尔特尔被她迷住了。两人几乎立刻亲密起来。他们一起大笑的时候看起来出奇地相似；也许这是两位悲喜剧演员之间的族群共性。（菲尔特尔确实给了她一个角色，不是在《小朋友》，而是在他的下一部电影《三楼房客匆匆过》里。她扮演了一个满心怨恨的老处女，把自己弄得丑陋至极。）

摄制工作开始之后，克里斯托弗可以邀请朋友们去制片厂，招待他们旁观菲尔特尔执导某场景的精彩场面。《普拉特的紫罗兰》中这样描述：

> 没必要盯着片场看；整个场景都反映在他的脸上……他似乎完全用催眠般的力量控制着每一个动作，每一个语调。他的嘴唇嚅动，脸上的肌肉放松或收紧，身体前倾或后仰在椅背上，双手扬起或落下，以标记每次拍摄的阶段。他一会儿引导小演员离开窗口，一会儿又提醒她动作不要太匆忙；他时而鼓励她的父亲，时而要求更多面部表情；他担心某处停顿被忽略，或表示对节奏很满意；他再次急躁起来，十分恐慌，忽又放下心来，深受感动，觉得满意，觉得十分满意；他忽而小心翼翼，忽而心烦意乱，然后又被逗乐了……等到都完成时，他叹一口气，仿佛从睡梦中醒来。他轻柔而亲切地呼出一声“咔”。

参观片场的朋友中有福斯特。菲尔特尔对福斯特的眼睛评论了几句。克里斯托弗后来转告了福斯特，于是他在一封信中回复：

> 他夸奖我的眼睛，让我觉得很欣慰，因为一个人的眼睛始终能说明此人，不像面色或智力，每天都在变化。让他凝视其内心……

然后又谈及制片厂：

> 那真是一个充满活力、友好而又可怕的环境。一辆大篷车中搭载了这么多明星，我不敢相信这一切竟然不会崩溃。我现在觉得自己要看的每一部电影都会显得特别了不起……

一九三四年夏天，《小朋友》上映了，英国的票房成绩不错。在美国的受欢迎程度也远高于那个时期的大多数英国电影。《纽约时报》说它“几乎是同类作品中的杰作”，《电影日报》则认为它“应该受到各年龄、各层次的美国女性的热烈欢迎”。

克里斯托弗的一些朋友很纵容他。他们宣称这部电影真的很好——远远超出预期。另一些朋友没觉得有那么好，他们理所当然地认为，克里斯托弗不可能对电影的最终形态负责，因为英国高蒙的粗俗之徒肯定修改了他剧本中的每一个字。最不仁慈的朋友则认为，他们在屏幕前看到和听到的每一个字都是克里斯托弗写的。但是他们原谅了他，因为在他们眼中，克里斯托弗就是一个有趣而愤世的婊子。（后来，谈到克里斯托弗在美国的电影创作时，奥登对他说：“至少，你会把最珍贵的东西高价出售。”）

克里斯托弗哈哈大笑，勉强同意朋友们的看法。没错，他对这部电影的过于感伤负有部分责任。（虽然经过菲尔特尔和摄影师的巧妙掩饰，这种感伤确实变淡了一些，但依旧那么令人讨厌。）那为什么克里斯托弗不感到羞愧和后悔呢？因为他现在意识到，除了赚钱的欲望，他也从心理上需要这样的工作；以后时不时还会需要。他这个高傲、文雅、孤僻的艺术家，需要把手猛地插进一个庸俗的公共染缸里，让染料从手上滴下来，令自己的本性暂时屈从于外界，在这种环境里尽力做到最好。他的朋友们显然不需要这种经历。他无法充分地向他们解释为什么这对他如此重要。他所知道的只是，制作《小朋友》是他的写作训练中一个全新的、绝对必要的阶段。

十

一九三四年三月二十六日，克里斯托弗离开伦敦，去阿姆斯特丹与海因茨会合。就这样，他象征性地摒弃了凯瑟琳的英国。但这趟短途旅行只是他背弃英国的第一阶段。留在阿姆斯特丹就好比你从舞台上谢幕之后仍在后台徘徊，缺乏戏剧性。不，他和海因茨必须走得更远——远到令观众们钦佩。这些观众有半数是真实存在的，有半数是想象出来的，他始终很在意他们。

火地岛？塞舌尔群岛？特里斯坦-达库尼亚？拉萨？这些地方之所以吸引人，主要是因为它们偏远。如果他能在每个地方待上一天，他的地理虚荣心就能得到满足。他就可以说，我去过那里。

更令他感兴趣的是自孩提时代就萦绕在他心头的两个名字——基多和塔希提。基多的魔力与基多这个地方本身无关，克里斯托弗完全不知道那里什么样子。令他兴奋的是这样一种城市概念：坐落在赤道上方，海拔一万英尺；昼夜时长相等；四季每二十四小时循环一次，早晨如春，正午如夏，傍晚如秋，夜间如冬。一个人间天堂的模型——或是地狱边境的模型，这取决于你怎么看。

塔希提对克里斯托弗而言不仅仅是一个概念。他见过许多塔希提岛以及对面莫雷阿岛的照片。莫雷阿岛狂野壮阔的天际线如同一个权威的著名标志，保证这里是世界上最令人向往的陆地。塔希提也提供了一种梦寐以求的生活方式，你可以当一个海滩拾荒者，就像高更一样。

去基多很困难。去塔希提要容易得多。法国轮船从马赛启航，走巴拿马运河，就能一路把你送到那里。船票也不算太贵。不过，克里斯托弗进一步咨询后，得知塔希提有居留时间的限制，除非你是法国公民——现在我怀疑这信息不准确。还有，海滩拾荒者会被驱逐。

那么除了塔希提，海因茨和他还可以去哪儿呢？可以去西萨摩亚，那儿有斯蒂文森的故居和陵墓；可以去新西兰的海湾，凯瑟琳·曼斯菲尔德在那儿度过了童年的夏季时光；还有澳大利亚的提罗，劳伦斯在那儿完成了《袋鼠》。这几处都是应当朝拜的圣地，也是他可以定居、写作的地方。但澳大利亚和新西兰属于英联邦，西萨摩亚则由新西兰管理。他们会不会和英国交换不受欢迎外国人的黑名单？克里斯托弗的担心大概是毫无根据的，但他当时对这种危险感到十分焦虑。

然后，有人建议去加那利群岛，这是一个折中但颇具吸引力的选择。这片群岛不是特别遥远，但（在当时）似乎足够偏僻了。

至少克里斯托弗能够认为自己已经逃离了欧洲；加那利群岛在政治上属于西班牙，但在地理上属于非洲。

四月初，克里斯托弗和海因茨乘坐一艘荷兰客船从鹿特丹出发，经过维戈、里斯本、丰沙尔，到达加那利群岛的首府拉斯帕尔马斯，这座城市坐落在大加那利岛上。两人住进了一家名叫“浅滩高塔”的宾馆，现代日耳曼式建筑风格，就在海滩旁。他们的房间在宾馆顶层，像是一间小木屋，平时是给服务员住的。安排房间时宾馆的工作人员还向他们道歉，因为楼里已经住满了；但对他们而言，这正是求之不得的隐私空间。他们独占了宽敞平坦的房顶，可以晒日光浴，还可以俯瞰拉斯帕尔马斯的景色，背景是岛屿中心形成的火山。阳光洒在沙滩和海面上，山尖上却积聚着雨云，公鸡啼鸣，山羊在房顶上吃草，轮船的烟囱里吐出黑烟，洗完的衣物在海风中飘动，醉汉们挤作一团倚墙而睡。墙上写满了预示着内战的标语，这场战事将在两年后爆发。

五月下旬，克里斯托弗写信告诉福斯特，他和海因茨与一些年轻的岛民交上了朋友：

> 他们在棕榈树下一直坐到凌晨两点，谈论绘画，或者在某人的房间里聚会，听《克莱采奏鸣曲》，像一群大学生。

他们还跟一位瑞士来的莱奥诺拉·珀利小姐交上了朋友。他们第一次相遇时，她“日出之时正在山间漫步，怀中捧满了鲜花”。珀利小姐的红色鬈发垂在双耳两侧，性格也如小狗般热切友好，令克里斯托弗联想到可卡犬。她每天都来看望他们，总是十分愿意给他们提供建议和帮助。他们把海因茨在哈维奇港遇到的困难告诉了她，可以对外人说的部分都说了出来。听完之后，她坚持要陪海因茨去见德国领事，向领事解释“家政服务员”是对他职业的误导性描述。会面时克里斯托弗不在场，我现在也不记得他们说了些什么，总之，海因茨出来时护照上的“家政服务员”改成了“语言学生”。

这是领事本人的英明决定。他要写“领班神父”也是可以的。不过，既然海因茨现在成了一名语言学生，他决定要学习语言，什么语种都行，越多越好。他在走廊里拦住客人，满脸笑容地用西班牙语说：“我的朋友病得很重。”目前他只会这么一句西班牙语。你可以想象，这引起了多少误会。

五月二十三日，克里斯托弗在日记中写道：“我卡壳了。我写不出《迷途者》。”

克里斯托弗一直在创作一部关于柏林的小说，书名暂定为《迷途者》。他最初用德语想到了这个书名，他喜欢 *Die Verlorenen* 一词庄严、抑扬的发音。运用到作品的主旨上，这个词至少有三重含义。它意味着“迷失了自己道路的人”——德国民众正被他们的纳粹牧羊犬驱赶着，盲目地走向未来。它意味着“在劫难逃的人”——比如伯恩哈德·兰道尔，他们已经被打上了“希特勒受害者”的标记。此外，以一种轻松、反讽的意味来看，它还可以指“体面人眼中的道德堕落之人”——“迷途”女孩萨莉·鲍尔斯，“迷途”男孩奥托·诺瓦克，还有诺里斯先生，他犯下了“东窗事发”这一不可饶恕的罪行。面对所有的角色和他们的故事，克里斯托弗觉得自己就像一位官员，受命处理一群移民及其财产。他们完全被动地等待着，等着被告知应当住在哪儿，做什么工作。他们令这位官员越来越沮丧。他本以为自己总有办法应付这些人，现在却开始意识到自己做不到。

克里斯托弗本来已经想好如何安置这些移民了，他的计划如下：

新来德国的彼得·威尔金森受邀去万湖别墅参加兰道尔一家的派对，他还从未见过这家人。彼得去早了，不得不在湖畔沙滩闲逛以消磨时间。在这里，他遇见了奥托·诺瓦克，奥托把他带进树林中，并引诱了他。然后，彼得出席派对，结识了兰道尔一家、萨莉·鲍尔斯、萨莉的男友克劳斯，还有冯·普雷尼茨男爵——德国政府的一位官员，同时也是同性恋者。萨莉和彼得很投缘，于是决定从彼得女房东的公寓里租一个房间住。伯恩哈德·兰道尔爱上了萨莉或是克劳斯（或者同时爱上了两人）——这意味着他很快就需要彼得从中撮合。势利的男爵为彼得所吸引，因为彼得是一个出身良好的英国年轻人。（彼得给派对上的每个人都留下了好印象，主要是因为之前与奥托的冒险经历使他处于异常兴奋的状态。平时他寡言而拘谨；可现在的他看起来机智、迷人，甚至很性感。）

彼得和奥托约好了当日深夜见面，地点是老鸨奥尔嘉经营的妓院。等待奥托时，彼得认识了诺里斯先生。诺里斯来这里是为了享受色情鞭打服务，他对彼得没有什么特别的兴趣，直到彼得无意中提及自己认识冯·普雷尼茨男爵。诺里斯想结识男爵已经有段时间了，他想说动男爵把德国的军事机密卖给法国人。所以现在他对彼得的态度突然变得友好起来……就这样，克里斯托弗设法把所有角色都塞进了一个框架中。但是角色实在太多了，又被塞得实在太紧，他们一旦活动起来就会阻碍其他角色的发展。

克里斯托弗始终没想出这部小说的后续细节。我手头只有他对预期结局的描述：

> 与奥托争吵后，彼得回到了英国。他过得很痛苦。一天晚上，他受邀去几位姨母家用晚餐。她们喋喋不休的闲聊把他逼到了绝望的境地，他觉得必须马上联系奥托。他能用电话联系上的地方只有一处——奥尔嘉的妓院。他从席间溜出，进了另一个房间，小心地关上门，然后拨出了电话。
>
> 与此同时，奥尔嘉的妓院中一场醉酒的派对正在进行。奥托已经走了。（实际上，他正走向死亡——当晚他就被另一个街头帮派里的仇家杀死了。）一个醉醺醺的男孩接了电话，

半开玩笑半犯蠢地和彼得聊了起来，称自己就是奥托。最后，当彼得意识到对方不是奥托时，男孩挂了电话。全书的结局是奥托死了在高架铁路大梁下方的雪地里。

关于《迷途者》，克里斯托弗的日记中还有一段笔记：

> 把所有主要人物联系在一起的纽带是，他们每个人都以某种方式意识到，他们生活的世界在精神、经济和意识形态方面都已经崩溃了。而这一切都必须反反复复呼应一句话：不能再这样下去了。我成了迷途者，我们都成了迷途者。

这听起来像一位“体验派”舞台导演在指导他的女主角萨莉·鲍尔斯。她点燃一支烟，而他要她意识到世界的精神、经济和意识形态的崩溃。克里斯托弗试着做出某个文学方面的决定时，就经常给自己写这样半是严肃、半是反讽的备忘；这些文字可以帮助他拿定主意。此处，他是在调侃自己爱玩概念。按照他的计划，小说中的主要人物其实是一些原型，创造他们就是为了展示他的“迷途者”的概念。不过，如果你没有足够多的原型，就无法展示某个概念的方方面面；而现在克里斯托弗不得不承认，他无法把自己所有的原型都写进一部小说里。因此，他必须问自己：“如果我不能充分解释‘迷途’的含义，我又怎么能称自己的小说为《迷途者》呢？”答案非常简单：

“你不能。”

可是，克里斯托弗一开始不愿接受这个答案。他仍未摆脱这个响亮的概念标题的咒语。他一直觉得这部小说就是《迷途者》，即便后来他决定放弃萨莉·鲍尔斯、兰道尔一家、诺瓦克一家和许多其他小角色，只写诺里斯先生一个人的故事。

我的经验是，小说的胚胎开始生长时，很容易变得像连体双胞胎或三胞胎那样，只有通过最精细的手术才能将之分开。我记得那个漫长的上午，克里斯托弗在宾馆楼顶来来回回踱步，脑中进行着这场外科手术，要把诺里斯从兄弟姐妹们的束缚中解放出来。手术完成后，他很快就写出了第一章的大纲。

接着，在六月初，他和海因茨坐巴士进入山间，花了三天时间徒步探险。他们从一座死火山的山脚出发——那里如今是肥沃的农田，慢慢攀登到火山口，然后沿着一道道令人眩晕的山脊，走到一块陡峭可怕的岩石底部。这块巨石名叫“El Nublo”，云中石。虽然看起来无法攀登，但最近有一批纳粹游客爬上了去，还把他们的纳粹党旗插在了岩顶。旗帜已经被风吹走，但旗杆仍在那儿。

在这样的环境里，海因茨处于他最可爱、最有德国气质的状态——不是德国少年，而是德国孩童；像是从格林童话里走出来的孩子，天真地走向未知。所见的一切都令他惊讶。他开怀大笑。他唱起歌来。他最喜欢的漫步之歌可以翻译如下：

我踏上我的旅途

带着五便士肥肥的培根
我最爱咀嚼它们
没人对我评头论足。

若是有谁要找茬
我就揍他的脑袋瓜
再揍他的臭鼻子
揍到开花。

海因茨的另一首歌唱的是二十年代初共产主义工人和警察之间的一场斗争。有两位同志卷入其中，其中之一被杀害了。于是另一个人“用颤抖的双手”给过世友人的母亲写了一封信。此事件发生在一个叫“洛伊纳”的市镇。但海因茨觉得唱这首歌的时候，把“洛伊纳”改成“Leihhaus[①]”会很有趣，于是那封信中说：

警察枪杀了您的儿子。现在他躺在
当铺里，再不能回家。

虽然克里斯托弗因眩晕而一阵阵痉挛，而且脚上起了水泡，但他感到恬静的快乐，因为有这个德国孩童陪在身边，也因为他

① 德语，当铺。读音与“洛伊纳”（Leuna）相近。

最近重拾信心，可以开始写小说了。

第二天，他们步履沉重地下山，穿过似乎没有尽头的峡谷，终于来到了这座岛的最南端，马斯帕洛马斯。一座细长的灯塔矗立在一片沙地上，那像是撒哈拉沙漠的一小块，从海峡对面移植过来的。当晚他们住宿的房间没有窗户，只有一个洞。床上有一只阴虱——仅有一只。那虫子很漂亮，金色的身体上有一个黑斑；与克里斯托弗有时在柏林住宿时见到的褐色小虫很不一样。次日早晨，他们准备赶巴士回拉斯帕尔马斯时，克里斯托弗在床上落下了一件比那只虱子更珍奇的东西——一张一百英镑的纸币。一路上他一直带着它——“以防万一”。他含糊其辞地给自己找理由。在这一点上，我与那个时代的克里斯托弗失去了心理上的联系。这种拒绝完全依靠旅行支票的态度，这种对“真金白银”的执著，一定是对凯瑟琳的狭隘心态的反映。十九世纪末她和父母在欧洲旅行时就是这样……他只走了几码远就想起了那张钞票，然后冲回去，把它从枕头下面收了起来。

六月六日，他们离开了大加那利岛，去往特内里费岛。克里斯托弗觉得那里干扰较少，他可以更专心地写作。而且，他想让自己的小说在成形时——就和一位妇人产下婴儿时一样——得到一个浪漫地名的庇护。(他甚至想过在最后一页的底部写上“特内里费，一九三四”。但是，等这部小说写完，他又改了主意。也许是因为福斯特在两部小说的最后写下了毫不浪漫的“韦布里奇”。

“特内里费”是不是有点儿庸俗？）

他们住进了劳罗塔瓦附近的一家廉价寄宿公寓，名叫“三套车”。住在海拔一万两千英尺的火山坡上真是刺激。他们在“云中石”的底部眺望时，曾见过这座火山，它在远洋之中，巍然立于云层之上。但在此处，我们离得太近了，反而看不见它。此处的你只是大加那利岛上壮观景色中的一粒尘埃。从“三套车”向外望，大多数时候你只能透过翻腾的温暖海雾，瞥见山下的农田和更下方的海浪。

寄宿公寓的经营者是一位英国中年男人，染了一头死气沉沉的黑发。他亲切地赞同克里斯托弗与海因茨的感情关系，却不赞同克里斯托弗的职业：“毕竟，老兄啊，我想说，你写不写那个故事，一百年之后又有什么区别？”他不断催促克里斯托弗趁着年轻好好享受自己的青春，多花点儿时间去海滩游泳。但是那片海滩很脏，离得又远，而且英国人提出这个建议也不是没有私心。他有一台留声机，连着一个强劲的扩音器，他喜欢听唱片，从早上一直播到半夜。克里斯托弗投诉声音太吵，说自己无法写作，并威胁要搬出去。于是双方同意改成下午四点起开始播放音乐。英国人希望这能吸引客人去喝鸡尾酒。这办法几乎没用，因为潜在的客人很少。

克里斯托弗总是在花园里写作。在橡胶树斑驳的树影下，身边环绕着香蕉树和木槿，他噼里啪啦地敲击那台小小的科罗纳。（今天看来就是一台小宝宝级的打字机——还是一副宝宝的骨架，因为你可以透过细小肋骨般的键盘，一直看到机器里面。但它结实得惊人。他后来又用了十四年。)

这段时间他全神贯注、心满意足，时间以章节来衡量，而不是星期。解决某个文学问题成了头等大事，但他只能独自在心中狂喜，因为他无法奔向某个人，大声朗读自己刚写完的段落。克里斯托弗不想让那个不懂文艺的英国人来评判自己的作品；至于海因茨，哪怕克里斯托弗是用德语创作的，海因茨也远不是一位敏锐的批评家。

克里斯托弗偶尔会抽时间教海因茨英语、地理和现代历史。他写作时，海因茨也不闲着，他给他的朋友们写长长的信，和英国人的小狗以及许多猫一起玩耍。他颇有沟通的天赋，把德语、英语、希腊语混在一起说，偶尔点缀几个西班牙语词，竟然能让园丁的儿子和做饭的老妇听懂。现在他的头发像牙刷似的根根竖起。克里斯托弗按照海因茨自己的要求给他剃了个平头。英国人告诉他这可以促进毛发生长，克里斯托弗也鼓励海因茨相信这种说法，因为他觉得头顶的短发很性感。

晚饭后，他们常常喝得微醺，在院子的大理石小舞池里蹦蹦跳跳。英国人向他们讲述他在美国的荒唐生活。他在船上做乘务员的时候私自离船，花了好几年时间在美国各地游荡，四处做爱。他强烈建议克里斯托弗和海因茨也这样做。

七月九日，克里斯托弗搁下小说，给自己放了两天假。他和海因茨打算去爬岛上的那座火山，泰德峰。他们已经雇了一位向导，还租了两头驮食物和毯子的骡子。一定是有人说服他们把这次旅行安排得如此周密；虽然花费不多，但不是他们的风格。在最后一刻，他们冲动地邀请了一位正在度假的年轻德国教师和他们一起去。那人看起来挺讨人喜欢。他的后脖颈又红又硬，一副普鲁士人的丑陋模样；他的脸上过早地长出了皱纹，表情木讷，傻乎乎的。不过他有一双漂亮的蓝眼睛。

环绕火山锥的熔岩台地上有一栋用于休息的小木屋，他们在其中过夜。日落之后气温骤降。屋子有壁炉，但是没有烟囱，生起火后屋里满是浓烟。他们唯一的光源是一对自行车灯。

克里斯托弗非常在意这里的海拔高度；这让他紧张不安，有些疯狂。高海拔似乎也影响了那位教师，但他有不同的反应。他变得自以为是，说起一套套纳粹宣传口号来："一个民族必须要有自己的抱负。一个民族想把自己的文化强加给其他民族，这是很自然的。"克里斯托弗质问他，他所谓的德国文化到底是什么，他答不上来，于是说这个问题无关紧要。这一切并没有什么大不了的，但克里斯托弗在当时的精神状态下，认为那位教师是一种超自然的恶意，就在他眼前化身为一个恶魔，威胁到了海因茨的存在。不——情况还要更糟。因为海因茨显然没看出那个教师的真面目，只把他视为一个普通的人类纳粹分子，认为应当无视他的政治观点，以免破坏了这趟旅途的乐趣。这意味着，身为德国人的海因茨，对纳粹思想有着一种德国人特有的宽容——这种宽容可能会使他落入恶魔的掌心。受到威胁的不仅是海因茨的存在，还有他的灵魂。

次日早晨，他们在稀薄的空气中喘息着，沿着一条相当好走的小径爬到了火山锥的顶端。灼热的硫磺烟气从火山锥侧面的绿色孔洞中飘出来。向导点燃一根火柴，拿到一个孔洞附近，所有孔洞都开始更加剧烈地冒出烟来。还有一处，你可以听到像是地火咆哮的声音。太阳逐渐升起，他们静默地站在巨大的虚空中，望着远处蓬松的云团，向导告诉他们非洲海岸就在那里。然后，海因茨高兴地大喊一声，把手杖当成减速器，在一团浮石粉尘中滑下了火山锥。他的灵魂之敌也开始追赶，没有笑容，也不说一句话。克里斯托弗下山的时候要更镇定些，他在生闷气。早上醒来后，他就一直避免和那位教师说话，还要求海因茨也别和他说话。海因茨并没有听他的，这使克里斯托弗大为恼火。那位教师似乎完全没意识到克里斯托弗的敌意。

他们沿着长长的下山小径返程，克里斯托弗庆幸租了骡子，因为他可以骑着其中一头，把自己孤立起来，不用理睬海因茨和那位教师。然而，随着海拔逐渐下降，他的理智也慢慢恢复了。等他们回到了“三套车”，他不得不承认那个恶魔只是一介凡人，虽然可憎，但毕竟没那么强大。

当克里斯托弗还在努力创作他那部关于迷途者原型的长篇巨著时，他已经决定要用第三人称叙事，要客观，要像照相机一般。

这部相机只记录外在表现、行动和说出的话，没有思绪、感受，没有主观的东西。此类叙事中，作者在与读者玩一个游戏。作者给出所有必需的客观信息，向读者发出挑战，看读者能否解读信息，并猜测下一步会发生什么。读者解读错误的次数越多，猜测得越不沾边，作者就越成功。这是经典侦探小说的技巧。

可是现在，克里斯托弗在尝试另一种完全不同的小说，其中的诺里斯先生不是一个原型，不是为了阐释某个概念而设计出来的。这里，他就是最简单意义上的一个人物。认识这一角色的过程本身就是其意义。

克里斯托弗希望读者对亚瑟·诺里斯的体验就和他本人对杰拉德·汉密尔顿的体验一样。要想达到这种效果，唯有用主观的方式去书写，用第一人称，描述他自己对汉密尔顿的反应和感受；否则他对诺里斯先生的塑造就不够逼真。然而，他允许自己编造所需的尽可能多的对话、尽可能多的情景和额外的角色。人们是会这么做的，即便是给朋友讲一个据说确有其事的故事。

但叙事的问题不是这么容易就能解决的。克里斯托夫是否宣称这部小说的叙事者在各方面都是他本人？不。最重要的是，他还没准备好承认叙事者是一位同性恋者。因为他不敢承认吗？是的，这是原因之一。尽管他自己的同性恋生活是相当公开的，但他害怕流言蜚语。他甚至不愿令凯瑟琳难堪。还有亨利伯父——要是他太过震惊，可能会不再给克里斯托弗金钱补贴。

还有另一个原因，文学方面的原因。克里斯托弗没在那段时间的日记和书信里提起过。但我相信，这个问题一定影响了他的决定，至少是在潜意识层面。

克里斯托弗想让读者把注意力集中在诺里斯身上，因此，叙事者一定要尽可能地不引人注目。要鼓励读者代入叙事者一角——以叙事者的视角观察，体验他的感受，认同他所有的反应。比如说，叙事者在听贝多芬音乐会，他在一家餐厅看到并闻到了一块美味多汁的牛排，他夜半惊醒感觉正有一条无毒蛇用舌头舔自己的脸颊。一位普通读者，在确信叙事者也普普通通之后，会理所当然地认为他在第一个场景中感受到愉快，在第二个场景中感受到食欲，在第三个场景中感受到恐惧和恶心。读者可以共享这些感受。

但是，假如叙事者对音乐不感兴趣呢？假如他看见、闻到肉之后觉得恶心呢？假如他不害怕蛇，甚至开始抚摸它呢？换言之，假如他是一个音盲的素食主义爬虫学家呢？普通读者或许会对这样一位叙事者的反应感到反感或同情，但永远不会产生认同感。读者会始终意识到叙事者是一个与自己非常不同的个体。

如果克里斯托弗把叙事者设定为一个公开的同性恋，有同性恋者的幻想、喜好和偏见，那么就会产生这种后果。叙事者会显得太奇怪或太有趣，他的存在会使小说失去应有的视角。小说将不再是一幅只表现诺里斯先生的肖像画。叙事者会抢去主角诺里斯的风头。

克里斯托弗不敢把叙事者设定为同性恋，但他也不屑将之写成异性恋。对克里斯托弗而言，这就和假装自己是异性恋一样可耻。因此，叙事者在故事中没有明确的性经验。（曾有一个评论者称他为“这个性冷淡的傻子”。）没错，这个倒霉的叙事者只能算是半个人物，仿佛克里斯托弗叮嘱他：“不要给自己招来不必要的关注；除非绝对必要，不要和任何人牵扯过深。”在小说的某些地方，其他角色似乎真的意识到了叙事者的残缺性。比如，海伦·普拉特称之为“一个可爱的小家伙”，其中含有一种奇怪而轻蔑的宽容。有些事情她很清楚，但克里斯托弗不允许她多说半句。

因此，克里斯托弗既承认了又否认了他与叙事者的亲缘关系。在《诺里斯先生》中，他把自己多余的两个中间名“威廉·布雷德肖”给了叙事者，以此来表达自己的矛盾态度。这两个名字一直令他觉得尴尬，最近更是引起了他的憎恨，因为把它们夹在“克里斯托弗”和“伊舍伍德”之间，就组成了一个长达十音节的全名。在旅行中被要求签署任何正式文件时，他都没法把它们写进规定的空格里。在《别了，柏林》和后来的两部小说中，他把叙事者的名字改成了“克里斯托弗·伊舍伍德”。他告诉自己，“威廉·布雷德肖”是一次愚蠢的逃避。但逃避推诿存在于叙事者的天性中，而不在他的名字里。

克里斯托弗开始着手创作他所谓的“动态肖像”。他用这个词儿来形容这样一种小说：小说的兴趣点在于逐渐揭露一个人物，而不是依靠行动、危机或者对抗。这种小说中的行动旨在一层一层地剥开外在表现的“皮肤”，以此使读者摆脱最初的肤浅印象和匆忙形成的判断，将读者带入深处，直到他最终与“真正的”人物面对面。（当然，这意味着作者专横地为人物设置的那一方面才是其本质属性。）

在那段时间，克里斯托弗喜欢说，小说创作中最令他感兴趣的就是把匪夷所思的事物描写得好像十分平凡，把公认的离奇事件变成某人的日常生活。他选择诺斯里作为他的第一个实验对象，因为在他所有的柏林角色中，诺里斯是最匪夷所思的。

然而，在这部小说的写作过程中，克里斯托弗受到诱惑，背离了最初的意图。快到结尾时，他抛弃了诺里斯及其肖像，花了一整章的篇幅带着叙事者和一些次要角色去了瑞士，令他们卷入了一场间谍阴谋。此处的匪夷所思就是真正的匪夷所思。

（现在我意识到了，诱惑克里斯托弗的就是他之前给《小朋友》写剧本的经历。这番经历使他明白，他有能力在十分陌生的生活领域中编造场景。他可以不知廉耻地胡编乱造，尽管有另一个自己认为这新发掘的能力是一种背叛。从此以后，他时不时地就忍不住要使用这种能力。实在太有趣了。）

在他关于柏林的两部小说中，克里斯托弗不仅试图令离奇之事显得平凡，而且试图令平凡之事显得离奇——这非常刺激。他希望读者能在柏林单调的街道和寒酸的人群中找到刺激，这座贫穷、暗淡、生长过度的普鲁士城市，如今已成了德国的虚假首都。四十年后，我敢说这种刺激已经创造出来了——主要是由那些重新诠释克里斯托弗作品的人创造的：女演员和男演员，导演和作家。克里斯托弗实际上是在说："阅读关于我们的故事，惊奇吧！你没能生活在我们的时代——遗憾吧！"现在有些年轻人赞同他，他们写道："真希望当时能和你一起生活在那里！"这是一种奉承，同时也很有讽刺意味，因为他们中的大多数人是不可能和克里斯托弗在柏林一起生活的，就像他们不可能和隐士在沙漠里一起生活一样。不是因为当年克里斯托弗吃了多少苦，而是因为实在无聊。

八月十二日，克里斯托弗把小说写完了。我记得他匆匆忙忙地要把最后一页打出来，赶在英国人开始播放音乐之前。克里斯托弗在日记中写道：

留声机在反复陈述一条对于人生的看法，而我不敢苟同。

当他把书稿寄给霍加斯出版社时，小说还是叫"迷途者"。但在一九三五年正式出版前不久，他决定把书名改成"诺里斯先生换火车"。这个标题他最初也是用德语想出来的：*Herr Norris Steigt Um*。克里斯托弗想表达的是，诺里斯先生不仅总是在换火车——也就是说，他总是不得不匆匆忙忙地去其他国家，以逃避债主和警察——他还总是在更换盟友和政治立场，从一个潮流跳到另一个潮流。

斯蒂芬·斯彭德听说了新起的书名后，在一封信中抗议：

> “迷途者”是个完美的书名。另一个太附庸风雅了。随便换什么名字都会更好一些，没那么“霍加斯”味儿。它给人的感觉像一对耳环。

我现在仍然不同意斯蒂芬的看法。而且我无比后悔，克里斯托弗当时被人说动了，把这部小说的美国版改成另一个书名。他的美国出版方威廉·莫罗出版社的某人信誓旦旦地告诉他，美国人总是说“转车”，因此不会明白“换火车”是什么意思。当时克里斯托弗对美国俗语一无所知，他把这种极其可疑的说法当成了事实，然后提供了另一个选择：《诺里斯先生最后的消息》。因此他给人造成了一种错觉，好像有两本不同的小说，一本是另一本的续集。这导致他必须不厌其烦地给读者回信，澄清事实。

八月十五日，克里斯托弗和海因茨开始了为期一周的旅行，他们要去加那利群岛最西边的三个岛：拉帕尔玛、戈梅拉和耶罗。这完全是旅游业的虚荣，这几个岛没什么值得玩的，唯一的特点就是远，以及拉帕尔玛据称拥有世界上最大的死火山口。这趟旅行的长度是由那艘沿海汽船的靠岸间隔决定的。尽管如此，两人还是快乐地消磨时间，他们爬火山锥，在旅馆里打台球，或者躺在床上。海因茨不怕无聊，他从不把自己的无聊归咎于克里斯托弗。而且他们确实遇到了两个十分有趣的人物——两个截然不同的游客乞丐。克里斯托弗后来写了一篇关于这两人的小说《世界的拐角》。

接着，在九月六日，他们离开加那利群岛，去往西班牙本土。他们在加的斯上岸，坐巴士去阿尔赫西拉斯，参观了直布罗陀，然后坐汽船渡过海峡，到了休达，那里当时是西属摩洛哥领地。克里斯托弗从跳板上岸时，口袋里那张一百英镑的钞票被人偷走了。他对此无能为力，于是去英国领事馆象征性地闹了一通，以宣泄情绪。副领事自然认为随身带这么一大笔钱是疯狂的行为。可他不是心理学家，并不觉得克里斯托弗的疯癫有任何有趣之处。

此事之后，克里斯托弗的日记缺了几天，我脑子里也一片空白。他们在得土安和沙温拍了照片，可记忆总是关联不起来。这两座城市当时仍被视为危险地区，因为不久前摩尔人和西班牙人有过争斗。我凝视着照片中的蜿蜒小巷和模糊身影，只能想起二十年后我去过丹吉尔，那次我吸食了印度大麻，所以那趟旅行十分戏剧化，令人难以忘记。

离开非洲之后，他们取道格拉纳达和马德里，一路向北穿过西班牙。十月初，他们在哥本哈根安顿了下来，我不记得是什么原因使他们做出了这个决定。我猜当时他们似乎没有其他地方可去了。

就这样，克里斯托弗抛弃家园、违抗几乎每一个人的伟大之旅终于结束了。随之而来的不再是挑衅，而只是在更强对手的逼迫下，在棋盘上的一系列移动。其实，那是一场撤退。

十一

一九三四年十月九日，克里斯托弗从哥本哈根给斯蒂芬·斯彭德写信，说他和海因茨在街上偶然遇到了斯蒂芬的哥哥迈克尔和嫂子艾丽卡，艾丽卡对他们非常亲切。她为他们找了一套公寓，在克拉森斯大街六十五号，和斯彭德家在同一个街区。她帮他们购置了几件家具，还帮他们搬家。

外国人必须先等三四个月，才能申请在丹麦居留；而当局拒绝提前透露申请能否获准。这使我不愿为公寓添置任何不绝对必要的东西。海因茨正在厨房做肉丸子，我则在这间非常“独裁者”的房间里打字；屋里除了一台通风机、一张桌子和一张欧洲地图外，什么都没有。

与两个弟弟相比，迈克尔显得粗犷、阳刚，没那么敏感，但他也继承了斯彭德家的好长相。在此之前，克里斯托弗曾短暂地接触过迈克尔，后来倾向于接受斯蒂芬对哥哥的看法。斯蒂芬是个超主观主义者，他取笑迈克尔，说迈克尔一辈子从来没有过主观的意见。迈克尔当然是一位务实的科学家，他崇尚效率，鄙视其他人缺乏效率。然而，他也意识到了自己的局限性，而且他比斯蒂芬描述的更谦虚。克里斯托弗觉得迈克尔的言谈很吸引人，因为他的话里没有主观的夸张成分，而克里斯托弗自己是很容易沉溺于夸大其词的。迈克尔最近因某项科学任务去了一趟格陵兰，克里斯托弗很乐意换换口味，听他完全客观地讲述格陵兰的故事。

有一个故事我现在还记得，因为它非常恰当地阐释了两种文化之间的理解障碍：

有人给一个爱斯基摩人展示了哥本哈根港口停满船只的照片。他不为所动，还有点儿疑惑。他问："可你们镇上的人怎么过活啊？他们一定都在忍饥挨饿吧。我看连一条捕鱼的独木舟都没有。"

总的来说，迈克尔是比较欣赏克里斯托弗的，觉得他不像斯蒂芬的大多数朋友有那么强的主观意识。这是因为他读过《纪念碑》，对书中客观细节的呈现印象很深——比如玛丽·斯克里文的音乐会上演奏乐曲的名字，莫里斯的朋友们谈论汽车和摩托车的技术八卦，爱德华·布莱克去过的小亚细亚那些鲜为人知的地方，还有埃里克对南威尔士一座破产的矿业城镇的描述。迈克尔有一种可爱的天真，他想当然地以为克里斯托弗精通自己写的东西，以为这些事实源自他丰富的知识储备。其实克里斯托弗和许多其他作家一样，对客观世界一无所知，除了触及自己经历的部分。当不得不掩饰自己的无知时，他只是去请教某个能提供他所需信息的人。不管怎样，他还是优雅地接受了迈克尔的赞美。

艾丽卡·斯彭德是个德国姑娘，带点儿假小子般的魅力。她性情活泼风趣，争强好斗，说起话来坦率得有点儿不分轻重。她觉得克里斯托弗和海因茨的感情关系既好笑又可怕。有一次，她对克里斯托弗说："当我看见你俩一起走在街上，外套扣子系得严严实实的，我就想：老天啊，他们一定都令对方厌烦死了，他们怎么忍受得了呢？"他并没有生气，因为她对他俩的兴趣至少是真诚的。他们三个成了朋友。

当克里斯托弗还是个孩子时，他以为哥本哈根是汉斯·安徒生王国的首都。成年之后，他依旧没能摆脱安徒生的魔咒。（在谈话中，他甚至颇严肃地认为，《小美人鱼》是一部比《包法利夫人》和《安娜·卡列尼娜》更深刻、更真实的悲剧。）不过现在，他真的到了哥本哈根，就只把它视为丹麦的首都了。这座城市似乎只有通过遗迹与历史地标才会和安徒生产生联系。也许，如果克里斯托弗是孤身一人，然后与一个年轻的丹麦人恋爱，他就能重新发现安徒生的魔力在这个现代男孩的集体无意识深处闪光。

从实际角度来看，哥本哈根是一个适合他们生活的好地方。德语是那里的第二语言；受过教育的丹麦人多少都会说一点儿，所以海因茨不那么像一个外国人。食物——黄油、牛奶、鸡蛋、鱼和肉——都非常可口，现在克里斯托弗和海因茨可以自己做饭了。这座城市非常干净，并因斯堪的纳维亚人的金色脑袋而显得亮堂堂的。那年冬天恰巧气候温和，许多天都有阳光。只有当冰雨或大雪落在克拉森斯大街上时，克里斯托弗才能感受到北方可怕的忧郁。

十一月初，奥登给克里斯托弗寄来一部戏剧《追寻》的文稿。这是从早期他们两人合写的剧本《一位主教的敌人》中发展出来的。奥登向他征求意见，克里斯托弗也迫不及待地提出了自己的看法，尤其是因为《追寻》几乎一定会由鲁伯特·杜恩[①]的群体剧团来制作。群体剧团已经在当年二月排演了奥登的《死亡之舞》，由杜恩本人领衔主演。

在接下来的几周里，克里斯托弗与威斯坦关于这部剧本的通信演变成了一次合作。克里斯托弗写了一些新场景的大纲，又对现有场景提了一些修改意见。有些将由他自己来写，另一些他安排威斯坦写。威斯坦总是乐于接受这样的任务，这是对他无穷创造力的一种挑战。我记得他从没拒绝过，也从来没有完成不了的时候。

克里斯托弗的日记，十一月二十四日：

我每天出去买牛奶的时候都偷偷溜到街角去看宣传海

---

① Rupert Doone（1903—1966），英国舞蹈家、戏剧导演。与其同性伴侣罗伯特·梅德利共同创办“群体剧团”（Group Theatre），主要表演左翼和先锋戏剧。

报。比如“战争危险”等。丹麦报纸以夸大每一篇引人惊恐的新报道为乐。

我为什么会如此畏惧？原因之一当然是我不想死。更主要的原因是我害怕军队本身——就像要重新回学校一样——而且我害怕离开海因茨。但最可怕的是等待。如果宣战，我那点儿可怜的小钱就完了。我们就永远不会获准留在这里。最终，我知道我必须回英国。

海因茨今天早上对我说：“你好像对什么东西都不再感兴趣了。你把自己弄得这么痛苦，也把我弄得和你一样痛苦。如果战争要来，它自然会来。”

其实那段时间欧洲并没有什么重大的政治危机。但在那个注定要发生战争的年代，克里斯托弗和他多虑的朋友们就像患了绝症的病人一样——时不时会强烈地意识到自己的病情，即便没有什么症状在提醒他们。

他在日记中继续写道：

我没能履行自己的职责。我应当在英国，和共产主义者在一起。我是一个逃兵，一个潜在的叛徒。

从这一年早些时候爱德华·阿普沃德的一封来信中可以发现，克里斯托弗曾用同样的口气给奥利芙·芒若写过信：

奥利芙给我看了你的信，你说什么自己在默默地受到审判。这些当然都是胡话，因为——虽然马克思没这么说过——我们每个人都用自己的武器来为革命出力。而你最佳的武器显然就是写作。我比较不幸，我只能以一个五流教师的身份来战斗。

虔诚的教徒有时会在心中培养一些道德顾虑，然后把这些思虑告诉告解神父。神父却对这些顾虑不予理会，认为它们只是某种形式的自尊，而且在本质上是虚伪的。克里斯托弗似乎也在以同样的方式培养自己政治上的顾虑。爱德华则像睿智的神父一般，称之为“胡话”。我认为克里斯托弗只是想念家乡的朋友了，他们中有些是共产主义者，有些不是。更直率、更能说明问题的是，他称自己为“潜在的叛徒”——换言之，他怀疑自己虽然装作全心全意地站在共产主义者这一边，其实没那么忠诚。

十一月三十日，克里斯托弗去了海峡对面的马尔默，他受邀去做一场讲座，主题是“我在英国电影制片厂的经历”。从丹麦驶来的渡船靠岸时，克里斯托弗受到了一队好客的瑞典人的欢迎，他们立刻开始同情他，说他住在哥本哈根一定很惨。他抵达丹麦之后，肯定还没吃过一顿像样的饭，也没有喝过真正的酒。丹麦人对享乐一无所知。他们兴冲冲地把他领进一家餐馆，往他口中塞满瑞典的珍馐美味，再用强劲的瑞典潘趣酒把食物冲下去。最后，他发觉自己正晕晕乎乎、摇摇晃晃地站在讲台上，一开始他有些发慌，他从来没在喝醉的状态下演讲过。然后他意识到大部分听众也醉了。他冲他们大笑。他们也回之以大笑，并且鼓掌。讲座很成功。活动结束后，他们对他大加赞赏，说他不像一个普通的英国人。

伴随一九三五年到来的还有新的忧虑。克里斯托弗发现他必须缴纳丹麦的收入所得税。此外，丹麦警方怀疑克里斯托弗是一名“政治”作家，然而拒绝透露他们所说的“政治”到底是什么意思。显然，即便他和海因茨想一直在这个国家住下去，他们也不会得到批准。

接着，在一月十日，奥登来了——坐飞机来的。他让出版商费伯-费伯出版社预付了机票钱，因为这是一次商业会谈。神奇而出人意料的威斯坦！克里斯托弗被深深地震惊了。在他看来，坐飞机依然是一项大胆的举动。他自己要再过两年才敢尝试。

他们一起通读整个剧本，做一些小改动。他们现在同意称之为“弗朗西斯在哪里？”。而最终标题“狗皮人”是后来鲁伯特·杜恩的建议。

威斯坦是克里斯托弗抑郁情绪的最佳解药。威斯坦在场时需要娱乐和智力上的反馈。通过逗他开心，克里斯托弗自然而然地变成了更好的自己；他令自己振作了起来。这一定也令可怜的海因茨的生活变得更愉快了。

二月七日，克里斯托弗给凯瑟琳寄了一张明信片，要她联系他的新闻剪报社，并提醒他们留心《诺里斯先生换火车》的书评。这本书很快就要由霍加斯出版社出版了。

克里斯托弗不时会请凯瑟琳帮他做一些类似的事情。但这不仅是帮忙，也是他们之间新关系的开始。此后，凯瑟琳将成为克里斯托弗在伦敦的代表，理查德则是她的助手。在接下来的几年里，她将频繁地给编辑和出版商写信、打电话。她还会盯着那些没有信守承诺或未能及时跟进的人——比如，克里斯托弗正式的文学经纪人就经常在列。克里斯托弗对她的奖赏就是，偶尔夸赞她比十个经纪人加起来还能干。他把这么多工作都推给她做，借口是她乐在其中。或许她确实乐在其中，因为这样她就能占据他生活的一部分。

二月十一日，克里斯托弗给凯瑟琳的信：

我们在这里滑冰了，但是并不开心。德国不久就要重新实行义务兵役制了。海因茨该怎么办？如果他回去，就会成为那台机器的一部分，在接下来的五年甚至更长时间里，他都不能再出国。如果他不回去，那么希特勒执政期间他都得在外流亡，这可能意味着一辈子。他一想到要回国就怕得不行。他在德国的亲人只有年迈的奶奶、两个姑姑和他父亲。奶奶很快就会过世，两个姑姑都已经嫁人了，而他父亲没抚养过他，也从来不见他。

如果他和我在一起，他必须过上属于他自己的生活。他想住在乡下，养一些动物。可哪里能容下他？

他的护照一九三八年就要作废了。我觉得他必须换一个国籍才行，可这极其困难，而且要花大量的时间。

二月二十六日，克里斯托弗给凯瑟琳的信：

最近，我在认真考虑移民到南非！对德国人来说，南非无疑是最好的英国自治领。海因茨的身份或许可以逐渐变成布尔人[①]，再从布尔人变成英国人。而且，如果我们在那里有几英亩土地和一间小屋，可以算在他名下，他就有身份了。

现在就连他父亲都坦率地建议他不要回去，所以在这个问题上他没那么良心不安了。

三月七日，斯蒂芬·斯彭德给克里斯托弗的信：

你现在应该知道了，你的小说在《电讯报》《政治家》和《旁观者》上都得到了高度评价。我昨晚上见到了伍尔夫夫妇，伦纳德告诉我，他刚刚安排了第二次印刷。

关于这次德国征兵的事，我为你和海因茨感到非常难

① Boer，居住于南非境内的白人移民后裔。

过。伦纳德说现在战争是不可避免的，因为世界再次陷入了一九一二年重整军备的恶性循环中。摩根·福斯特也放弃了和平的希望。

你们为什么不去美国呢？我想，如果我觉得自己离开欧洲就什么都能写的话，我现在就会移民。不知道为什么，我就是觉得你能够在那里写作，也许甚至比在英国写得更好。

我认为如今一个作家所能做的，对他来说唯一完全革命性的态度，就是去尝试创造标准，真正有文化的标准。

三月十二日，克里斯托弗给凯瑟琳的信：

《诺里斯先生》显然比《纪念碑》得到了更多好评，不过我没发现有哪位评论家的书评特别理解我。他们都完全无视最后的悲剧，这种麻木不仁令我非常震惊。他们对德国的政治不过是一笑了之。

多么奇怪啊，亨利伯父不喜欢这本书。我本来很肯定，《诺里斯先生》狄更斯式的一面会吸引他。甚至，我觉得《诺里斯先生》在构思上一点也不现代，这本书对英国喜剧传统太过忠实，而那套东西已经让人听腻了。但这显然讨康普顿·麦肯齐的喜欢。

（亨利伯父主要反对的是克里斯托弗把“布雷德肖”用作叙

事者的名字。根据亨利神秘的社交准则，“伊舍伍德”只是一个商人的姓氏，而“布雷德肖”标志着这个家族的贵族地位和历史意义。但是克里斯托夫把威廉·布雷德肖拉低到了罪犯和无产者的行列中，这是一种亵渎。毫无疑问，亨利也谴责小说中粗鄙的幽默感——不是因为他本人对此感到不快，而是因为有些贵妇人可能会感到不快，他非常珍视与她们的友谊。)

> 另一重心理上的意外是诺里斯先生本人的态度。书一出版，他就把所有受伤害的感觉都忘记了。他热心地在报纸杂志上搜寻书评，以当事人般的自豪感提起书的成功：“咱们在《电讯报》上得到了一条很好的评论！”诸如此类。
>
> 昨天我收到了一份电报，电文如下：“万分有幸认识迷人的诺里斯先生。真诚祝贺。菲尔特尔。”

克里斯托弗写给凯瑟琳的下一封信是他寄自哥本哈根的最后一封。信中提到希特勒于三月十六日发表官方声明，宣布作废《凡尔赛条约》中关于德国裁军的条款，并宣布立即实行征兵制：

> 一旦海因茨被正式征召，而他正式拒绝回那个疯人院般的国家，那么从纳粹的角度来看，他当然就成了一名罪犯。所以他必须通过某种途径改换国籍，要么被收养，要么在某个外国定居。寻求被收养大概更简单一些，如果能找到

合适的人来做这件事。若是不行，有些国籍是可以直接花钱买的。

这是克里斯托弗第一次向凯瑟琳提起海因茨有可能花钱买外国籍。一定是杰拉德·汉密尔顿建议的。

杰拉德当时在布鲁塞尔。克里斯托弗和海因茨四月十三日离开丹麦后，第一站就去了布鲁塞尔。

四月十九日，克里斯托弗从龙骧大街四十四号给斯蒂芬写信：

在哥本哈根住过之后，觉得布鲁塞尔充满活力。这里破破烂烂的，充满市井气息，有深色皮肤的跑腿小男孩，猴子似的；有魁梧而行动缓慢的弗拉芒人，脸像一块生肉。有各种小摊和酷儿酒吧，圣体被抬向临终者，穿过街道时人们跪在一旁。还有小于连，那个撒尿小童的石质喷泉，你会在照片里看到的。你能在任何一家商店里买到它的黄铜复制品，上面连着一根橡胶管和一个空心球，可以用来朝你的朋友喷水。我们在那套迷人而又可怕的公寓里度过了漫长的暮色严冬之后，被这一切弄得目眩神迷。我感觉自己从各种模糊的、令人窒息的忧虑中解脱了出来。

当然了，还有杰拉德，泛着健康的粉红色光彩，彻底告别了假发。他一点儿都没变。

关于海因茨和征兵的事。整件事情我已经翻来覆去思考了好几个星期。可是你看，一个人不管是做这样还是那样的选择，不都要承担相应的责任吗？如果把他送回德国，我也要负同样多，甚至更多的责任。万一他服役期满之前战争就爆发了，万一他战死了，到时候又该谁负责呢？而且，从道德的角度来看，你之后一定会铁了心当逃兵，现在却去拍他们的马屁，这不是很没道理吗？我的计划是尽快离开欧洲，去一个海因茨可以安顿下来工作的国家。与此同时，如果他被征召入伍，我们要尽量避免直接说不，可以出示一些假的体检报告或是类似的东西。也许这些办法透着一股走投无路的意味，但我并不这么认为，至少现在不。我相信，如果你处在我的位置，你也会这么做。

（这让人觉得斯蒂芬之前一定是给克里斯托弗写信了，指出他鼓励海因茨不回德国的做法，意味着他要对海因茨的整个未来负责。斯蒂芬的这封信被弄丢了，也可能根本不存在。因为你也可以认为克里斯托弗在与自己的良心进行一场持续的对话，上面这段就是其中一部分。）

四月底，克里斯托弗去了一趟伦敦，把海因茨留在布鲁塞尔。五月十二号，他返回布鲁塞尔。次日，他们穿过边境去了鹿特丹，因为海因茨在比利时的居留许可必须由一位驻外领事续签。海因茨被拒签了，因为比利时不太欢迎德国人，尤其是那些想要留在比利时，理由却不太令人信服的德国人。虽然如此，克里斯托弗和海因茨并没有太过沮丧，两人都觉得他们也可以住在荷兰。

五月二十日，克里斯托弗从阿姆斯特丹给凯瑟琳写信，说他们在艾玛街二十四号租了一间屋子。克里斯托弗曾在《小朋友》拍摄收尾阶段把海因茨安置在阿姆斯特丹，当时住的就是那里。房东太太是一位德国妇女，嫁给了荷兰人，他们和她相处得很不错。

克里斯托弗在阿姆斯特丹过得非常自在。这是一个能让忧虑者觉得舒服的地方，因为这里有一种温暖舒适、自鸣得意的安全氛围——不管这种氛围是多么虚妄。后来有一位幽默中带着苦涩的难民告诉他，荷兰人自信永远不会被侵略，因为如他们所说，"我们可以放水淹了整个国家"以及"女王还在位"。

"阿姆斯特丹"现在能勾起我什么样的回忆？十七世纪房屋的楼梯是如此陡峭，你往上爬的时候下巴都能碰到台阶。夏日阳光下的运河水气味浓烈却令人愉快。一群自行车手，脸被风吹得通红，克里斯托弗和海因茨也在其中。他们蹬车驶过平坦的土地，地面比海平面更低，而他们就要去那片海中游泳。他们骑向赞德福特的沙丘，要去那里做爱。我想不起来的是大口喝啤酒时吃牛奶巧克力的味道。当时的克里斯托弗很喜欢这种搭配，尤其喝醉之后。现在我连试都不敢试。

克里斯托弗应该是在这段时间结识了乔·阿克利。当时阿克利刚开始给《听众》杂志做艺术和图书栏目的编辑。他邀请克里斯托弗为他写书评。克里斯托弗欣然接受，不仅因为他需要赚外快，更因为这和写电影剧本一样，是另一项挑战。在一九三五至一九三七年间，他给大约三十五本书写了书评。他让乔只要发现了当代非名人的自传就寄给他，比如驯马师的自传，或是监狱医生、普通海员的自传。搜罗这种书并不需要专门的知识，也不需要做什么研究，单凭目录就可以确定是不是他想要的。这类书大概是其作者能写出来的唯一作品。因此，从某种程度上说，它们是一部部杰作，是对一段人生的决定性陈述。这些书中几乎总有一些值得由衷称赞的东西——毫不矫饰的率真瞬间，天真无邪的快乐暖意，令人难以置信的、编都编不出来的奇闻轶事。

然而，当克里斯托弗不得不评论文艺界同行的作品时，他发现自己变得要么过于礼貌，要么十分恶毒，还装作一本正经。他的语气总是有点儿假。

五月十一日，福斯特给克里斯托弗的信：

> 现在我已经读了两遍《诺里斯先生》，非常欣赏，也很享受。读第一遍时还没那么喜欢，因为这本书并不完全是我喜欢的类型——它更关注矛盾，而不是人物性格的复杂性。这本书似乎是通过不同侧面揭示人物的，而如果我没记错的话，《纪念碑》则涉及不同层次。不过，我觉得我克服了这一点，并且读完了你所写的故事。

故事的构架不错，而且马戈特的真实身份对我来说是一个极大的意外。你既维持了是非标准，又能把诺里斯写成一个讨喜的人，这也很了不起。而且你把他写得既愚蠢又机智，就像康格里夫[①]笔下的一个角色。诺里斯一角真的棒极了。

威廉必须既通晓世故又诚实正直，这样塑造角色是有问题的，因为在写作中，这两种属性并不相容。不过你处理得挺好的。瑞士那一章我有些担心，他与男爵相处时，多大程度上是在为雇主服务？他是全力以赴，还是仅仅做个样子？我一点儿也不介意到底是哪种情况，我只是觉得，如果他全力以赴，就违背了他难以取悦的性格；如果他只是装装样子，又会破坏他的正直品性。

其实小说中表达得很清楚，在他们出发去瑞士前，男爵已经不再认为威廉有性吸引力了。所以即便威廉同意，他们两人也不可能睡到一起去。福斯特一定是很清楚这一点的。如今在我看来，他对威廉正直品性的担忧，其实是对克里斯托弗本人品格的担忧。福斯特看出了他的某些弱点，便委婉、亲切地做出了真诚的告诫。

五月底，克里斯托弗独自去布鲁塞尔度周末，他是作为杰拉德·汉密尔顿的客人去的。杰拉德写了一本自传，想要克里斯托弗

① William Congreve（1670—1729），英国剧作家、诗人，擅长写机智、讽刺的对话，对当时的风俗喜剧影响很大。

帮他修改稿子。这本书定名为“像索福克勒斯一样年轻”，出自威廉·约翰逊·科里的诗歌《阿卡德摩斯》：

我将借来生命，不再变老，
树木和夜莺
能使我，即便血脉冰冷，
也像索福克勒斯一样年轻。
当我不再活着
他们会说，谁知道真相呢
他献出了他所拥有的一切，
为了自由与青春。

这是杰拉德特有的虚荣心，他能一本正经地把最后四句应用到他自己身上。

那个周末，他带克里斯托弗去和一位百万富翁共进午餐，那是他潜在的客户 / 受害者之一。面对巨大的财富，他像喝醉了一般，说起话来妙语连珠。虽然那位百万富翁英语说得很流利，杰拉德却坚持要说法语，他最喜欢的语言。谈起资本主义制度时，他快活地说：“Je proteste mais j’en profite。”①

因为海因茨的缘故，现在克里斯托弗与杰拉德的关系比以往

① 法语，我抗议，但我从中获利。

任何时候都要密切。杰拉德是他认识的唯一能帮海因茨搞到居留许可甚至帮他改换国籍的人。用杰拉德的话说，当时他正在“弄”海因茨的比利时居留许可，但与警察谈判还要花好几个月。这就是克里斯托弗帮杰拉德修改自传的动机。

克里斯托弗并不因为自己与杰拉德过从甚密而觉得厌烦或丢脸，因为他真的挺喜欢杰拉德。和他在一起，你永远不需要伪装。杰拉德生活的世界，克里斯托弗鲜有窥视；你可以说那个世界很“真实”，因为那里全然没有伪善，其目的与手段都是光明正大的犯罪。在那个世界，可怕的事情会理所当然地发生在你身上；破产、入狱甚至被杀，都只是职业事故罢了。杰拉德也遭受过其中一些，但他仍然决心留在那里，存活下去。克里斯托弗偶尔瞥见那个世界，对自己的所见感到震惊和厌恶。即便如此，杰拉德的存在鼓励他更加大胆地过自己的生活。

应该是在那年五月，托马斯·曼的长女埃丽卡来到了阿姆斯特丹。她与她所在的卡巴莱剧团 Die Pfeffermuehle（“胡椒磨坊”）一起出来巡演。他们的滑稽小品主要是讽喻性的、反纳粹的，已经成功地在德国周边能听懂德语的国家演出。克劳斯·曼当时也在阿姆斯特丹，通过克劳斯，克里斯托弗认识了埃丽卡。埃丽卡与他年龄相近，深色眼睛，身材苗条，英姿飒爽。在舞台上，她的气质更像一位政治领袖而不是演员，以轻蔑的幽默和美丽的姿态与勇气面对法西斯敌人。剧团里还有一位令人一见难忘的女演员特蕾泽·吉泽。我清楚地记得在一个场景中，她把地球仪抱在膝头，像照料一个生病的孩子，对着它古怪地低声吟唱。

有一天，埃丽卡尴尬地笑着问克里斯托弗："我有一件私事想请你帮忙——你能跟我结婚吗？"她已收到通知，由于她现在是第三帝国的公敌，纳粹要取消她的德国国籍。通过与英国人结婚，她立刻就能变成英国国民。

克里斯托弗感到荣幸、激动、好玩——然后非常不情愿地拒绝了。他含糊地对埃丽卡解释，这是因为"会给家里带来麻烦"。从某种意义上说，这是真的。凯瑟琳仍固执地希望抱上孙子，她会被这种形式婚姻吓到。假如当时克里斯托弗想气她，他也许会高兴地抓住这个与凯瑟琳作对的机会。但他并没有这么大的敌意，何况他还有更强烈的拒绝埃丽卡的动机。其中之一就是他害怕这么做会不利于海因茨，海因茨很可能在随后的宣传中被曝光，被纳粹视为其敌人的丈夫的走狗。此处，我觉得克里斯托弗的顾虑是有道理的。

他的另一重动机并不理性，但是十分强烈——他对婚姻有根深蒂固的恐惧。在他看来，婚姻是他者的圣礼，是对那些人独裁统治的最高肯定。即便是他的异性恋朋友结婚时，克里斯托弗也觉得他们的行为略微令人不快。而当他的同性恋朋友结婚时——宣称他们其实是双性恋，或者他们想要孩子，或者他们的妻子"能理解他们"——克里斯托弗会表示赞同，实际上却觉得恶心。之后，许多这样的人又会与男性发生关系，同时依然认为婚姻本身是有意义的，而同性恋行为是不成熟的——也就是说，不得体、危险且违法……不过，我必须承认，克里斯托弗自己的行为也很不成熟；他不敢跟埃丽卡结婚，也是因为害怕有人怀疑他试图冒充异性恋。

克里斯托弗建议说，自己会给奥登写信，向他说明情况，问他是否愿意。埃丽卡同意了。奥登发电报回复："乐意。"电报送来时，克里斯托弗觉得有点儿嫉妒。威斯坦爵士从怪物手中救出了一位淑女，赢得了骑士的荣誉。即便如此，他从不对自己的决定感到后悔。

时间不容浪费。埃丽卡赶赴英国，在赫里福德郡的莱德伯里镇与威斯坦完婚，因为那里离他教书的道文思中学很近。六月十五日，婚礼当天，戈培尔严肃地宣布埃丽卡不再是德国人，没意识到出丑的是他自己。

（一九三九年，威斯坦和克里斯托弗到达美国后不久就去拜访了托马斯·曼和卡提娅·曼夫妇，他们当时和埃丽卡、克劳斯以及其他几个子女一起住在普林斯顿。《时代》杂志的一位摄影师碰巧也在。托马斯请威斯坦、克里斯托弗与他们一起照张全家福。"我知道奥登先生是您的女婿，"摄影师说，"但是伊舍伍德先生——他跟您一家是什么关系呢？"托马斯当即回答："给我们家拉皮条的。"所有人哄堂大笑，除了那位摄影师，因为他不懂德语。）

六月二十一日，克里斯托弗在给凯瑟琳的信中说，他前一天开始创作一部新的小说：

> 我希望这会是一部很好的小说，不像《诺里斯》那么肤浅，但将以另一种方式显得更有趣。其主人公是一个范·德尔·卢贝[①]式的人物，是我们这个时代的疯狂和歇斯底里的化身。他是一位理想主义的撒谎者，根本意识不到自己没说真话。我想我能把他塑造成一个相当英雄主义的角色。

克里斯托弗酝酿这本小说已经有一段时间了。他决定把书名定为《保罗是孤独的》。以下是根据他日记中的各段笔记汇总出的情节大纲：

> 第一部分：安布罗斯（弗朗西斯）住在圣尼古拉斯岛上。一天晚上，保罗从大陆游过海峡，戏剧性地出现在岛上。他因饥饿而几近崩溃。安布罗斯给他提供了食物和睡觉的地方。
>
> 事实证明保罗是一个能干的厨子。他掌管了厨房，指挥希腊男孩们忙前忙后，端上完美的菜肴。他扮演着神秘人的角色，以图打动安布罗斯。他承认自己没有钱，但不愿意说自己是怎么到希腊来的。他自称保罗·冯·哈特曼，是一位

① Marinus van der Lubbe（1909—1934），荷兰共产党人，被视为“国会纵火案”的元凶受到审判、定罪和处决。

德国男爵。他提到好几个出身名门的英国人，说他们是他的朋友。根据他对这些人的描述，安布罗斯意识到保罗确实认识他们。但安布罗斯心中的疑惑要大于钦佩，因为保罗的英语说得和英国人一样好，还带一点儿伦敦腔。安布罗斯后来发现保罗的德语说得也像德国人，还是受过教育的上层阶级德国人。

几天后，一个善良、质朴又迷人的德国青年来到岛上。他的名字叫弗里茨。他告诉安布罗斯，他在德国被纳粹当作共产主义者逮捕，逃出德国后一直在希腊各地游荡。一开始，保罗想成为弗里茨的特殊好友。但很快弗里茨就受到了安布罗斯和希腊人的喜爱，保罗开始嫉妒他。保罗偷了安布罗斯的一枚戒指，然后栽赃给弗里茨。于是安布罗斯把弗里茨打发走了。

接着，安布罗斯的一位英国友人来岛上小住。他立刻认出保罗以前是他所属俱乐部的一名侍者，后因盗窃被俱乐部开除。保罗称作朋友的那些英国绅士，其实都是俱乐部的会员；保罗只是因为服侍过他们才了解他们的。他后来在一艘游轮上当服务员，到达希腊后弃船而逃。当英国人把这些事情告诉安布罗斯时，保罗备感羞辱。他立刻离开了这座岛。

第二部分：保罗回到伦敦，穷困潦倒。他夜晚在街头游荡时，遇到了一位奥地利电影导演伯格曼（菲尔特尔）。伯格曼被他的谈吐逗乐了，又同情他忍饥挨饿的状态，于是把他带回了家。伯格曼的妻子玛格达立刻对保罗产生了强烈的兴趣，起初这种关心是母亲般的。

保罗迎合这对夫妇，装作他们希望中他的样子——一个窃贼、说谎者，却十分纯真浪漫。保罗告诉他们，他是英国人，父母一方是英裔一方是德裔；他曾冒充德国男爵（他的德裔母亲只是一般上层阶级，不幸嫁给了一个工人阶级英国人）；他当过作家；他曾偷了雇主和安布罗斯的财物。他暗示自己无法停止偷窃和撒谎，他需要伯格曼一家的帮助。

伯格曼和玛格达热心地帮助保罗，他们在此事中是真正无辜的人。由于保罗会说德语，又能干，学得快，伯格曼雇他当秘书兼助理。保罗有时和伯格曼一起去他导演电影的制片厂，有时留在他们的公寓里帮玛格达干活。

玛格达自认是个心理学家。她相信自己可以通过关爱、信任保罗来治愈他的盗窃癖。她开始让他做一些需要管理钱财的工作。起初，他证明自己确实配得上她的信任；他也回应她的爱，只要那是母亲般的爱。但是，当玛格达试图引诱他时，他感到厌恶和尴尬——尤其因为他还是同性恋。保罗带着一大笔钱跑了。

第三部分：保罗住在加那利群岛的一家旅馆里。多亏了伯格曼的钱财，他衣着光鲜，而且暂时手头宽裕。他假扮成一位电影演员，即将以主演身份与观众见面——他会换一个新的艺名，但在电影公司准备为他展开宣传活动之前，他不能随意透露这个新名字。由于和伯格曼一起工作时见识过制片厂里的生活，他的描述使这一切听起来很有说服力。

与此同时，通过强调他的德国血统，保罗与几个住在群岛上的德国人交上了朋友。其中有一位年轻的男教师，是一个纳粹团体的领导。保罗爱上了此人，并成了他的信徒——虽然他与犹太裔的伯格曼一家共同生活时，曾表达过强烈的反纳粹观点。

男教师和保罗去爬特内里费岛的泰德峰。当晚，在用于休息的小木屋中，男教师以北欧日耳曼民族的残酷无情向他宣讲希特勒主义。这一幕以性爱告终。保罗现在如此迷恋对方，他甚至同意去监视其中一个德国人。那人宣称自己是纳粹分子，但男教师怀疑他是叛徒。

保罗精心培育与此人的友谊，直到对方信任他。当希特勒杀死罗姆的消息传来，那人高兴地说这意味着纳粹统治的垮台。保罗把他的话汇报给了男教师和纳粹团体的其他人。他们去了那人的家中，将他狠揍了一顿，伤势重得怕是活不成。保罗被吓坏了，搭下一艘船匆忙离开，而那艘船碰巧是去丹麦的。

第四部分：在哥本哈根，一个德国犹太裔女孩的护照即将过期，保罗娶了这个女孩，以便让她有英国国籍。女孩是一个共产主义者，这使保罗得到了哥本哈根其他共产主义者的尊重和信任。他与这个女孩以及女孩的爱人生活在一起，那人也是一位信仰共产主义的德国人。

保罗谎称自己在希特勒上台期间与德国的共产主义者合作过。他把弗里茨在圣尼古拉斯岛上告诉他的故事当作自己的冒险经历说了出来。由于弗里茨来自慕尼黑，而女孩和她的爱人来自柏林，保罗的谎话不太可能露出破绽。

接着，女孩的爱人回德国执行德共的地下任务。时间流逝，他始终没有回来。几乎可以肯定他被捕了。

于是现在，保罗成了自己幻想和谎言的受害者。他忍不住做出了一个伟大的举动——自愿去德国查明那位爱人到底出了什么事。其他共产主义者也同意他这么做，他们相信保罗是一位经验丰富的活动家，他能生存下去的概率和他们一样大，甚至更大。其实当然了，保罗几乎一点儿机会都没有；他从没去过德国。

保罗越过边境，那是他们最后一次听到关于他的消息。在适当的时候，他们将会把他奉为牺牲的殉道者。但是读者比他们更了解保罗，可能会对此有所怀疑。

（保罗并不是对某特定个体的描绘。这一角色的总体构思基于克里斯托弗早年在柏林短暂结交过的一个年轻英国人。此君有盗窃癖，或者他为了让自己显得更有趣而假装有盗窃癖。克里斯托弗对他鼓吹霍默·莱恩那一套，并提出了一种经典的莱恩式疗法——年轻人可以继续偷东西，但他要记账，把所窃物品的估价记下，就像在做生意一样。这样会使偷窃变得不再浪漫。疗法没起效。但后来，克里斯托弗对斯蒂芬和其他人谎称起效了。）

《保罗是孤独的》是克里斯托弗的一种尝试，和《迷途者》一样，他试图把自己过往生活的片段填入情节构架中——此处囊括了他从离开柏林一直到奥登—曼联姻期间的经历。当他向阿普沃德、奥登、斯彭德和莱曼等人描述这部小说的大纲时——比我在这里描述得更有戏剧性——他们的反应都非常热烈。只有他本人充满了疑虑。他一遍又一遍地与朋友们谈论这个故事，说服自己继续写下去；然而他一次又一次地失去了信心。他断断续续地修改了至少一年，却只写出了一两章。

最终，他意识到自己只是想如实地描述自己的生活。激发他创作动力的是他将如何评论自己的生活，而不是如何从中编出一场情节剧。当然，他会对许多经历做虚构化处理，目的是简化事件，从而揭示它们的本质；从事实到虚构的转变往往始于剔除不必要的细节。但他可以讲述自己的谎言，不需要什么保罗来替他说谎。否则只会使他的小说与事实越发脱节。

七月七日，约翰·莱曼来到阿姆斯特丹，与克里斯托弗商讨《新写作》的事。约翰计划次年春天编辑出版这份新杂志。克里斯托弗很快就会欠约翰一个大人情。约翰不停地约稿，迫使克里斯托弗做了他一直傻乎乎不愿做的事——以片段形式发表他关于柏林的其余作品，篇幅长度适合杂志刊登，而不是试图把它们结合成一个情节过多、难以消化的故事。由此，约翰开始负责非正式版的《别了，柏林》。

在约翰此次拜访期间，许多讨论都是他们在阿姆斯特丹街头散步时进行的。他们最喜欢的路线是沿着一片操场走，操场上有许多十几岁的少年。其中一些男孩展现出颇具异国情调的美感，那是荷兰在东印度群岛殖民时期的产物——北欧人的金发和桃红色皮肤，印度尼西亚人的颧骨和赤道地区水汪汪的黑色大眼睛。操场的一角有个拳击台。男孩们并不真的打斗，只是轻轻挥拳，带着一种运动员般的克制，礼貌得有些荒唐。他们以爱抚般的温柔，用大皮手套轻拍彼此赤裸的身体，这场面叫克里斯托弗觉得十分色情，令他魂不守舍。他的注意力已远远偏离了文学，虽然还在继续谈论，可他的声音听起来像一台程序化的机器人："哦，是的，确实——我非常同意——我认为他绝对是那个类型中最好的作家，绝对是——"

七月三十日，克里斯托弗给凯瑟琳写信，信中说杰拉德·汉密尔顿一直在用不同的名字寄明信片给荷兰的一家出版商，要求他们翻译出版荷兰语版的《诺里斯先生》；这样的卡片他已经寄了四十张了。（即便如此，那家出版商还是拒绝了这本书，给出一个听起来很奇怪的理由："太有时事性"。也许"时事性"是指反纳粹，因此他们是在暗示，出版这本书可能会让他们遭到荷兰的纳粹同情者的报复。)

八月初，凯瑟琳短暂探望了他们。她像往常一样精力充沛地观光游览，尽管荷兰文化有点儿太日耳曼化，不适合她的口味。一天晚上，他们出去散步时，克里斯托弗无意中把她带到了善德街，穿着轻薄睡衣的女士们坐在灯火诱人的客厅窗户旁。凯瑟琳表现得好像看到了古雅的本地工匠在这条街上出售工艺品。她用游客般的欣赏口吻问道："哦，这就是他们说的红灯区吧？"

八月二十四日，福斯特和他的朋友鲍勃·巴金汉来访；同来的还有布莱恩·霍华德和他的朋友东尼。(由于我在一句话里用了两个"朋友"，这是一个解释的好机会。我承认，这种用法是含糊的。比如，拿克里斯托弗来说，"朋友"涵盖了他与阿普沃德、福斯特、奥登以及海因茨的关系——每一段关系的性质都迥然不同。即便如此，如果男性间的友谊涉及性爱，我不喜欢将其中一人称为"爱人"或是"男朋友"。在我看来，"爱人"意味着单方面的依恋，除非用作复数形式；"男朋友"一词显得说话者高人一等，而且往往荒唐可笑，不太合适。所以我会继续使用"朋友"，在用它来描述任意两人的关系时，我会讲清楚究竟指哪一种朋友。)

八月二十七日，福斯特与鲍勃、布莱恩与东尼、斯蒂芬·斯彭德（他在前一天突然出现）、克劳斯·曼以及杰拉德·汉密尔顿都一起和克里斯托弗、海因茨去了海牙。杰拉德在那儿的一家餐厅为克里斯托弗安排了一顿生日午餐。（克里斯托弗的生日是二十六日，但他从小就习惯了晚一天庆祝，因为二十七日也是他祖父约翰的生日。）他们刚抵达，就赶上了一场暴风雨，只好躲到最近的公共建筑里。碰巧那里是"囚徒之门"监狱[1]，现在改成了博物馆。这一突发事件需要杰拉德使出浑身解数来扮演主持人的角色。这里没有酒，甚至没有椅子，他不得不在一列令人压抑的古董刑具展品前招待客人。

这次清一色男性的聚会中有各种古怪的人物。杰拉德讲了许多笑话，他自己却心不在焉；他有种紧张不安的神色，像是怕警察出现。斯蒂芬心领神会地轻声咯咯笑，他意识到了这些笑话背后的笑话，但基本上也是心不在焉，也许因为他在构思一首诗。克劳斯·曼文雅而充满魅力，说话迅速而热切，悲观地谈起他们所处的时代，语气却很愉快。（他向克里斯托弗谈起他新出的书《逃往北方》，咧嘴笑着说："哎，又是一部战前小说。"）布莱恩·霍华德眼皮沉重，一双深色眼睛敏锐地搜寻、检验着一切，不错过任何细微的情况，但有些焦躁，因为他想喝一杯，而且担心东尼会说出什么蠢话来。东尼是个英俊的巴伐利亚金发小伙子，因为穿着昂贵的衣服而局促不安，他只害怕自己冒犯到别人，而且也

① Gevangenpoort Prison，现为海牙监狱博物馆。

想喝一杯。他是在场所有人里玩得最不开心的。福斯特戴着眼镜，笑容满面，大概是这群人里最高兴的，因为有鲍勃·巴金汉陪着他。他们不停地互相对视，眼神里满是乐趣与深情。鲍勃一张宽脸，五官粗大，因强壮和善良而显得很漂亮。海因茨立刻就被他吸引住了，克里斯托弗似乎也觉得他们有几分相似，因为他们都是工人阶级出身。他本人则觉得异常快乐。

返回英国后，福斯特在信中说：

> 至于阿姆斯特丹，我唯一不满的是我没有时间和你独处。我并不想向你了解或者传授给你什么东西，不过能与你独处会是一种额外的快乐。毕竟咱俩都是作家，好作家。
>
> 我相信你已经意识到了，我们俩都多么喜欢海因茨。

在福斯特的来信中，这是第一次以“亲爱的克里斯托弗”开头，第一次以“摩根”落款。

永远守时、永远彬彬有礼的杰拉德常说，布莱恩·霍华德有“一位伟大天才的风度”——他的意思是布莱恩不可靠、不守时、吵吵闹闹、喜欢在公共场合吵架、容易喝醉或吸毒，而他无法原谅这些行为。在这一点上，没有多少文学品味的杰拉德说错了。布莱恩确实有诗人的天才。不可原谅的是，他很少使用这种天才。他的自我放纵是婴儿般的；他是他那代人中最迷人、最危险的宝宝之一。如果你自鸣得意地认为你能让他从婴儿期断奶，他很乐意让你试一试，直到你耐心耗尽。但你之后不能抱怨他没有警告过你，你会失败——也许最终还会染上他的恶习。他还提醒过潜在的治疗师克里斯托弗：“亲爱的，你必须意识到你永远无法理解我这样的人——把整个生命都奉献给享乐的人。”布莱恩用一种使克里斯托弗脊背发凉的声调念出了“享乐”这个词，使人想起中世纪僧侣们最严酷的苦行。

克里斯托弗有足够的理智，没与布莱恩私交太深，但有一段时间，情况发展得好像他、海因茨、布莱恩和东尼四个人会纠缠在一起。东尼居留英国的申请也被拒绝了，理由是他上次访英时与一名吸毒者有牵连。所以现在他和布莱恩就像克里斯托弗和海因茨一样，正在寻找一个可以安顿下来的国家。

九月一日。与布莱恩及东尼聚餐。他们现在收到了爱尔兰的消息，但不确定是否值得去那里，因为爱尔兰与英国会交换外国人的名单。布莱恩想去葡萄牙，买一栋荒废的宫殿，养鸡、养羊、种橙子。东尼不停地反对，提前提醒布莱恩他是不会去清理山羊粪便的。布赖恩对他很生气，担心东尼缺乏热情会扫我们的兴。其实我并不想去，除非杰拉德或者斯蒂芬会和我们一起去。

九月六日。昨晚我们和布莱恩、东尼一起出去，坐在音乐厅旁边的一家咖啡馆里。男孩们在打台球。布莱恩则一件一件地评价咖啡馆的各种陈设——灯盏、花瓶、装饰品，然后逐个描述其艺术风格：冒充路易十四风、东方风格与第二帝国风混杂、战前附庸风雅的德国风（成串的球），等等。他很了解历史上的差劲品味，非常有趣。

克里斯托弗的日记还描述了一次下午茶的场景，那是在一家宾馆的休息厅里，克里斯托弗和布莱恩坐在一起。布莱恩从口袋里掏出一个折好的纸包，里面是一些白色的粉末。“你知道这是什么吗。亲爱的？”他说话咄咄逼人，声音洪亮，想让克里斯托弗和其他客人都感到难堪。“仔细看看——不，这不是盐，亲爱的，也不是糖，亲爱的，这是可卡因，亲爱的，可卡因！”他招摇地用鼻子吸了一点儿粉末，同时解释说，但这不是优质可卡因。“好的可卡因是晶莹剔透的白，亮得你无法直视。”他继续吸食，并告诉克里斯托弗可卡因“在胸中聚集，就像新鲜的氧气”，印度大麻则“像太妃糖，让你觉得自己站在通往地狱的大门前”，而海洛因“像石中花一般，从胃部蔓延至四肢”。克里斯托弗让他描述自己此时的感受，他回答：“想象你自己一半是阳光下宁静的威尼斯宫殿，一半是圣女贞德。”

还有一次，他们晚上一起出去玩。分别时，向布莱恩和东尼道晚安之后，克里斯托弗和海因茨悠闲地沿街散步，往住处走。与此同时，布莱恩沿着平行的街道一路狂奔，在下一个街角等着他们，然后把黑色的毛绒大衣蒙在头上，突然跳了出来。他们尖叫，一开始是因为吃惊，随后开始大笑，而布莱恩追在他们后面跑……之后回想起来，克里斯托弗觉得这似乎是一种美妙而充满想象力的表达感情的行为。"在我们认识的人里，"他问自己，"有几个人会如此在意我们，以至于做出这种事？"

（当年十月，布莱恩和东尼确实去了葡萄牙，但他们并未久留。后来，克里斯托弗和海因茨也去了葡萄牙，但他们几乎没怎么见到那两人。）

十二月十二日，克里斯托弗和海因茨去了鹿特丹的比利时领事馆，再次试着给海因茨申请比利时的居留许可。他们再次被拒绝了；其实杰拉德·汉密尔顿什么也没替他们办成。沮丧而满心厌恶地回到阿姆斯特丹后，他们发现了朋友留下的一封信，建议他们去卢森堡的比利时领事馆试试。入境卢森堡不需要任何手续。

九月十四日，他们进入卢森堡，去了那里的比利时领事馆，五分钟内海因茨就得到了三十天的居留许可。次日，他们坐巴士游览了卢森堡的"小瑞士"，那是一片多山的林地，克里斯托弗觉得像《曾达的囚徒》[①]中的卢里塔尼亚王国。在埃希特纳赫，巴士绕道穿过边境进入德国，然后返回。司机向他们保证德国官员不会检查护照。一些乘客很紧张，宁愿留在原地，等回程时再上车，

① *The Prisoner of Zenda*，英国小说家安东尼·霍普（Anthony Hope，1863—1933）所写的冒险小说，故事发生在虚构的国度卢里塔尼亚。

但克里斯托弗和海因茨无法拒绝冒险的诱惑。在德国边境内的一家咖啡馆旁，他们获准下车休息一刻钟，可以喝啤酒、写明信片。一个穿党卫军制服的年轻人就坐在那儿，不过他和钉在墙上的仇犹标语一样，显得很不真实，像在演戏剧似的。他们给杰拉德寄了一张明信片，本打算给他个惊喜，却没达到效果，因为他们到布鲁塞尔时明信片还没寄到。

九月十九日。我们昨晚上搬到了这里，一套位于二层的公寓，可以俯瞰阿道夫·马克斯大街（二十二号）。起居室里挂着网眼窗帘；巨大的餐具柜上摆满了银质蛋糕盘和精致的烟灰缸；沙发上有一对玩偶；两盏台灯的丝质灯罩是芭蕾舞裙的造型，像是妓院里会用的；六张克拉克·盖博的照片，大小不一；六张拉蒙·诺瓦罗的；一台飞机螺旋桨的微缩模型上支着一大堆照片，主要是一些英俊的飞行员（其中一张上写着“赠勇敢的克莱尔”[①]）；还有一架老爷钟（我已经把它报时的声音给停了），有小型炮弹那么重。卧室里有一个漂亮的白色浴缸，一台危险的燃气烧水器，还有一大幅油画，画着丽达和她的天鹅。

我们的女房东（“勇敢的克莱尔”）快活健谈、时髦雅致、面容憔悴，花白的头发烫成波浪，画着深色眼影，穿一件无袖

① 原文为法语。

的白缎子衬衫。她非常慷慨，免费为我们准备早餐、打扫房间，现在正替我们洗衣服，只收我们肥皂的钱。

克莱尔境况凄惨，我觉得她已经处在食不果腹的边缘了。至少有一段时间，她无处可去，克里斯托弗和海因茨发现她偷偷睡在公寓的厨房里。这种情况令他们无法忍受；他们毫无隐私可言。虽然觉得十分愧疚，他们最终还是想办法让她离开了。

十月中旬，埃塞俄比亚危机发展到了顶峰。意大利入侵了这个国家，国联大会投票决定实施制裁。与此同时，海因茨没有申请到六个月的比利时居留许可，而他的三十天居留许可已经过期了。在杰拉德的安排下，他的驱逐令被拖延了一周又一周，但显然很快就不能再拖了。斯蒂芬和另一个男青年正在布鲁塞尔，那人在《世界中的世界》里叫吉米·杨格。他们两人同意陪克里斯托弗和海因茨一起去葡萄牙。但是他们至少要再过一个月才能动身——我不记得为什么了。

十月十九日。海因茨现在配了眼镜。验光师对我说："他的世界跟我们的世界不一样，先生。他这一辈子几乎都看不见垂直的线条，而水平线条则显得异常清楚。当他看着一个圆时，他看见的是椭圆，但是他通过经验知道那是一个圆，他的大脑重新把椭圆转换成了圆。"

几天前，他有生以来第一次和妓女上床。她没有胸，还要价一百法郎。弄得不是很成功。

十一月期间，克里斯托弗写完了《诺瓦克一家》，把稿子寄给了约翰·莱曼。约翰准备把它刊登在次年春季的首期《新写作》上。那将是《别了，柏林》中最先得以发表的片段。

十二月十日，斯蒂芬、吉米、克里斯托弗和海因茨从安特卫普出发，坐上一艘巴西客轮，轮船开往里约，途中能把他们带到里斯本。

十二

航行时，克里斯托弗感觉如释重负。这趟旅行至少是一段假期，可以不用担心海因茨的居留问题。斯蒂芬和吉米·杨格的陪伴是另一重安慰；当他们抵达葡萄牙，面临新问题时，他们会帮他决定该做些什么。在克里斯托弗与海因茨一起浪迹天涯期间，所有决定都是克里斯托弗一个人做的——他自己在心里发牢骚，说这是他不得不承受的沉重负担。如果能意识到海因茨已经不再是个孩子，不再需要他人对他负责，克里斯托弗会做得更好。

吉米·杨格已经准备好领导他们的整个探险队，如果他们愿意接受的话。吉米曾在军队服役，喜欢把事情安排得井井有条。他的外表很有吸引力：红棕色鬈发，棕黄色的眼睛炯炯有神，笑起来露出一嘴牙。他会用威尔士（加的夫）口音说斯蒂芬“你个傻东西！”，然后让他“别犯傻了！”。他乐趣十足，喜欢争论——左翼政治性的争论，或仅仅为了争论而争论。他会说左翼知识分子的行话，但他自己的智慧是直觉化、情绪化的。他有威尔士人的鉴赏力，能听出诗歌中的韵律，能真正欣赏斯彭德、奥登等人的诗作。他向克里斯托弗讲述第一次见到斯蒂芬时的情景：“对我而言，大幕就在那一刻拉开了。”

我记忆中的那趟航行可以用歌剧术语来描述，他们四个人之间的关系是四重唱、三重唱或二重唱。四重唱时，他们的表演是直接针对其他乘客的。他们理所当然地认为，船上没有人能猜到他们是什么样的人，于是他们故意做出古怪的举动自娱自乐——在观众的视野和听觉范围内交换私人玩笑性质的信号，扮鬼脸，说悄悄话。

三重唱指的是斯蒂芬、克里斯托弗和吉米。如今在我看来，这是表演给吉米看的，好让他觉得斯蒂芬和克里斯托弗把他视作他们的一员。总体来说，他们并不这么看待吉米，而吉米一定也意识到了这一点。但在当时，他们至少努力去假装，也许这么做满足了吉米的自尊心。

克里斯托弗与海因茨的二重唱要比之前一段时间更亲密；与斯蒂芬和吉米在一起，让他们非常清楚地意识到他俩是一对。不过这并不意味着他们开始对另两人评头论足。海因茨已经能说一口犹豫不定的英语了，他和吉米也有一组二重唱——这是必然的，因为他俩经常落单。斯蒂芬和克里斯托弗的二重唱由来已久，而且有一种连续性，可以弥合他们之间的隔阂；他们讨论图书、政治、抽象观念和其他作家，但很少说起和他们一起生活的人。斯蒂芬和海因茨之间、克里斯托弗和吉米之间没有二重唱，也许因为斯蒂芬和克里斯托弗都害怕陷入可能使他们对彼此不忠的关系。克里斯托弗确实和吉米有二重唱，不过那是很久以后的事情了，所处的环境也发生了改变。

四重唱小组有意识地自娱自乐，成果是写下了一部旅行日记。条目是以船上生活的幽默口吻写的，价值在于立刻大声朗读出来，否则就不新鲜了。以下是一些节选：

> **一九三五年十二月十二日，星期四。**［斯蒂芬记录］：星期二，我们离开布鲁塞尔动身去安特卫普时，杰拉德来为我们送行。他穿着一件巨大的毛皮衬里大衣，领子是臭鼬皮的。他那张没下巴、厚嘴唇、扁鼻子的脸就缩在大衣里。他没戴珠宝首饰，但他一进屋，屋里就有一股香味。我问："哪位喷了香水的女士来这里了？""我还在这儿呢。"他答道，有点儿生气。我们都与他吻别。
>
> 这艘船很老了，走得很慢。船上有两个休息室，其中一间是客厅，装饰很华丽，摆着一台键盘发黄的大钢琴，另一间是怀旧的都铎式休息室，五台巨大的电风扇，吸血鬼似的吊在天花板上。我们在这里阅读或写作。另一个房间里，吉米在弹钢琴，海因茨唱歌。
>
> 有一位胖胖的女士，从北爱尔兰来的，但有一半比利时血统，她会说好几种语言，吉米对她很感兴趣。

同一天。二十一点。[克里斯托弗记录]：我们停靠在勒阿弗尔。这一天的主角是那位爱尔兰-比利时裔女士。"哦，可是你们会喜欢里约的——你们应该去看看。如果你有文艺的因——我是说，文艺的心——好吧，因也好，心也罢[①]——那儿的自然一定能引起你的共鸣。"但当吉米说他不喜欢王室家族时，她感到很震惊；她命令他去健身房待着："你走开吧，去晃晃你的肝脏。"

后来，吉米边弹钢琴边唱："整整一周，忧虑在我心头逡巡——它们似乎消失了，就像赌徒的好运。"

伊舍伍德问斯彭德在想什么。

斯彭德说："我在想'好运'。要是让我来写，我想，我会把它写得又糟糕又可怕。我对自己说，多么无聊啊，我只会把事情写得很糟糕。"

横渡比斯开湾的时候（十二月十四至十五日），起先很平静，然后起了风浪，但并没有颠簸到让他们晕船的程度。那位爱尔兰-比利时裔女士给他们看手相，解读他们的性格。克里斯托弗记录道：

斯蒂芬顽固任性，激烈地追求自己的理想，又频繁地改

① 这位女士说英语时习惯h不发音，所以会把heart（心）念成art（艺术）。

变主意，善于听取别人的意见，有一颗金子般的心。海因茨自负、雄心勃勃，一定会成功。吉米是威尔士人，因此也很自负，他意志坚强，对女孩子很疯狂。而我——哎，我是那种令夫人太太们一辈子都很喜欢的男孩子：不管我去哪儿旅行，不管我做什么，我都能保持百分百的英国气质——一个羞涩、谦逊、迷人的男孩。然后，医生也伸出手掌，露出一根牙签，那根牙签他整顿饭期间一直握着，就像握着一把匕首。她拒绝说出她从手相里看到了什么——说出来会吓到我们。

（他们四人编了一个笑话，假装怀疑这位医生是否真的是医生，因为他的客舱门上写着“葡萄牙医生”。这种说法难道不像“荷兰夫人[①]”“法国书信[②]”“西班牙苍蝇[③]”一样，可能有其他含义吗？）

海因茨想从图书室借本德语书看，结果发现那里只有一本，而且残破不全。然后我们向德国乘客借，他们告诉我们，这艘船原本是德国船，在战争期间被巴西政府缴获。据这位满头白发的德国人说，罪恶感导致巴西人把图书室里所有德

① Dutch wife，又称“竹夫人”，指热带国家居民睡觉时用来减轻暑热的竹制或藤编的长抱枕。荷兰在印度尼西亚殖民时期，荷兰商人常年远离妻子，抱着这种枕头睡觉，因而得名。

② French letter，英国俚语中指避孕套。

③ Spanish fly，即斑蝥，一种昆虫，从古罗马时代至18世纪都被欧洲人视为春药。

语书都扔了出去。白发的德国人谨慎而刻薄；头发稀疏的年轻德国人不那么刻薄，也不那么谨慎，他的妻子则是一个真诚得有些愚蠢的话匣子。她在休息室里大声抗议，说德国想要和平。斯蒂芬说，她的意思其实是，德国想不费吹灰之力就攫取一切。

从大学时代起，说到港口，克里斯托弗就会联想到庄严的祝酒词，联想到老人们在拉着窗帘的餐厅里讲述乏味的轶事。但在波尔图[①]，"港口"只是一种本地葡萄酒。十六日，他们在波尔图停靠了几小时，顶着正午的艳阳坐在室外大喝波尔图酒。酒味太甜、太暖、太烈。克里斯托弗醉醺醺地在给凯瑟琳的明信片上潦草地写道："这艘船身上有个洞。"斯蒂芬在这句（实）话里发现了一些玄妙的幽默，笑得眼泪都流下来了。因为斯蒂芬的笑声，海因茨也大笑起来，笑得同样厉害。吉米像老妈子一样把他们搀回了船上。

那天晚上，一群傻乎乎的巴西姑娘当着海因茨的面兴高采烈地宣布，她们恨所有德国人。克里斯托弗站起身，走出了休息室。他喜欢这样表达自己的义愤，但他没有停下来想一想，海因茨会为此感到多么尴尬。

十二月十七日上午，船驶入了塔霍河口。当天晚上他们住进

① Oporto，葡萄牙北部港口城市，"波尔图"即港口之意。此地也被称为"酒都"，出产世界闻名的波尔图酒。

了辛特拉的努内斯宾馆，那里距里斯本十五英里。接下来的几天，克里斯托弗对此处有了最初的印象，记录如下：

> 辛特拉是一个很大的村落，主要由宫殿构成，破败不堪，可供出租。突出的悬崖上生长着蕨类外观的树木和亚热带植物，就像一个巨大的岩石花园。在树林里，你会发现紧锁的大门，雕饰华丽，并不通向任何地方。还有洛可可风格的避暑别墅，十八世纪的诗人可能在这里找到灵感，以英雄双韵体写出最无趣的悲剧，包括序言、尾声和十四幕戏。
>
> 佩纳宫无疑是我们见过的最漂亮的建筑。其实一眼望去，它有一种令人惊愕的吸引力，它像是虚假的、伪造的，在建筑学上是错误的。仿佛哪家电影公司为了一部中世纪题材的超级大制作影片，在一夜之间建起了这座城堡。它牢牢筑于当地山脉最高的岩石山峰上，摩尔–哥特–文艺复兴风格的塔楼和壁垒俯瞰着葡萄牙的广大土地……城堡内的皇室寓所寒酸得令人动容，室内装潢是火车车厢的风格，还有很不舒服的床铺。《乡村生活》等英国杂志散落在桌子上，已经发黄褪色，是一九一〇年的过刊。（最后一位葡萄牙国王就是那年被废黜的。）台球室里有一种赛马游戏，现在还能在滨海码头上看到。
>
> 山巅之上有迷雾和细雨。自我们到达以来，天空一直阴沉沉的；不过我们一直很忙，并没有因此过度沮丧。我们已

经找到了一栋房子——不是我们依旧希望有朝一日能发现的梦想之所，但也算一套挺不错的乡村别墅，有一间起居室、一间餐厅和五间卧室，布置得很鲜亮，但带着某种绝望气息，仿佛是为老处女准备的。这栋房子叫"北方迷迭香"（一种常绿灌木的名字），位于辛特拉的近郊圣佩德罗，在更高的山坡上。房子的视野棒极了，能从山谷一直望见大海。

十二月二十一日，他们搬进了那栋房子。女房东是一位头发花白、精力充沛、喜好游乐的英国妇女，就住在附近。她一生大部分时间都在葡萄牙度过，能告诉他们关于当地商人和食品价格的一切信息。她认为他们不应该受骗多花钱，这是原则问题。但实际上，他们无疑经常花冤枉钱；但葡萄牙的物价比英国低太多，对他们而言这不算什么。他们甚至觉得是自己占了本地人的便宜。女房东给他们找了一个厨娘和一个女佣——工资非常低，但她向他们保证，说已远超当地标准。他们对此心怀愧疚——尤其是吉米——但还是顺从地当了剥削者。

一九三六年伊始，他们都已经安顿下来，有了日常工作。斯蒂芬在写一本书《从自由主义向前》和一出戏剧《对一位法官的审判》。吉米是他的秘书，同时负责管理家务，监督用人。（他们的厨娘手艺不错，但是逆来顺受；当吉米找理由抱怨时，她就认命地承认饭菜做得很糟糕，这让吉米十分沮丧。）海因茨现在要照顾各种动物——一只毛色黑白的杂种小狗，名叫泰迪，能把家里弄得一团糟；六只母鸡和一只公鸡；还有一些兔子。他还负责维持庭院整洁。克里斯托弗在尝试创作《保罗是孤独的》。他是家里最不开心的成员，因为他的写作不太顺利。他把时间浪费在焦虑上，这是他长期的恶习。他永远都有借口：海因茨在葡萄牙的处境远远谈不上安全。里斯本的德国领事馆知晓所有德国人的情况。他们迟早会给海因茨下一道命令，叫他去登记服兵役。如果海因茨不去，领事馆将向葡萄牙警方报告，说他的德国公民身份可能被剥夺。由于海因茨连犹太人或政治难民都算不上，警方很可能将他视为普通罪犯并驱逐出境……不管克里斯托弗的焦虑有多么充分的理由，都对海因茨没有帮助；他受到感染，失去了一些勇气。

与此同时，他们的集体日记维持着活泼轻快的风格，记录下了家庭事务和与当地居民的接触。泰迪的绦虫病治好了，它长胖了，但是依旧在地毯上撒尿。在里斯本的一家餐馆里，海因茨的面前端上了牡蛎，他显出奇怪的普鲁士人学究气，坚持认为有一种食用牡蛎的正确方法，他要学会了才能开始吃。他们都试着演示给他看，包括侍者在内，但海因茨不为所动。肯定有一种正确的方法，他反复说道，不过显然他们都不知道。所以他的牡蛎始终放着没吃。

作为新来的人，他们成了令人好奇的对象，并受邻居邀请参加聚会。在荷兰和比利时，克里斯托弗和海因茨一直生活在移民人群中间，他们觉得自己也是其中一分子。（一位难民曾开玩笑地夸赞克里斯托弗："我们推举您当荣誉犹太人。"）当难民们聚集在一起时，你能学到许多智慧，却感受不到欢乐。希特勒似乎始终在场，只是你看不见他，也听不见他；那气氛像在搞阴谋，而不是开派对。而在葡萄牙，聚会组织者主要是英格兰人、苏格兰人或是爱尔兰人——他们没什么要逃避的，除了北欧的气候和其他地方高昂的生活成本。他们是一群热情好客、喜欢说长道短的个人主义者，总是在寻找新的听众，以便低声倾诉他们的陈年丑闻。

他们中的一些人沉迷于被克里斯托弗蔑称为"魔术"的东西。一位女士画灵魂肖像，解读塔罗牌。另一位准备了一张大比例尺的仙境地图。还有一位则写下了她前世的冒险：她是一位叙利亚少年，在罗马帝国游历。

斯蒂芬描述了一次与这种通灵边缘人士的会面：

> H小姐和J太太在沙发上谈话，我听到了一些相当奇怪的片段。H小姐以实事求是的语气说道："我真的认为他那样非常不体贴，尤其是你还为他准备了一场特别的大弥撒。""哎，"J太太说，"咱们不能指望他有什么别的举动。前几天他在这里的时候，我度过了这辈子最可怕的两个小时。我必须一直提前考虑到他的想法。事情进行得特别艰难，尤其是在拐角处。"
>
> 与此同时，吉米在和W小姐说话。他说他认为会有一场战争。"不，"她说，"除非以太是保守派。"吉米以为她是指

英国广播公司，于是向她保证，《听众》杂志的阿克利先生是我们的朋友，他在政治上相当进步，但并不像人们所希望的那么唯物主义。

几周之后，W 小姐确实给斯蒂芬画了一张灵魂肖像。（克里斯托弗觉得那看起来更像自己的弟弟理查德，不过斯蒂芬本来就和理查德有点儿像。）她还给斯蒂芬算了一次塔罗牌。牌相是如此之差，以至于她越发感到抱歉。“圣杯国王”被“断塔”挡住，然后“恶魔”本人现身了，接着是一颗心被三柄剑刺穿……等她算完，斯蒂芬想安慰她，以显示自己很有风度，不会因此沮丧。于是他用一种假装无辜的口吻问道：“咱们可以再玩一局吗？”听到“玩”这个词，W 小姐脸上抽搐了一下，但似乎并未觉得受冒犯。后来她向斯蒂芬保证，说他注定要成为新时代的领袖之一，是一位真正伟大的人物。她还说觉得很自豪，自己是第一个告诉他这一点的人。克里斯托弗显然没给她留下什么深刻的印象。不过他因为认识杰拉德而受到赞扬。他惊讶地发现，她提到起杰拉德时带着敬畏之情，称他是神秘学大师。

一月十八日，克里斯托弗写信给凯瑟琳，感谢她寄来了《狗皮人》的演出节目单。一月十二日，她在威斯敏斯特剧场观看了群体剧团的首场演出。（这出戏的常规演出从一月三十日开始。）在彩排期间，奥登与导演鲁伯特·杜恩合作，一起删改了剧本。他们调整了结尾（我现在认为改得很对），并且删掉了“毁灭性的戴斯蒙德”那场戏（我依旧觉得删得不妥）。当时，克里斯托弗对每一处改动都牢骚满腹，只因事先没有征求他的意见。但即便在当时，他也一定意识到那是不可能的。没有足够的时间通信，而群体剧团也负担不起往葡萄牙打长途电话的费用。

在同一封信中，克里斯托弗告诉凯瑟琳，他刚从鲍勃·巴金汉那儿得到消息，福斯特接受了一次膀胱手术，不久后还要再动一次更大的手术。上一年的十一月三十日至十二月五日期间，在动身来葡萄牙之前，克里斯托弗回了一趟伦敦，花一天时间陪着福斯特。此时他意识到，福斯特一定在当时便已知道这场磨难就在眼前，而且以他的病情而言，风险（用外科医生的话说）高于平均水平。不过他没有对克里斯托弗透露半句，甚至没有暗示，而是表现得一如既往，一副愉快而风趣的模样。后来克里斯托弗给他写信，他回信说：

> 没错，我们告别时我始终没告诉你我身体不适。当时似乎有许多其他的话要说，而且我看到你非常高兴。

克里斯托弗深受感动。对他来说，这就是一位反英雄主义英雄的真实口吻。

一月，他们接待了两位访客，汉弗莱·斯彭德和杰拉德·汉密尔顿。汉弗莱断断续续地和他们一起待了几个星期，他去了趟西班牙，然后又回来。他为脱发的问题烦恼不已，最终同意采用海因茨的处理方法；海因茨给他剃了个大光头。此后，只要有外人在场，汉弗莱就戴着一顶贝雷帽，即便是在室内。

杰拉德只待了几天，住在辛特拉的一家宾馆里。（毫无疑问，他与葡萄牙某位政府官员有罪恶的交易。）杰拉德有洁癖，每次上完厕所都要用坐浴盆。他的宾馆房间里没有坐浴盆，于是他不明智地起身，改用洗手池。洗手池承受不了他的体重，整个儿从墙上掉下来摔碎了，尴尬地弄伤了他的屁股。杰拉德离开葡萄牙去丹吉尔养伤，同时也养养他受伤的自尊——因为出了这么丢人的事故，谁都忍不住要嘲笑他。

二月四日，斯蒂芬、汉弗莱、吉米、海因茨和克里斯托弗去了埃什托里尔的赌场。这趟出游他们计划已久，在集体日记中，克里斯托弗称那里“几乎是神话级的堕落之地”：

> 当然，那儿看似完全无害：两个摩登的大房间，挤满了粉嘟嘟的英国游客，男女都穿着晚礼服。很快我们就照着各自的脾气玩了起来。斯蒂芬瞪着一双蓝眼睛，愤怒的腮帮子红得像龙虾，他在赌注最高的桌旁玩得疯狂而小心，赢了将近四百埃斯库多。汉弗莱鬼鬼祟祟地到处逛，面带狡黠而羞涩的微笑，在每张桌上都下了注。那一小堆不起眼的、颇具绅士风度的筹码一点点变多，每次增加两个半埃斯库多。吉米

玩得略鲁莽，但很有居家风格，他像打毛衣似的坐在那儿，把筹码整整齐齐地摆在面前。海因茨戴着眼镜，一副认真好学的样子，气鼓鼓地独自在角落里玩。他只押数字，完全无视规则，而且坚决不告诉他人自己是输是赢，只用滚烫的手紧紧攥着筹码。至于我，我在赌桌之间徘徊，把自己想象成陀思妥耶夫斯基、托尔斯泰、拜伦勋爵，要么是巴尔扎克或迪斯雷利小说中的任何一个角色；停下来数自己的钱，试着构想出各种系统，感到恼火，表达歉意，然后希望其他人也都别赢。当晚结束时，我们都输了，除了汉弗莱，他羞怯地承认自己赢了七十埃斯库多。午夜过后我们很快就离开了。

次日，他们醒来时带着赌博成瘾的狂热，并且确定自己会赢。他们没有耐心等到晚上，下午三点半，赌场一开门他们就到了。下午的赌场拉起了百叶窗遮阳，这里不再是前一天晚上那个看似无害的旅游景点，变成了一个完全不同的世界。

赌桌只开了一张，已经围满了人。没有一位是英国游客，取而代之的是一群凶恶的职业赌徒：一个毛发浓重、胡子拉碴的胖子，穿一身油腻腻的衣服，领子上落满了头皮屑；一个长着肥猪下巴的粗人，戴着一个金手镯；一个可怕的老妇人，长了一头稀疏的花白长发，不停地从寒酸的手提包里摸出筹码。屋里相当安静，只有荷官的声音；赌局进行得很快，而且有猫腻。好几次，我们赢来的筹码就这么被人抢走了。而当斯蒂芬抗议时——他的脸就像一朵愤慨的猩红色罂粟花，为了所有的战争和错误指责历史——他受到了粗暴的咒骂和冷落。在这样的气氛中，我们飞快地输钱。六点半，三个愁眉苦脸的准破产者钻进了出租车；男孩们更固执，他们留在赌场，拿最后几个先令去冒险，一个小时后才回来。他们把所有钱都输光了，神经质地咯咯笑。

三月一日，克里斯托弗给凯瑟琳的信：

我认为我们现在的生活比以前尝试过的任何一种都要令人满意得多。最重要的是融入周围的环境，而我们已经融入了，即便只是作为伪英国殖民者。大家都说我们是非常好的男孩；在这个满是女性的群体中，好男孩是很少见的。

不过，克里斯托弗次日在他的私人日记中透露，斯蒂芬和吉米已经决定当月中旬离开辛特拉，去往西班牙、希腊和奥地利：

气氛非常友好，对于这个决定我们也感到高兴，但当然大家都知道，我们住在一起的尝试彻底失败了。再换一栋更大的房子的计划已经被心照不宣地搁置了。

家务事上有一些摩擦——主要是因为小狗泰迪。泰迪是海因茨一个人的狗，但其他人也不得不忍受它制造的混乱。而海因茨有他自己特别的与宠物相处之道；如果泰迪咬了他一口，他也要咬回去，而且下嘴很重，所以小狗会发出刺耳的尖叫。克里斯托弗认为海因茨的行为非常自然；他只是把泰迪当成了平等的对手。当斯蒂芬和吉米说海因茨残忍时，克里斯托弗就说他们是多愁善感的伪君子。不过后来，他不得不承认——

> 斯蒂芬和吉米真的尽了最大努力与海因茨相处，海因茨生闷气时当然是极令人恼火的。虽然分担了饲养动物的费用，但他们现在几乎不敢看那些动物一眼，因为害怕引起另一场争吵。

现在让我吃惊的是，克里斯托弗竟然以为斯蒂芬能在辛特拉待很长时间，不管有没有海因茨。他生性不安分，需要频繁地变换环境——这可能对他的创作有帮助。克里斯托弗如果处在斯蒂芬的位置上，可能也会到处游历。因为被海因茨的居留许可问题绊住了，他有点儿嫉妒斯蒂芬，并因此指责他抛弃朋友。

> **三月四日**。斯蒂芬和吉米偷偷溜去了埃什托里尔。他们一共输了将近五英镑。

今天杰拉德·汉密尔顿来信了，对海因茨的未来很悲观。我感到非常沮丧，但消沉也没用——我必须在这个国家找到一个能帮助我们的人。《狗皮人》的广告宣传说这出戏已进入演出的最后几周。还有鸡瘟，我们本来以为已经结束了，却又再次爆发。今天又死了一只。海因茨闷闷不乐地去埃什托里尔赌博。天气还是那么冷，凄风苦雨。山里在下雪。到处是水。

晚饭后，不知什么原因，我的情绪高涨起来。我向斯蒂芬和吉米大声朗读劳伦斯·宾扬[①]的《年轻的国王》，模仿各种风格的莎士比亚式的表演。斯蒂芬则模拟脚步声、盔甲碰撞的声音，等等。我们都开怀大笑。自从离开剑桥，我只经历过五六次这样的夜晚。而在剑桥时，我和爱德华·阿普沃德几乎每天晚上都这么玩。其他人都上床睡觉了，但我还坐着，愉快地读着福斯特的杂文集《阿宾哲收获集》，毫无理由地觉得一切最终都会好起来。

接着，海因茨回来了。他赢了一千埃斯库多。他非常犹豫，不知道该不该告诉斯蒂芬和吉米。他说，如果告诉他们，就得请他们吃午饭庆祝，而他不想这么做，因为他们之前为泰迪的事情争吵，他始终没有真正原谅他们。我说他应该遵循自己的意愿。

① Laurence Binyon（1869—1943），英国诗人、艺术史学家。

三月五日。吃早点时，海因茨还是告诉了他们。海因茨对他人的认可和喜爱怀有无限的渴望，他计划好了如何宣布这个消息并邀请他们庆祝，以此作为重要的缓和关系的姿态。但实际发生的情况是，斯蒂芬问："你昨晚上赢了多少？""一千。""是吗？"斯蒂芬的语气冷淡而不悦，他立刻担心海因茨的成功会使吉米急于再去埃什托里尔赌一把。"也许吧，"海因茨说，"改天我就请你们。"斯蒂芬很自然地认为海因茨的意思是改天请他和吉米去赌场。他立即回答"那我们可不去"，相当生气——吉米连插句话的机会都没有。

海因茨赶紧解释了他真正的意思，但伤害已经造成了。斯蒂芬没法这么快就热情起来。"哦——"他只说出这么一个字，"那真好。"也许他并没把海因茨的邀请太当回事，至少他的语气听起来如此。他和吉米开始谈论其他事情。海因茨觉得心灰意冷，离开餐桌去喂鸡了。

三月八日。昨天，希特勒宣布《洛迦诺公约》无效，并派兵进驻莱茵兰。

我们去赌场玩了几个小时。海因茨一直留在那儿"等那个数字出现"。

晚上，女房东邀请我们去听新闻广播。我觉得最近三年都是这样——走进陌生的房子里，听无线广播宣布灾难到来。希特勒那刺耳而疯狂的声音是从一张留声机唱片中传出来的。你会觉得他正踮着脚尖上蹿下跳。

凌晨三点半，海因茨回来了，输得精光。

今天大雨倾盆。我没出门。鲍勃·巴金汉来信说，摩根已经接受了手术，现在非常虚弱。我在给《阿宾哲收获集》写评论。

三月十日，克里斯托弗给凯瑟琳写信，信中附了一封伦纳德·伍尔夫写来的措辞委婉的恐吓信：

我听到传言说，梅修因要出版一本你写的书。这想必是谣言吧？因为你已经同意优先将你的下一部小说给我们，还曾告诉我你大概会在今年秋天把稿子寄给我们。

克里斯托弗补充道：

显然，跟他打马虎眼是没有用的；你可以给柯蒂斯·布朗打个电话吗？告诉他们，我非常希望他们现在就把整个情况跟他解释清楚。我自己也会给伍尔夫写信。

“整个情况”是指克里斯托弗很气愤。虽然《诺里斯先生》颇受好评，也很畅销，但弗吉尼亚·伍尔夫并没有邀请他去商谈。因此，当有其他出版商联系他时，他和出价最高的梅修因定下了一份非正式协议。可以理解为，一旦他离开霍加斯出版社，梅修因就会成为他的出版商。

毫无疑问，弗吉尼亚·伍尔夫特殊的精神状况使她不敢直面克里斯托弗，她很可能把克里斯托弗想象成好斗、粗鲁、充满敌意的年轻一代。克里斯托弗的行为当然很不专业、很孩子气，即便如此，我还是对他所受的伤害感到同情。

结果，霍加斯出版社又出了三本克里斯托弗的书。在此期间，他与弗吉尼亚见了好几次面，他对她的迷恋程度超出了他自己的预期。直到一九四五年，弗吉尼亚去世后的第四年，梅修因才第一次出版了他的书《普拉特的紫罗兰》。

三月十五日。李维诺夫[①]说战争不可避免。杰拉德从布鲁塞尔的来信令人忧心：每天都有德国人被驱逐出境。天真的海因茨还在忙着伺候兔子。一个月之后他将身处何方？

昨天上午，斯蒂芬和吉米动身去西班牙，那里的教堂正被烧毁，右翼报社被洗劫一空。下午我去了一趟火车站，想买份晚报。路过监狱时，听见里面叫声、笑声闹作一团——更像是午休期间的学校。一个皮肤黝黑、胡子拉碴、看起来很快活的男人正隔着一扇有铁栏杆的小窗户往外看，他用非常好的法语跟我讨香烟抽。我告诉他，对不起我没有。“就

① Maxim Litvinov (1876—1951)，俄裔犹太人，1930年至1939年任苏联外交部长。

是出来散步吗?”他问。“是的。”我说。“那么,祝你散步愉快。”“谢谢。”我们礼貌地互相挥挥手。没看到狱卒。

三月十六日，奥登来到这里，开始和克里斯托弗一起写他们的下一个剧本《攀登 F6 峰》。由于《狗皮人》还算成功，或者说至少不算失败，鲁伯特·杜恩和他的朋友，艺术家罗伯特·梅德利（他为《狗皮人》设计了面具），一直在催促他们再写一些戏剧，好让群体剧团来演。不过不管如何，威斯坦和克里斯托弗本来也会继续一起写剧本，这已经成了他们友谊的一部分。

考虑到《F6》的创作、修改和打印在一个月内就完成了，我想他们两人一定在之前某次会面时做了一定程度的预先计划，但我不记得了。无论如何，威斯坦的工作速度都快得出奇。克里斯托弗只负责写散文对白，却很难跟上他写韵文的速度。威斯坦的初稿一般跟终稿很接近。克里斯托弗的初稿则粗糙得难以想象。（威斯坦曾发现其中一页散落在旁，令克里斯托弗惊慌的是，他还拿起来读了。我仍记得威斯坦有多么震惊。）因为克里斯托弗深受一种懒惰的折磨（我现在的懒惰程度更甚），这使他不得不强迫自己写点儿东西下来，写什么东西都行，就算“破土动工”了。写下的胡言乱语会使他感到羞愧，继而严肃地问自己到底想表达什么。

这次造访期间的一些记忆：威斯坦在室内写作，还要拉上窗帘；克里斯托弗在花园里写作，脱了衬衫沐浴在阳光下……威斯坦坚持要爬辛特拉附近一段陡峭的山坡，说他们必须让自己进入剧本中登山者的状态；其间他们大笑、脚下打滑、跌跌撞撞、尖叫……克里斯托弗和海因茨带威斯坦去见识埃什托里尔赌场里可怕的下午场老赌鬼，于是激发了他的灵感，写下《赌场》一诗（“他们只有手还活着——”）……威斯坦和克里斯托弗在一张沙发上并排坐着，对着海因茨的相机摆姿势，威斯坦喃喃地引用了一句叶芝：“都很美，一个好像羚羊。”

就在那段时间，恩斯特·托勒尔[①]（剧作家、诗人、革命家）和他的妻子一起来辛特拉小住。

> 我极其喜欢托勒尔，他让我想起了菲尔特尔。当我们谈论希特勒时，他几乎说不出话来。他先是说“《我的奋斗》”，然后：“他的书。”

托勒尔就这样认识了威斯坦，仅仅三年后，威斯坦就为他写了墓志铭。

> **四月十七日**。威斯坦今天坐火车离开了，带走了我们新剧本的原稿。他来访期间我真的过得很开心，而且因为他在这里，我们多少是在连续工作，所以这一个月似乎比上个月

① Ernst Toller（1893—1939），犹太人，德国著名左翼剧作家，表现主义戏剧代表人物。1933年起流亡海外，1939年5月在纽约自尽。

要光明得多。

威斯坦一点儿都没变。他衣服的肘部还是破的，他还是习惯啃指甲，短粗的手指被尼古丁弄得又脏又黏；他依旧每天喝十几杯茶，每天晚上都要洗热水澡，在床上堆满了毯子、外套、垫子；他吃起饭来还是狼吞虎咽——虽然已经不像曾经那么猛了，如果食物不合他的口味，他几乎能流下眼泪；他抽起烟来还是像工厂的烟囱，而且把家里所有的火柴都揣在兜里。虽然每当他拿起一本书，拨弄电源线，或是吃饭时一边阅读一边把食物塞进嘴里时，我都会紧张地瞥他一眼；虽然他的满腹牢骚和他弄出来的一团糟经常令我非常恼火——不过从没有哪一刻超出恼火的程度，但是，我内心深处从来没有厌恶过他，而我有时候会厌恶几乎每一个我认识的人。因为毕竟，我们是同一类人。

正因这一点，我们的合作才会如此成功。我无法想象自己能如此轻松地和其他任何一个朋友一起工作。从根本上说，威斯坦和我对彼此都非常友好。

我们在这部剧本上的分工相当明确。威斯坦写了第一幕第一场、第一幕第三场中兰塞姆和母亲的对话、第二幕第二场中兰塞姆的独白、第二幕第四场、所有的歌曲和合唱、A的台词以及所有的场间台词。我们几乎不干涉对方的工作。我们唯一真正合作的是最后一场。自始至终我们都明白，威斯坦的专长是“胡扯”，而我的专长是“直白”。

“胡扯”是他们的内部行话，意思是夸夸其谈、缺乏实质、为了晦涩而晦涩。它描述了他们所鄙视的那种诗体戏剧的风格。不过，克里斯托弗在此处使用这个词儿，并不是暗示他对威斯坦有任何批评。当然，威斯坦喜欢夸夸其谈，但他言之有物。身为一个狂热的解谜爱好者，他觉得晦涩很有趣；但他坚持说，他总是会提供用以理解他真正意思的线索，只要读者看得足够仔细就能发现。

其实，《攀登 F6 峰》中没有哪部分能用“直白”也即“现实主义”来形容。克里斯托弗所写的散文场景充满了超现实的戏仿、讽刺和拼贴；人物就像漫画中的角色。《F6》的副标题是“一出悲剧”，甚至这一点也暗示着其作者在嘲笑既定的戏剧价值观。

克里斯托弗所谓的威斯坦的“胡扯”，大部分内容在本质上是宗教性的。威斯坦的母亲是一位十分虔诚的基督徒——不像克里斯托弗的母亲凯瑟琳，她信奉基督教的主要原因是渴望遵从社会规范——而威斯坦依旧受到他母亲的影响。现在威斯坦表面上支持马克思主义，或者说，当有人宣扬马克思主义时，他至少不会抗议，但这并不是出于真心，主要是为了迎合克里斯托弗和其他几个朋友。克里斯托弗当然意识到了威斯坦的基督教倾向。他拿这一点开玩笑，以免在这方面太严肃，那样可能会引起争吵。“当我们合作时，”他写道，“我必须敏锐地盯着他——否则角色们就会扑通一声跪下来；另一个始终存在的问题是，合唱被天使说话的声音打断。”

五月十二日及五月二十三日，克里斯托弗给福斯特的信：

我爱葡萄牙。这里的人实在可爱。我们在花园里吃饭时，他们会趴在墙头，祝我们好胃口。他们多么喜欢唱歌啊！两个女仆谐声合唱，那是非常古老的民歌，有数百段歌词，然后我不得不请她们停下来，因为我已无法写作。还有那位农夫，就在花园墙外拉着牛犁地，他给牛唱一首歌，能持续一整天。

《攀登F6峰》讲的是一次登山探险，并试着解释为什么人们要爬山……这让我想到了托·爱·劳伦斯。得知你在编辑他的书信，我高兴极了，希望你会写一篇长点儿的引言。请不要期待我们的《F6》会就这个主题做出精彩的探讨。我说这出戏与劳伦斯有关，仅仅是为了描述得简短一点儿。整个矛盾冲突是完全不同的，而且更笨拙，因为它必须在舞台上演出。只有在个人野心与沉静生活的问题上，它才是关于劳伦斯的。

海因茨很好。他给鸡鸭搭建的大房子已经完工了，现在正为兔子们盖摩天楼。兔舍真的非常高，我们担心哪天大风会把它吹倒。与此同时，我在学习葡萄牙语的不规则动词，偶尔走到衣柜旁，往里看一眼，哀吟，然后赶紧把柜门关上。我哀吟是因为衣柜里放着十三本书，等着我给《听众》杂志写书评。（你没必要把此事告诉乔。）

我们有了一个新朋友，来自里斯本的奥拉沃博士，一位非常和善的辩护律师。我们会在周日去拜访他。他蜷坐进椅子里，下巴抵在胸膛上，胸膛压在肚子上，肚子靠在大腿上；然后他高高跷起小腿悬空晃荡，要喝威士忌和苏打水，接着满怀期待地看着我，等我用法语造一个关于自由的句子，自由是我俩都赞成的。那句话永远也造不出来，但这无关紧要。威士忌之后是茶，然后是马德拉干邑和淡波尔图酒。一位法国诗人来了，谈论魏尔伦。女士们也来了。然后，已被众人遗忘的海因茨，突然仔细而缓慢地用法语说道："先生，您想抽支烟吗？"我们都大笑起来，持续鼓掌好几分钟。

克里斯托弗催促福斯特到辛特拉来疗养，但福斯特觉得身体虚弱，不足以承受这趟旅行。接着，亨利伯父建议克里斯托弗八月份带他游览葡萄牙。克里斯托弗恳求凯瑟琳劝说亨利打消这个主意，而她显然做到了。现在的安排是，凯瑟琳本人会在六月底来探望他们。

五月二十九日。今天下楼吃午饭时，我做出了一个无法反悔的惊人决定——彻底停止创作《保罗是孤独的》。事实清楚地摆在眼前,我筹划的故事只是一场白日梦。我对其中的角色一无所知。

现在我要继续写我自传性的片段集——书名或许可以是《教育的诸场景》。

内容暂定如下:海湾的三年。在日托所里。学医。柏林日记,一九三〇年秋。萨莉·鲍尔斯。希德勒公寓。诺瓦克一家。柏林日记,一九三二年与一九三三年之交的冬季。在岛上。听上去不错。

因此，克里斯托弗打算用上他在柏林的所有素材（“希德勒公寓”后来成了《吕根岛上》），并且加上“听上去不错”（《普拉特的紫罗兰》），“在岛上”（《安布罗斯》），另外还有三个片段最终将出现在《狮子和影子》里。他大概没意识到这么一本书会有多厚。

《萨莉·鲍尔斯》的最后一稿是六月二十一日完成的。起初克里斯托弗在给朋友的信中略略提及这篇作品，说他担心像萨莉这样“鸡毛蒜皮”的故事不适合与他其他的柏林故事放在一起，其他那些基本都是很严肃的。萨莉有可能反驳说，至少她不比奥托·诺瓦克更鸡毛蒜皮。(《诺瓦克一家》现已刊登在《新写作》上，并受到了一些严肃的左翼批评家的称赞。）不过克里斯托弗也可以回答说，奥托是他生活其中的政治—经济环境的受害者，受害者绝不能被认为是微不足道的，尤其当他们是无产阶级时；而萨莉并不是受害者，也不是无产阶级，她只不过是一个自我放纵的中上阶层外国游客，随时都可以选择逃离德国。克里斯托弗的顾虑在我看来似乎是荒谬的；这本书所需要的正是一些鸡毛蒜皮的东西。但在那段日子里，他将左翼标准强加于自己的作品，他对自己作品的态度因此被复杂化了。

《萨莉·鲍尔斯》的发表面临着另一重障碍。当克里斯托弗征求珍的同意时，她犹豫了；她担心其中堕胎的段落——那并不是虚构的——会令她的家人震惊，而她现在跟家里关系很好。克里斯托弗不得不考虑是否要把这一段从故事里删除。他的决定是不能删，因为堕胎是考验萨莉的关键时刻，此事证明无论多么惨烈的不幸，都无法将她从幻想世界中惊醒……不过珍最终同意了，没有任何附加条件。由于《萨莉·鲍尔斯》篇幅太长，不适合《新写作》，一九三七年，约翰·莱曼请霍加斯出版社将它作为一本单独的小册子出版。这个故事立即大受欢迎，克里斯托弗意识到它也必须是《别了，柏林》的一部分。

六月二十六日。昨天，坏事终于还是发生了。

从埃什托里尔参加一个午餐聚会回家后，我们在客厅的桌子上发现了德国领事馆寄来的信。海因茨必须在不久的将来去报到，领取服兵役的命令函。

目前，我唯一的反应是一种强烈而燥热的恶心感。我的思绪在脑子里乱转，就像一群受了惊的母鸡。

我们到底该怎么办？去领事馆很可能意味着护照被没

收。逃跑似乎同样徒劳。杰拉德能帮助我们吗？我很怀疑。

六月二十九日。我们去见B. S.博士，里斯本著名的律师。他长了一张大圆脸，戴着圆眼镜，一双圆眼睛有些冷淡，但还算和善。不行，他说他很遗憾——这没什么希望：海因茨不先服兵役的话是不可能入籍的。"我能给他的最好建议就是回德国。"

我走到街上，整个人都傻了。当然，我如此心烦意乱是很荒唐的。我还能有什么其他指望？不过当然了，我还是在心底里怀着希望的。回到T家吃午饭。T太太极其友善；T先生则有点儿不舒服——海因茨怎么就不能回去？一切似乎都在滑向一个黑色的无底洞。这是一个可怕的时刻，我童年期树立起的绝对信心——"保姆永远不会让那种事情发生在我身上"——受到了动摇。我大概发高烧了。烈日当空，我在街头走来走去，觉得自己注定要完蛋，甚至觉得奇怪，我们居然还有自由。走进邮局，我想给杰拉德发电报，可什么话也想不出来。我们点了姜汁啤酒，但喝不下去。后来我们还是发了电报。

那天晚上我们去咨询奥拉沃，他脑子很活络，也很乐观。他挥手把困难都扫到一旁。他会去打听所有事宜，对一切情况负责。我们不必担心。海因茨不会被引渡的。他，奥拉沃，会阻止引渡。我们镇定地回家了。

次日，凯瑟琳的船停靠在里斯本。以下摘自她的日记：

克里斯托弗上船来接我，他把一切都打点得很好，过海关，付小费，还有一辆出租车等着。道路都蜿蜒曲折，两旁有树木，穿过广阔的乡村，辛特拉山顶的城堡耸立在视野之中……然后是那栋别墅“北方迷迭香”。它看起来很有意大利风情，两个葡萄牙女佣也是……从前门的台阶往下走，是一间色彩鲜亮的小客厅。远处是绵延数英里的起伏的开阔原野，一直延伸到蓝色的山岭，变换的灯光，一列火车穿过乡村……若不是蜜蜂在花间穿梭嗡鸣，一些都十分沉静（除了两个女佣，她们喜欢聊天，也不怎么干活）。

可怜的克里斯托弗。一场常有的剧变又开始了，也就是海因茨及其被征兵的可能性……晚饭后，克里斯托弗给身在布鲁塞尔的汉密尔顿打电话，他应该可以帮助海因茨变更国籍……我的房间是白绿两色的，景色开阔得不可思议，就像过去在威伯斯利看到的那样。一切都充满魅力。

日记继续描述了凯瑟琳和克里斯托弗的观光之旅，以及她和里斯本英国人社群的会面。凯瑟琳以一位尊贵老妇人的身份受到了他们的热情欢迎。她在“北方迷迭香”现身，这使得克里斯托弗与海因茨的关系一下子变得受人尊敬了，这和克里斯托弗预想的一样。不过，凯瑟琳的日记里很少提及海因茨。以下是唯一较长的一段：

七月四日。又是美好的一天。很享受坐在那间漂亮的小客厅里，对着令人愉快的小花园，还有不断变化的广阔风景。海因茨进进出出地弄那些鸡，安娜在准备食物，克里斯托弗也是。这是他们拥有过的最具家庭气息的生活，而现在一切都受到了威胁……杰拉德·汉密尔顿的消息相当鼓舞人心，但也必然要价不菲……海因茨和我们一起喝茶。他不说话，除非有人先跟他说话。他与克里斯托弗的生活非常和谐，我说不出怎么个和谐法，也很难解释为什么。他们把一切都分得很清楚，每天晚上海因茨都会记"我们的账"，并问克里斯托弗这一天里他有哪些花销；他们的个人支出和家庭支出都计入其中。多希望他们不必时刻为海因茨的事情而担忧未来的计划啊。

与此同时，克里斯托弗也在他的日记中写到了凯瑟琳：

即便是现在，我们之间的隔阂也令人惊异。主要是因为羞怯。不过随着日益衰老，她似乎变得越来越沉重，越来越严厉了。我曾想象自己搂着她的脖子扑倒在她身前，恳求她忘记并原谅过去，把海因茨当成她的儿子对待，但当她出现在眼前时，这一些似乎都只是无稽之谈。她比从前要开明得多、通情达理得多，我喜欢跟她说话，事实上，我对她说的话要比对其他任何人说的话都更好、更有趣。但坚冰从来没有真正融化。在海因茨面前，她和蔼、大方、健谈。她以十分友善的态度对待海因茨，就像对待一个仆人。

七月十日，凯瑟琳离开葡萄牙回英国。就在同一天，海因茨去一对英国夫妇家暂住，那家人是女房东的亲戚。这是克里斯托弗在恐慌中做出的安排。到目前为止，他几乎已经说服了自己，领事馆的纳粹分子会不辞辛苦绑架海因茨，把他拉上一艘德国船。他在日记中写道："每次门铃一响，我们都吓得魂不附体。"与此同时，当那些无人照管的鸡在花园里困惑地乱跑时，克里斯托弗和杰拉德之间的电报、电话往来不断，除了承诺海因茨的问题会在不久之后得到解决之外，什么成果都没有。

不过几天之后，他们在威廉·罗伯森-斯科特身上重新找到了理智。威廉正在葡萄牙旅行，他在柏林时就结识了克里斯托弗，所以过来拜访。威廉的性格中有一种坚韧的品质，他在风暴面前低头，但不会一蹶不振。他的头发很短，充满活力，像紧附着悬崖边缘的草。他神经质地猛烈大笑，脸涨得通红，双手夹在两膝之间。他性情温和，彬彬有礼，陈述自己的观点时几乎带着歉意，但直白坦率，毫无惧色。当情况需要时，他会变得专横跋扈，像旧式的英国人那样，如对待小虫般将困难扫到一旁。（克里斯托弗借用了威廉的一些言谈举止来塑造彼得·威尔金森这个人物，那是

《别了，柏林》里奥托·诺瓦克的恋人。在现实生活中，威廉和奥托从未相见。）

纳粹刚掌权时，威廉在柏林大学教书。他和学生之间的每日对抗一定滑稽可笑、充满讽刺意味。设想有一屋子年轻德国人正在听人讲课，那人似乎是英国统治阶层的一位典型代表。而英国，根据《我的奋斗》中的说法，是德国的天然盟友。可以假定此人自认属于一个优等种族，生来就是为了统治“无法无天的低等种族”。希特勒欣赏这种态度，并教导他的追随者效仿。然而，威廉的学生们很快就意识到，他们的教授非但不是盟友，反而认为德国纳粹是低等种族中最低等的。威廉一遍又一遍地用冷漠的口吻向他们说明这一点。一些学生被激怒了，径直走出了教室。有人向大学行政部门投诉。消息传到了一位年纪更大的英国人的耳中，此君是威廉的同事，在英语系任教，十分喜欢开玩笑。当校领导告诉他威廉应该被解雇时，他说：“我要是您，就不会解雇他。可能会导致国际局势紧张。您看，其实这位同事是英国国王的表弟。”不可思议的是，德国人居然相信了。威廉突然发现自己备受尊重，感到十分玄妙。后来，他听说了这个笑话，德国人也闹明白了，但他们并不觉得好笑。威廉不得不辞职。

威廉并不能给克里斯托弗提供什么实用的建议，但仅仅是他的出现就令人十分安心。因为威廉在这儿，克里斯托弗根本无法想象有人来绑架海因茨的场景。而且，即便那些人真的来了，威廉也会拒绝承认他们的权力。“胡说八道！”他嗤之以鼻，那些人就会消失，就像基督教科学会的术士通过信仰驱除疾病一样。

经威廉介绍，克里斯托弗结识了他的两位朋友，作家詹姆斯·斯特恩和妻子塔尼娅。斯特恩夫妇想在附近租一栋房子住上几个月。克里斯托弗立刻被两人吸引了，大家都同意他们和克里斯托弗、海因茨一起住在“北方迷迭香”。

克里斯托弗发现自己与吉米·斯特恩[①]很投缘，因为吉米和他一样，也有疑病症（不过吉米要理性得多）；因为吉米满腹牢骚，说话风趣，骨瘦如柴，是个爱尔兰人；因为聪明而忧虑的面庞出奇地吸引人；因为他在爱尔兰当过障碍赛马骑手，在德国当过酒保，在南非草原上放过牛；因为他害怕蛇，还曾被一条蛇咬过（他暗示说那条蛇耐心地跟着他走，直到他因观察一只稀有的鸟而分散了注意力）；因为他写了一部非凡的短篇小说集，叫作《无情之地》。

至于塔尼娅，她是克里斯托弗见过的最真诚、直率、理智、热心的女人之一。她也是他见过的最漂亮的女人之一：娇小、深色头发、深色眼睛，身材和面孔一样漂亮。她是一位体育教育专家，教授一套她自己发明的锻炼方法。当她看着你时，她似乎能意识到你所有的姿势错误，它们暴露了你内心的紧张；但你永远不会觉得她反感甚至笑话你的错误。她愿意帮你纠正，如果你希望她这么做的话。

---

① 对詹姆斯·斯特恩的昵称。

塔尼娅是德国人，在巴黎住了一段时间，然后嫁给了吉米。她有两个兄弟，都是共产主义者，险些没能逃出纳粹德国。当纳粹分子不在他们自己的地盘上时，她一点儿也不害怕他们。她提议陪海因茨去德国领事馆，明确询问如果海因茨拒绝服从征兵令会有什么后果。她确信他们除了口头威胁什么也做不了。“可是如果他们要没收他的护照呢？”克里斯托弗问道。“咱们别把护照带过去。”塔尼娅大笑着回答。她的计划看似大胆至极，但实际可行。克里斯托弗被她的信心说服了七八成。此外，他焦虑不安，急需一场最终对决，以获得解脱——熬了这么多月之后，一定得有个说法，无论结果如何。海因茨很喜欢塔尼娅，他会毫不畏惧地跟她去。然而吉米不同意她把自己搅进去，我觉得他这么做是很有道理的。

克里斯托弗扪心自问：我为什么不能陪海因茨去领事馆？他不得不回答：我害怕。不是害怕那些官员，而是害怕自己的行事方式。他害怕被问及他与海因茨的关系，害怕失去勇气，害怕陷入无力的愤怒，害怕无法把这一出演到底。所以他只好请珀利小姐替自己陪海因茨去拉斯帕尔马斯的德国领事馆。他仍对哈维奇港的那番对峙耿耿于怀。

有时吉米会把自己关在房间里一整天，甚至更久，除了塔尼娅谁都不见。但他敏感的神经和一阵阵的忧郁并没有给家里带来紧张氛围。克里斯托弗在日记中写道：“吉米的神经质对外界毫无恶意。他忙于憎恨他的父亲，没有任何恶意留给我们。”塔尼娅对一切都泰然处之。她一心扑在吉米身上，却有足够的时间和克里斯托弗、海因茨相处，还能高效地管理家务。至少在短期内，这似乎是一种完全可行的安排，而我相信，如果时间够长，他们或许能和睦相处数月甚至数年。

七月十八日，佛朗哥在摩洛哥发动叛乱，动乱立即蔓延至西班牙本土，演变成内战。

七月二十八日。我在上贝拉省奥拉沃博士家的花岗岩阳台上，眺望蒙德古河谷的葡萄藤和橄榄树。在那片群山之后，跨过西班牙的边境，人们正在战斗。

我们每晚都听无线电，一直熬到凌晨两点以后。虽然昨天的消息要好一些，但法西斯分子是否会被打败似乎还不确定。

奥拉沃博士对此没有片刻怀疑。他伸出手指谴责般地点点戳戳，咽下马德拉酒，跳起来喊道："他们永远不会赢！永远别想！我理解那些将军的头脑。啊，这些屠夫，这些怪物，这些文盲——他们竟敢攻击高尚、伟大、慷慨的民主精神——很好，我向他们挑战！"

他当然会公然挑衅他们。他轻率的程度令人惊讶。你可以在这栋房子里看到他兄长的财产，他的哥哥是前任国防部长，在导致现政权上台的政变中被谋杀。然而奥拉沃不仅是自由身，他的意见还受到了容忍；他甚至在民政部门担任要职。正如我对他说的，他没有生活在意大利或德国真是走运。

七月三十日，福斯特给克里斯托弗的信：

今晚从西班牙传来的消息让我很紧张，我觉得我要向你和海因茨说永别了。你了解这些感受，你可以不予理会：最后的离别永远不会像人们预想的那样发生。我本来计划秋天去葡萄牙。现在看来一切都不可能了。

真是一场噩梦啊，只差一点儿就一切顺利！我知道共产主义在德国失败时你也有过这种噩梦。事实上，一个人的行动（或静止）多年来肯定已是注定的。如果所有这些隐喻不是一派胡言，我就放弃：放弃之后也无处可去。

哎，阿姆斯特丹真不错。我们经常谈起那里。我不敢相信那只是去年的事——之后有了两场大战争，我自己动了两场手术，等等，那段回忆像是发生在另一个星球上。

八月十一日，克里斯托弗给斯蒂芬的信：

关于西班牙，你可以想象我的感受；如果他们这次赢了，那就完了。你会觉得连大英帝国也完了；而这里英国人社群的大多数人都在尖叫着反对西班牙政府，为叛军祈祷。

前几天晚上，我们和T先生、T太太以及Y太太一起野餐，一场非常激烈且尴尬的争吵开始了，T太太支持政府，Y太太支持叛军。Y太太不停地嚷着：“但是我告诉你，他们杀害妇女，焚烧教堂；而另一边是我们这种人，我的意思是，我说不出理由，但是你能感觉到他们是干净的，他们上过像样的学校，如果你明白我的意思。”

这两位女性我都非常喜欢，而且自从出了领事馆这桩倒霉事儿，她们都对海因茨很好，但我发现自己现在总是回避Y太太。报纸都是百分之百支持叛军的，所以我们得不到可靠的消息。我觉得十分沮丧。

十三

凯瑟琳在日记里提到了杰拉德·汉密尔顿"必然要价不菲的消息"，这说明她还在葡萄牙时，克里斯托弗已经为她做好了应对财务打击的思想准备。克里斯托弗后来跟朋友们开玩笑说，这是分阶段逐步完成的，就像维多利亚时代的人向死者亲属通报死讯时那样："出了一场事故。是的，他受伤了。恐怕伤得很重。不，他并不痛苦，至少现在不痛苦……你一定要勇敢面对。"凯瑟琳不得不勇敢面对的是海因茨改换国籍的花销，大约一千英镑。

可能是克里斯托弗在透露这一消息时太讲分寸了，也可能是凯瑟琳认为他夸大了事实，或者这场危机并不是迫在眉睫，所以凯瑟琳回英国去了。可现在西班牙内战爆发，从葡萄牙寄出的邮件被耽搁了。凯瑟琳没收到克里斯托弗措辞含糊的信件，而是收到了一封语气专横的电报，他要求凯瑟琳直接给汉密尔顿在布鲁塞尔的律师写信，并安排把钱汇给他。凯瑟琳形容那位律师回复她的语气"相当冷静"，意思是无礼而随意。一旦收到钱，海因茨就是他的客户，但他无法保证用这笔钱一定能获取入籍文件，也不能保证获取的文件一定有效。

凯瑟琳又求助于她的表兄兼顾问威廉·格雷厄姆·格林爵士。“格雷厄姆表兄”在海军部担任要职。他是温斯顿·丘吉尔的朋友，小说家格雷厄姆·格林的伯父。

受到这位可敬的通晓世故之人的提点后，凯瑟琳越发觉得情况险恶了：

> 我越来越觉得这一切的背后有猫腻。律师最后甚至可能出卖我们。

这些帮派混混的措辞从凯瑟琳口中说出，听起来十分滑稽。她一定觉得自己已经一只脚陷入底层社会了。

> 八月十三日。克里斯托弗发来电报，他听从我的建议，准备回来了。距离这么远，什么事情都不可能办成，尤其是现在邮政速度这么慢。

> 八月十八日。收到克里斯托弗的信。他们已经离开葡萄牙，现在在比利时的奥斯坦德。我很遗憾，克里斯托弗要先去见杰拉德·汉密尔顿，然后才回家。我也觉得那个律师很有问题。

八月二十一日。克里斯托弗到达时正好赶上午饭，他昨晚和威廉·普洛默在多佛待了一宿；他也见了爱·摩·福斯特，福斯特正和他母亲待在那儿。下午格雷厄姆表兄过来和克里斯托弗讨论比利时、厄瓜多尔、巴西的可能性。

成为这些国家的公民所涉及的技术问题我已经忘记了，但我相当肯定，以海因茨的情况而言，某些文件只能通过行贿获得。比如，你可能必须得有一份文件，证明你已在该国居住多年，或曾在该国的武装部队服役——而事实上，你并没有。如果哪位有敌意的官员在将来任何时候调查你的过去，当然可以查出这些文件是假的。

比利时离纳粹德国太近了。一旦德国入侵，海因茨可能会发现持有比利时护照比没有更危险。根据新的纳粹法律，试图改变国籍的刑罚是长期监禁，甚至可能是死刑。所以克里斯托弗现在拿定主意要和海因茨移民到拉美国家去。他告诉自己，也许他们之后可以从那里再次移民——去美国。

在与凯瑟琳和格雷厄姆表舅的商谈中，克里斯托弗心情复杂。他同样怀疑杰拉德，不管是此事还是许多其他事情；他也怀疑那位律师，因为那人是杰拉德的盟友。不过毕竟，承担风险的是那位律师。怎么能指望他写下书面保证呢？有一天那可能变成对他不利的证据。克里斯托弗不希望凯瑟琳受骗，但他也不想站在她这一边反对杰拉德和律师。如果说他们是不法之徒，那么好吧，克里斯托弗也是。他喜欢并敬重格雷厄姆表舅，但每当提到海因茨的名字，克里斯托弗都能非常强烈地意识到格雷厄姆的自我克制。他竭力不显示出他不赞成克里斯托弗把自己卷入这种轻率而昂贵的感情关系。至于凯瑟琳，她对钱的过分关心使克里斯托弗大为恼火。无论结果如何，他一定会把钱还给她的。所以，既然克里斯托弗已经做好了冒险一试的准备，她又有什么权利如此大惊小怪呢？内心深处，他对凯瑟琳有一种施虐倾向。她对待海因茨的态度如此居高临下，作为惩罚，让她承受一点儿焦虑和尴尬又何妨。

克里斯托弗最后还是说服凯瑟琳把钱汇到了布鲁塞尔的一家银行，通过银行可以把钱付给律师。完成此事之后，他离开伦敦去奥斯坦德与海因茨会合。九月初，他写信告诉凯瑟琳，律师已经和墨西哥驻布鲁塞尔公使馆的一些官员建立了联系。海因茨可以“绝对合法、万无一失、光明正大地”获得墨西哥国籍，大约两个半月完成。（克里斯托弗只是在复述律师的保证，他并不知道任何一手消息。）

九月中旬，克里斯托弗和海因茨从奥斯坦德搬回布鲁塞尔。当月底，克里斯托弗去英国待了六天。当他再次返回比利时之时，理查德观察到了他在车站上演的一幕。他装作一本正经的左翼人士，大概是为了逗理查德开心：

你问书报摊的年轻人有没有《工人日报》。他坚决地说，没有，他不卖这份报纸。你说，你应该卖，你也是一位工人。对此，他诚恳地回答，不喜欢工作的人才看那份报纸。

克里斯托弗现在又继续他之前的一个写作项目：从学生时代结束到动身去柏林之间的生活故事。当时他打算把书名定为《西北走廊》——其正文第五章解释了这个标题的由来：

> 真正的强者冷静、平衡，清楚自己的力量，只安静地坐在酒吧里喝酒；他没必要为了证明自己不怯懦而去加入外国军团……在暴风雪中离开舒适的家，去攀登那不可能征服的冰川……（他）能直接穿过日常生活中的广阔美国。但"美国"恰是真正的弱者，神经质英雄，所害怕的。于是……他更喜欢尝试庞大的北方环道，那艰苦而恶劣的西北走廊。

从克里斯托弗和威斯坦的角度来看，真正的弱者的代表是阿拉伯的劳伦斯，因此也是他们在《F6》中塑造的人物迈克尔·兰塞姆。

一九三七年，美国作家肯尼斯·罗伯茨出版了一本畅销冒险小说《西北走廊》。于是克里斯托弗不得不给他的书改名，定为"狮子和影子"。

十月底，克里斯托弗向凯瑟琳汇报，墨西哥驻布鲁塞尔公使馆的一位官员已经出发去墨西哥城了，他带走了海因茨入籍一事所需的文件以及七百英镑，律师有这笔钱的收据。海因茨会于十一月底之前在安特卫普的墨西哥领事馆得到他的入籍文件。“与此同时，”克里斯托弗补充道，“我们正设法从公使馆获取一份书函，正式承认整件事，并承诺具体时限。”（这份书函我们始终没有收到。）

十一月八日，克里斯托弗写信说，律师告诉他那位官员已经抵达墨西哥城，正在办理他们的事务；大概五六天后能收到确认电报，随后入籍文件会航空邮寄过来。律师现在保证说，包括他的劳务费在内的所有花销不超过一千英镑。同时，律师还向克里斯托弗介绍了一位绅士，此人是墨西哥公使馆的代表——这是他已经见到的唯一一位（以后也再没见到第二位）。这位绅士仪表非凡，讲一口流利的美国英语，略带一点儿西班牙语口音。他向克里斯托弗保证，他们的这桩生意进展顺利，很快就会圆满结束。克里斯托弗觉得对方很有魅力。（他们的会面不是在公使馆内进行的。）

这个秋天海因茨一定过得很沮丧。在布鲁塞尔，他每日无事可做。他想念他的小狗泰迪，还有那些鸡和兔子。此外，他的鼻子和喉咙有很大问题，医生建议他做两场手术：切除扁桃体，修复被打扁的鼻子。做了第一场手术之后，他对后一场十分恐惧。手术一拖再拖，直到十二月七日才完成。克里斯托弗被他术后的模样吓到了：“只有嘴巴大张着呻吟，周围全是绷带。”等瘢痕痊愈后，人人都说海因茨看起来帅多了。他完美的侧脸甚至令克里斯托弗想到漂亮的法老阿肯那顿。但克里斯托弗心中仍怀恋他原来的鼻子。

十一月下旬，斯蒂芬写信告诉克里斯托弗，他要和一位名叫伊内兹·珀恩的女孩结婚了。他们是最近在一次援助西班牙的会议上认识的。斯蒂芬希望克里斯托弗能同情他的选择。他说他和吉米·杨格已经分居了，他订婚时与吉米已经没有牵连。但他承认，即便如此吉米依旧非常不悦。谈及他对伊内兹的感情时，斯蒂芬继续写道：

> 我相信你会理解建立长期、稳定关系的必要性，因为我知道你自己也一直有这种强烈的感受。

这是一种聪明的恳求方式，但并不能安抚倔强的克里斯托弗。然而，直到很久之后，他才向斯蒂芬透露自己当时的反应：只是表现得对吉米越来越热情。原本斯蒂芬和吉米计划来布鲁塞尔过圣诞节。现在斯蒂芬不会来了。克里斯托弗写信给吉米，催促他无论如何都要来。这让斯蒂芬很高兴，因为他担心吉米不再联系他们共同的朋友。

十二月十日，当希特勒和墨索里尼公开干预西班牙内战、威胁欧洲和平时，爱德华八世上演了一出相对次要的退位大戏。约翰·莱曼正在布鲁塞尔短暂停留，克里斯托弗和他一起收听了退位演讲。当时约翰和他正在一间酒吧里，尽管一些不说英语的顾客提出抗议，他们还是坚持要打开收音机，暂停电唱机，直到爱德华讲完。我还记得第一次听到爱德华说话时的那种奇怪感觉，他的嗓音里带着鼻音，不像个国王。

后来，克里斯托弗给凯瑟琳写信：

> 在欧洲大陆，人们普遍认为爱德华被踢出局是因为他的随从受到了纳粹的影响；假如是那样，那个狡猾伪善的老浑蛋为什么没勇气承认，而是试图把它说成一个道德问题呢？

克里斯托弗对爱德华几乎没有什么兴趣，只是有些感伤，他曾是个“绝代佳人”，如今已枯萎了。即便如此，在这场危机中，他还是消极地支持爱德华，表现为憎恶其敌人，并在最近一次和凯瑟琳见面时为了爱德华的事与她争吵。克里斯托弗口中“狡猾伪善的老浑蛋”指的是坎特伯雷大主教科斯摩·戈登·朗，他反对爱德华和辛普森夫人的婚事，理由是辛普森夫人是一个离了婚的妇女。克里斯托弗完全不相信道德态度这回事，除非是他自己的；他拒绝承认他者真的憎恨通奸、同性恋和他们所谴责的任何罪行。他认为凯瑟琳只是个势利眼。他说，如果辛普森夫人和马里纳[①]一

---

① Marina（1906—1968），指肯特公爵夫人马里纳郡主，1934年嫁给英国肯特公爵乔治王子。其父是希腊王子，其母是俄国女大公。

样出身皇族，而不是一介美国平民，她从前的背景就不会对她不利。凯瑟琳很喜欢逗弄克里斯托弗，她自己并没有意识到这一点。她写信给克里斯托弗，说大主教的声明让她的一位朋友深受感动。为此克里斯托弗暴跳如雷。

大约在此时，克里斯托弗听到流言说奥登打算去西班牙。然后，奥利芙·芒若的一封来信中似乎也在暗示此事。不管是真是假，奥利芙现在相信自己成了法西斯分子的目标，有人向警方告密，窃听她的电话，偷阅她的信件。因此，她倾向于使用晦涩难懂的语句，甚至她的朋友都读不懂。不过流言很快就被威斯坦本人证实了：

> 我打算一月初去西班牙，要么开救护车，要么作战。我希望是前者。我过去的途中，咱们有机会在巴黎见面吗？万一我出什么事的话，记得你和爱德华是遗嘱执行人。

与此同时，斯蒂芬来信说，吉米已应征加入国际纵队。他仍会去布鲁塞尔过圣诞节，不过之后就要奔赴西班牙，另一位应征者加尔斯·罗米利也会一起去。加尔斯在这学期过了一半时离开牛津加入纵队，而他的弟弟埃斯蒙德·罗米利已经在为纵队战斗了。他们哥俩是温斯顿·丘吉尔的外甥。[①]

① 加尔斯·罗米利和埃斯蒙德·罗米利是丘吉尔的夫人克莱门汀娘家的外甥。

克里斯托弗和海因茨尽最大努力给吉米和加尔斯准备了一场得体的、不阴郁的送别。在杰拉德·汉密尔顿的指点下，他们吃到了一些令人难忘的美食。最棒的是一家著名餐厅的私人用餐包间，曾有一位比利时王室要人在此招待他的几位情妇。杰拉德说，晚饭后侍者会把包间的钥匙放在拖盘里端给这位人物。克里斯托弗等人去用餐时，包间仍有一张当时的沙发。他们四人还经常去一间喧闹的工人阶级舞厅，那里没人介意男人在一起跳舞。

在克里斯托弗看来，逗留比利时期间的吉米和加尔斯都悲剧性地显得很脆弱——加尔斯是因为体格纤弱，像少年般漂亮；吉米则是因为天性温柔。吉米是一位退伍军人，但这一点似乎无关紧要，在和平时期的英国军队服役对参加纵队的战斗没什么帮助。显然，吉米已不再重复他的革命口号了；他目前的困境太私人化了，不适合用来宣扬辩证法。和加尔斯一样，他勇敢地表现出斗志昂扬的样子。

一九三七年伊始，斯蒂芬宣布，他也将和作家卡斯伯特·沃斯利一起前往西班牙。他们要查明意大利在地中海击沉的俄国货船“共青团”号船员的下落。有人怀疑——后来证实猜测是正确的——船员被叛军拘禁了。任何经官方认可的中立通讯员都可以承担这一任务，没有多大风险。但斯蒂芬不是中立人员。他最近刚加入了共产党，而且长久以来无论哪里出现法西斯主义，都会公开宣布他是法西斯之敌。他是被《工人日报》派去调查此事件的。因此，如果他和卡斯伯特真的潜入叛军后方，他们可能会被当作间谍逮捕、监禁，甚至被击毙。幸运的是，当他们试图从直布罗陀进入加的斯时，在边境被佛朗哥的卫兵拦住了。于是斯蒂芬离开了西班牙，但很快又回去了。这一次他见到了吉米·杨格。战斗生活令吉米厌恶，他迫切地想脱离纵队，离开这个国家。

一月十一日，威斯坦从伦敦发来电报。他去西班牙的时间有所推迟，但现在他就要动身了。次日，克里斯托弗在巴黎的伏尔泰堤岸酒店与他会面。

英国媒体把威斯坦变成了一桩大新闻。甚至那些明显以冷嘲热讽或恶意看待他的编辑也帮着宣传他的行程——这让他自己很尴尬，因为他害怕当局阻止他进入西班牙。对成千上万的年轻人来说，他现在成了一位英雄——就像拜伦，或者至少是鲁伯特·布鲁克[①]，即将奔赴战场。拜伦曾经写到“光荣的死亡之地”在等着他。布鲁克曾安慰自己说，他倒下的异国他乡将“永远成为英国”。威斯坦对自己所选事业的献身精神肯定和他们一样真诚，但他的反应却大不相同。他刚写完的诗歌，之后将定名为《死神之舞》，是一场令人眼花缭乱的讽刺烟花表演，也是对一位英雄战士的滑稽模仿，似乎在拿威斯坦本人打趣。

威斯坦所做的事是克里斯托弗永远无法独自做到的。他太羞怯了，不敢独立迈出这一步。若不是海因茨的缘故，他会跟威斯

① Rupert Chawner Brooke（1887—1915），英国理想主义诗人，一战期间参加英国海军，在战时创作了大量优秀诗歌，去世后被英国人视为爱国青年的典范。

坦一起去西班牙吗？我认为他会，虽然羞怯胆小，但他找不出留在后方的其他好借口。事实上，他对此并不内疚，只是对所错过的感到遗憾。

克里斯托弗并不真正担心威斯坦会在战斗中阵亡。政府可能会坚持让他做宣传工作，而不是战斗。不过拜伦和布鲁克都死于疾病，而不是武器，而且战区总是充满了各种潜在事故。这是一次郑重的离别，尽管他们开了那么多玩笑。他们意识到彼此都绝对依赖于对方的继续存在。

他们的友谊根植于学生时代的记忆以及当时的青春期性欲。在过去的十年里，只要有机会，像现在这样的机会，他们就一起上床，虽然没有浪漫激情，但是非常快乐。他们无法把自己视为一对恋人，但性给友谊增加了一个额外的维度。他们意识到了这一点，这让他们略有些尴尬——也就是说，知晓世故的成年友人因他们曾是学生时代的性伴侣而尴尬。也许正是因此，他们在私下以及在写作中取笑彼此的外貌：威斯坦有“粗短的、没长好的手指头”“淡黄色的小眼睛痛苦地眯在一起”；克里斯托弗有“矬矬的”身体、“巨大无比”的鼻子和脑袋。两个成年人试图将学生时代无关紧要的性行为抛诸脑后。这有着深刻的意义，使他们的友情对两人来说都是独一无二的。

一月十三日，克里斯托弗目送威斯坦上火车。威斯坦得了重感冒，但除此之外心情很愉快。他只是有些担心他的行李，由于车站失误，行李被提前送往了西班牙内战前线。他害怕再也找不回来了。幸运的是，他想错了。

一月份，克里斯托弗在翻译《三毛钱小说》一书各章节之间的歌词。这部小说是布莱希特根据他自己的《三毛钱歌剧》改写的。小说的英文版《给穷人一毛钱》正文由戴斯蒙德·维希翻译。

我认为克里斯托弗的翻译大体上是恰当的。不过他犯了一个值得在这里说说的错误，他是故意译错的，这生动地说明了译者和作者在观念上的根本差异。《波丽·皮彻姆之歌》讲述了波丽如何对待她的追求者，直到最后她才遇到意中人麦基。每一段歌词都会提到一艘小船，波丽和追求者之一坐进船里。在最开始的两段歌词中，小船的缆绳从岸边松开了，波丽补充道“事情只能发展到这里”。不过，在第三段也是最后一段歌词里，当她和麦基踏入船中，小船却“系在岸边”。

克里斯托弗觉得这难以理解，因为他理所当然地认为，当人物在性方面屈服时，恰当的诗意比喻应该是把船松开。于是他不顾德语文本的意愿，相当武断地调整了歌词的位置，让前两段里的小船系在岸边，只在第三段麦基占有了波丽的时候，才把船松开。

并没有人抗议。图书出版后诗歌部分采用了克里斯托弗的译文。一直到大约六年之后，克里斯托弗在加利福尼亚第一次见到布莱希特本人时，他错误的理解才得以纠正。布莱希特带着他特有的那种不加强调的直率，语气温和地告诉他：“只有先把船系好了，你才能在里面乱搞。”

没有任何消息从墨西哥城传来。克里斯托弗平静地接受了，因为律师本人已经宣布，他将在月底去墨西哥处理其他事务，可以顺便查明发生了什么事。

乐观背后还有一个更重要的理由。那位律师最近访问伦敦期间，与英国内政部的一些官员交谈，询问了海因茨的情况。据律师说，海因茨被拒绝入境英国，确实是出于“道德”方面的考虑；但官员们承认，拒绝他入境只是基于怀疑，他们可能会重新考虑。因此律师重新为海因茨申请入境，坚持说海因茨是一个体面的人，有非常体面的朋友，比如爱·摩·福斯特先生。据说福斯特的大名给官员们留下了极好的印象。随后福斯特本人也给他们写了一封信。

所以那几天里，似乎墨西哥护照已经没有必要了。但是后来内政部通知律师，海因茨的申请被拒绝了。他们私下建议他当年晚些时候再申请一次。在五月乔治六世加冕之前，作为一项常规预防措施，英国当局会拒绝接纳背景有任何疑点的外国人。

二月三日，克里斯托弗回到伦敦。《攀登 F6 峰》不久将在诺丁山门大道的水星剧院上演。威斯坦和他一致认为他应当去观看彩排，因为威斯坦预计近期不会从西班牙回来。

和从前一样，鲁伯特·杜恩是导演。他和克里斯托弗相处得比和威斯坦好得多。鲁伯特和克里斯托弗都是小个子，都自命不凡，两人只要不竞争，就是天生的盟友。他们之间没有什么问题好争执的，两人的分工非常明确。克里斯托弗由衷地钦佩鲁伯特的才华，觉得他的行为有趣且充满魅力——他仰起头颅时带着王者风范，发号施令的姿态中有不可违背的绝对性，对待演员的态度豪放不羁，尤其是他们给他添麻烦的时候。“他敲出了高音C，”鲁伯特会说，“而我要的是D调。”鲁伯特的行事风格就像克里斯托弗幻想中的自己，但在现实生活中他永远也做不到。在公共场合，克里斯托弗对鲁伯特表现出极大的尊重，他从不跟演员谈论他们的角色，除非鲁伯特邀请他这么做。

水星剧院是一栋很小的建筑。礼堂下面是地下室，兰伯特芭蕾舞团在那里排练。他们不停跑上跑下，和《F6》的人员混在一起。克里斯托弗喜欢兰伯特的一位舞蹈演员，鼓起勇气请他去附近的一家茶馆坐坐。那个年轻人还兼任助理舞台监督，任何人要他做什么事或拿什么东西他都觉得很自然。一听见“茶”，他就冲出去端了杯茶回来，克里斯托弗还没来得及道谢，他就再次消失了。克里斯托夫一时沮丧，就说给鲁伯特听。鲁伯特毫不犹豫地把问题解决了。他在走廊里拦住那个年轻人，专横地说：“能请你带伊舍伍德先生参观一下剧院吗？”年轻人一时糊涂了。这里几乎没有什么可参观的。而且他知道克里斯托弗已经来剧院好几天了，一定对这里了如指掌。接着，领会情况之后，他咧嘴笑着说：

"嗯，那边就是舞台——"僵局就这样打破了。

克里斯托弗和鲁伯特的感情纽带之一是他们都很喜欢米奇·鲁尼，当时鲁尼是个十几岁的少年，已世界闻名，带着爱尔兰式的放荡笑容。在带妆彩排那天，他们禁不住诱惑，跑去看鲁尼最新的电影《魔鬼出局》(美国版是《魔鬼是个娘娘腔》)。一坐进电影院，他们就被这部令人发指又催人泪下的影片吸引住了，直到放映结束才起身。等他们到水星剧院时，演员们已经等了将近一个小时。鲁伯特立即开始工作，没表现出一丝愧疚，也没做出任何解释。

对克里斯托弗而言，制作《F6》的经历比拍摄《小朋友》更愉快，因为这是一件非常亲密的事情。他和鲁伯特、罗伯特·梅德利、本杰明·布里顿[①]像家人般团结在一起做决定，没有制片厂的高管干涉他们。我记得罗伯特块头很大，面带微笑，镇定自若，总是能给舞台效果提出建议，解决技术问题；本杰明脸色苍白，孩子气，不知疲倦，在膝盖上胡乱地谱写音乐，然后匆匆跑到钢琴前弹奏出来。我不记得克里斯托弗做了什么特别的事，除了经常大笑。

二月二十六日首演当晚，剧场座无虚席。凯瑟琳和理查德也去了，还有威斯坦的母亲。这是一位严肃、认真的妇人，鼻子看起来很严厉，凯瑟琳在她旁边显得轻浮而女性化。凯瑟琳总觉得

① Benjamin Britten（1913—1976)，英国作曲家、指挥和钢琴家。

奥登夫人不喜欢她。

如果说《F6》整体上不算成功，至少其各部分的多样性令许多人满意。A先生和A太太的对话组成了一出独立的短剧，几乎人人都喜欢。兰塞姆的咆哮和他与修道院院长之间令人云里雾里的对话为观众们提供了除英国广播公司喜剧之外的必要的悲剧慰藉。海德莉·安德森演唱布里顿的歌是一场无须讨好观众的演出——特别是那首撼动人心的葬礼挽歌《让时钟停止》。杜恩确保了场景和情绪的转换非常快。

爱德华·兰普在场景外被雪崩摧毁的效果出乎意料地令人信服。他们在后台盥洗室里安装了麦克风，然后通过冲厕所来制造音效。噪声放大后令人生畏。

(一九三九年，群体剧团在纽约复排《F6》时，其导演小弗里斯特·赛耶以一种完全不同的方式创造了更强大的舞台效果。这出戏的舞台在一个演播室里，室内一端有一段楼梯，代表了那座山。演员们从楼梯栏杆上探出身来，俯视兰普所站的那个平台。他们开始对他大喊雪崩就要来了——但后台没有做任何音效来代表雪崩。停顿，一阵死寂。然后，在建筑后侧的某处，一扇门被以极强的力量砰地甩上。)

三月四日，威斯坦从西班牙回来了，比想象的要早。他不愿意谈自己的经历，但显然那些经历并不令人满意。他觉得他们不允许自己真正发挥作用。此外，这段经历还给他留下了一些消极、不安的印象，我将在后面提到。

回英国的当天晚上，他和克里斯托弗一起去看《F6》。幕布升起后不久，克里斯托弗和鲁伯特对文本的修改就开始显现出来。威斯坦以责备的语气向克里斯托弗耳语，但声音很大：“亲爱的，你对剧本都做了什么？”大多数观众都听见了他的话，被逗乐了。

在后来的一场演出中，观众同样被阿斯奎斯牛津伯爵夫人玛戈特给逗乐了。这位令人敬畏的贵族夫人被海德莉·安德森的表演深深吸引。海德莉下场之后，玛戈特打了个瞌睡，醒来之后发现台上的剧情正演到一半，她既看不懂也不喜欢。她气愤地问道：“他们把那个可爱的丹麦小姑娘怎么了？”

《F6》得到了一些很好的评价，取得了相当的成功。四月，演出搬到了一个稍大的剧院——“小”剧院。两年后，这出戏又在老维克剧院复排。

三月十七日，克里斯托弗返回布鲁塞尔。墨西哥城还是没有任何消息传来，但克里斯托弗对最近几个月有了新的计划。当他在巴黎给威斯坦去西班牙送行时，顺便拜访了斯特恩夫妇，他们当时住在钟楼广场附近的一套公寓里。克里斯托弗告诉塔尼娅·斯特恩，海因茨在布鲁塞尔无事可做，感到十分沮丧。塔尼娅一向富有同情心，而且像往常一样讲究实际。她建议海因茨学一门手艺。她在当地认识一位银匠，可以教他。所以克里斯托弗和海因茨计划到巴黎住一段时间。他们没有早些动身是因为律师给海因茨申请法国签证时遇到了一些困难，但现在签证办妥了。克里斯托弗回比利时几天之后，他们就离开了布鲁塞尔。

当时西利尔·康诺利[①]和他的美国太太琴恩正在巴黎，此外还有他们的一位朋友，也是美国人，叫托尼·鲍尔。后来，琴恩和托尼出现在了《南下访问》里，被亲切而滑稽地描述为露蒂和罗尼这两个角色：

> 她是个大个子女孩；髋部很大，臀部很大，腿也是。我很少见到有人看起来如此平静，对访客如此敞开心扉，如此慵懒蒙眬。她那双母牛般的大眼睛美丽而温柔，眼睑像雕刻出来的，让我想起亚洲的浮雕里某位巨大的女神。
>
> 我喜欢罗尼。他的面孔放肆无礼，又滑稽得惹人喜爱，不停地咧嘴露出笑容。他蓝色的圆眼睛闪烁着欢乐的光芒，这是一种勇敢的表现，因为他并不像他想展示的那样无忧无虑。

托尼当时是康诺利一家的门徒。他迫切地听从他们的建议，模仿他们的生活方式。克里斯托弗和海因茨第一次见到他的那天，他几乎意识不到周围环境。这是因为前一天晚上他顺从地吞下了

① Cyril Connolly（1903—1974），英国文学评论家，著名文学杂志《地平线》创办人、编辑。

琴恩·康诺利给他的安眠药。那些药是她自己常用的，对她没有什么明显的副作用，但剂量是一般药物的三倍。托尼不仅是一位模范门徒，而且花钱大手大脚。他因此获得了“极其有钱”的名声，但他并不富有。他常请康诺利一家及其友人去西利尔喜欢的餐厅享用美食。

克里斯托弗不认识几个伊顿公学毕业的人，因为他摆左翼的架子，从原则上鄙视他们。但对于西利尔，就和对布莱恩·霍华德一样，他不得不破个例。西利尔无疑是伊顿最值得称道的学生之一，而布莱恩则是伊顿最可怕的学生之一。赢得了克里斯托弗钦佩的是西利尔杰出的才智和真挚的激情，他热爱风景、建筑、经典的拉丁语族语言、美食、美酒、狐猴，还有文学。他的大脸——扁平的蓝眼睛、小鼻子、双下巴——看上去像佛陀一样永远不老；但他更像是一位教皇而非佛陀，因为他说话时有意识地带着威严，暗示他了解身为作家的你，比你更了解你自己：他从历史的角度认识你，了解你与过去现在文学等级制度的关系，而且能给你在其中分配一个位置。当然，你之后可能会失去这个位置。倘若真的如此，他会温和而残酷地告诉你。他有一个可怕的说法来形容这些出局者：“被神遗弃之人”。

康诺利称赞了《纪念碑》《诺里斯先生》和《诺瓦克一家》，而且不久他将在文章中称克里斯托弗是“英国小说的希望”。在这样的煽动下，克里斯托弗的雄心炽热地燃烧起来，他决心不辜负西利尔的期望。即便如此，对克里斯托弗而言，福斯特的称赞依然远比康诺利的有价值。康诺利使克里斯托弗觉得斗志昂扬，福斯特却不会——因为前者给了他名望，而后者给了他爱。康诺利和他的神可以遗弃克里斯托弗。福斯特永远不会，不管克里斯托弗的作品可能有多糟。

他们五个人绕着枫丹白露骑自行车，在树林里散步。我有一张琴恩·康诺利的照片，照片里她摆好姿势扮演兰塞姆，催促追随者向 F6 峰顶进发。我还记得有阵子西利尔和克里斯托弗之间很冷淡，不过只是暂时的。西利尔问他觉得海因茨怎么样，其口吻在克里斯托弗听来颇高人一等。话中的含义似乎是西利尔不相信像克里斯托弗这样聪明的成年人会认真对待这种关系。对此，克里斯托弗漫不经心却又十分刁钻地回答："哦，我觉得应该和你对琴恩的感觉很像吧。"西利尔显然觉得这是对琴恩和他自己的侮辱，但他不能直接这样说。

四月一日，克里斯托弗去伦敦办事。他本不想久留，但抵达后不久就因口腔感染病倒了。感染是从一个牙洞里突然爆发的。几周前一位笨手笨脚的牙医只给他拔出了半颗牙，留下半颗还嵌在那个牙洞里。

威斯坦从西班牙回来后，把一件外套留在了凯瑟琳的宅子里。外套很脏，但克里斯托弗总是把它放在自己床上睡觉，这能让他觉得自己与威斯坦亲密无间。奶妈现在觉得是外套上的西班牙战争细菌感染了克里斯托弗。"都是那件旧外套闹的。"她不停地喃喃自语。

克里斯托弗的病情逐渐恶化，部分原因是凯瑟琳没把他的病当回事。他发起了高烧，像是对她的怀疑态度表示愤怒。他的口腔溃烂，扁桃体发炎。医生无法准确诊断感染的性质，后来承认他对病情非常忧心。他只能建议克里斯托弗在好转之前不要去拔剩下的半颗牙。

其间来了不少人探病：托尼·鲍尔刚从巴黎过来——凯瑟琳在日记中形容他是“一位高个子年轻人，就像一头友好的长颈鹿”。在西班牙晒得黝黑的斯蒂芬，还有他的妻子伊内兹“小个子，说话相当讽刺”——凯瑟琳却不提伊内兹长得十分漂亮。“斯蒂芬的朋友吉米设法离开国际纵队，然后被关进了监狱”——这就是凯瑟琳的说话方式，意思是他当逃兵被抓住了。后来多亏了斯蒂芬的努力，吉米才被赦免并获准离开西班牙。

凯瑟琳对威斯坦颇有微词，因为他把克里斯托弗的房间弄得充满烟味，还猛敲钢琴。爱德华·阿普沃德和妻子希尔达同来，他们得到的评价要高得多。凯瑟琳觉得他最近的婚姻很成功，“他看起来很好，有人照顾”。事实上他胖了好多，凯瑟琳一开始都没认出来。她觉得威斯坦是“一个非常焦躁不安的人”，而爱德华“恰恰相反”。

四月十三日，威斯坦动身去巴黎。克里斯托弗本来希望能和他一起去，但现在不可能了。十七日，威斯坦打来电话说海因茨遇到了麻烦。法国警方告诉他，海因茨在法国的居留许可不能更新了，两天之后就会过期。

出了什么事？克里斯托弗后来听到了各种说法。把它们综合起来大概是这样的：倒霉的海因茨正坐在一家咖啡馆里，当时一位英国女士向警察报案说她的项链被偷了。警察盘问了在场的每一个人。海因茨有点儿醉了，所以说话比较冲，和警察吵了起来。因此他们虽然没有指控他盗窃，也还是暂时拘留了他，并进一步盘问。接着他们发现，海因茨不久前在一场街头斗殴中弄丢了身份证。然后他们在海因茨居住的旅店询问了一些人，得知：第一，海因茨是一名职业男妓；第二，他诱骗了一名又聋又哑的女服务员。警察据此认为他是一名不受欢迎的外国人。

威斯坦的那通电话打来时，克里斯托弗正与托尼·鲍尔一起喝茶。托尼提出他可以在第二天返回巴黎，亲自护送海因茨去卢森堡。这是克里斯托弗能想到的唯一一步棋，因为海因茨既没有荷兰签证也没有比利时签证，也不可能在这么短的时间内搞到。

托尼当时有点儿爱上了克里斯托弗。克里斯托弗很清楚这一点，所以他很容易就能促使托尼主动请缨。克里斯托弗告诉自己，这是送托尼一个人情，托尼会因为能帮上忙而感到高兴。这里他失策了。托尼冲动地表态之后就感到怨恨，开始觉得自己只是被利用了。不过这些不悦很快就散去，他们依旧是朋友。

克里斯托弗内心深信，如果自己当时在巴黎，一定能够阻止海因茨被驱逐出法国。这么想无疑是错误的，但这一信念使他感到沮丧。英国再次成了一座监狱。他把怒气发泄在凯萨琳身上，变得越来越执拗专横。凯瑟琳写道：

> 奥利芙·芒若五点过来，一直待到七点。像往常一样，与她相处之后，克里斯托弗就变得愤愤不平，十分暴躁。不过我敢说今天这次他是太累了，说不动多少话。她带来了《工人日报》，这报纸总是令他觉得我们对他的政治观点很没有同情心。他上床睡觉时既生气又恼怒，还很累。我想我们都累了，他没有意识到我们已经尽力了。
>
> 奶妈很累，也很委屈，因为克里斯托弗把一切都视为理所应当。他很少答话，也不说谢谢。我们花了那么多时间跑上跑下伺候他，他却摆出一副苏丹王的样子，非常不耐烦，等着我们给他的朋友们端上一杯又一杯的茶。他还对饭菜吹毛求疵。

有一天，克里斯托弗觉得太烦躁，不想说话甚至看不下书，他想到可以给威廉·孔德斯居姆[①]当模特。他通过威斯坦认识了这位画家，孔德斯居姆之前已经提议过给克里斯托弗画肖像，所以立刻就答应了。孔德斯居姆很有魅力，风趣幽默，也很聪明；凯瑟琳说他“有鉴赏力”——这是她褒奖人时最高级的词汇之一。

① William Coldstream（1908—1987），英国著名现实主义画家，艺术教师。

他画中的克里斯托弗躺在一张沙发上，靠着枕头，穿着亨利伯父给他的红蓝条纹睡袍。以这种姿势，克里斯托弗可以打盹或者陷入怡人而虚弱的半昏迷状态，他想象自己懒洋洋的，很容易死掉。

这幅画不久就完成了，画家把它拿给了自己的画商。后来，孔德斯居姆在街上遇到了一位朋友，朋友对他说："我刚刚正在看你的一幅画——我很喜欢——你知道的，就是那幅肖像，一位迷人的老太太躺在床上……"

十四

四月二十五日，克里斯托弗恢复得足以动身去卢森堡了。他取道比利时，趁换火车的时间和杰拉德·汉密尔顿一起吃了顿饭。后来他对福斯特这样描述：

> 走过人生中最艰难的十字路口之后，我与诺里斯先生共进晚餐，他不停地说话，令我头晕目眩："你来了，我亲爱的孩子，真准时一分不差，我真的必须向你道歉，一切都还没有完全准备好，但这是能点到的最好的鸭子，实话跟我说，你不觉得这个位置显然有点儿冷吗，好吧，好吧，我必须道歉，咱们不要浪费时间，咱们真的必须谈谈你的事情，是的，是的，你这一趟真辛苦，咱们开始吧，让我想想，刚才说到哪儿了，我的老天啊，怎么一点儿芥末都没有……"等等，等等。我险些没赶上布鲁塞尔开来的火车。

海因茨和托尼·鲍尔住在盖瑟旅馆，一九三五年克里斯托弗和海因茨在这里住过。克里斯托弗发现托尼给海因茨当了一个星期保姆之后十分厌烦，迫不及待要离开。海因茨则委屈极了。他说他在巴黎所住的旅店里有两个妓女，很不喜欢他，但警察听信了她们的全部谎言。他坚决地否认对他的大部分指控，包括银匠称他没去上课的所谓声明。其实他只缺过一次课，而且银匠夸他是个很有前途的学生。为了证明这一点，海因茨拿出了一个银质的烟灰缸，那是他为克里斯托弗制作的。

克里斯托弗现在相信海因茨，而且为自己感到羞愧，因为他之前理所当然地认为海因茨确实犯下了被指控的所有事情。在伦敦期间，他下意识地改变了态度，转而认同凯瑟琳和其他人，认为海因茨还是个不负责任的青少年。克里斯托弗对海因茨并没有信心，他只是在听海因茨为自己辩解之前就提前原谅了对方。

对法国当局来说，质疑海因茨的罪责问题是没有实际意义的。他们没有指控他犯下任何一项具体罪行，正是这一点让情况变得毫无希望。他只是在不受欢迎的名单上——而在那时，所有德国人在法国都变得越来越不受欢迎。在可预见的未来，他们是不可能大发慈悲的。不过那位律师向克里斯托弗保证，海因茨一旦拿到了墨西哥护照，就可以毫无困难地再次入境比利时。墨西哥方面似乎突然宣布这件事马上就能搞定。

对于这一承诺克里斯托弗半信半疑，但他并不特别担心。在他看来，卢森堡很有安全感，就是因为它那么小。当你在公开展示的照片里看见面色阴沉的夏洛特女大公和她十几岁的儿子、有着迷人笑容的让王子时，你甚至会有一种亲密的、受保护的感觉。在克里斯托弗病体初愈、海因茨的巴黎麻烦结束之后，他们很高兴又能在一起了。现在，他们漫长的等待——等待开始一段新生活——似乎就要结束了。至少，现在肯定能得到一个结果。

五月四日，杰拉德来拜访他们。律师告诉他，在那个星期结束之前，墨西哥方面会给出消息。杰拉德次日离开。周末到了，什么消息都没有。克里斯托弗继续保持着乐观的心态。也许是春天使他振奋。

五月十二日星期三，正巧那天是乔治六世的加冕礼。两名警察来到了盖瑟旅馆，当时克里斯托弗和海因茨还没起床。他们告知海因茨他已被卢森堡驱逐出境，必须立刻离开。

克里斯托弗给布鲁塞尔的那位律师打电话。律师毫不吃惊，他很冷静，令人安心，这不是什么大事。显然，发生这一切只是因为法国警方终于抽出时间把他们最新的不受欢迎人员名单发给了卢森堡的同行。驱逐海因茨只是例行公事。是的，他可以为海因茨申请到比利时的短期紧急签证，但海因茨必须先回德国。

这简直就是一场梦魇。克里斯托弗惊慌而迷茫地听着律师解释，海因茨必须坐火车去特里尔，因为那是离边境最近的德国城市。他必须住在指定的某家旅店。第二天律师本人会开车去特里尔，然后去那里的比利时领事馆为海因茨办签证。当天下午，他们会一起开车回布鲁塞尔，克里斯托弗可以在那里等待他们。

从惊慌中略缓过来后，克里斯托弗开始提问。律师为什么不能向驻卢森堡的比利时领事馆申请签证？律师说，这是因为签证要到明天才能办下来，而海因茨必须今天就离开卢森堡。可是律师不能今天来卢森堡做点儿什么，延迟海因茨被驱逐的时间吗？不行，他什么也干不了；这种事情是不可能在这么短的时间内办成的。为什么克里斯托弗不能陪海因茨一起去特里尔？因为他俩在一起只会吸引更多的注意，还可能受盘问。海因茨一个人就不那么引人注目了。克里斯托弗应该直接去布鲁塞尔，不需要担心。只要遵照律师的指示，一切都会顺利进行。

于是克里斯托弗和海因茨收拾行李去了车站。他们很少说话。海因茨的眼神中似乎充满了宿命感，而不是责备。但克里斯托弗从那双眼睛里读出了责备之意："你要把我送走。我们再也见不到彼此了。"这是棋局中的最后一步，是克里斯托弗从来不允许自己考虑的。但在那一刻，这似乎从一开始就是不可避免的。

接着，克里斯托弗上了自己的火车。车厢有一半是空的，隔间里只有他一人。列车穿过茂密的树林，靠近比利时边境。没有护照的兔子四处蹦跳，没有签证的鸟儿飞来飞去，甚至不知道自己在哪个国家。它们越境进入比利时，然后返回，觉得两边的草地和树木没什么不同。

律师之前怀疑克里斯托弗想偷偷把海因茨带进比利时。他的最后几句话是一番警告："别犯傻。否则你只会让海因茨陷入比现在更大的麻烦。”当列车停在边境时，克里斯托弗掏出护照等待检查，但没有人走进他所在的隔间。火车又动起来了。生平第一次，他发觉自己在没有官方许可的情况下进入了外国。要是海因茨和他在一起，律师又能说什么呢？他只能接受既成事实，并且设法让海因茨留在比利时。

次日上午，律师驱车离开布鲁塞尔去往特里尔，与他之前承诺的一样。当晚他返回时孤身一人。

他告诉克里斯托弗，他顺利地在旅店见到了海因茨。海因茨向他保证自己没有受到盘问，也没有引起任何人的疑心。他们去了领事馆，办好了签证。接着，就在他们准备动身返回比利时的时候，一些盖世太保出现了。他们要求查看海因茨的文件，然后把他带走了。他们告诉律师，海因茨因逃避兵役被捕。律师在离开特里尔之前咨询了一位德国律师，请他在即将到来的审判中为海因茨辩护。

海因茨被捕一两天之后，那位德国律师从特里尔来到布鲁塞尔，讨论海因茨的辩护策略。他是一名声誉良好的纳粹成员，他的玩世不恭没有底线，是那种决心要在任何可想象的政治条件下生存下去的人。克里斯托弗目前处在极度情绪化的状态中，他发现跟这位德国律师说话时有一种奇怪的解脱感，因为此人似乎完全没有同情心。

海因茨现在面临四种潜在的麻烦：

他曾试图改变国籍。（这一点肯定可以在诉讼中隐瞒。）

他与许多著名的反纳粹分子有来往，其中大多数是犹太人。（这一点大概也能隐瞒，即便在最坏的情况下，也可以辩解说这是克里斯托弗的过错。）

他犯下了同性性行为。（这一点无法隐瞒，因为海因茨已经对他们坦白了，但如果辩护得当，也可以获得部分谅解。）

他在葡萄牙期间没有理会征兵通知。（这无法隐瞒，也不会被原谅。）

他们在卢森堡分手之前，克里斯托弗叮嘱海因茨："万一出了什么差错，你被捕了，你就把全部责任都推到我身上。告诉他们是我引诱了你。告诉他们我们之间的性关系。咬死这一点。不要显露出任何对政治的兴趣，否则他们会怀疑你一直待在国外是因为你反纳粹。让他们相信你就是个傻瓜。"凭借相当的狡猾和勇气，海因茨确实做到了。

克里斯托弗和德国律师完全同意，必须在审判中抹黑克里斯托弗的人格，以便给海因茨洗白。克里斯托弗不出庭，但在法庭上他必须被描述为一个极端放荡、堕落的人，他是如此放纵腐朽，甚至没有斗志去反纳粹。这个傻乎乎的德国男孩在年纪很小时就受到了他的引诱，他给了男孩一大笔钱，说服男孩离开德国，在海外和他同居。他们一起做了什么性行为？显然，他们一定做了些什么，否则对警方来说，克里斯托弗与海因茨之间的关系似乎就无法解释了，因此从另一个角度来说，或许是可疑的。在所有可受惩罚的性行为中，德国律师建议只让海因茨承认其中最轻的，以将他的罪行降到最低限度。他会说海因茨和克里斯托弗“eine ausgesprochene Sucht zur wechselseitigen Onanie”——“互相手淫上瘾”。在敌人面前，这就是他们爱情的名字！德国律师一副实事求是的语气，对他而言这只是法律术语。在场的杰拉德·汉密尔顿显得十分尴尬，低声说：“唔，真的吗！”克里斯托弗则放声大笑，因为没错，这确实很好笑——除了徒劳无用的怒吼，大笑是唯一的选择。

克里斯托弗的日记，五月二十六日：

这似乎令人难以置信，我在卢森堡火车站向海因茨告别只是两个星期前的事情。

我是怎么熬过这段时间的？这很难说。对于那些和我处境相似的人，我强烈推荐手淫。明智而审慎地操作，几乎可以完全使你的感觉迟钝。只是如果次数太多，你会觉得比以往任何时候都更悲惨。

起初我根本不想海因茨，或尽量不去想。我感觉自己就像一栋房子，其中最大的那个房间被锁了起来。然后，我小心翼翼地允许自己小剂量地想他——每次五分钟。接着我大哭一场，感觉好多了。但是，当你事先知道哭管用时，就很难哭出来。

最痛苦的是回忆他和动物在一起的样子。我想到他抚摸一只兔子,给一只刚破壳的小鸡喝第一口水,和泰迪一起玩耍。这是最心痛的。吃饭的时候我也想起他,想知道他正在吃什么。想到他被锁在一间石屋里,真是太恐怖、太不自然了。不知何故,我似乎看见他打扮得很潇洒,穿着他最好的西装,坐在他又硬又窄的床铺边,呆呆地盯着鞋子。我不去想象他坐立不安,在牢房里踱来踱去,或者用拳头敲门。他会像对待我们的离别一样,把这一切都看作是宿命。

与此同时,我独自坐在杜瓦隆酒店一间漂亮的卧室里,听着楼下院子里不停播放的无线电,心想:现在我必须振作起来了。我必须工作。

我的书已经完成了四分之三。天气十分闷热。

克里斯托弗的日记中没有提及他更隐秘的内心活动。那些想法是由他的沮丧情绪导致的,他觉得必须有一个对此事负责的坏人。他毫不费力就找到了一个。

有一件事令他耿耿于怀。五月十三日晚上,律师带着海因茨被捕的消息从特里尔回来后,克里斯托弗回到自己的房间,想一个人待着。几乎就在这时,一个男孩——杰拉德的朋友——来敲他的房门。克里斯托弗清楚地表示自己没有心情与人谈话。那个男孩显然很尴尬,但却不肯离开。最后他承认,是杰拉德告诉他不能让克里斯托弗一个人待着，以免他做出什么“可怕的”事情来。

对于杰拉德的这一举动，克里斯托弗越想越觉得古怪，越想越觉得背后有问题。他的疑心在耳畔低语：“杰拉德那么了解你，应该是不会担心你自杀的。那他为什么会突然陷入恐慌呢？只有一个解释：他感到内疚！别忘了他的爱尔兰天主教背景。他仍然迷信，仍然害怕地狱之火。他一定是做了些什么，所以他觉得如果你那天晚上自杀了，你的死就会算到他的头上……现在意识到你不会这么做，他也就不再担心了。”

也许根本就没有什么与墨西哥方面的谈判。也许那本护照——律师声称已经寄来了，只要海因茨回布鲁塞尔就可以拿到——根本不存在。也许那个自称是墨西哥公使馆工作人员的人只是杰拉德和律师的同谋。也许他俩从一开始就计划好了，为了避免最后被揭穿，要设法让海因茨被捕并遣返德国。也许在巴黎咖啡馆报警的那个英国女人是另一个同谋。也许偷海因茨身份证的人和旅馆里那些说海因茨坏话的女孩，都是被买通的。也许杰拉德五月四日就到了卢森堡，安排当地的警察驱逐海因茨，然后向特里尔的盖世太保告密，让他们监视他的动向。也许——

克里斯托弗能一直这样对自己说下去，直到最后不得不承认自己的怀疑只是幻想。尽管如此，他还是违背理智，继续认为杰拉德——但不是那位律师——在某种程度上是负有责任的。这种想法本身就不合理，他俩要么是犯罪同谋，要么都是无辜的。但克里斯托弗依赖的是自己的直觉，而不是理智，他最终总是会这样。他的直觉告诉他，律师太谨慎，太循规蹈矩，不会参与这样一个危险的阴谋，况且回报只有一千英镑的一半，还要减去买通同谋和准备其他道具的可观成本。

而且只有无辜的人才会像律师那样，在海因茨被捕几天之后就厚着脸皮说出这样低情商的蠢话："伊舍伍德先生，我们都是上流社会的人——坦白说，您不觉得您的行为已经出格了吗？毕竟，您为海因茨做了您所能做的一切。他已经给您和令堂带来了许多麻烦和经济支出。"

五月二十日，律师在伦敦拜访凯瑟琳，进一步展示了他的脸皮厚度。根据凯瑟琳的日记，他首先对海因茨将克里斯托弗的名字带入此案的轻率行为表示谴责。律师当然很清楚，海因茨只是遵照了克里斯托弗的嘱咐。我猜他之所以撒谎，只是想指责海因茨给凯瑟琳听。如果凯瑟琳不知道他在说谎，她可能会很高兴；但克里斯托弗已经提前把实情告诉她了。律师没有意识到自己的错误，接着又犯了一个更大的错误。他告诉凯瑟琳，他希望克里斯托弗能摆脱他现在的朋友；尽管克里斯托弗很聪明，但这些人对他的事业是一个很大的障碍。凯瑟琳在日记中没有对此作评论，但她一定对律师的语气极为不满。从她的角度来看，这个"可疑"的小个子竟然这样跟她说话，难道以为自己是格雷厄姆表兄！还有，对克里斯托弗"现在的朋友"评头论足是多么粗鲁！他自己不也是其中一个吗？

当克里斯托弗对自己说杰拉德负有责任时，他真正的意思是杰拉德有能力犯下这种罪行。杰拉德搞欺诈时并不精明，而是病态的。对他而言，回报太少或失去朋友的风险太大都不是问题。他能毫不犹豫地背叛朋友，又立即害怕被发现、被惩罚，他这辈子是这样，下辈子还是这样。但这次，克里斯托弗不得不相信杰拉德确实是无辜的。多年以后，当他和海因茨讨论起这个问题时，海因茨也相信杰拉德是无辜的。但从那时起，克里斯托弗头脑中生产幻想的部分就怀有一个决心。如果杰拉德临终时克里斯托弗在他身边，他要跪在床前问他："杰拉德，是你干的吗？"如果杰拉德说"是"，克里斯托弗会原谅他；如果"不是"，克里斯托弗会相信他，但会觉得略有些失望。我不明白这种幻想的意图，除非是他喜爱杰拉德，想送他一件临终礼物。但当杰拉德一九七〇年去世时，克里斯托弗正在别处。

在质问杰拉德的想象中又产生了另一个问题，现在克里斯托弗开始质问自己：我是不是也负有责任？我有没有竭尽全力拯救海因茨？他开始想象其他人会怎么做，比如布莱恩·霍华德。布莱恩不会变得痛苦无助，也不会听从律师的指示，他会冒险把海因茨带上去布鲁塞尔的火车。而且，如果布莱恩在比利时边境没有克里斯托弗那么好的运气，他会一直抗争到底——要求见英国领事、给外交部打电话、拜倒在女大公的脚下。布莱恩的鲁莽显得多么高尚啊！为什么克里斯托弗就不能随机应变呢？我不是一个实干家，他对自己说。但事情没那么简单。

与此同时，他继续写《狮子和影子》，并完成了那一稿。威廉·罗伯森-斯科特来到杜瓦隆酒店，和他住在一起。威廉的陪伴给了克里斯托弗很大的精神支持，他非常感激这一点，当这本书出版时，他把书题献给了威廉。

对海因茨的审判在六月中举行。克里斯托弗的名字出现在诉讼记录中，还拼写错了。“不幸的是，英国公民‘伊彻辅德’不能被绳之以法”，他被指控在十四个国家以及德意志帝国与犯人有过互相手淫的行为。法官指出，由于他不知道犯人的罪行在其他这些国家会受到何种惩罚，他将不得不根据德国法律惩罚他。这句话可能是玩笑，也可能不是，但法官语气确实表明，法院的态度相对冷静，不那么纳粹。海因茨被判入狱六个月，接着为国家劳役一年，并在军队服役两年，这在当时被认为是判得比较轻的。

在审判期间，克里斯托弗对海因茨所面临的最大危险一无所知。这算是对他的一种仁慈。海因茨很容易被判在集中营里无限期监禁，就和许多同性恋者一样，而不是在普通监狱里服有期徒刑。在集中营里，海因茨会被视为帝国的弃儿，他和犹太人唯一的不同之处在于，他的衣服上会有一个粉红的三角，而不是黄色的六角星。和犹太人一样，同性恋者也经常被送进“清算”单元，他们的食物比其他囚犯更少，工作比其他囚犯更多。有成千上万的同性恋者因此死亡。

海因茨被判刑后，克里斯托弗所能做的就是措辞极其小心地给他写信，以至于这些信件只是一种象征。他还通过那位德国律师给海因茨捎去香烟和比监狱伙食更好的食品。现在看来，在一九四一年海因茨服完兵役之前，他俩是不可能见面的。而且即便到了那时候，他也不太可能获准离开德国。

七月，克里斯托弗住在伦敦凯瑟琳的宅子里。他受雇写一个电影剧本，改编自卡尔·楚克迈尔[①]的短篇小说。我几乎什么内容都不记得了，只记得故事发生在奥地利。影片将由路德维希·伯格[②]执导。

由于对白要用英语写，第一个问题就是：哪一种英国方言与奥地利农民的语言最接近？比如说，是否应该有英国西南部各郡口音、约克郡口音或苏格兰高地口音？这个问题被提交给了制片人亚历山大·柯达[③]。伯格用德语问他："农民说话什么样？"然后收到了箴言般的答案："话很少。"

这部电影始终没拍出来。

八月，威斯坦和克里斯托弗一起去了多佛，在那儿一直待到九月中旬。他们住在港口的一栋房子里，东崖路九号。海鸥在房子后面的悬崖上筑巢，不停地发出疯狂的叫声。克里斯托弗觉得这声音欢快而荒诞，但威斯坦在此期间写了一首关于多佛的诗，

① Carl Zuckmayer（1896—1977），德国作家、编剧。
② Ludwig Berger（1892—1969），犹太裔德国电影导演。
③ Alexander Korda（1893—1956），电影导演、制片人，1932年创办伦敦电影公司。

诗中说“鸥鸟哀号如在艰辛劳作”[1]。就在那时，克里斯托弗完成了《狮子和影子》的最终稿，并写了他们的新剧本《在边境》的第一稿。在某种意义上，剧本讲述的是海因茨的故事：爱侣被边境隔开。但当威斯坦想写一首叙事歌谣来描述克里斯托弗和海因茨的生活与离别时，克里斯托弗坚决反对。读过《吉小姐》之后，克里斯托弗不愿意想象自己的个人悲剧被重新演绎成奥登歌谣中的无情喜剧。无论威斯坦说什么，都无法让他相信这次不一样。大约一年之后，克里斯托弗改了主意，他担心自己可能害得一首杰作无法诞生。然而威斯坦说他现在已经忘记了当时所有的想法。

对克里斯托弗来说，多佛最大的魅力在于它是一个中转站：海峡轮船来来往往，旅客们进进出出，一切都很匆忙。他看着他们，感到很放松，因为他并不匆忙，也没有什么地方要去。这些焦虑不安的人似乎属于另一种生活——他也一直过着那种生活，直到海因茨被捕。

这年初夏，费伯-费伯出版社和兰登书屋——他们的剧本和奥登的诗歌在英、美两国的出版商——约他们写一本游记，可以是任何亚洲国家或其他他们选择访问的国家。（也许因为《F6》的伪亚洲背景，出版商才有了这个想法！）不管怎样，威斯坦和克里斯托弗都很可能会选择中国，因为那里的异国情调很有

① 引自奥登诗作《多佛港》，马鸣谦、蔡海燕译《奥登诗选：1927—1947》，上海译文出版社2014年版。

吸引力。如果说他们曾经犹豫过，那是因为在三十年代末的危机气氛中，仅仅去观光似乎是浅尝辄止和逃避现实的表现。后来，日本陆军为他们作出了决定。七月初，日本陆军从北平向南入侵，一个月后袭击了上海。中国现在已经成为全球的决定性战场之一。而且，与西班牙不同的是，中国当时还没有挤满文学明星观察员。（谁能比得上海明威和马尔罗[①]？）“我们将有一场属于我们自己的战争。”威斯坦说。他们计划年底离开英国。

克里斯托弗的日记，十月至十一月：

海因茨总是我睡前想到的最后一个人，醒来时想到的第一个人。

永远不要忘记海因茨。每时每刻都要对他心存感激，感激我们在一起五年里的每一刻。

我想，我想念的与其说是海因茨本人，还不如说是有他陪伴时的我。

我最好还是直面事实。我再也不会见到他了。也许这对我们两人来说都是最好的。

如果现在海因茨奇迹般地离开了德国，我该作何感想

① André Malraux（1901—1976），法国著名左翼作家。

呢？当然是极大的喜悦。但同时（我必须绝对坦率），我会有些迟疑；我究竟能给他什么呢？我甚至不能给他一个像样的家，甚至无法在任何社交活动中给他一个身份。

有的时候——在出版商的办公室里，在鸡尾酒会上——穿漆皮的成功小魔鬼会在我耳边低语："独自旅行的人走得最远！"我希望我能接受这句话或任何其他的安慰，无论多么卑劣。

伦敦的这种生活对我产生了一种古怪的坏影响。我的野心越来越大，越来越荒唐。我想为人所知，受人奉承，被人谈论；我想在报纸上看到自己的名字。最糟糕的是，我能做到。一切都是如此廉价，如此容易。

在这里，独自一人，我至少变得更坚强了。我最想要的就是变强——给予保护，像一棵树。这不仅仅是自负，这是我最深层本质的一部分。

在日记这面镜子中，克里斯托弗揭示了一些对于自身的真实写照。其余内容只是摆摆姿态。

本能阻止他继续消沉下去，无论如何，这种本能是健康的。他的闷闷不乐对于海因茨没有一丁点儿帮助。还不如放纵自己当名人的虚荣心，或是以他人的麻烦自娱，给他们的爱情烦恼或文学作品提些建议——这就是他所谓的"给予保护，像一棵树"。就算有一两个小时把海因茨忘个干净也没关系；否则就得玩一场不健康的自责游戏，沉湎于过去，问自己一些无法回答的问题。比如：他的部分意志是不是赞同逮捕海因茨？在卢森堡的最后一个早晨，他的无助行为是否掩盖了一个冷酷的决定，即让警察把他从海因茨的问题中解放出来？有时一些不可思议的快乐时刻会降临在他身上——为什么这会让他感到内疚？是否因为这种快乐就是他重获自由的快乐？然后就是那个老问题：他当初真的应该把海因茨带出德国吗？海因茨是否正在狱中为此诅咒他？

（十五年后，克里斯托弗在柏林再次见到海因茨时，海因茨向他保证，无论如何他都不愿错过他们一起旅行的机会。但海因茨的话语中透出的成熟与大度属于一位极走运的幸存者。在纳粹德国陆军服役时，苏联战场和西线战场他都上过，最后竟毫发无损全身而退。他是唯一有权责备克里斯托弗的人，却从来没有这样想过。）

到此时，所有认识克里斯托弗的人，包括一些只看过他作品的人，都听说了海因茨被捕的事。克里斯托弗的鳏居状态给他的形象增添了魅力。假如他是与妻子分离，一些富有同情心的女孩会被他的困境感动，她们会问自己："我为何不试着让他再次快乐起来呢？"在克里斯托弗的情况中，同情他的是一些小伙子，他们问了自己同样的问题。克里斯托弗鼓励他们试一试。他喜欢同时与两三个人展开恋情；这样一来，他就不会觉得自己与特定的某个人关系太密切。那些小伙子们对此并不反感；他们并不比克里斯托弗投入得更深。几乎每一段恋情都会平和地结束，只留下愉快的回忆。

克里斯托弗曾把几个这样的小伙子带回凯瑟琳的宅子。凯瑟琳在日记中形容其中一位“一个可爱的小东西，非常整洁，就像从礼品盒里取出来的一样”，又描述另一位“一个可爱的小东西，举止文雅，声音迷人，对音乐和文学感兴趣”。尽管语气中带有纡尊降贵的意味，但她显然是赞同的。她认为他们非常适合克里斯托弗。他们是绅士，不是工人阶级；是英国人，而不是不受欢迎的外国人。他们靠得住，不会把克里斯托弗卷入丑闻，也不会给他带来过分的开支。

十一月底，有人邀请克里斯托弗加入一个访问西班牙的代表团，他们要宣布左翼艺术家和知识分子与西班牙政府团结在一起。包括雅各布·爱泼斯坦、罗斯·麦考利和保罗·罗伯逊[①]在内的几位名人已经接受了邀请。克里斯托弗解释说，他无法加入，因为他和威斯坦不久就要出发去中国。但组织代表团的那位女士毫不顾及他的反对意见。她说她马上就要动身了，并且只待几天。她会让他回英国之后还有充裕的时间。

威斯坦也在受邀者之列。克里斯托弗想先跟他商量一下再给

① 雅各布·爱泼斯坦（Jacob Epstein, 1880—1959）是英国著名雕塑家；罗斯·麦考利（Rose Macaulay, 1881—1958）是英国女作家；保罗·罗伯逊（Paul Robeson, 1898—1976）是非裔美国人，运动员、演员、歌手。

答复。他讨厌与名流结伴旅行，其中大多数是陌生人，有些还可能是自大狂。他希望威斯坦同意他的看法。威斯坦确实同意，但他觉得自己应该去。于是克里斯托弗说他当然也要去："这匹老战马再也不会抛弃它的伙伴了。"

那位女组织者是个强有力的人物。据传，她曾给几名未能志愿参加国际纵队的年轻人送去白色羽毛[①]。她当然会留心代表团的成员们是否缺乏团队精神。在其中一次会议上，一名代表建议每个人都说说他们在西班牙期间最有兴趣参观的是什么。组织者严厉地打断了他的话："我认为我们不需要浪费任何时间来讨论这种问题。我们都想去前线。"当她宣布他们去巴塞罗那的交通计划时，罗斯·麦考利爽快地说："你们不用为我操心，我开我的小汽车过去就行。"组织者哼了一声，表示不赞成这种个人主义，并对她在战争时期还当游客的想法十分不屑。

克里斯托弗提到他在去中国之前需要打伤寒疫苗。组织者认识一位杰出的生物学家，他是统一战线的支持者，因此会免费为他接种。可以说克里斯托弗的这一针疫苗是为了反法西斯而打的。

> 我今天去接种疫苗时，G医生正忙着摆弄他的小白鼠。他正在移植一块肿瘤。肿瘤是从一只死老鼠身上分离出来的，然后他用一根套管把一小块一小块的肿瘤植入活老鼠体

① 在英国，白色羽毛象征着懦弱。

内。所有的老鼠都会死，但是，如果你把同样的肿瘤移植到另一种老鼠身上——黑色的老鼠——肿瘤就不会再长大。这种特殊的肿瘤被称为“十五号肿瘤”，它已经存活两年了。

克里斯托弗怀疑他接种时用的皮下注射器也在这些老鼠身上用过；总之，那位生物学家把注射器和套管放在同一个抽屉里，里面还有一大支粉笔和一块抹布，他给学生讲课时就用这块抹布擦黑板。但现在不是吹毛求疵的时候——西班牙内战已到了关键阶段，但仍充满希望：他们刚刚从叛军手中夺回了特鲁埃尔。生物学家脏乱的实验室似乎比那些干净的诊所更适合战时的紧急气氛。

克里斯托弗现在开始摆出一副士兵要上前线的架势。这主要是为了让他结识的小伙子们钦佩自己——他们中的一些人注定要在三四年后经历更危险的冒险。现在他们确实很钦佩他。

一天晚上，克里斯托弗和福斯特以及其他朋友在一起，有人告诉他应该立一份遗嘱。有人拿出了一张纸。克里斯托弗喝得醉醺醺的，很享受这英雄般的场面，他草草写了几句话，把一切都留给了凯瑟琳和理查德。福斯特是文件的见证人之一。签署完毕，克里斯托弗问：“你怎么不去西班牙呢，摩根？”福斯特用他温和而欢快的嗓音回答：“我害怕。”他的质朴像是在斥责克里斯托弗的装腔作势，但没有一丝恶意。

然而，西班牙政府延迟了旅行许可的签发，于是代表团的出发日期一拖再拖。最后，威斯坦和克里斯托弗决定不再等了。他们确定了去中国的机票。

我相信代表团最终还是去了西班牙的，而且罗斯·麦考利成功地开着她的小汽车一路到了巴塞罗那。

出发的前一天晚上，威斯坦和克里斯托弗在一间工作室里举办了告别派对。他们的大多数朋友都来了。海德莉·安德森当场献唱。有人演奏六角手风琴。人们跳起舞来。福斯特和鲍勃·巴金汉很享受这场派对，但觉得葡萄酒杯太差了。某些宾客之间关系紧张。我记得布莱恩·霍华德在开始吵架时说了这样一句话："我不允许我的朋友被伦敦最差的画家侮辱。"但我不记得伦敦最差的画家是谁了。

次日上午，也就是一九三八年一月十九日，威斯坦和克里斯托弗乘上了去往多佛的港口接驳列车。一些日报派了摄影师来记录他们的出发。克里斯托弗热切地对着镜头咧嘴笑，摆出用胳膊搂住威斯坦肩膀的姿势。威斯坦不置可否，似乎觉得无聊。

十五

一月十九日，威斯坦和克里斯托弗在巴黎过夜。两天后，他们搭乘法兰西火轮船公司的阿拉米斯号从马赛启航。

他们定的是二等舱，可分配的舱室实在太小，连张写字用的桌子都没有，令他们十分嫌恶。威斯坦决定必须要换到一等舱去，哪怕额外加钱。

然而，当他们正要走进乘务长办公室说这件事时，一个隔着眼镜窥视他们的大胖子向两人打招呼："您二位中有一位是奥登吗？"他自称崇拜奥登的诗歌，是一位从事橡胶买卖的商人。我会称他为波特先生。

波特先生显然是头等舱中的头等旅客，很乐于展示自己的特权。他替两人跟乘务长沟通，他俩立刻就得到了两间大得多的二等舱室，一间用来睡觉，另一间里有两张写字用的桌子，而且不需要额外加钱。为了感谢波特先生的帮助，威斯坦和克里斯托弗心甘情愿地当了他的听众：

他认为自己是一个敢说实话的人、一个生不逢时的十六世纪海盗。他告诉其他股东，他们需要的是商业冒险家的精神。他讨厌银行。他讨厌上市公司，因为上市公司不允许冒险。他尤其喜欢戏弄那些装腔作势的美国商人。曾有人从纽约给他发电报说："相信市场已经触底。"波特回复："谁的市场？"开董事会时，他躺在一张沙发上——表面上是因为他一条腿不太好，其实是因为这种姿势给了他一种精神上的优越感。他和同事们互相交流一些下流的打油诗，而那位非常认真的秘书把它们都用速记法写下来——秘书曾解释过，他认为这些打油诗可能是某种密码。

威斯坦和克里斯托弗还十分不情愿地成了另一位年轻人的听众，他们与他在二等舱餐厅里共用一张餐桌。年轻人是一位橡胶种植园主，在英国度假结束，要回新加坡附近的种植园去。我会称他为怀特。

怀特向我们展示照片——男人穿着短裤，拿着烟斗；女孩们也穿着短裤，膝盖肿得令人恶心。相册中流露出一种可怕的萨里郡郊区的气氛。宁可在中国面对一千个人的死亡，也不要忍受种植园主两星期的款待。他告诉我们的事情中，没有一件能减轻我们对马来亚的恐惧。人人都加入了英国本地陆军，那里还有狼蛛。（我写这些文字的时候，怀特就在我的折叠躺椅前踱来踱去，尽他最大的努力来打扰我。他以为我正在写小说，于是说："他们的嘴唇相交于一个长长的吻。"）

一月二十五日上午，他们在塞得港靠岸。此时弗朗西斯住在埃及，他从开罗赶来见他们。弗朗西斯看起来更虚弱了，有点儿干瘪，但本质上没什么变化。

威斯坦和克里斯托弗迫不及待地想要探索塞得港，因为这里是传说中的"世界性都"。弗朗西斯则向他们保证塞得港乏味至极。他建议两人跟他一起开车回开罗，第二天上午在陶菲克港重新登上阿拉米斯号，那时船已通过苏伊士运河。

威斯坦和克里斯托弗对金字塔很失望。它们看起来凌乱不堪，而且很新；威斯坦说，就像采石场的尖顶堆。但他们被狮身人面像震惊了。它是那么栩栩如生，被损害得那么严重，又那么邪恶。阿拉米斯号上的一位乘客对他们说，古埃及人一定在精神上预见了美国对未来世界的重要性，所以才让狮身人面像面朝西方。回到船上几天之后，威斯坦写了一首诗，称狮身人面像"永远凝视着尖叫的美洲"。但后来他和克里斯托弗都满腹怀疑。狮身人面像真的是面朝西吗？奇怪的是，他们两个都不记得了。最后——在他们返回伦敦后——威斯坦询问了埃及大使馆的人。得到答案后，他把那句诗修改成"将硕大的臀转向了尖叫的美洲"[①]。

① 引自奥登诗作《航海记》之三《斯芬克司》，马鸣谦、蔡海燕译《奥登诗选：1927—1947》，上海译文出版社2014年版。

在开罗的那晚，他们和弗朗西斯在一家街边咖啡馆喝酒。每隔一会儿，男孩们就会把色情明信片、领结、彩票、马鞭和发条火车塞到他们脸上；他们会不时被兜售的地毯或窗帘完全遮住，谈话也因此中断，尽管弗朗西斯对小贩们发出了怒吼。他又变回了那个希腊人，不过他是用阿拉伯语吼的。

后来，弗朗西斯带他们去拜访一位在大学当教授的朋友。那位教授给他们讲了一个又一个故事，以说明埃及人多么不诚实、背信弃义、易被收买、喜欢自我推销。他和弗朗西斯都以厌恶的口吻谈论着这个国家的腐败，但如果威斯坦或克里斯托弗批评这个国家，他们很可能会感到气愤。埃及是一种瘾，只有已经沉迷的人才有资格鄙视它。

那天晚上是他们最后一次向弗朗西斯道别。一九四二年，弗朗西斯在埃及去世。

他们向南航行，前往吉布提、科伦坡、新加坡、西贡，最终将抵达香港；前往康拉德和毛姆心中神圣的温暖海域，海豚在他们的船头跳跃，磷火在船尾波中闪烁。威斯坦阴郁地忍受着航行，有时脾气暴躁；他不喜欢待在海上，极不喜欢热带，觉得痛失了心爱的寒冷的北方家园。而克里斯托弗，这个自命不凡的地域达人，在每一个停靠港都能发现一种新的魅力。他到了苏伊士的东边！

航行期间，他们频繁地与怀特和波特先生交谈。怀特现在已向他们坦白，他与一位种植园主的妻子有染，而且这位种植园主是他在马来亚的邻居和密友。那位妻子告诉怀特，她从未梦想过爱情会是这样“一种狂野而危险的东西”。而怀特发现她正是自己“身体上、精神上和情感上完全对等的人”。那位丈夫没有起任何疑心。怀特觉得自己像个无赖，但他无法放弃她。“如果有人对我说‘你不应该再去见她了’，”怀特说道，“我会尖叫着回答：‘你别犯傻了。’”

被问及他俩为什么不一起私奔时，怀特解释说，橡胶种植业只存在于马来亚和锡兰；这个圈子很小，人人相识，而且规矩非常严格。谁都不会理睬一个偷了别人妻子的男人；他将不能在俱乐部露面，不能打英式橄榄球或网球，也没法参加舞会。他将不得不放弃他的工作。但种植园主没有别的地方可以去。怀特只懂种橡胶，也只关心种橡胶。他讨厌回英国，讨厌找别的工作。那样他的人生就毁了，她的也毁了。

威斯坦和克里斯托弗现在不再觉得怀特无聊了。怀特令他们着迷，因为他已经变成了一个毛姆式的角色。而他们自己也变成了这个故事中的人物，因为他们把怀特介绍给了波特先生。波特先生之前曾告诉他们，他打算在暹罗建一片橡胶园，正在寻找一位经验丰富的种植园主，希望此人愿意辞去目前的工作，为他管理橡胶种植园。

从那以后，怀特和波特先生在旅途的剩余时间里天天见面，一起打桥牌。也许波特先生确实给了怀特一个经理职位，不管怎样，怀特都没有告诉他俩。这可能是出于谨慎，也可能是他不愿意承认，哪怕只是对自己承认，那段感情的未来现在掌握在他自己的手中了。怀特和波特先生一起在新加坡下了船……波特先生对威斯坦诗歌的欣赏，是否引发了一串连锁反应，最终换来了怀特一生的幸福？威斯坦和克里斯托弗永远也无法得知了。

二月十六日，他们抵达香港。他俩都觉得这座城市十分丑陋——一九五七年访问香港时，我对克里斯托弗当年的印象感到惊讶，我认为这里至少可说是风景如画。不过毫无疑问，威斯坦和克里斯托弗一直期待着纯粹而浪漫的东方风格。他们并不欣赏这座维多利亚殖民时期的堡垒里各种建筑风格的碰撞。

他们受邀参加正式宴会，在席间见到了政府官员和百万富翁。食物和作陪之人都不入威斯坦的法眼。“牛尾汤里的并不是牛尾，”他写道，“妇女像奶牛，穿着美人鱼般的裙子。某某先生宛若一只红脸的胖蟾蜍，据说他有着十八世纪的头脑。”谈起日本侵华，一位商人对克里斯托弗说：“当然了，从咱们的角度来看，两边都只是土著而已。”一位女士告诉他，有一位从前颇受人尊敬的香港上流社会成员被人看见在内地一家中餐馆偷偷吃狗肉，而她朋友养的宠物狗不断消失。当威斯坦和克里斯托弗想要了解即将面临的旅程时，他们得到了种种意在吓唬新来者的建议：永远不要混在中国人群里，否则你会得斑疹伤寒。千万不要自己出去散步，否则他们会把你们当间谍枪毙。

二月二十八日，他们搭内河航船离开香港，去往广州。接下来的三个半月里，他们在中国各地的游历都被记录在了《战地行纪》中。我试着重新记忆、品味、聆听、审视那段经历，以下是我的一些印象：

尘土有一股香甜的味道——据说有毒，因为它们是被风从每位农民土地上的家族坟冢上吹出来的；有些人戴上口罩以避免吸入。茶的味道有两种——要么非常淡，清水中漂着淡绿色的小枝；要么有浓烈的腥味，深棕色。由于车轮不上油，独轮手推车发出杀猪般的尖叫，“因为嘎吱声比较便宜”。旅馆夜间打麻将的声音。无论从哪个角度，都可以看到点缀在风景上的蓝色身影——蓝衣男人、蓝衣女人、蓝衣孩子。还有笑容，你被笑容包围——难道他们毫不费力就能一直把嘴咧成那个样子？你也报以笑容，笑得脸疼。

尽管坐汽车时有过几段疯狂的旅程，我记忆中的交通是缓慢的。已经误点了好几天的慢速火车，会突然停车好几个小时，然后毫无征兆地突然重新开动；如果你离火车太远，就会被扔在一个偏僻的地方。沿着像花园小径一样狭窄的鹅卵石路痛苦地缓慢行走。骑着毛茸茸的小马在雨中缓慢地前进。坐在轿子上被缓慢而小心地抬下几乎垂直的山路，此时连你自己的恐惧也是慢速的。坐在轿子上被人抬着，或是坐在黄包车里被人拉着，由此创造出的人际关系令威斯坦和克里斯托弗都觉得不体面。人是没有权利这样使用人力的，他们说。但当脚痛到一定程度时，他们唯有放下顾虑。在这些时候，轿夫、车夫的强壮和热情更令他们感到羞耻，尤其是有时候其中一个轻盈挺拔的身影转过来，你会看见一副年轻的躯干支撑着一张布满皱纹的衰老面庞。

旅行期间，两人引发了许多好奇与欢笑。威斯坦戴着一顶羊毛帽，穿着一件大到看不出形状的大衣，脚上穿着一双绒毡拖鞋，以安抚他的鸡眼。克里斯托弗戴着一顶贝雷帽，穿着高领毛衣，蹬一双超大号的马靴，这鞋让他的脚起了水泡。威斯坦的穿着很自然。克里斯托弗则有意装扮成一位战地记者。

他或许看起来像那么回事——记者也可以有点儿荒唐可笑，但他一定经常因为紧张而暴露了自己业余者的身份。空袭的威胁让他不敢合眼，尤其是在火车上。如果他们接到通知需要离开火车寻找掩护，他就会情不自禁地慌张起来。威斯坦从不慌张。在潼关，火车必经之处的黄河对岸就有日本人的大炮，克里斯托弗为此采取了预防措施，他坚持把车窗打开，以防爆炸时碎玻璃溅射。

克里斯托弗总是更容易被危险的预兆而不是危险本身所困扰。他第一次看到空袭时，感到的是敬畏而不是恐惧——伴随着敬畏而来的是兴奋。他敬畏的是绝对的、没有人情味儿的敌意。这些飞机过来只是为了毁灭。

探照灯的光束纵横交错；突然间，它们出现了，在高空贴得紧紧地飞着。仿佛一台显微镜将一个致命病菌捕捉于其焦点之上。

接着，随着高射炮的轰鸣，曳光弹升上天空，建筑燃起熊熊烈火，轰炸产生的冲击震荡使克里斯托弗喘不过气来，他只感到一种剧烈的生理兴奋；“我身体里有什么东西像鱼在扑腾”。他描述这壮观场面时称它是“错误的，对自然的一种侮辱”，但他也承认，它“像贝多芬的乐曲一样精彩”。

遇到这种情况，威斯坦就会说：“什么都不会发生，我知道，这种事从来不会发生在我身上。”他那平淡的、毫无道理的保证激怒了克里斯托弗。然而他们在一起时，克里斯托弗确实找到了一种同样毫无道理的安全感。两人的友谊似乎比这个国家和这场战争更真实，比他们周围的一切都更加真实。他们几乎可以想象自己坚不可摧，就像火星人一样——在那些火星人造访地球的故事里，他们有时候就是坚不可摧的。

他们遇到过真正可能致命的险境吗？也许有两三次吧。火车经过潼关时，他们的车厢确实有可能被炮弹击中；日军经常朝火车开炮，虽然他们很少造成太大的破坏。还有一场发生在汉口的日间空战，威斯坦和克里斯托弗就仰面躺在英国领事馆的草坪上观看。（这是威斯坦的主意，这样可以避免脖子僵硬。）在战斗中，某种炸弹确实击中了离他们很近的地面。然后就是他们去韩庄前线的经历。中国军队开始轰炸日军，日本人开火还击。接待方要求威斯坦和克里斯托弗撤离。当他们穿过战壕后方的大片空地时，几架日本飞机出现了，在低空盘旋。护送威斯坦和克里斯托弗的士兵要求他们卧倒，尽管那里根本没有任何掩护。他们的生命现在完全取决于日军飞行员，如果日本人心血来潮，他们就很可能被机关枪打死。不过什么都没发生，只有威斯坦在拍照，还对克里斯托弗说："你看上去棒极了，你的大鼻子在夏日天空映衬下棱角分明。"说完，他穿着绒毡拖鞋的双脚就不耐烦地蠕动起来，他想无视敌机，赶快去前面那个村庄，午饭正在那里等着他们。

这次中国之行是威斯坦和克里斯托弗人生中最长一次的持续相处。日复一日，他们赤裸裸地暴露在彼此面前。但只有在两人发生摩擦时，他们才意识到这一点。

威斯坦指责克里斯托弗在事情不如意时总要生闷气。克里斯托弗的专制和愠怒有时会惹恼威斯坦，但更多时候他温厚而幽默地忍受着，他多年来一直是这样忍受的：

谁是那个长相滑稽的青年，矮墩墩还有颗沉重的大脑袋，
像骑兵少校和一本正经女房东的结合体，
坐在那儿抽着烟？
如果整个宇宙都不服从你的命令，
你就跺你闪亮的小皮鞋，

你就噘起嘴来，
以家为傲的房东老太太。
偶尔我能把你摇醒。

（这是一首诗的节选，基本上是很亲热的调子。前一年威斯坦送给克里斯托弗一本书，把这首诗题在了上面。书是戴·赫·劳伦斯的诗集《鸟，兽，花》，因此威斯坦模仿了劳伦斯的风格。）

威斯坦很清楚克里斯托弗性格中阴暗的一面，他承认这令他对克里斯托弗更着迷，而不是更排斥。克里斯托弗写道："威斯坦有一次几乎以钦佩的语气对我说，我是他见过的最残酷、最无耻的人。"我觉得威斯坦残酷不起来，但他有一种受虐倾向，可能会招来他人的残酷。

他们返回英国之后，克里斯托弗在日记中写道：

在中国，有时候我发觉自己真的憎恨他——憎恨他对"客观"的迂腐坚持，这其实是我自己头脑糊涂的反映。我还小心眼儿地嫉妒他。嫉妒他成为众人瞩目的焦点，因为他不再扮演那个依赖、仰慕他人的弟弟角色。没错，我还如此强烈地厌恶他的身体，我甚至故意希望他生病；他确实病了。

然后，在纽约以及横渡大西洋的时候，我们之间出现了一些不寻常的场面——威斯坦含着眼泪告诉我，没有人会爱上他，他永远无法拥有我在性方面的成功。这迎合了我的虚荣心；但我的施虐心仍未平息。信不信由你——我们回到英国时，我甚至不愿意留他过夜，因为我嫉妒他，我想要独霸英雄凯旋的好戏……当然，我很清楚这些忏悔听起来比实际情况要糟糕得多。我对威斯坦最根本的感情并没有受到这一切的影响，而且以后也不会改变。

在中国期间，他们大多数争论都是为了打发时间而玩的游戏。只有当争论到形而上学的问题，他们才停止嬉戏。然后克里斯托弗“糊涂的头脑”与威斯坦“迂腐的客观”产生了冲突，克里斯托弗激动地宣称他知道自己没有灵魂。

克里斯托弗在日记中写道：

> 我越思考自身，我就越相信，作为一个人格，我真的不存在。这就是我不相信任何正统宗教的原因之一：我不相信自己的灵魂。不，我是一个化合物，受环境和教育的制约。我的“性格”只是后天习得技巧的汇总，我的会话只是一系列适应和回音，我的“情感”是由纯粹的物理和外部刺激决定的。

克里斯托弗说自己头脑糊涂倒是没说错。实际上他在这里所说的是，他不相信自己的个体性是绝对的、永恒的；他很不恰当地引入了“灵魂”一词用作“人格”的同义词。

一年后，克里斯托弗在加利福尼亚时，他将与吉拉尔德·赫德就这个问题长谈。（一九三七年四月，吉拉尔德·赫德、克里斯·伍德，以及阿道司·赫胥黎、玛丽亚·赫胥黎夫妇一起离开英国去了美国。）他与吉拉尔德谈话，与吉拉尔德的朋友兼老师，印度教僧人帕拉伯瓦南达[1]谈话，结果克里斯托弗将发现自己能够相信，至少是有可能相信，一种永恒的、非个人的存在（如果你愿意，可以称之为“灵魂”）存在于所有的生物中，而不是可变的、非永恒的“人格”。随后他会觉得，他以前遇到的所有困难都只是语意上的；如果有人用正确的语言向他解释，他在人生的任何时候都可能皈依这种信仰。现在我怀疑这一点，我想一个人在迫切需要某种信仰之前是不会接受它的。

但是，尽管克里斯托弗还没意识到他需要这样一种信仰，他可能已经在潜意识里感觉到了这种需求。这就解释了为什么他最近越发敌视他所理解的“宗教”，亦即他童年时期被灌输的基督教教义。也许他是害怕在当了将近十五年的无神论者之后，自己最终会被迫接受它。

当克里斯托弗怒骂宗教时，威斯坦会大笑着说：“小心，小心，我亲爱的——如果你再这样继续下去，总有一天会皈依的！”如果说克里斯托弗有时候真的憎恨威斯坦，那一定是因为威斯坦自视甚高的基督教教条主义。

---

① Swami Prabhavananda（1893—1976），印度哲学家、作家。曾与伊舍伍德合著《帕坦伽利〈瑜伽经〉及其权威阐释》。

在他们的争论中，克里斯托弗有时会拿福斯特举例子。他说，摩根是无法容忍“这种法西斯主义污秽”的。多年后，威斯坦在给克里斯托弗的一封信中谈到了福斯特所宣称的不可知论：“在我看来，摩根是一个如此习惯于上帝存在的人，以至于根本意识不到上帝的存在；他从来都不知道这种存在消失时是什么感觉。”我现在好奇，威斯坦那时是否就已这样认为。即便威斯坦在一九三八年就已经相信这一点，他也明智地闭上了嘴。我可以想象，当克里斯托弗听到他如此粗暴地指责自己心中的大师时，会怎样大叫着抗议。

五月二十五日，他们抵达上海，这是中国之旅的最后一站。两人受英国大使阿奇博尔德·克拉克-科尔爵士夫妇的邀请，住在他们位于公共租界的宅子里。四人初次见面是在香港，后来在汉口再次相逢。阿奇是一位英俊、幽默的大个子苏格兰人，喜欢抽烟斗，收藏有三十二支烟斗可供选用。他的妻子蒂塔·克拉克-科尔是一位娇小美貌的金发智利女郎，喜欢读侦探故事。

这栋宅子有柱廊和修剪过的草坪，有各色花瓶和漆屏风，有穿柠檬色丝质外套的中国仆人，在各方面都是完美的住宅。住在这里，阿奇和蒂塔甚至不需要假装感觉轻松自在。他们的日常生活几乎完全是公开的，忙完一项外交事务又迎来一项社交职责，许多敏锐的眼睛和耳朵都在解读他们最细微的动作和最随意的话语。毫无疑问，招待两位非官方身份的客人能让他们稍稍放松一些。阿奇称威斯坦和克里斯托弗为诗人，这两位诗人则尽量诗意地行事，以报答主人的招待。即便如此，这仍是一种压力。当他们与阿奇在他的书房里独处，有说有笑时，往往会有一位秘书走进来，通知他该动身参加某场会议。接着，高大的房门敞开，命令厉声下达，外面楼梯上的警卫哗啦一声立正，然后阿奇——现在是“大使阁下”——缓慢而庄严地走下来。在众人面前，他成了大英帝国的化身。

在公共租界，人类生存状况的两个极端几乎彼此接触。这里有大厦和银行、优雅的商铺、豪华的餐厅以及塔顶的夜总会，几个月前，客人们曾在这里观看日军对郊区的袭击。这里也有难民营和几十家工厂，厂里的雇主真的会把童工活活累死。难民们挤在棚屋里，棚屋里面是三层搁板的架子：每个架子供一户人家做饭、吃饭、睡觉。租界的外围由混编的外国军队把守，日本军队则守卫着他们攻占的领土和废墟，双方对峙。

这一切，威斯坦和克里斯托弗都尽职地调查，描述，拍照。他们在中国之旅中看到了丑陋的景象——伤员被困在火车站，没有医疗援助，其中一些人散发着坏疽的恶臭；空袭后地上是残缺不全的尸体。但上海的苦难似乎比别处更悲惨，因为受害者们被困在中西方剥削者和日本侵略者之间，看不见任何出路。

访问快结束时，威斯坦和克里斯托弗开始在下午给自己放假，从社会良知中暂时抽身，去光顾一家澡堂子。那里有小伙子色情地给你打肥皂、按摩。你可以选择由谁来服侍，许多侍者都很漂亮。那些暂时没活儿的会透过浴室墙壁上的窥视孔傻笑着观看。令这种体验充满异国情调的是，他们自始至终都在给客人奉茶。即便在拥抱的过程中，侍者也会松开一只手，倒满一杯茶，温柔而坚定地举到客人的嘴边。如果你一开始拒绝，侍者会一直端着茶，直到你接受。这就像一出性幻想，裸体的护士跟病人做爱，但仍然坚持每隔一段时间就准点给病人喂药。

每天晚上，他们和阿奇、蒂塔一起喝餐前鸡尾酒时，阿奇会问他们当天下午都做了些什么。如果他们去了那家澡堂子，这会儿就得编谎话。阿奇不加评论地接受了他们的说法，但他眼睛里闪着一丝光彩，使两人怀疑阿奇是不是在跟他们玩游戏。他们私下讨论，也许无论何时出门他们都有人跟着，这是例行安全措施，然后关于他们行踪的警察报告就放在阿奇的办公桌上。有一件事情他们可以肯定：如果阿奇确实知道那家澡堂子，他也一点儿没显得震惊。

威斯坦和克里斯托弗故意把旅行计划定得很模糊，根据当地情况来选择走哪条路线。现在他们决定取道纽约回英国，于是去驻上海的美国当局申请过境签证。他们从来没想过申请时会遇到困难。

但是，碰巧那天值班的官员心情很不好。他刚被一群顽固的白俄罗斯人骚扰，他们想移民到美国，不肯接受“不行”这个答案。他无礼地把白俄人打发走了，这可以理解，但没必要。然后这位官员不耐烦地转向威斯坦和克里斯托弗。两人向他讲述了自己的情况。他回答说他们应该出发前在英国就申请签证。他们可以证明自己取道纽约是绝对必要的吗？不行？那么他们就应该横穿加拿大，从哈利法克斯港起航回家，这才是英国国民应该做的。

就当两人又沮丧又愤怒，正要转身离开时，那位官员又非常没教养地问他们在上海做什么。也许他怀疑他们是不受欢迎的人，应该被驱逐出租界。两人很高兴有机会反击，于是故作正经地答道："来和英国大使住一段时间。"

真是个戏剧性的场面。官员的态度转变得如此突然，简直不体面。他们获得了特殊签证，在未来的十二个月里可以随心所欲地多次入境美国。

他们要乘坐的那艘横渡太平洋的轮船将在日本的三个港口停靠。所以现在两人将要访问这个已被他们视为敌国的国度。在中国，日本人就是敌人，是投掷炸弹的人，是没有人性的人。他们只近距离接触过两个活生生的日本人，两人都是俘虏。其中之一是个粗鲁、可悲的年轻人，吓坏了，被绳子捆得像个包裹。他们唯一能做的就是往他嘴里塞一根烟。另一个从前是位学校教员，用英语回答问题，带着一股哀伤的尊严。

接着，在公共租界，他们曾与一个进行所谓"真相调查"的日本平民代表团谈话。这些人要么是最温和的伪君子，要么就是最幼稚的一厢情愿者。他们宣称自己爱中国人民，对中国人民没有丝毫怨恨，发生这场战争真是太遗憾了；这本来是可以轻易避免的，因为日本提出的要求非常合理。他们希望威斯坦和克里斯托弗在旅行时没有遇到任何不便。“不便只来自你们的飞机。”克里斯托弗回答，得到了对方似乎发自肺腑的一声大笑。

六月十二日，两人从上海起航。他们乘坐的太平洋客轮是加拿大运营的，舒适而老派，休息厅里有一个敞开的燃煤壁炉。船的名字让人想起维多利亚帝国时代的狂妄：亚洲女皇号。

两天后，他们看见了日本海岸的第一个港口。克里斯托弗的第一反应是大叫：“易卜生！”这个小镇的心理氛围似乎是斯堪的纳维亚式的；它看起来是那么悲伤、单调、干净。公园里的神社让他联想起市政办公室。他怀念中国那种艳俗的、脏兮兮的生动气息。这里就是长崎，距离原子弹爆炸还有七年。

在神户，所有的商店都点着灯，但路灯却不亮——他们听说是为防空袭。但中国人肯定没有能力轰炸日本吧？这种预防措施似乎是荒谬的；也许这实际上是为了鼓励日本民众的战争意识。

在去东京的火车上，车厢乘务员不停地拿着扫帚和簸箕在威斯坦脚边扫来扫去，清理他掉落的烟灰，这让他很不高兴。这是个恶性循环，因为威斯坦不停地掸烟，多少有些挑衅的意味。他们幸运地见到了夕阳余晖中温柔的富士山，接着夜晚的云朵就把山峰包裹了起来。但是，两人抵达东京时：

一群挥舞着横幅、疯狂尖叫的暴徒正在给一列军用火车送行，看着列车驶出站台。这景象震惊了可怜的威斯坦，吓得他把唯一一副眼镜给摔坏了。他将模模糊糊地一路旅行到纽约。（不过近视眼的威斯坦依旧可以阅读。）

六月十七日、十八日，他们住在帝国酒店。我似乎有一段与此相关的记忆。此事并没有写在克里斯托弗的日记里，而且它太有象征性了，不可能是完全真实的：

第二天早上，克里斯托弗坐在酒店大堂等威斯坦时，目睹了两名制服军官之间的隆重会面，一名纳粹军官和一名日本军官——柏林—东京轴心的化身。他们互行纳粹礼，然后日本式鞠躬，然后握手。他们就站在一盏枝形大吊灯下方；随后，就在他们相互问候时，吊灯开始摇晃。这是克里斯托弗第一次轻微地感受到地震。

那天下午，他们从横滨起航，去往温哥华。克里斯托弗以前从未见过这样的告别仪式，人们把纸带的一端从船上往岸上扔，这样就能在最后几分钟里和你将要告别的人连在一起。当客轮开始移动时，克里斯托弗突然想象海因茨站在下方的码头上，两人之间的纸带越拉越紧，然后绷断了……那种感受几乎给他带来了肉体上的痛苦。

即便此时是夏季，北太平洋还是很冷，而且非常平静。他们瞥见了阿留申群岛。此外，天空中还有一抹苍白而寒冷的光亮，也许是冰盖的微光。船上有人过世了，被葬在海里。我记得葬礼结束时人们往海中撒花瓣——从特等舱里收来的预祝平安抵达的鲜花，都已经凋谢了。花瓣在船后漂散，在平静的灰色水面上漂向遥远的西方，直到漂出人们的视线之外仍未下沉。

这十天的航行平静无事，是恢复身心的理想机会。威斯坦和克里斯托弗在整个旅途中都受到痢疾困扰。他们住在克拉克-科尔家中时，克里斯托弗曾因胃部绞痛疼得直哼哼，在卧室地板上打滚，身体猛烈抽动，像一把不停开合的折叠刀。回到英国之后，医生告诉他，他的肠道里还留着中国的纪念品——至少二十种体内寄生虫。

精神上的纪念品比这些更古怪。离开中国后的几个月里，他反复梦见自己遭遇空袭。但梦中的空袭，或者它所代表的任何东西，总是令他愉快而兴奋，从不恐怖。由于无法准确地解释这个梦，他意识到现在自己已经失去了对“战争”这个概念的神经性恐惧。从心理学上讲，极少量地接触危险是大有裨益的；他从中了解到，自己在中国经历的恐惧是一种健康的恐惧，他不必为此感到羞耻。他现在不再害怕危机降临时自己会比大多数人表现得更糟，尽管他并不指望自己会表现得更好。这种自知之明会影响他未来的决定，使他不那么担心世界会如何评判他们。

进入温哥华港的体验棒极了；移民官还对克里斯托弗说：“欢

迎来到加拿大！”他之前已经把欧洲的所有此类官员都视为天敌，而这种面向游客的正式问候有一种令人振奋的新奇之处；新世界似乎充满了善意。加拿大太平洋铁路的列车会体贴地中途停车，让旅客四处走走，欣赏大陆分水岭和路易斯湖。这是一个辽阔、壮丽、寒冷、干净、空旷的国家，却有令人安心的苏格兰式的舒适：燕麦片、奶油和丰富的健康食品。

然后他们从北达科他州的波特尔南下进入美国——鲜明的对比令人沮丧。炎热而破败的大草原卷起团团尘土，像要把自己刮走。餐车里食品的价格让他们震惊。天黑后，他们穿过芝加哥，希望能看到一些黑帮匪徒，却只看到一家为他们的葬礼供应花圈的花店。在去往纽约的最后一段旅程中，景色变得壮丽起来，有悬崖峭壁和越发宽阔的哈得孙河。然后他们到了，发现自己身处一个超大号罗马神庙般的车站。威斯坦说：“我们应该穿那种宽大的长袍。”

等着迎接他们的是乔治·戴维斯，小说家，也是一份时尚杂志的文学编辑。他已经是两人的朋友了，他们前一年在伦敦见过。乔治个子不大，胖乎乎的，长相英俊，活力四射。他兴高采烈地把一卷卷美元纸币塞进他们的口袋，那是他把两人的游记卖给自己供职的杂志和其他期刊挣来的。作为东道主、向导和他们一切欲望的满足者，乔治完全听任他们差遣。他的目的就是要使两人觉得纽约是专门为他们上演的一场戏剧表演，这座城市里的每一个人都在翘首盼望他们的到来。在这场为期九天的美妙访问中，乔治始终没离开他们太久。

乔治的招待令他们应接不暇。六十五层高的彩虹厅就架在一束射向天空的光束上。（也许就是在那里，他第一次听到了“天啊，你的眼睛为何如此迷人？”[①]。等他找到一个男孩，能把这首歌献给对方的时候，这歌就会变得像很久之前的柏林歌曲一样充满魔力。）玛克辛·沙利文[②]在哈莱姆一边摇摆一边演唱《罗梦湖》，唱给周围由黑色面孔和白色眼球构成的鲜活黑暗。七月四日的科尼岛，海滩上满满当当都是人。包厘街的一家小酒馆里发生了斗殴，酒保抄起一根棍子跃出吧台，当警笛尖啸，警察赶来时，他们匆忙离开了。（乔治不停地道歉，说他以前从来不知道那里会发生这样的事。但是威斯坦和克里斯托弗则觉得这一切都是理所当然的；这正是电影教给他们的对纽约应当抱有的期待。）

他们接受采访并拍照。他们被带去参加各种派对，被介绍给名人：马克斯韦尔·安德森[③]、穆里尔·德雷珀[④]、奥森·威尔斯[⑤]、库尔特·魏尔[⑥]和妻子罗特·莲娜[⑦]（乔治后来会与她结婚）。他们每天早上都吃安非他命，好有精力应对这些会面；每天晚上则吃速可

① 原文为“Jeepers, creepers, where'd ya get those peepers?”，是美国爵士流行歌曲*Jeepers Creepers*中的一句歌词。

② Maxine Sullivan（1911—1987），美国著名爵士女歌手。

③ Maxwell Anderson（1888—1959），美国剧作家、诗人、记者。

④ Muriel Draper（1886—1952），美国女作家、艺术家。

⑤ Orson Welles（1915—1985），美国电影导演、编剧、演员。代表作为电影《公民凯恩》。

⑥ Kurt Weill（1900—1950），德国犹太裔作曲家，曾与布莱希特数次合作。

⑦ Lotte Lenya（1898—1981），奥地利女歌手、演员。

眠以帮助入睡。后来服用兴奋剂和镇定剂成了威斯坦日常生活的一部分；他称之为“化学生活”。

乔治还主动提出为他们介绍性伴侣。“好的，”克里斯托弗半开玩笑地说，“我想认识一个漂亮的金发男孩，十八岁左右，人要聪明，腿要非常性感。”他们立刻就找来了这样一个男孩，他完全符合条件，简直不可能是真的。我要称他为弗农。

克里斯托弗对弗农的反应就和他第一次去柏林时对布比的反应一样。这两段经历都是一场基于幻想的迷恋；只不过这次，克里斯托弗幻想的是一个美国男孩，而不是德国男孩。他对布比的迷恋更强烈，但不那么认真，这在很大程度上要归功于沟通上的困难。这一次没有语言障碍，两人有更多的话题可以聊；弗农确实很聪明，迫切希望自我提高。他一副好脾气，坚强，独立，辐射出健康的生理活力。与上海澡堂里那些精致而疏远、似乎超凡脱俗的侍者相比，克里斯托弗觉得弗农身上散发出令人惊叹的人间气息，他肌肉发达、毛发浓密、率真质朴。

弗农对克里斯托弗当然谈不上迷恋，但我认为他确实被吸引了。在那一时期，克里斯托弗很容易被视为一个浪漫的人物，刚刚从危险的异国冒险回来，值得这位年轻城市居民的钦佩和羡慕。

弗农厌倦了纽约，希望离开这里；克里斯托弗则是几天后不得不离开，于是他也中了情绪的魔咒。不过这咒语主要是关于弗农，关于美国男孩的。美国男孩也是沃尔特·惠特曼式的男孩。而沃尔特·惠特曼式的男孩，顾名思义，是一位流浪者。因此，克里斯托弗很自然地沉浸在惠特曼风格的白日梦中，幻想未来与弗农结下流浪同志之谊：

我们两个小伙子厮缠在一起，
彼此从来不分离，
在马路上走来走去，
从南到北游荡不息……[①]

多年后，在接受英国广播公司采访时，奥登公开表示，正是在第一次访问纽约期间，他和克里斯托弗决定返回美国永久定居：

我想说的是，英国的情况越发让我难以忍受。我无法成长。英式生活……对我来说是一种家庭生活。我爱我的家人，但我不想和他们生活在一起。

我不记得当时克里斯托弗那么积极地决定移民。但那时，克里斯托弗对英国的感觉与威斯坦不同。他不认为英国是他的家。尽管他经常能在那儿过得开心，但仍然能感受到那种敌意。对他来说，英国依旧是他者的国度。英国在拒绝海因茨的时候，也拒

① 《我们两个小伙子厮缠在一起》，出自惠特曼《草叶集》。

绝了他。

（直到第二次世界大战之后，当英国不再是从前的大英帝国，而是一个小国，有来自世界各地的人口时，克里斯托弗才开始热爱它。这是他一生中第一次爱英国。那里已经变成了他一直以来希望中的国家。）

此外，克里斯托弗已经搬到很多地方住过了，再换一个国家对他的情感意义远不如对威斯坦来得大。所以此事威斯坦说了算。克里斯托弗本人的态度是被动的。如果威斯坦选择移民，那么他也会去。尽管两人偶尔有些摩擦，但他觉得自己比以往任何时候都更亲近威斯坦。当几乎所有其他朋友都逐渐远离克里斯托弗，开始有长期的感情或事业时，生活似乎把他俩绑在了一起。

十六

七月十七日，威斯坦和克里斯托弗回到伦敦，发现当晚比阿特丽斯·莱曼要出演科克托[①]的《人类之声》，而且只演这一场。(这出戏剧的英语版由群体剧团出品，名为“电话”。）他们真的很幸运，没有错过这场演出——这是她最大胆、最富创造力的舞台形象之一。她似乎把自己变成了拉奥孔，让电话线像嫉妒的蛇一样缠绕着身体，最终将她杀死。后来克里斯托弗与她谈话，她说她演到一半时看见了他们。她本以为他们还在中国，这一惊喜吓得她差点儿出戏。

快到七月底时，克里斯托弗去了怀特岛的托特兰湾，和约翰·莱曼以及他的母亲一起住。这是一个能勾起怀旧之情的地方，约翰儿时曾在这里度过假期，而克里斯托弗曾在附近的淡水湾写作《全是密谋家》，期间爱德华、威斯坦和赫克托·温特尔都去探望过他。过往的风景几乎没有改变，依旧散发着海盐、松树和阳光烘烤草皮的味道。但此时已被未来的阴影笼罩，在不久的将来，在捷克斯洛伐克的问题上，英国与希特勒摊牌肯定是不可避免的 。

八月，克里斯托弗去了奥斯坦德和多佛。他是和吉米·杨格一起去的奥斯坦德。两人开始了一段属于他们自己的二重唱，与克里斯托弗和斯蒂芬的友谊无关。在辛特拉共同生活的记忆让他们走到了一起。有一件事两人都很介怀——吉米认识海因茨，甚至和海因茨发生过一次性关系。但吉米和克里斯托弗都宣布，从那段时间以后，自己已经变成了更好的人。吉米承认他过去有时恨克里斯托弗。克里斯托弗也记得自己是如何恶毒地在日记里形容吉米的："吉米那张拘谨的兔嘴，还有厚厚的、红肿的后脖颈。"克里斯托弗现在觉得他既性感又友善。他们经常做爱，带着暖暖的友爱之情。

一起在多佛的人有福斯特，鲍勃·巴金汉、梅·巴金汉夫妇以及他们的儿子罗宾，卡斯伯特·沃斯利，乔·阿克利，威廉·普洛默。我有当时克里斯托弗给他们拍的照片。现在看来叫人觉得心酸，当时除了罗宾之外，其他人都时刻意识到战争威胁在日益增长，可他们仍在微笑。但度假拍照时人们不总是会笑吗？

福斯特和往常一样，不由自主地觉得愉快。鲍勃咧着嘴笑，

---

① Jean Cocteau（1889—1963），法国诗人、小说家、编剧、导演。《人类之声》于1930年首演，是一出独角戏，女主角全程在打电话。

好像意识到自己变胖了，但不在乎。梅的头发像圣母马利亚一样顺滑，她笑得很端庄。你永远想不到她能喝酒，能讲下流故事。罗宾遗传了鲍勃的笑容，长得也和他完全一样。（战争结束后的一九四七年，克里斯托弗再次见到了巴金汉一家。鲍勃说，一颗炸弹爆炸时，把梅炸得飞出了走廊，当时她看起来滑稽至极。夫妻俩都大笑起来，好像真的看见了她不体面的样子。鲍勃因在伦敦大轰炸中表现英勇而被授予勋章。）

卡斯伯特·沃斯利个头很大，运动员般的身材，金发，戴眼镜，笑容比其他人都要灿烂。但这是出自智慧与勇气的微笑，不仅仅是因健康而乐观。在西班牙的一个救护小分队服役时，他已经见识过战争的模样。乔·阿克利则有谜一般的微笑，只露出烟斗衔口周围的牙齿。他参加过第一次世界大战，被德军打伤并俘虏。四十二岁的他是同龄人中最英俊的男士之一，也是最顽固的悲观主义者之一。当他说话时，他的忧郁是如此有魅力，能让每个人都高兴起来，除了他自己。他认为人生全然令人恶心。

威廉·普洛默是唯一可能同意阿克利观点的人，但是我们无从得知。表面上看，他和往常一样，十分快活。他每年夏天都会租住这里的房间，屋子里挂着维多利亚时代的风景画，画着房子、树木和几头奶牛。或者更确切地说，它们以前是那样的。最近画面的背景中多了一些小人儿，画得完全符合比例，他们出现在树林中，或是在房子里朝窗户外面看。威廉精心地把他们引入了画中，完全没有色彩的冲突，也没有任何一笔引人注目的笔触。这些闯入者是如此谨慎，你几乎意识不到他们的存在。即便女房东注意到了，她也从没跟威廉说起过什么。

当克里斯托弗结束假期返回伦敦后，他决定记录下这次危机[1]：

> 情况如此严重，我必须强迫自己关注它，而不仅仅是感到恐惧。

从八月二十日起，他相当有规律地写日记，一直持续到九月底。(《南下访问》里引用了很多。)

事实上这些日记条目更多的是关于克里斯托弗自己，而不是政治局势。写日记是一种自律，目的在于令自己羞愧，令自己不屈服于恐慌和抑郁、懒惰、过度饮酒、过度抽烟、手淫和神经紧张导致的无所事事。另一种自律方式就是写作《战地行纪》的散文部分。在任何时候这活儿都足够困难。转写威斯坦和他的旅行日记是一项枯燥的苦工，但必须先整理完才能进行编辑和重写，形成一段连贯的叙事。每当他的意志薄弱时，内心就会有一个破坏分子的声音问他："这一切有什么用？等炸弹开始落到伦敦时，谁会想阅读你那场遥远而过时的战争呢？"

---

① 指苏台德危机。

在那些意志薄弱的日子里，克里斯托弗把这场危机想象成一位好妒的神祇，要求他贡献全部的注意力，因他试图工作而发怒。他迷信地买来报纸，想要安抚这位神灵，他担心自己只要错过一个版面，消息就会变得更糟，但他只瞥一眼头条标题就把报纸扔开了。

这场危机使海因茨越发显得遥不可及了，即便克里斯托弗继续给他写信，即便约翰·莱曼刚刚带回了关于海因茨的第一手消息。约翰去柏林探望了海因茨。海因茨现在正在服劳役，在波茨坦广场上盖楼。约翰说他比起回德国之前显得强壮了许多，在政治方面也更清醒了。这个新的、自食其力的海因茨颇令人鼓舞，但克里斯托弗并未因此得到安慰。他想，海因茨身处纳粹同胞之中，定然感到无比孤立绝望……但经历了那么多不幸之后，海因茨即将迎来奇迹般的好运。不久之后，他会遇到一个他可以爱和信任的人——那个他最终要娶的女孩。

克里斯托弗也会想起弗农。弗农似乎比海因茨更加遥远。弗农是新世界的公民，克里斯托弗开始希望那里会是他的祖国，是他在德国没能找到的家园。但他还会再次见到弗农，再次见到纽约吗？这场危机似乎越来越有可能以战争告终，他不能在战争持续的时候离开英国。爱国主义？绝对不是。他对爱国之事很冷漠。他只是觉得自己被这场危机迷住了。这里已成了他的世界。他无法想象自己身处他方，在危机之外。

当克里斯托弗与软弱之辈相处时，他经历了人生中最低迷的时刻。在平常生活中，他喜欢与这些人作伴；他们能激发克里斯托弗的保护欲，尤其是当他们又年轻又迷人的时候。但现在他需要与坚强的人在一起。他所有的好友都具备某种力量，并且能把力量传递给他。

爱德华和希尔达·阿普沃德夫妇、奥利芙·芒若还有珍·罗斯，他们从马克思主义中汲取力量。他们能够冷静地从意识形态上把这场危机看作不断演变的局势的一个阶段，这可能会促进他们的事业。因此，尽管他们也憎恨、害怕战争，却不会被战争的危险催眠而陷入无助状态。

比阿特丽斯·莱曼不得不坚强，这是她作为女演员的必需品质。她不断地被逼着去应付各种场合，处理紧急情况，变得越来越强大。在她面前，战争可能只是一种新的紧急情况，比如演出时的一场空袭，她也会同样以其幽默应付自如，她无比英勇。

赫克托·温特尔和罗伯特·穆迪（《狮子和影子》里的李）从职业生活中汲取力量。不管是战争还是和平，无论是资本主义还是共产主义，医生永远知道自己应该干什么，而且人人都认同他们这么做。一旦进入赫克托和罗伯特的世界，敌人也是病人——即便他是在轰炸医院时被击中的。克里斯托弗钦佩他们，也嫉妒他们。虽然后悔已经太晚了，但那个念头总会冒出来：自己现在本可能是他们的同事。

斯蒂芬特有的力量在于他情绪的灵活性；面对紧急情况，他有时大笑，有时痛哭，总是十分激烈。斯蒂芬为自己能哭而感到自豪，这是对的。一个成年人可以毫不尴尬地流泪，就像一位瑜伽修行者能够通过有意识地加快蠕动节奏来排出体内的有毒物质。斯蒂芬能消除他人生中的许多毒素。

（像斯蒂芬这样的人处理危险的能力非常强。战争期间他加入了消防队，这对克里斯托弗来说是一种可怕的折磨；除了火灾本身，你还不得不爬令人眩晕的云梯。）

至于福斯特，他的力量的本质是什么，我已经解释得很清楚了。与福斯特会面之后克里斯托弗总是能恢复斗志。

但是，给予克里斯托弗最实际支持的是约翰·莱曼；多亏了约翰，他才有思想准备做最坏的打算。凯瑟琳和理查德已经离开伦敦去拜访一些住在威尔士的表亲。如果战争爆发，他们会留在威尔士，凯瑟琳的宅子则会被关闭。约翰说，如果事情到了这一步，克里斯托弗一定要搬去他的公寓同住。他们已经开始计划战时的共同生活了。两人给外交部写信，自愿承担一些宣传工作。（现在我认为这种工作克里斯托弗是干不长久的。）其实他心中有所保留：如果威斯坦提出另一种方案，那么他很可能会跟威斯坦一起行动。但威斯坦仍在比利时度假。

这是关于危机最后一天（九月二十八日）的记录，部分摘自克里斯托弗的日记，部分摘自《南下访问》，后者包含一些记忆中的额外细节，不是编造的：

最后一丝希望正在化为乌有。威尔逊从柏林返回，受到冷落。德国军队今天下午开始动员。议会开会，决定采取征兵制。张伯伦昨晚发表了讲话，像条湿漉漉的鱼，说：多么可怕，多么可怕。

伦敦到处是防毒面具，小孩被戴上面具时不停尖叫。人们要么应征入伍，要么逃离城镇。奶妈真棒，端着一杯杯阿华田上楼下楼。

稍晚。我去维多利亚码头迎接从比利时返回的威斯坦。港口接驳列车晚点了。每隔二十分钟就有新的报纸。车站里到处是水手，他们要去加入已经动员起来的舰队。几位妇女在抹眼泪。有一丝希望：柏林否认报道中说的下午两点开始动员的最后通牒。我麻木而痛苦地嚼着口香糖。

威斯坦终于到了，他被晒得很厉害，精神很好，穿着一套花哨的格子西装。“嘿，我亲爱的，”他招呼我，“不会有战争的，你知道的！”有那么片刻，我以为他有什么尚未刊发的最新消息——但并不是。他只是遇到了一位在英国驻布鲁塞尔大使馆工作的女士，那位女士会算牌，她告诉威斯坦今年不会有战争。

就在我们驶离车站时，新的公告张贴了出来：重大和平举措。我高声叫司机停车——威斯坦觉得我有点儿兴奋过头了——我们读到希特勒、墨索里尼、达拉第和张伯伦明天要在慕尼黑会面。

之后传来消息说，下议院出现了不寻常的场面。张伯伦嗓音嘶哑。玛丽皇后潸然泪下。只有共产党人加拉格尔站出来发言，说这完全是一种背叛。

就克里斯托弗而言——我不敢代表其他任何人——一九三八年签署《慕尼黑协定》后的秋天是一段轻松的时期，虽然他伪装出一副高尚的厌恶。与他所有的朋友及成千上万的其他人一样，克里斯托弗也说英国出卖了捷克人。他确实这样认为。在他看来这绝对是不证自明的。然而他绝口不提自己内心的主要反应：我怎么会在乎捷克人？我们是叛徒又如何？战争被推迟了——被推迟的战争也许就永远不会爆发了。

此时威斯坦和克里斯托弗打算在不久的将来回美国去。但是他们并不着急。首先，他们想写完《战地行纪》，并且看到《在边境》被搬上舞台。从上海的美国人那里获得的特别签证更令他们觉得放心。因为有了这个签证，他们没什么进一步的手续要办了。只要他们决定，就可以随时动身。

十一月初，当时文艺界极有名望的西贝尔·科尔法斯夫人邀请克里斯托弗参加一场晚宴。宾客中有弗吉尼亚·伍尔夫。到此时，弗吉尼亚已经与克里斯托弗见过好几次面了。五十多岁的弗吉尼亚或许比以往任何时候都更漂亮。她的容貌有一种高贵的气质，像一位悲剧中的公主，一位注定要遭受厄运的公主，却依然能像马尔菲公爵夫人[①]一样说出："我恳求你，我们何时曾如此快乐？"克里斯托弗见到她时，她正妙语连珠，发出纤弱而刻薄的笑声。

之前有一次，伍尔夫夫妇请克里斯托弗去喝茶，他听从了弗吉尼亚的建议，留在那儿吃晚饭。克里斯托弗被她迷住了，高高兴兴地留了下来，几乎不说话，只是看着她，听着，笑着。然后，大约十点钟时，他突然惊慌地想起来，有个年轻人一定已经在克罗伊登机场附近的一家旅馆里等着他了。他们已定好第二天早晨从那里飞往巴黎，进行两天的浪漫之旅。克里斯托弗几乎没有料到这个年轻人会同意，并觉得能征服他是一件值得骄傲的事情。不过在这几个小时里，克里斯托弗已经完全忘记了他的存在，现在不得不与弗吉尼亚告别，他还觉得很遗憾。有哪位女主人能赢得更真挚的敬意呢？当然，她并没有意识到这一点。事实上，弗吉尼亚似乎并不太留意克里斯托弗。她在日记中提到科尔法斯夫人的晚宴时，把克里斯托弗描述得好像还是一个陌生人：

> 我在门前的台阶上遇到了伊舍伍德。他是个野孩子：水

① 英国剧作家约翰·韦伯斯特（John Webster，1580—1633）的代表作《马尔菲公爵夫人》中的主人公。

银一般的眼睛，绷得紧紧的，像个赛马骑手。威廉·毛姆说，那个年轻人“手里掌握着英国小说的未来”。

（根据罗伯特·克拉夫特的猜测，赛马骑手的印象是因为克里斯托弗身材矮小，并且“体重太轻，腿有点儿太短，但有猿猴似的长胳膊，不成比例”。克里斯托弗谨慎而羞怯，“野孩子”这个词儿像是一种奉承。在我看来，“绷得紧紧的”这个说法最贴切；大约十年后，基思·沃恩[①]的结论证实了这一点：“一个脱水的男学生。”）

毛姆参加了这场晚宴。麦克斯·毕尔勃姆[②]也在，他胖嘟嘟的，但很脆弱，蓝眼睛周围是红色的眼袋。他只比弗吉尼亚大十岁，却似乎无望地陷入了平静凝滞的过往之海。克里斯托弗想不出什么样的话语能像风一样吹动他的帆船。毛姆几乎和毕尔勃姆同样年纪，依旧轻快地漫游在当下的世界中。毛姆和克里斯托弗对彼此已经略知一二，他们在毛姆的俱乐部一起吃过午饭。他那双警觉的桥牌手般的黑眼睛叫克里斯托弗有些害怕；还有他的口吃，不知怎的让你觉得你才是口吃的那个，而不是他。但是，在那张冷酷的、布满皱纹的面具之后，克里斯托弗感受到一种羞涩的暖意，令他迫切地想给予回应。他非常荣幸地愿意认毛姆做他

---

① Keith Vaughan（1912—1977），英国画家。
② Maximilian Beerbohm（1872—1956），英国作家，讽刺画家。

的威利[①]叔叔，如果毛姆允许的话。

克里斯托弗在晚宴上喝得酩酊大醉，他决定进一步拉近与毛姆的关系。但醉酒的程度只够干扰他判断时机的能力，并不能稳定他的神经。当时毛姆正在对身边围成半圆的听众说话，而他用一句极其不得体的开场白插了进去："毛姆先生，在我去中国的船上，去年冬天，我遇到了一件事情，就跟您小说里写的一模一样——"

后面的情形完全是一场噩梦。克里斯托弗听到自己含混的、结结巴巴的声音在试着描述波特先生和怀特这两个角色，并解释这两人会面的戏剧性意义。但他总是漏掉一些重要的细节；整个故事根本没有切中要害。他突然打住话头，告辞之后匆匆离开了那个房间。正当他要走出房子时，一个女仆走上前来，递给他一支笔。她让克里斯托弗在科尔法斯夫人的访客留言簿上签名。他用颤抖的手歪歪扭扭地签下了自己的名字，因为握笔太用力，那支笔啪地折成了两半。然后他逃走了，再也没有回去。

（我描述的是我记忆中克里斯托弗的感受。但实际情况不可能像他想象得那么丢人。也许毛姆觉得他的笨拙令人感动，也令人同情。无论如何，一定是在克里斯托弗离开之后，毛姆才对弗吉尼亚·伍尔夫说了那句话。毛姆继续在很多场合向他人称赞克里斯托弗的作品。尽管他从未真正成为威利叔叔，但在克里斯托弗的余生里，他一直是一位热情友好、直言不讳的

① "威利"是对毛姆的名字威廉的昵称。

益友。)

十一月十四日,《在边境》在剑桥的艺术剧院首演。梅纳德·凯恩斯是赞助人。凯恩斯是布鲁姆斯伯里和股票交易所的贵族,他把经济学视为理论哲学的一个分支,与纯粹的金钱毫无关系。有一项事实提起来似乎不太得体,但凯恩斯的金融知识使得他所在的国王学院成了剑桥大学最有钱的学院,并且资助建造了这座剧院。

凯恩斯的妻子,也就是从前的莉迪亚·乐甫歌娃[①],担任女一号。和从前一样,杜恩执导,布里顿作曲,梅德利负责舞台设计。

鲁伯特不得不应付那些常有的问题。当他要求电工们创造一个舞台后的火炬游行效果时,被告知这是消防条例所禁止的。"荒谬!"鲁伯特叫道,"我只是想要闪烁的灯光。""办不到。""但是必须有这种效果!""办不到。"陷入僵局。然后有人低声说:"当然了,我们可以弄成像《群鬼》里面孤儿院被烧的那种效果。"事实证明,这正是鲁伯特一直想要的……虽然布里顿已经给"工业家、银行家,坐在舒服的椅子里——"谱好曲子了,但是威斯坦坚持要求唱出《来自派克县的甜甜贝琪》[②]那种气氛。布里顿觉得很受挫,但还是优雅地让步了。梅德利

① Lydia Lopokova(1892—1981),俄国著名芭蕾舞演员。

② *Sweet Betsy from Pike*,一首美国淘金热时代反映西部生活的民谣,曲调轻快。

设计了分割成两半的“奥斯特尼亚-威斯特兰房间”①，这个布景的效果是如此震撼人心，大幕升起的那一刻全体观众都鼓起掌来。

在演出中可以明显看到，威斯坦和克里斯托弗把剧中的两个反派，瓦莱里安和领导者，写得比其他所有角色都更有趣，更惹人喜爱。整出戏因瓦莱里安的魅力、幽默和领导者的插科打诨而有些失衡。这出爱情悲剧尽管有优美的诗句来表现，却似乎成了令人厌烦的干扰。扮演领导者一角的是欧内斯特·弥尔顿②，据说他是英国唯一能把“金子”（gold）一词念成四个音节的演员：“goo-oo-oo-oold”，据说他在出演《雅典的泰门》时曾这么念过。威斯坦和克里斯托弗很愿意相信这一点，但没有勇气请他示范。他们都陶醉于他富有英雄色彩的手势和语调之中。

首演当晚的观众很友好。只要有好笑的内容，他们就会笑，并礼貌地尊重其余部分。《在边境》并不是一场折磨人的灾难，它毫无痛苦地演完了。

最后，主办方要求威斯坦上台，呼吁援助西班牙的儿童。他的演讲以一句荒谬的话语开始，这种语句有时会成为传奇。当发言者同时谈论两个不同主题时就会说出这种话来——这次谈的是戏剧和儿童。威斯坦显然是想说，此时外面的世界正在上演的事

① 《在边境》的故事发生在两个虚构的欧洲国家“奥斯特尼亚”和“威斯特兰”，这个分割成两半的房子就在边境线上。

② Ernest Milton（1890—1974），英国著名戏剧演员。

情比他们在剧中看到的还要糟糕。而他说的是："你们都知道，今晚观众中发生的事情比舞台上演得还要糟糕。"然后观众席爆发出当晚最大的笑声。

十二月中旬，威斯坦和克里斯托弗去了布鲁塞尔，和几位朋友待在一起，一直住到一九三九年一月第一周结束。这期间他们写完了《战地行纪》。

动身去纽约的日子已经确定了，他们一月十九日出发。一年前的这一天正好是他们出发去中国的日子。我怀疑克里斯托弗选择法国客轮山普伦号就是因为这艘船在那一天起航。我知道他在战后第一次离开洛杉矶去英国时，还故意选择了一九四七年的一月十九日。克里斯托弗喜欢拿自己的运气打赌，也就是说，他喜欢选择上一个成功之旅或成功之作的周年纪念日，作为新旅途或新写作项目的开端。他还处处留心各种兆头。当他发现他们在布鲁塞尔的住所位于地图的F6格时，觉得自己找到了一个好地方。

然而，这个预兆欺骗了他。在布鲁塞尔期间，他生平第一次感染了淋病。当时还没有青霉素，治疗很痛苦。当医生用刺激性很强的消毒剂冲洗他的尿道时，他疼得嚎叫起来。不过他在圣诞节前就痊愈了。威斯坦在《小说家》一诗中提到了克里斯托弗和他的淋病：

而在他虚弱的自我中，若是可以，

他必得默默隐忍人类的所有过失。[1]

威斯坦当时写下了另一首十四行诗《兰波》，提及他自己遇到的一次家庭事故：他房间里的暖气管爆了，他只好裹着大衣写东西。福斯特听说了他们遇到的麻烦，给他们回信：

我的生活是对你们生活的一种水彩画般的表现：爆裂的不是暖气管，而是水管；我得的不是淋病，而是咳嗽和感冒。

威斯坦把英国大使馆那位通灵的女士介绍给了克里斯托弗。威斯坦上一次来比利时的时候，就是这位女士告诉他一九三八年欧洲不会有战争。女士看了克里斯托弗的手相，从中读出了字母H。她说这个字母对他的人生具有重大意义。克里斯托弗十分震惊。H显然指海因茨（Heinz），此外，弗农的真名也以H开头。[到了一九四〇年，克里斯托弗越发觉得此事了不起：他意识到自己身处好莱坞（Hollywood）；他在那儿再次遇到了赫德（Heard），通过赫德他又认识了赫胥黎（Huxley）；他信了印度教（Hinduism）；他住在哈拉特街（Harratt）；他刚写了一个剧本，改编自詹姆斯·希尔顿（Hilton）的小说《天堂怒火》（*Rage in Heaven*）！]

---

① 引自马鸣谦、蔡海燕译《奥登诗选：1927—1947》，上海译文出版社2014年版。

威斯坦和克里斯托弗在布鲁塞尔逗留了一段时日，也许这是为了在不伤体面的前提下尽量缩短与英国亲友道别的时间。克里斯托弗回到英国后，他的生活中充满了告别午餐、告别小酌、告别晚宴、告别派对和以告别为名的做爱。凯瑟琳在日记中满怀渴望地记录了克里斯托弗的许多社交活动，因为很多活动她本人并没有参与。我自己的记忆中却什么也没有。克里斯托弗一定是觉得这种渐进式的分离十分痛苦，因此决定把它忘记。

他认为自己是个逃兵吗？在此之前他已多次离开英国，时长也不确定，只是隐约觉得会在某一天回去。他当时并不确定自己愿意留在美国，他也有可能发现自己无法在那里扎根。当然了，在慕尼黑那次危机期间，他和朋友们有了密切的接触，感觉他们已成了同一根绳子上的蚂蚱，这种感受使得他这一次更不愿意离开朋友。但我觉得没有哪位真正的朋友会因此责备他。他们把他视为一个长期流浪者，对此已经习惯了。

我相信克里斯托弗当时感受到的，只是一个人在迈出重要一步前自然会有的恐惧：这会不会是一个糟糕透顶的错误？

虽然山普伦号要一月十九日才起航，但威斯坦和克里斯托弗已定好在十八日下午坐港口接驳列车去南安普敦，并在船上过夜。这大概是另一个缩短离别之痛的借口——尤其是克里斯托弗与凯瑟琳和理查德的离别。

我很少写到克里斯托弗离开柏林之后与理查德关系如何。没有什么可写的。兄弟俩之间依旧亲近，但所涉范围很窄。理查德问起关于他的任何事情，克里斯托弗都会告诉弟弟，但他们私下的谈话都很简短，主要是趁克里斯托弗刮胡子的时候在卫生间里聊。他们很少结伴出去，也几乎从未一起拜访过克里斯托弗的朋友。如今在我看来，假如克里斯托弗让理查德更深入地参与到自己的生活中，那他与凯瑟琳改善关系后达成的微妙平衡就会被打破。况且理查德并不真的想参与到克里斯托弗的生活中。他是一个孤僻的人，尽管对他人充满好奇。只有当克里斯托弗的朋友们来家里的时候，他才愿意和他们相处，然后等客人离开了，他才会问起关于他们的问题。

一九三八年十月七日，凯瑟琳过了七十大寿。在那之前，克里斯托弗一直不清楚她的确切年龄。我依旧记得他听到这个消息时有多么震惊。凯瑟琳看起来总是比实际年龄要年轻许多。克里斯托弗开玩笑地对她说，她之所以年轻，无疑是因为他从来没把她当成老太太对待；他就是这样为过去的不友好行为道歉的。

说再见的时候，凯瑟琳和克里斯托弗都哭了。他们心里想着可能再也见不到对方了。不过对凯瑟琳而言，克里斯托弗动身去中国时比这一次更令人消沉，因为去中国意味着会面对危险。一个克里斯托弗很喜欢的年轻人陪他一起坐出租车去滑铁卢车站。路上，他送给克里斯托弗一样纪念品——他第一瓶香槟的软木塞，为此两人又流了更多的眼泪。福斯特来给他们送别，他问克里斯托弗："我应该加入共产党吗？"我确定克里斯托弗的回答是不应该，但我忘了他当时给出的理由。也许是很常见的一句话：你留在党外更有用。不管怎样，福斯特并不是认真问的。离别之人就和垂死之人一样，被认为具有通灵的智慧；你觉得你就该问他们点儿什么。

将挚爱之人留在身后是悲伤的，悲伤得如同死去一般。但威斯坦和克里斯托弗都不愿意承认这是一场死亡，而他们成了守灵的对象。当接驳列车驶出车站，他们不需要再挥手时，克里斯托弗感到一阵轻松。他和威斯坦相视而笑，学生般咧着嘴的笑容把两人带回了他们友谊的起点。"哎，"克里斯托弗说，"我们又出发了。""太好啦！"威斯坦说。

如今在山普伦号上，两人是真的单独相处了，中国之行结束后他们还没有这样独处过。在布鲁塞尔，他们身边总是有其他人。而在伦敦，他们一直过着公众面前的生活。

克里斯托弗的公众形象令威斯坦尴尬——每当有照相机或其他人的目光对准他们，伊舍伍德就会伸出胳膊搂着他的肩膀。伊舍伍德善于自我曝光；他深谙谦虚之道，从不吹嘘自己，除非是私下场合。（当他真的自吹自擂时，主要是吹嘘他的性生活，话语中的粗俗说明他不愧是亨利伯父的侄子。）威斯坦更害羞，也更难以取悦；这有时会产生一种奇怪的效果，让他的公众形象显得咄咄逼人、独断而傲慢。（直到很久以后，在美国，他才开始喜爱自己的受众并被受众喜爱。）在公开场合，威斯坦和克里斯托弗对彼此彬彬有礼，好像只是两个普通熟人。如果威斯坦强烈反对克里斯托弗所说的话，他的双眼之间就会出现一道皱纹，嘴巴开始抽搐。但有陌生人在场时，他从不反驳克里斯托弗。

现在，两人之间的沟通重新建立起来。至少对克里斯托弗而言，这是一种他还不太习惯的自由。与威斯坦独处时，他真的能做到直言不讳——直到话语出口的那一刻，他才意识到这想法存在于自己脑中。一天早上，他们在甲板上散步时，克里斯托弗听到自己说："你知道吗，人民阵线、政党路线、反法西斯斗争——这一切对我来说已经没有任何意义了。我想这些东西是没问题的，是我有点儿不对劲。我就是一口也咽不下去了。"威斯坦回答："我也是。"

这不是他们当时的原话，但从心理上来说，事情就这么简单。他们一直在扮演别人为他们创造的角色，重复别人为他们提出的口号。现在他们想停下来。克里斯托弗对自己会这么说感到惊讶，他对威斯坦能同意自己几乎感到同样程度的惊讶。这种惊喜是双方的。他们观点一致，这使两人十分高兴。现在他们比以往任何时候都要团结。然而他们的立场截然不同。

威斯坦意识到自己心态转变已经有一段时间了。他没有告诉克里斯托弗，因为他怕克里斯托弗会被吓坏。我之前说过，威斯坦的左翼信念一直不是全心全意的，与他的宗教感情格格不入。在西班牙期间，目睹共和国政府允许烧毁教堂、进行反宗教宣传，这让他感到厌恶。然而，他认为西班牙政府整体上还是正义的，他始终愿意与佛朗哥战斗。他不是和平主义者，也永远不会成为和平主义者。回到英国之后，他参加各种会议并发表公开声明，因为他仍然相信佛朗哥必须被打败，也因为他钦佩、喜爱一些左翼的朋友，他想要展示自己与他们的团结。而现在，他即将在另一个国家开始新的生活。在美国，他将面对一些不一样的责任。他不再是某个团体的成员。他能以个人的身份自由地表达自己。

克里斯托弗比威斯坦花了更长的时间才意识到自己态度的转变，因为他对这种改变的根本原因感到尴尬：他的同性恋取向。身为一个同性恋者，他在尴尬与反抗之间摇摆不定。当只有集体行动才有意义，而他发现自己只是自私地要求个人权利时，他感到尴尬。当他把如何对待同性恋者作为衡量每个政党和政府的标准时，他变得十分好斗。他向他们发出挑战："好了，我们已经听到你们大谈自由的演说了，其中包括我们这些同性恋者吗？"

一九一七年，苏联光荣地通过了这项考验，当时承认私人的性权利。但是在一九三四年，斯大林政府撤销了这一承认，并将所有同性恋行为都处以重刑。

苏联背叛了自己的原则，但克里斯托弗和他的许多朋友（有同性恋者也有异性恋者）一样，试图尽量把这种背叛看得很轻。他对自己说，毕竟，反同性恋的法律存在于大多数资本主义国家，包括英国和美国。没错，但是如果他们宣称他们的制度比资本主义更正义，那么他们对同性恋的不公正岂不是更不可原谅，他们的虚伪岂不是更丑恶吗？他现在意识到自己必须离他们远一点儿，即便那人可能只是一个旅伴。在某些情况下，他也许能把他们视为同盟，但永远无法把他们视为同道。他再也不能屈服于尴尬，再也不能否认属于他们族群的权利，再也不能因为他们的存在而道歉，再也不能受虐狂般地把自己牺牲在伪神的神坛上。这个伪神即“最大多数人拥有最伟大的善”，但只有其祭司有权决定“善”是什么。

（比起克里斯托弗，威斯坦对自己的同性恋取向怀有更多的歉意，他也没那么咄咄逼人。他的宗教信仰谴责同性恋，他也同意这是一种罪孽，不过他完全打算继续罪孽下去。）

克里斯托弗思想的转变也与海因茨和纳粹有关。当海因茨不受纳粹权力的控制，而是受到他们的威胁时，克里斯托弗对纳粹的态度就是一种简单的仇恨。但现在，海因茨即将不情愿地成为纳粹军事机器的一部分。不久他就会穿上希特勒的制服。克里斯托弗一刻也不希望他反抗。海因茨有足够的勇气，但他不是那种会消失并加入地下组织的人。在那个和平主义者很可能被处死的国家，海因茨也不会站出来宣称自己反战。

克里斯托弗对自己说，假如我掌握了一支纳粹军队的生杀大权，只要按下一个按钮就能把他们炸飞；那支军队里的人因折磨杀害平民而臭名昭著，只有海因茨一人例外，那么我会按下按钮吗？我不会——等一下，假如我知道海因茨本人因为怯懦或道德上受到感染，已变得跟其他人一样坏，并且参与了他们的所有罪行呢？那我会按下按钮吗？克里斯托弗毫不犹豫地给出了答案：当然不会。

这是一种纯粹的情绪反应，但它帮助克里斯托弗继续思考下一个命题。假如这支军队在行动中仅有一人阵亡，而此人正是海因茨，那么我现在会按下按钮摧毁他所有的犯罪同伙吗？这次没有情绪反应，只有一个不容回避的、明确的答案：一旦我因为海因茨而拒绝按下按钮，我就再也无法按下去了。因为这支军队里的每一个人都可能是某人的海因茨，而我没有权利厚此薄彼。因此，克里斯托弗不得不自认为一个和平主义者——虽然他非常不情愿承认这一点。

另一些思绪和情绪也参与到这场内心讨论中来。克里斯托弗回想起那些无家可归的不幸的中国民众，他们无助地被战争的浪潮推搡着，紧紧抓住火车的车顶，或者在铁轨旁挤成一团，他感到十分羞愧，因为直到动身去中国之前，他还一直在发表关于中国的支持武装战斗的演讲。他怎么能说这些人（或是任何地方的任何人）就应该去战斗呢？他怎么能说这些人就应该为捍卫原则——无论多么高尚的原则——而去死呢？他对自己说，我必须尊重那些出于自由意志而去战斗的人，我必须要像他们一样有勇气，无论付出什么代价，我都要追求自己作为和平主义者的道路。

然而，上面对克里斯托弗反应的描述过于清晰了。实际上，当时他浑浑噩噩的头脑中开始浮现出的是一种情绪冲突。他觉得自己有责任成为一名和平主义者，他拒绝否认自己的同性恋取向，他还想尽可能多地保留自己的左翼观念。此时他能做的就是把自己的观点一个一个捡起来，重新审视，把它们像硬币一般弹响，说：这一枚是假币；这一枚是真的，但我不能用它；这一枚我想我能留下。

威斯坦至少还有他母亲的基督教信仰可以依靠。克里斯托弗什么都没有，除了一个消极的决定——如果战争来了，他是不会去战斗的。当然了，他知道和平主义也有其积极的责任——不战斗的话，你得做点儿别的什么。他只能联系到两个明确表达和平主义态度的人：赫德和赫胥黎。他们也许能用理性的语言而不是情绪，重新给他解释一下和平主义。克里斯托弗听说他们卷入了某种东方宗教；但他可以在摒弃宗教的同时依旧采纳他们的和平主义思想。他一到纽约就要给赫德写信，也许之后他可以去加利福尼亚咨询他俩。

航行中风浪很大。在阴霾的天空下，山普伦号沿着长长的灰色大西洋航线蜿蜒前行，显得格外渺小。旅途中，威斯坦和克里斯托弗没有文学上的工作要忙。他们裹着毯子，躺着啜饮牛肉汤；他们在甲板上散步，在酒吧喝酒，或者在休息厅看电影。当客轮颠簸摇晃时，休息厅的墙壁受力变形，吱嘎作响，那些法式织锦挂毯也飘动起来。他们接管了儿童游戏室的木偶戏，即兴编造充满私人笑话和双关语的英法双语对话，以此取乐。他们的儿童观众并不在乎木偶们说了些什么，只要它们不停跳来跳去就行。在纽芬兰海岸附近，客轮遭遇了暴风雪，开进纽约港时带着冰霜，看起来像个婚礼蛋糕。

在一九三八年对美国的短暂访问结束前，至少有一件事情克里斯托弗是绝对可以肯定的：如果他决定在美国定居——说是美国，其实他指的是纽约——他过得就要像在家一样自在。他对自己说，在这样的环境中，他的外显人格能够更自由、更成功地运转，而他在伦敦永远做不到。哦，他可以比任何一个纽约本地人说话更快、更大声。他能学会他们的俚语，沾染他们的口音。他将通晓他们所有的小把戏。有人曾向他提起关于这座城市的一个说法："这里，你会发现同理心存在于词典中，而其他所有东西都摆在最近的药房里。"这句话让他欣喜。这是一项挑战，他要变成一个硬汉才行。

但如今，在这个寒冷的冬季早晨，他看到的纽约与去年七月挥手告别时的纽约截然不同，这变化令他震惊。克里斯托弗突然惊慌失措，失去了信心。

他就这样站在漫天风雪之中。那位法国制造的女巨人手中举着自由的火把，似乎在威胁新来的人，而不是欢迎他们。红印第安人之岛上骇人的高塔林立。堡垒就在那里，简单质朴，直上直下，庞大无比，挤满了数百万已挣扎上岸找到立足之处的人。从你踏上码头的第一步起，你就必须奋力向内陆进发。她已经在用嘟嘟叫的拖船威胁你，向你发出战斗的挑战。

老天，这突然间成了一个多么可怕的地方！你能感觉到她正随着不安的新世界紧张地搏动，咄咄逼人地炫耀着她粗野的钢铁裸体。我们这儿都是美国人——我们全天二十四小时保持这种状态，美国人的状态。我们尖叫，我们掠取，我们推挤。我们没有时间慢吞吞的，我们没有时间优雅、和善、安静、谦虚。别端着你们那套欧洲传统来蔑视我们——我们知道你们现在已经一团糟了。要么入乡随俗，要么坐下一班船回去——回你们那个正分崩离析的欧洲。哼，赶紧拿定主意吧，你是放弃还是留下来？反正与我们无关，我们什么也承诺不了。在这儿，你只能靠自己。

克里斯托弗努力往积极的方面想，他宣布自己要留下来。但那位女巨人并不在乎。那些高塔也不在乎。好的，哥们儿，随你的便。

不过现在他们到了隔离检疫区的出口。埃丽卡和克劳斯·曼就在那儿等着迎接他们。两人都生机勃勃，闲话不断。就在顷刻间，那位女巨人不再具有威胁，塔楼也不再显得骇人了。置身友人之间，克里斯托弗觉得自己有人照顾，很安全。而弗农正在岸上等着他；克里斯托弗在山普伦号上就给他发了电报。几小时之后，在那座冰封堡垒的冷酷阴影之下，在一个温暖而欢乐的地方，他们将投入彼此的怀抱。

克里斯托弗的故事，我就讲到这里吧：他站在铁轨旁，急切不安又满怀希冀地眺望那片土地，他的大半生都将在那里度过。

可目前，他对未来几乎一无所知。既然布鲁塞尔那位会算命的女士不在此处，我允许克里斯托弗和威斯坦提一个问题——我已经猜到他们要问什么了，我的回答如下：

没错，我亲爱的，你们两人都会找到你们来此寻觅的人——一位理想的伴侣，在对方面前，你可以完全地展示自己；他爱的是真实的你，而不是你假装的那个人。威斯坦，你很快就能找到他，三个月之内。而克里斯托弗，你还要等上许多年。他已经生活在你将要定居的城市里了。他会在你附近生活许多年，你们却不会相遇。不过你此刻遇见他也没什么好处，他现在才四岁。

Christopher Isherwood
CHRISTOPHER AND HIS KIND

图字：09－2019－225号

图书在版编目(CIP)数据

克里斯托弗和他的同类/(美)克里斯托弗·伊舍伍德(Christopher Isherwood)著；陶凌寅译.—上海：上海译文出版社，2020.10
(伊舍伍德作品系列)
书名原文：Christopher and His Kind
ISBN 978－7－5327－8543－8

Ⅰ.①克… Ⅱ.①克… ②陶… Ⅲ.①纪实小说－美国－现代 Ⅳ.①I712.45

中国版本图书馆CIP数据核字(2020)第172813号

克里斯托弗和他的同类
Christopher and His Kind

Christopher Isherwood
克里斯托弗·伊舍伍德 著
陶凌寅 译

出版统筹 赵武平
责任编辑 邹 滢
装帧设计 山 川

上海译文出版社有限公司出版、发行
网址：www.yiwen.com.cn
200001 上海福建中路193号
上海景条印刷有限公司印刷

开本890×1240 1/32 印张13 插页2 字数205,000
2020年10月第1版 2020年10月第1次印刷

ISBN 978－7－5327－8543－8/I·5258
定价：79.00元

如有质量问题，请与承印厂质量科联系。T: 021-59815621